DU MÊME AUTEUR

LA FILLE SECRÈTE, Mercure de France, 2011 (Folio n° 5477)

UN FILS EN OR

Shilpi Somaya Gowda

UN FILS EN OR

ROMAN

*Traduit de l'anglais
par Josette Chicheportiche*

MERCVRE DE FRANCE

BIBLIOTHÈQUE ÉTRANGÈRE
Collection dirigée
par Marie-Pierre Bay

Titre original :
THE GOLDEN SON

© 2015 by Shilpi Somaya Gowda. All rights reserved.
© Mercure de France, 2016, pour la traduction française.

*Pour Anand,
la meilleure décision que j'ai jamais prise*

Pour conseiller quelqu'un, il est préférable de lui rappeler quelque chose qu'il a oublié et non la lumière qu'il était incapable de voir.

BALTASAR GRACIAN

Le bec-de-lièvre de Maya

Anil Patel avait dix ans la première fois qu'il assista à une audience d'arbitrage tenue par son père. Normalement, ces séances étaient interdites aux enfants, mais on fit une exception pour Anil car, un jour, il reprendrait le rôle de son père. Étant le seul enfant présent, il se montra le plus discret possible et resta tapi dans le coin de la salle. Les audiences avaient toujours lieu là : dans la plus grande pièce de la plus grande maison de ce petit village, niché au cœur d'une région de terres arables dans l'ouest de l'Inde. Cette pièce, où la famille prenait ses repas, où Papa lisait le journal, où Ma raccommodait et où Anil et ses frères et sœur bâclaient leurs devoirs d'école avant d'aller jouer dehors, était le centre névralgique de la Grande Maison. Au milieu trônait une immense table en bois – au plateau épais comme quatre doigts et aux pieds sculptés si larges qu'un homme adulte ne pouvait en faire le tour avec les mains –, un meuble tellement massif qu'il fallait quatre hommes pour la soulever, quoiqu'elle n'eût pas été déplacée de plus d'un mètre depuis des générations.

Ce jour-là, Papa prit place au bout de la magnifique table avec l'oncle et la tante d'Anil, à sa gauche et à sa droite. La famille, les amis et les voisins se tenaient à une distance respectable. La pièce était bondée, mais le sujet de l'arbitrage d'aujourd'hui,

Maya, la cousine d'Anil, était absente. Maya, la fille de la sœur cadette de Papa, était née avec un bec-de-lièvre, et son père y voyait une malédiction qui pesait sur la famille dans laquelle il était entré en se mariant. Que l'oncle d'Anil ait accepté de venir et de confier au frère de sa femme le soin d'arbitrer son conflit familial au lieu de le régler lui-même était un geste considérable mais pas surprenant non plus. Papa avait une réputation d'équité et de sagesse qui s'étendait bien au-delà de ses terres.

L'oncle d'Anil déclara qu'il devait être libéré de son mariage afin de pouvoir prendre une autre épouse qui lui donnerait des enfants normaux et en bonne santé. La difformité de Maya, expliqua-t-il, était la preuve que la matrice de sa femme était souillée, qu'elle ne mettrait au monde que des filles affligées d'une tare, donc impossibles à marier, et au bout du compte représentant un fardeau pour lui. Papa l'écouta, le visage impassible, tandis que sa sœur pleurait, cachant ses yeux derrière le bout de son sari. Il consulta ensuite l'astrologue qu'il avait envoyé chercher et lui demanda de lire le thème astral de Maya. L'astrologue ne trouva rien de fâcheux : Maya était née sous une bonne étoile, aucune éclipse ne s'était produite pendant la grossesse. Papa se tourna alors vers sa jeune sœur pour poser les ultimes questions. *Aimait-elle Maya ? S'occupait-elle bien de son mari ? Donnerait-elle tout ce qui était nécessaire à leur santé et à leur bonheur ?* À chacune de ces questions, elle répondit oui d'un hochement de tête tout en continuant de pleurer. Pendant ce temps, son mari fixait la table si intensément qu'Anil craignit qu'il ne remarquât les initiales que ses frères et lui avaient récemment gravées dans la tranche.

« Bien, commença Papa après que tout le monde eut fini de parler. Nous sommes devant une situation très délicate. De toute évidence, personne ne souhaiterait être à la place de Maya. Mais, comme nous l'a dit l'astrologue, le problème n'est pas dû à la grossesse ou à la naissance. Par conséquent, nous ne pouvons pas plus rejeter la faute de ce qui lui arrive sur sa mère que sur son père. »

Anil entendit un cri étouffé provenant de la foule et vit une femme plaquer une main sur sa bouche. Il retint son souffle. Même à dix ans, il avait conscience du danger auquel on s'exposait quand on menaçait un homme dans sa fierté. Il avait vu des membres de sa famille se quereller pour moins que ça. Tous les regards dans la salle se braquèrent sur le père de Maya, lequel semblait choqué par l'idée qu'il pouvait être responsable de l'infortune de sa fille. Une ride profonde apparut entre ses sourcils.

« Aussi devons-nous nous tourner vers l'enfant, continua Papa. Que savons-nous de Maya ? »

L'espace d'un instant, Anil fut perdu. La signification des paroles de son père lui échappait. Qu'y avait-il à savoir au sujet d'un nourrisson qui n'était même pas présent ? Parcourant la salle des yeux, il constata la même confusion chez les autres.

« Maya, répéta Papa. Maya veut dire *Illusion*. Et qu'est-ce qu'une illusion ? Quelque chose qui trompe notre regard ? Qui n'est pas comme il nous apparaît ? *Bhai*[1] (il posa une main sur l'avant-bras de son beau-frère), tu es trop malin pour te laisser duper, n'est-ce pas ? Tu sais que ta vraie fille ne se résume pas à ce bec-de-lièvre. Tu sais que ta fille, ta vraie fille, est belle et loyale et qu'elle t'apportera des années d'amour et de bonheur. »

L'oncle d'Anil dévisagea Papa pendant un moment. La ride entre ses yeux s'adoucit puis, très lentement, il hocha la tête, mais si légèrement que tout le monde attendit qu'il acquiesce de nouveau. Des murmures d'assentiment montèrent de la salle. La tante d'Anil s'arrêta de pleurer et renifla plusieurs fois. Papa sourit en se carrant dans son fauteuil. « Ce que nous devons donc faire, c'est découvrir ta vraie fille. Pour cela, il nous faut un

---

1. *Bhai* signifie « frère » en hindi. (*Toutes les notes sont de la traductrice.*)

homme fort et intelligent. Te sens-tu à la hauteur de la tâche, *bhai*? demanda-t-il. Oui? Très bien.»

Trois semaines plus tard, Papa et l'oncle d'Anil conduisirent Maya au dispensaire ambulant qui se trouvait alors dans une ville voisine. Là, la fillette subit gracieusement une opération chirurgicale de trois heures pour réparer la fente de sa lèvre supérieure. Comment Papa fut au courant de la présence du dispensaire, personne ne le sut; il faisait partie des quelques villageois qui lisaient le journal local. Quelques mois après l'intervention, Maya avait complètement guéri et, une fois les pansements retirés, l'illusion disparut pour laisser place à un sourire aussi beau et aussi parfait que celui dont seraient dotées ses trois futures petites sœurs. Par la suite, tous les ans, pour l'anniversaire de Maya, Papa recevait de la part de son beau-frère et de sa sœur une offrande de fruits et de fleurs.

*

La nuit où Papa revint du dispensaire, après que Ma et les trois jeunes frères et sœur d'Anil furent allé se coucher, Anil et son père s'installèrent dans la salle d'audience, de part et d'autre de la grande table, un échiquier posé entre eux.

«Je ne les ai jamais vus comme ça», dit Anil en parlant de son oncle et de sa tante qui avaient quitté la Grande Maison en larmes avec Maya.

Papa eut un demi-sourire las. «Ton oncle est un homme bon, au fond. Il avait juste besoin d'être guidé vers le droit chemin.

— Tu l'as aidé?» La phrase sortit comme une question, bien qu'Anil n'eût pas l'intention de la formuler ainsi.

Papa fit signe que non, et, levant la main, il mesura un centimètre avec le pouce et l'index pour illustrer l'étendue de sa participation. «C'est le médecin en vérité qui l'a aidé.»

Bien qu'il remarquât que Papa avait les paupières lourdes, Anil le pressa de poursuivre : « Ra-raconte-moi co-comment c'était, bafouilla-t-il. S'il te plaît. »

Papa considéra le pion qu'il envisageait de jouer puis le posa sur l'échiquier. Il se laissa ensuite aller en arrière sur sa chaise et croisa les mains sur son ventre. « Il y avait une grande tente sur la place du marché, juste en face du marchand de noix de coco. Cinquante personnes faisaient la queue dehors. Et à l'intérieur, c'étaient des rangées et des rangées de lits de camp. Le médecin est venu nous voir et nous a expliqué comment il allait réparer la lèvre de Maya. Il nous a montré des photos d'enfants qu'il avait opérés, avant et après l'intervention. » Papa branla plusieurs fois la tête. « Magique. Un miracle, vraiment. »

Il déplaça alors sa tour sur l'échiquier et leva les yeux, le regard tout à coup humide. « Tu devrais devenir médecin, Anil. Tu accomplirais de grandes choses. »

PREMIÈRE PARTIE

1

Anil ne parvenait pas à trouver les mots justes, quelle que soit sa façon de tout reformuler dans son esprit. « Ma, je t'en prie, ce n'est pas nécessaire », finit-il par lâcher en regrettant ses paroles dès qu'elles eurent franchi ses lèvres. Non pas à cause du regard méprisant qu'elles provoquèrent, ni parce que c'était une requête futile, mais parce que sa prière le faisait ressembler à un enfant et non à un homme de vingt-trois ans sur le point d'entreprendre le grand voyage de sa vie.

Sa mère lui jeta un coup d'œil hâtif pour lui signifier qu'elle avait remarqué sa présence puis retourna à sa tâche qui consistait à ordonner aux deux jeunes cousins d'Anil d'accrocher des guirlandes de soucis au-dessus des portes à deux battants. Impossible d'endiguer le flot d'activités maintenant qu'il était en marche. Anil s'était réveillé ce matin en sentant les arômes du festin qui se préparait, et s'était endormi tard la veille en entendant les serviteurs se démener pour attacher ses deux énormes malles sur le toit de la Maruti.

Les gens avaient commencé à arriver en fin de matinée, une fois les vaches traites, les poules nourries et les champs entretenus. Les journées à Panchanagar démarraient dès l'aube, et suivaient toujours le même rythme, mais ce n'était qu'après avoir accompli les premières corvées qu'on pouvait passer à autre chose. Aussi, maintenant que la rosée du matin avait disparu et que le soleil brillait dans le ciel, l'esplanade poussiéreuse devant la Grande Maison était envahie par la famille et les voisins. Ils circulaient dans la maison, prenaient un *chai*[1] chaud, se restauraient à un buffet des plus sophistiqués et cherchaient Anil pour lui souhaiter bonne chance. Certains des visages lui étaient familiers ; pour d'autres, il lui fallait faire un effort avant de reconnaître derrière les épaules voûtées et les cheveux clairsemés celles ou ceux qu'il n'avait pas revus depuis son départ, six ans auparavant. Il n'était de retour au village que depuis une semaine, mais déjà le désir de repartir le tenaillait.

Debout au bord de la véranda, il parcourut la foule du regard et aperçut sa jeune sœur, Piya. Elle se tenait sur l'esplanade et bavardait avec une jeune femme à l'épaisse chevelure qui lui tombait jusque dans le bas du dos. Quand Anil les rejoignit, Piya glissa un bras autour de sa taille. « J'étais en train de dire qu'on ne donnera probablement pas une telle réception pour mon mariage », se plaignit-elle faussement avec un clin d'œil à l'adresse de son frère, puis elle se tourna vers son amie et ajouta : « Mais, bien sûr, on célébrera le tien avant. »

Anil reconnut la jeune femme dès que celle-ci pencha la tête de côté et sourit juste assez pour révéler un espace entre ses dents de devant. « Leena ». Il ne l'avait pas revue depuis des années, et jamais sans les deux longues tresses qu'elle portait, petite fille. C'était à présent une femme adulte, au nez ciselé, aux pommettes saillantes et aux sourcils arqués au-dessus de ses yeux brun doré. Il s'éclaircit la voix. « Cela fait si longtemps… Comment vas-tu ? »

---

1. Thé noir très sucré mélangé avec des épices dans du lait bouillant.

— Leena va m'abandonner, elle aussi, annonça Piya avec un soupir forcé. Pour se marier.
— C'est vrai ? » fit Anil.
Leena haussa les épaules en guise de réponse puis dit : « Mes félicitations, Anil. Tes parents doivent être très fiers de toi.
— Oui, nous sommes tous très fiers, grand frère. » Piya se pressa contre le bras d'Anil. « Ça t'a pris du temps, mais tu y es arrivé. Dites, vous vous souvenez de ce petit oiseau ? Celui dans le cocotier ?
— Bien sûr ! s'écria Leena. On avait fait la course pour savoir qui arriverait le premier au sommet.
— Et c'est toi qui as gagné et tu t'es mise à nous lancer des noix de coco, rappela Anil.
— Pas à vous les *lancer*, à vous les *envoyer*. Je n'ai jamais vu d'aussi mauvais attrapeurs. Atroce ! Vous couriez ici et là comme des fourmis. » Leena rit aux éclats, ses doigts papillonnant devant sa bouche. « Et ce pauvre petit oiseau. J'étais si triste pour lui. » Elle secoua la tête. « Heureusement, tu savais comment lui bander la patte en attendant qu'il puisse recommencer à voler. Cela aurait été un très mauvais karma pour moi si tu ne l'avais pas sauvé.
— Tu l'as gardé dans ta chambre pendant des semaines, tu te souviens ? » dit Piya.
Anil opina du bonnet. « Je lui donnais de la bouillie à base de yaourt et de riz avec les doigts. » Il sourit et leva les yeux au ciel. « Ma n'était pas très contente quand elle a découvert toute cette nourriture que je cachais dans ma chambre.
— Vous savez quoi ? Ces histoires me donnent terriblement faim, déclara Piya en prenant Anil par le bras. Allons manger. » Leena les remercia mais s'excusa : elle devait rentrer chez elle. Elle embrassa Piya et les deux amies projetèrent de se voir le lendemain. Tandis que Leena s'éloignait, Anil s'aperçut que la

bonne humeur qu'il venait d'éprouver quelques instants plus tôt en présence de la jeune femme s'était dissipée.

*

Lorsque Anil eut fini de manger – la modeste portion qu'il s'était servie, et aussi celle, plus copieuse, que sa mère avait posée devant lui –, Ma se pencha pour débarrasser son assiette et murmura : « Ton père est réveillé, tu peux aller le voir. »

Du seuil de la chambre, Anil observa Papa, assis dans son lit, le regard dirigé vers la fenêtre. Ses cheveux, autrefois épais et noirs, s'étaient tant éclaircis qu'on voyait son crâne à présent, et sa barbe blanche, dont les poils semblaient saupoudrer ses joues de farine, ne masquait guère les plis de sa peau flétrie. Quand il entendit la porte grincer et qu'il reconnut Anil, ses yeux s'illuminèrent, rendant à son visage son aspect familier. Il se racla la gorge et tapota le lit. « Approche. »

Anil s'assit et prit la main de son père. L'air de rien, il lui tâta le pouls du bout des doigts. « Comment te sens-tu ?

— En superforme. » Le sourire de Papa s'agrandit. « Ce n'est qu'une vilaine grippe. Je serai sur pied d'ici un jour ou deux. » Il caressa le bras d'Anil. « Mais ton avion n'attendra pas.

— Je peux changer… »

Son père agita la main devant son visage comme s'il chassait une mouche invisible. « Ne dis pas de bêtises. C'est le plus beau jour de ma vie, mon fils. Ne perdons pas plus de temps. »

Anil voulut parler mais, sentant l'émotion l'étrangler, il se contenta de serrer plus fort la main de son père. Il n'avait pas hérité de son talent d'orateur.

« Avant de partir, dis à Chandu de venir me voir.

— Que se passe-t-il, Papa ? » Chandu, son plus jeune frère, était encore un enfant quand Anil avait quitté la maison, mais sa personnalité se dessinait déjà. Ses professeurs le reprenaient souvent en classe pour cause de bavardage et, plus d'une fois, il avait été renvoyé de l'école parce qu'il s'était battu dans la cour. Avec sept ans d'écart et deux frères et une sœur entre eux, Anil avait l'impression d'être un oncle pour Chandu plus qu'un frère. L'année précédente, Papa et Ma avaient découvert que leur benjamin n'allait pas en cours et passait ses journées avec une bande de voyous plus âgés que lui, à faire la course sur des scooters et à boire du *toddy*, un vin à base de sève de palmier.

Papa soupira. «Il a de mauvaises fréquentations et les garçons avec qui il traîne lui mettent des idées fausses dans la tête. Chandu est intelligent, mais buté. Il veut trouver sa voie tout seul. Il pense qu'il n'y a pas de place pour lui ici. J'essaie de lui donner un rôle dans la gestion de la ferme. Ton frère peut réussir, j'en suis persuadé.» Anil ignorait si c'était vrai ou si son père manquait tout simplement d'objectivité. Il se leva et l'embrassa.

«Anil, lança Papa quand Anil atteignit la porte. Ménage ta mère. C'est dur pour elle.»

*

Une fois qu'il eut fait ses adieux à son père, Anil n'eut qu'une hâte : partir. Il aperçut sa mère dans son sari vert perroquet et orange, l'un de ceux qu'elle portait uniquement pour les grandes occasions. Elle circulait parmi les invités, chargée d'un plateau de pâtisseries. Ma allait dans la vie comme si rien jamais ne la pressait, indifférente aux horaires de train ou aux rendez-vous, un trait de caractère qui rendait Anil fou.

«Ma.» Il la prit par le bras. «C'est l'heure de partir. Il se fait tard.»

Ma insista pour accomplir d'abord un *Ganesh puja*, une cérémonie censée bénir le voyage d'Anil. Alors que tous les regards étaient braqués sur lui, Anil franchit le seuil de la Grande Maison pour la dernière fois, baissant la tête sous la guirlande de soucis odorants. Le pandit récita ensuite des prières pour écarter les obstacles qui se trouveraient en travers de sa route, puis Anil s'avança pieds nus entre les motifs tracés à la craie rouge et blanche qui dessinaient un chemin de la véranda au bas des marches.

Se tenant ensuite à l'écart avec ses frères Nikhil et Kiran, il observa Ma qui organisait la répartition des gens dans les voitures.

« Où est Chandu ? demanda Nikhil en cherchant leur petit frère du regard.

— Papa l'a prié de rester avec lui, répondit Anil.

— J'imagine que c'est parce qu'il a déjà fait suffisamment de bêtises pour aujourd'hui. »

Après le départ d'Anil de Panchanagar, Nikhil était devenu le bras droit de Papa, et on ne pouvait rêver meilleur assistant que lui – sérieux et responsable, au point de manquer presque d'humour.

« Vous n'êtes pas obligés de m'accompagner à l'aéroport, dit Anil, avec le vain espoir qu'un passager en moins atténuerait le spectacle de la caravane de voitures rassemblée devant eux.

— Papa perd son temps, déclara Kiran. Ça ne sert à rien de chercher à redresser une branche tordue. » Kiran, qui venait de finir ses études secondaires, n'avait jamais rien envisagé d'autre que de rejoindre l'entreprise familiale. Il était né pour travailler dans les champs : fort et rapide, de loin le meilleur joueur de cricket des quatre frères.

Anil lui jeta un coup d'œil. « Allons, ne me dis pas que tu crois à toutes ces histoires ?

— Tu ne sais pas tout, *bhai*. C'est grave, répondit Kiran. Je ne pense même pas que Papa se rende compte à quel point c'est grave. L'un des amis de Chandu fait pousser du *bhang*[1] dans le champ de son grand-père. Boire un peu de *bhang lassi*[2] le jour de la *Holi*[3], c'est une chose, mais le type ajoute un ingrédient pour le corser. Puis il le vend en ville aux touristes en leur racontant que c'est une espèce de boisson à base de plantes qui les mènera vers la lumière. »

Nikhil acquiesça. « Un de ces jours, quelqu'un va se réveiller après avoir été dépouillé et enverra la police aux trousses de ce truand. Je ne suis pas sûr que Chandu soit impliqué, mais ça ne me surprendrait pas.

— Mon Dieu », soupira Anil. Il savait que ses frères en voulaient à Chandu de se dérober à ses devoirs, mais visiblement cela paraissait plus sérieux. Mais Papa, bien sûr, saurait gérer la situation.

Enfin, quand Ma eut réussi à caser pas moins de trente-six personnes dans quatre véhicules, ce fut le départ. Ils étaient des dizaines à rester, par manque non d'envie mais de place. Chaque famille avait choisi un représentant afin qu'Anil sente le poids collectif de leurs vœux au moment des adieux. Une fois tout le monde installé et les portières des voitures verrouillées, un cousin de cinq ans qu'on avait failli oublier sortit des buissons en courant, et le chaos s'ensuivit jusqu'à ce qu'on trouve à l'asseoir sur les genoux de quelqu'un. Ma ferma le coffre, qui contenait suffisamment de plats cuisinés pour nourrir trois fois la famille entière, puis, avec un peu de difficulté, elle plia son corps massif pour le faire entrer sur le siège arrière.

---

1. Chanvre indien qui développe dans ses fleurs une substance aux effets psychotropes utilisée comme drogue.
2. Boisson indienne traditionnelle à base de lait fermenté, à laquelle on ajoute du cannabis.
3. La Holi est une fête hindoue célébrée vers l'équinoxe du printemps dans le nord de l'Inde et à Kâma dans le Sud, et dédiée à Krishna.

Nikhil tourna la clé de contact et démarra, provoquant un nuage de poussière que traversa cérémonieusement le reste de la caravane alors qu'elle quittait le minuscule village de Panchanagar. Ils roulèrent pendant deux heures sur des routes non pavées jusqu'à l'aéroport de Sardar Vallabhai Patel, à Ahmadabad, la plus grande ville de l'État de Gujarat, en Inde. Anil caressa le bracelet-montre que Papa lui avait offert comme cadeau de départ. L'acier du bracelet étincelait et le cadran argenté portait des chiffres indigo et des aiguilles fluorescentes. C'était un modèle à deux fuseaux horaires : l'un, réglé sur l'heure de Panchanagar, l'autre, sur celle de Dallas, au Texas. Plus de dix heures, sur cette montre, séparaient son ancienne vie de la prochaine, et il lui faudrait plus d'une journée entière dans les airs pour parcourir la distance entre les deux. Pourtant, les mesures spatiales et temporelles de ce voyage n'étaient rien comparées aux innombrables heures qu'il avait passées à le préparer.

*

Bien avant ce jour, bien avant d'être la première personne de Panchanagar à quitter le village, le premier de sa famille à aller à l'université au lieu de cultiver les champs de paddy, Anil fut le premier-né de Jayant et de Mina Patel, qui eurent par la suite quatre autres enfants – Nikhil, Kiran, Piya et Chandu. Appartenir à une grande famille était en soi un mode de vie. Le clan étendu, connu sous le surnom de l'arrière-grand-père d'Anil, « Moti » (grand-frère) Patel, possédait la majeure partie des terres sur un rayon de plus de dix kilomètres autour de la Grande Maison. Anil était le dernier d'une lignée de fils aînés, parmi lesquels figuraient Papa et le père de celui-ci, aussi les espérances reposant sur lui avaient-elles toujours été claires. Un jour, il hériterait de Papa le rôle de chef de clan, serait responsable de la gestion de la ferme, des soutiens financiers à apporter, et trancherait les querelles familiales. Quand il était petit, Anil avait suivi son père dans les champs tous les jours. Là, Papa lui montrait comment cultiver le paddy, le récolter le plus efficacement possible, le faire sécher au soleil avant de le transférer dans des sacs en jute pour le vendre au marché.

Anil apprenait vite, comme ses professeurs en convinrent quand il commença à fréquenter l'école du village. Il fut le premier de sa classe à savoir lire, le premier à mémoriser ses tables de multiplication. À la fin de la journée, il quittait l'école avec une pile de livres attachés avec de la ficelle, qu'il balançait entre son pouce et son index, provoquant une marque rouge foncé sur sa peau dont il était fier quand il l'inspectait de retour à la maison. Lorsqu'il avait fini de travailler avec Papa dans les champs, il lisait ses manuels scolaires jusque tard dans la soirée, empruntant la lampe à pétrole qu'on laissait toujours sur la véranda pour le cas où quelqu'un éprouverait le besoin d'aller aux toilettes extérieures en pleine nuit. Une fois, il oublia de la remettre en place et Nikhil dégringola des marches et se tordit la cheville, mais plus tard tous reconnurent que c'était pour la bonne cause puisque Anil obtint la meilleure note en maths. Aussi, voyant qu'Anil excellait à l'école, Papa commença à l'exempter des travaux dans les champs, d'autant plus que ses frères étaient alors assez grands pour le remplacer.

*

« Je ne sais pas comment tu vas te débrouiller tout seul, là-bas. » La voix de Ma ramena Anil au présent. « Personne pour te faire à manger, personne pour prendre soin de toi. » Elle secoua la tête. « Il paraît que la nourriture est épouvantable – fade, sans intérêt et avec beaucoup, beaucoup de *viande*. » Elle cracha ce dernier mot comme si elle en avait plein la bouche. « Tu seras maigre comme un clou à ton retour. Comment te trouvera-t-on alors une bonne épouse ? »

Piya fit claquer sa langue. « Ma, arrête de l'embêter avec cette histoire de mariage. Tu l'assommes à la fin. »

Anil sourit, empli de gratitude à l'égard de sa petite sœur. Ma se tourna vers Piya et cligna des yeux plusieurs fois, comme si elle avait du mal à reconnaître sa fille. « C'est tout à fait absurde, marmonna-t-elle avant d'ajouter à l'adresse d'Anil : J'ai mis des feuilles de tulsi et de la poudre de curcuma dans la malle marron. Le curcuma te maintiendra en bonne santé si tu en prends tous les jours. La toux, le rhume, les problèmes digestifs, les maux de tête, les douleurs articulaires – il soigne tout. C'est grâce au curcuma que je n'ai pas d'arthrite, alors que ma pauvre mère pouvait à peine se servir de ses mains.

— Ma, tu es trop jeune pour avoir de l'arthrite », fit observer Anil. Elle avait huit ans de moins que Papa, et seules ses tempes légèrement grisonnantes trahissaient son âge. Ma regarda par la fenêtre, manifestement plus absorbée par le souvenir de sa mère décédée que par la présence de ses enfants à ses côtés. Ma avait tendance à vivre dans un autre monde et à se perdre dans des pensées immatérielles.

« Et Anil, s'il te plaît, reprit-elle, le regard solennel et les paumes jointes, n'oublie pas de prier tous les matins. Dieu est le seul à pouvoir te protéger quand tu seras là-bas.

— Oui, Ma. » *N'oublie pas d'écrire toutes les semaines – téléphone quand tu peux – ne fais confiance à personne – sois prudent – ne touche ni à la viande ni à l'alcool – et reviens dès que possible.* Anil récita silencieusement tous ces interdits que Ma lui avait répétés comme des mantras pendant des mois, avant de se rappeler qu'il serait bientôt si loin qu'il n'entendrait plus sa voix.

« Tu peux faire ce que tu veux, Anil, ce que tu veux. » Ma

avait pleuré lorsqu'il lui avait annoncé sa décision. « Tu es si intelligent, si talentueux. N'importe quel hôpital du Gujarat serait ravi de t'offrir un poste. Pourquoi dois-tu partir aussi loin ? » Ma croyait que chaque pas qui éloignait Anil de Panchanagar n'était pas définitif ; elle ignorait qu'il n'éprouvait plus le même attachement qu'elle à son foyer. Le problème quand on plante des graines, comme le savait bien le fils d'un fermier, c'est qu'on ne peut jamais être sûr ni de l'endroit où elles se développeront ni de leur façon de le faire. Parfois, à cause des vents qui soufflaient d'un champ à l'autre, elles se transformaient ou donnaient naissance à un hybride. Anil, lui-même, avait poussé au-delà des contraintes de son ancienne vie.

Depuis le jour où Papa était revenu de la clinique avec Maya, le père et le fils partageaient un accord tacite selon lequel Anil suivrait une autre voie. Ils devinrent des conspirateurs tandis qu'ils préparaient l'avenir d'Anil hors de Panchanagar et de ses possibilités limitées. Anil chérit l'idée que son père avait semé en lui comme une graine, s'absorbant dans ses livres de science et de médecine et étudiant l'anatomie humaine jusqu'à ce qu'il sût nommer chaque organe, chaque muscle, chaque os. Après avoir tout lu à la bibliothèque de l'école, il se fit envoyer des magazines scientifiques et commanda *L'Atlas de l'anatomie humaine* de Jaypee Brothers à Delhi. Quand Koocharoo, le chien de la famille, revenait avec une souris morte ou un lapin, Anil s'installait sur la véranda et ouvrait soigneusement le corps de l'animal avec le plus petit couteau de la cuisine qu'il prenait en douce pendant que le cuisinier faisait la sieste. À quatorze ans, il avait renoncé aux parties de cricket après l'école et lors des longues journées d'oisiveté, l'été. Là, dans le village de Panchanagar, où des générations de fermiers avaient vécu uniquement entourées de champs, Anil s'apprêtait à devenir un jour médecin.

Ce n'est qu'à son arrivée à la fac de médecine d'Ahmadabad

qu'il mesura la portée de son exploit. Ses camarades, tous issus de riches familles habitant en ville, avaient bénéficié de cours particuliers des années durant, leurs écoles étaient équipées de laboratoires où on leur fournissait des spécimens à disséquer, les médecins auprès desquels ils avaient effectué des stages à l'hôpital étaient des amis de leurs parents. Ils ne voyaient en Anil qu'un paysan et s'employaient à lui faire prendre conscience de son manque total de sophistication, de l'informatique à la musique pop. Si bien qu'Anil passait ses journées seul à étudier, avide de se prouver à lui-même qu'il était aussi capable que ses camarades.

Ces six années à l'école de médecine l'avaient éloigné du foyer familial, et pas juste physiquement : elles lui avaient donné le goût d'un autre monde. Il trouvait dans la bibliothèque de l'école des sections entières d'ouvrages consacrés à des sujets qui, dans ses rudimentaires manuels scolaires, n'occupaient qu'un simple chapitre. La population d'Ahmadabad était dix mille fois plus importante que celle de son village. Et c'était ce goût d'un autre monde, persistant dans sa bouche tel le parfum d'un *paan*[1] sucré, qui l'avait incité à poursuivre ses études de médecine aux États-Unis. Ses professeurs l'avaient prévenu, il était peu probable qu'un centre hospitalier universitaire de renom accepte un étudiant étranger, mais Anil avait foncé, tête baissée.

Au bout du compte, seulement trois étudiants de sa promotion obtinrent un stage hors d'Inde : l'un en Angleterre, l'un à Singapour, et Anil à Dallas, au Parkview Hospital, l'un des hôpitaux les plus fréquentés des États-Unis. Le nom magique de Parkview Hospital lui évoquait de vertes collines onduleuses, des kilomètres et des kilomètres d'arbres et de fleurs, au milieu desquels se nichait l'hôpital ultramoderne. Là, peu importerait son

---

1. « Chewing-gum » indien, à base de bétel et de noix d'arec.

nom de famille, de quelle caste il venait, si ses parents étaient des paysans ou à combien de personnes il graissait la patte. En Amérique, il pourrait se frayer son propre chemin, se construire sa propre réputation. On ne le verrait plus comme le fils aîné de Jayant et de Mina ou le garçon de la campagne. Il serait pour tous Anil Patel, et son succès ou son échec n'appartiendrait qu'à lui.

Dans un an, quand il aurait fini son stage, Anil avait prévu de rentrer chez lui et d'annoncer à sa mère ce que Papa et lui avaient décidé. Il resterait en Amérique deux ans de plus dans le service de médecine interne de l'hôpital afin de choisir sa spécialité, laquelle nécessitait une formation supplémentaire. À ce moment-là, Ma serait habituée à son absence et ne souffrirait pas autant à l'idée qu'il parte pour de bon. Pour l'instant, alors que la caravane familiale approchait de l'aéroport, laissant derrière elle la vie qu'il avait toujours connue, Anil chassait la petite voix qui dans sa tête s'inquiétait. Il n'avait qu'une hâte : en finir avec le repas de cérémonie qu'ils partageraient à l'aéroport, avec les photos de groupe auxquelles il lui faudrait se plier, avec le vol de nuit dans un Boeing 747, et commencer enfin sa nouvelle vie en Amérique.

*

Pourtant, plusieurs heures après le décollage, Anil fut surpris de constater qu'il repensait aux événements de la journée et à sa rencontre fortuite avec Leena. Elle avait été sa compagne de jeu avant que ses études ne l'amènent à rester à la maison au lieu de traîner dehors avec les autres enfants. Ils avaient joué à cache-cache dans les champs de canne à sucre, prenant soin de ne pas effleurer une tige rebelle qui révélerait leur présence. Elle avait été la première à le mettre au défi de grimper en haut d'un cocotier, se servant comme elle de ses pieds calleux pour escalader l'arbre au tronc frêle. Quand Anil s'y essaya, il tomba sur le dos, ce qui l'empêcha de faire ses exercices d'écriture pendant plusieurs semaines. Il s'était sans doute foulé le muscle rotateur du poignet, comprit-il plus tard, mais, sur le coup, il refusa d'en tenir compte, tant il était gêné d'avoir été battu par une fille. Leena était courageuse et, quand tous les enfants organisaient une «partie» de chasse aux tigres, elle était la seule à ne pas bondir en arrière lorsqu'ils tombaient sur une famille de serpents au milieu des buissons.

Un jour qu'ils jouaient dehors tous les deux, Anil plongea sa main dans sa poche et la ressortit, le poing fermé. «Regarde», dit-il en dépliant ses doigts pour révéler deux petits tubes cylindriques de couleur marron. Ils étaient si tordus et foncés qu'on aurait pu les confondre avec des brindilles, mais Leena comprit aussitôt de quoi il s'agissait.

Elle se pencha pour les examiner de plus près et pour les renifler. «Où les as-tu trouvées?» demanda-t-elle tout bas, bien qu'ils fussent seuls, sans personne à des kilomètres à la ronde pour surprendre leur conversation. C'était la fin de l'après-midi, l'heure à laquelle les hommes mettaient la dernière main à leurs travaux dans les champs et les femmes préparaient le repas du soir en ordonnant aux enfants de leur ficher la paix. L'école était finie, et on ne les chercherait pas pendant au moins une heure encore, jusqu'à ce que le soleil se couche. La nature illicite de ce qu'ils s'apprêtaient à faire pesait entre eux dans l'air épais, doux et humide.

«Je les ai prises chez mon oncle, ce matin. Mon père m'avait envoyé lui porter une enveloppe mais il n'y avait personne. J'ai vu la boîte, avec le couvercle ouvert, à côté de sa chaise. Elle en contient tellement qu'il ne remarquera rien.» Anil avait eu si peur d'être grondé qu'il avait fourré les cigarettes roulées au fond de sa poche pour ne les sortir que maintenant. Toute la journée, à l'école, il avait bouilli d'impatience en attendant le moment de les montrer à Leena.

« Est-ce que…, bafouilla Anil, tu as…

— Non! Jamais. » Leena recula, horrifiée par ce qu'il suggérait puis, au bout d'un moment, murmura : « Et toi ? » Elle l'observa avec une telle curiosité qu'Anil en fut surpris. Ne lisait-elle donc pas en lui ? Ne devinait-elle pas son appréhension, son désir de la faire sourire ? Anil secoua la tête et se demanda s'il ne s'était pas trompé.

« Il paraît que tu vois des dessins dans les nuages et que tu entends la flûte de Krishna. » Anil répétait ce que les grands disaient à l'école.

Leena écarquilla encore plus les yeux, deux ronds brun doré bordés de cils épais qui papillotaient. Lentement, elle entrouvrit les lèvres et sourit, révélant l'espace entre ses dents de devant. Les autres enfants se moquaient de cette imperfection, mais Anil l'avait toujours aimée ; il trouvait que cela lui donnait un air espiègle et joueur. Il savait qu'elle était sincère quand il apercevait cet espace, et que ce n'était pas juste un sourire, lèvres fermées.

Il devina ce qu'elle allait répondre avant même qu'il lui pose la question : « Tu veux essayer ? »

Ils s'assirent jambes croisées l'un en face de l'autre au fond de la ravine qui marquait la frontière entre les hectares appartenant à la famille Patel et le lopin que possédaient les parents de Leena, un parmi tant d'autres bordant la propriété des Patel. Une fois qu'il eut allumé les *bidîs*, Anil en offrit une à Leena. Elle tira légèrement dessus et se mit presque aussitôt à tousser. Anil toussa aussi quand il inspira la fumée à son tour. Ils rirent tous les deux en toussant encore, essuyant les larmes qui coulaient de leurs yeux et s'efforçant de ne pas rouler par terre, leurs minuscules cigarettes serrées entre leurs doigts.

Leena recommença, tirant une seconde bouffée qu'elle laissa échapper avec précision cette fois. Elle sourit, une lueur dans le regard. Anil essaya à nouveau, inspirant lentement et contrôlant son souffle quand il expirait, jusqu'à ce que lui aussi parvienne à fumer sans tousser. Leurs *bidîs* étaient plus qu'à moitié consommées. Le bout incandescent dansait et sautillait devant les yeux d'Anil. Les images au bord de son champ de vision, le bananier et les herbes hautes qui ondoyaient, lui brouillaient un peu la vue. Sentant que la tête lui tournait, il observa Leena pour voir si elle aussi éprouvait les mêmes effets d'intoxication que lui. Il avait l'impression que la terre l'appelait et il céda à la forte envie de s'allonger sur le dos. Leena se coucha à ses côtés et, pendant plusieurs minutes, ils contemplèrent le ciel et les nuages qui s'amoncelaient au-dessus d'eux.

« Mon père me tuerait s'il me trouvait ici en train de fumer, murmura-t-elle, la voix douce, portée par la chaude brise.

— Moi, c'est ma mère qui me tuerait », dit Anil, et il ne faisait pas uniquement référence à la cigarette mais à Leena. Ma l'avait mis récemment en garde. « Ce n'est pas bien, avait-elle déclaré quelques semaines auparavant. Tu n'es plus un petit garçon, Anil, tu ne dois plus jouer avec les filles, à ton âge. » Il venait d'avoir quatorze ans. Leena en avait presque douze. Elle n'avait pas encore de poitrine, contrairement à certaines filles à l'école. Depuis quelques années, les filles et les garçons étaient séparés en classe, une décision censée permettre aux élèves de se concentrer sur leurs études, mais qui produisit l'effet inverse. Les garçons dans la classe d'Anil semblaient ne penser à rien d'autre qu'aux filles, se passant des messages et des photos explicites dès que le professeur avait le dos tourné, et se racontant des histoires qu'ils avaient entendues dans la cour de récréation. Et puis, comme la mère d'Anil ne manquait jamais de le lui rappeler, les Patel jouaient un rôle important dans la communauté et ne devaient pas fréquenter des familles modestes comme celle de Leena.

La tête d'Anil bourdonnait à présent, un ronron agréable, comme si quelqu'un fredonnait doucement contre son oreille. Sa *bidî* était pratiquement finie. Après avoir tiré une dernière bouffée, il l'écrasa dans l'herbe en se faisant la réflexion de ne pas oublier de se laver les mains avant de rentrer à la maison. Leena aussi s'était débarrassée de sa *bidî*, et levait sa main, paume ouverte, traçant le contour d'un nuage du bout de l'index. Il observa discrètement son profil, la douce courbure de son nez, l'angle pointu de sa mâchoire, le reflet doré contre le lobe foncé de son oreille. Elle n'était pas belle au sens classique du terme, comme les stars de Bollywood aux hanches rondes et aux lèvres pleines dont les garçons à l'école cachaient les photos dans leurs livres. Si on lui posait la question, il aurait été bien en peine d'expliquer ce qu'il trouvait de si attirant chez elle ou pourquoi, quand elle n'était pas en face de lui, il adorait se remémorer ses traits en commençant toujours par sa bouche.

Porté par le chant bruissé qu'il percevait et les nuages cotonneux flottant au-dessus de sa tête, Anil tendit la main vers la paume ouverte de Leena. Ni l'un ni l'autre n'osèrent se regarder quand leurs doigts se touchèrent, puis s'entrelacèrent et atterrirent entre leurs corps, ceux d'Anil confortablement posés sur ceux de Leena. Anil se rendit compte qu'il comptait les battements qui résonnaient dans sa tête tout en s'efforçant de contrôler sa respiration haletante. Il brûlait d'envie de se pencher sur Leena et de l'embrasser, tandis qu'elle était là, allongée dans l'herbe, si proche qu'il entendait son cœur palpiter. Mais il continua de compter, plus que jamais conscient de la douceur de sa main sous la sienne. Il était arrivé à trente-huit quand le bruit se produisit.

Au début, on aurait dit le frémissement des feuilles dans les champs, mais à mesure qu'il se rapprochait, il devint de plus en plus fort, et se transforma en voix humaines. Anil cessa de compter. Leena se raidit à côté de lui. Et si c'étaient ses parents qui la cherchaient? Et si c'étaient les siens?

La ravine était suffisamment profonde pour que l'on voie seulement de l'autre côté, et non au fond, quand on se trouvait à quelque distance. Il fallait aller jusqu'au bord pour savoir si quelqu'un s'y tenait tapi. Pour cette raison, c'était la cachette préférée d'Anil quand ils jouaient à cache-cache. Mais elle n'était efficace que si, avec une volonté de fer, il restait parfaitement immobile sur le dos, tout au fond, même quand les autres l'appelaient, leurs voix parcourant de longues distances à travers les champs vallonnés. S'il cédait à la nervosité ou à la curiosité et se redressait pour regarder par-dessus la berge, on l'apercevait immédiatement.

Une voix d'homme, mais trop grave et en colère pour être celle de leurs pères respectifs, retentit alors nettement. Tout près. Leena entreprit de se relever mais Anil serra sa main autour de la sienne et l'obligea à se rallonger. Ils restèrent accrochés l'un au regard de l'autre, tandis que les voix devenaient de plus en plus audibles. Des grognements. Des halètements. Une voix de femme, faible, qui marmonnait quelque chose d'inintelligible. La voix de l'homme, plus forte à nouveau. Un bruissement. D'autres grognements. De toute évidence, ce couple n'était pas venu pour les chercher et, en fait, n'avait pas conscience de leur présence. Anil fit signe à Leena et, lentement, ils s'accroupirent et jetèrent un coup d'œil par-dessus le bord de la ravine.

Ils se figèrent tous les deux, choqués par ce qu'ils virent, à moins de dix mètres. Les fesses nues de l'homme, qui allaient et venaient violemment au-dessus de la femme. Anil mit un moment avant de le reconnaître. C'était l'un des petits propriétaires du coin. Il ne faisait pas partie du clan Patel et Anil ignorait son nom, mais il avait déjà vu son épouse, et ce n'est pas avec elle qu'il était. D'après le simple sari en coton remonté sur sa tête et ses épaules, et la peau brune de ses jambes nues, cette femme était manifestement une servante. Le pagne de l'homme, jeté à la hâte sur le côté, traînait à mi-chemin entre la ravine et le couple.

Anil et Leena se tenaient là, immobiles et silencieux, mais quand la servante tourna la tête, ses yeux se posèrent sur eux. La femme avait un regard vide, fixe. Leena posa la main sur l'avant-bras d'Anil et il comprit aussitôt ce qu'elle lui signifiait.

Fuyons.

Ils sortirent de la ravine en même temps, mais lorsqu'ils se mirent debout, Anil sentit une douleur fulgurante irradier de son pied droit à sa cheville et à sa cuisse. Il poussa un cri et tomba à terre. Un essaim d'abeilles encerclait sa jambe.

L'homme nu tourna la tête dans leur direction et vit Leena à quelques mètres de lui. « Qu'est-ce que tu fais là ? Saleté de gosse ! Je vais te tuer ! »

Anil suivit la scène, impuissant, depuis le sol où il se tordait de douleur tout en essayant de chasser les abeilles. L'homme se redressa, le bas du corps toujours dévêtu, et fonça vers eux en agitant le poing. Leena s'élança pour ramasser le pagne en vitesse. Elle ne prononça pas la moindre parole mais plaqua le morceau de tissu contre elle et pointa le menton vers l'homme, comme si elle le défiait d'approcher. L'homme s'immobilisa. Derrière lui, après s'être couverte avec son sari, la servante s'enfuit à travers champs dans la direction opposée.

Anil compta au moins trois dards dans son pied. Il se força à maîtriser son souffle et les arracha un à un, toute son attention retenue par la respiration bruyante de Leena et les cris virulents de l'homme. Une fois qu'il se fut débarrassé du dernier dard, il se releva en prenant soin de peser le moins possible sur son pied blessé. Il attrapa Leena par le bras. Elle jeta le pagne en l'air et ils se sauvèrent à toutes jambes tandis que l'homme récupérait tant bien que mal son vêtement en continuant de les agonir d'injures.

Malgré la douleur, Anil ne se souvenait pas d'avoir jamais couru aussi vite de sa vie. Pourtant, encore une fois, Leena était loin devant, et elle arriva avant lui à la rivière. Le matin, les berges étaient bondées de femmes venues chercher de l'eau, et, en fin d'après-midi, d'hommes se lavant après une journée dans les champs. Mais à présent, à la tombée de la nuit, il n'y avait personne. Leena s'avança dans l'eau en pataugeant et y plongea tout son corps. Anil, lui, resta au bord, où il ramassa de pleines poignées de boue qu'il appliqua sur son pied. Ils s'installèrent ensuite sur un rocher plat, le long de la berge, et Leena laissa la douce brise lui sécher lentement le corps et Anil la boue fraîche atténuer la sensation de piqûre.

Ils ne parlèrent ni de ce qu'ils avaient vu ni de leur fuite. Ils ne firent aucune allusion à ce qui s'était passé avant : les cigarettes, leur intoxication, leurs mains entrelacées ou leur presque baiser. La tendresse, l'interdit, l'innocence et la brutalité –, tout formait un nœud d'une complexité inexprimable.

Anil rentra chez lui, s'arrêtant à la pompe dans le jardin pour se laver les mains et les débarrasser de l'odeur de tabac. Quand sa mère l'aperçut qui boitait dans l'escalier, il lui expliqua qu'il avait marché sur un nid d'abeilles et il accepta qu'elle lui masse le pied avec de la pommade.

Peu de temps après, à l'entrée dans l'adolescence, Anil changea de bien des façons. Il prit ses études plus au sérieux et fut dispensé de travailler dans les champs. La plupart des week-ends, il assistait aux séances d'arbitrage de son père au lieu de jouer au cricket avec ses amis. L'éloignement des filles et des garçons, qui avait commencé à l'école primaire, s'accentuait de plus en plus pour s'étendre à toute leur vie sociale. Aussi Anil ne croisait-il plus Leena qu'occasionnellement, quand elle allait à l'école avec Piya, mais à cause de la désapprobation de Ma qui ne voyait pas d'un bon œil leur amitié, et aussi parce qu'il s'en voulait de se laisser dicter sa conduite par sa mère, il se montrait maintenant réservé en sa présence.

Quand il partit pour la fac de médecine, à dix-huit ans, il perdit tout contact avec elle et avec nombre de ses camarades d'enfance. Au cours des six années passées à Ahmadabad, il s'était efforcé de surmonter le handicap que représentait pour lui le petit village de Panchanagar. Il n'avait pas revu Leena depuis des années, mais, si les souvenirs de l'époque où ils jouaient ensemble ainsi que les sentiments qu'elle lui inspirait demeuraient en sommeil, il ne les avait pas oubliés pour autant.

2

À peine Anil franchit-il les portes coulissantes de l'aéroport Dallas - Forth Worth qu'il se sentit étreint par la chaleur. «Ah, exactement comme à la maison.»

Baldev Kapoor, son colocataire, éclata de rire en glissant un bras autour de ses épaules. «Mon ami, tu es en Amérique, maintenant. Rien à voir avec le pays.» Il sourit derrière sa barbe bien taillée.

Anil était bien obligé d'en convenir. Mis à part le climat qui lui rappelait l'Inde, il ne retrouvait pas grand-chose d'autre. L'aéroport était une merveille d'ordre et de propreté. Les passagers attendaient en file rangée, avançant poliment les uns derrière les autres. Personne ne se bousculait pour atteindre le début de la queue, personne ne jouait des coudes pour écarter ses voisins, personne ne crachait par terre. Bien qu'il eût pensé à glisser une liasse de billets dans sa poche, ni les officiers des douanes ni ceux des services de l'immigration n'insinuèrent qu'ils le laisseraient passer s'il leur graissait la patte; ils se contentèrent de regarder ses documents attestant qu'il était étudiant étranger, et tamponnèrent son passeport.

Tandis que Baldev conduisait, Anil contempla les rubans d'autoroutes sinueuses qui s'étiraient devant lui et les vastes étendues de terre déserte de part et d'autre. Les routes lisses, dépourvues de détritus, dessinaient des lignes blanches et nettes, pareilles aux possibilités qu'offre la page vierge d'un cahier. Où étaient les camions crachant d'épais nuages de fumée noire, les mobylettes zigzaguant entre les voitures, les chèvres et les vaches marchant d'un pas tranquille ?

« Comment se fait-il qu'il n'y ait personne ? C'est une fête nationale aujourd'hui ? » demanda-t-il à Baldev, qui vivait en Amérique depuis plusieurs années, ayant quitté Delhi pour Houston avec ses parents alors qu'il était encore adolescent.

« Les villes, c'est une chose, mais le Texas ressemble encore largement au Far West, plaisanta-t-il. Je te déconseille de t'aventurer dans certains endroits, si tu vois ce que je veux dire. »

Anil avait repéré l'appartement en lisant la petite annonce postée par le troisième colocataire, Mahesh Shah, dont le nom gujarati avait tranquillisé Ma. *Ingénieur en informatique diplômé de l'Institut international de Technologie, 25 ans, financièrement indépendant, cherche deux colocataires pour partager appartement luxueux à Irving, Texas. Alcoolique, fumeur, non-végétarien s'abstenir.* Cela paraissait trop beau pour être vrai et Anil était persuadé que Mahesh avait déjà trouvé quelqu'un, mais visiblement la chance lui souriait, comme elle lui sourit à toutes les étapes de son voyage. Le loyer mensuel de six cents dollars représenterait, certes, une grosse dépense dans son budget, mais la résidence n'était qu'à vingt minutes de l'hôpital, et il se sentait rassuré de vivre avec des compatriotes.

L'appartement était plus grand qu'il ne s'y attendait, et tout lui parut flambant neuf. Une épaisse moquette couleur sable, rappelant la couleur des murs, recouvrait le plancher. La cuisine était équipée d'un plan de travail aux carreaux étincelants et d'appareils ménagers en parfait état. Comme il aurait aimé que Ma voie tout ça, mais, bien sûr, c'était impossible. Rien que le prix du billet d'avion avait obligé Papa à vendre six têtes de bétail. Il allait devoir compter sur son maigre salaire pour payer ses retours à la maison.

Baldev lui montra la chambre de Mahesh, au lit soigneusement tiré, avec une salle de bains adjacente, puis sa propre chambre. Là, ce n'était que fouillis, murs couverts de starlettes de Bollywood, et banc de musculation dans un coin. Il lui indiqua ensuite la salle de bains qu'ils partageraient tous les deux et s'excusa de cet arrangement. Mais cela ne dérangeait nullement Anil : après avoir grandi avec des lieux d'aisance à ciel ouvert, l'idée d'avoir des toilettes trop près de sa chambre le répugnait.

Une fois ses valises défaites, Anil fut surpris de découvrir que ses affaires, qui occupaient tellement de place sur le toit de la Maruti, disparaissaient presque dans ce si vaste espace. D'autant plus qu'il dut jeter la moitié de ses vêtements, tachés par le curcuma que Ma avait glissé dans la malle. Il réserva la plus grande partie de sa chambre à ses manuels de médecine : deux dizaines de volumes contenant toutes les connaissances qu'il avait mémorisées au cours des six dernières années. À l'inverse des autres étudiants qui s'étaient empressés de revendre leurs livres, Anil les avait gardés, sachant qu'ils lui seraient précieux pendant son année de stage.

Quand il eut terminé de ranger, il parcourut la pièce du regard. L'ordre lui plaisait et augurait un nouveau départ. Il était frappé par l'abondance qui semblait définir l'Amérique. L'aéroport immense, les routes dégagées, cette chambre à moitié vide – partout, il y avait plus que le nécessaire, plus que ce qu'il pouvait raisonnablement espérer. Il refréna sa peur à l'idée de dormir seul pour la première fois de sa vie, sans un frère ou un camarade, et s'imprégna plutôt du sentiment de liberté que lui offrait ce lieu n'appartenant qu'à lui, loin de la fac de médecine où ses origines paysannes lui avaient toujours collé à la peau, et loin du village où les attentes de sa famille lui avaient toujours pesé.

Baldev apparut sur le seuil. « Allez, viens. Mahesh nous attend. On va te faire goûter la meilleure cuisine qu'on trouve en Amérique. » Il planta ses lunettes de soleil sur le haut de ses cheveux savamment coiffés et haussa un sourcil. « Tex-mex. Tu vas adorer, j'en suis sûr. »

Alors que Baldev fermait la porte d'entrée à clé, une jeune femme sortit de l'appartement voisin. Elle avait des cheveux ondulés blond roux qui lui retombaient sur les épaules et portait un survêtement bleu marine. Anil surprit son expression vide, presque triste, mais dès qu'elle se retourna et vit les deux jeunes hommes, son visage s'éclaira d'un large sourire.

« Oh, salut! Vous devez être mes nouveaux voisins. » Elle hissa un sac de sport sur son épaule. « Je m'appelle Amber. J'habite là. » Du pouce, elle désigna la porte de son appartement. Elle avait une voix chaude, comme l'arôme qui montait de la cuisine de la Grande Maison, quand le cuisinier préparait des pâtisseries : le parfum du beurre clarifié cuisant à petit feu avec de la farine, qu'Anil associait toujours aux délices à venir.

« Moi, c'est Dave, dit Baldev, d'une voix plus grave que d'habitude. Et voici... Neil. » Baldev attrapa Anil par les épaules et le secoua légèrement. « Mon ami est médecin. Le Parkview Hospital est allé le chercher jusqu'en Inde pour le recruter, ce qui prouve à quel point il est bon. C'est même le meilleur, au pays. »

Anil sentit ses joues s'empourprer. « Ce... ce n'est pas tout à fait exact. Je...

— C'est vrai ? » Amber le dévisagea. « Tu es docteur ? Ouah, tu parais tellement jeune. » Elle secoua la tête en lui souriant. « Je n'arrive pas à croire que tu sois déjà docteur.

— Je ne suis pas si jeune. J'ai vingt-trois ans, corrigea Anil. En Inde, on entre à la fac de médecine après deux ans d'études supérieures, ce qui fait qu'on commence effectivement un peu plus tôt qu'aux États-Unis. Mais ensuite, on doit accomplir plusieurs années de stage, d'où ma présence ici.

— Je comprends. » Elle posa son sac par terre et s'adossa contre le mur entre les portes de leurs appartements respectifs, comme si elle s'installait pour une longue conversation.

Anil voyait bien que Baldev avait hâte de partir ; il se dirigeait déjà vers le parking où Mahesh devait sans nul doute les attendre. Sauf que lui n'avait envie que d'une chose : rester ici, dans ce couloir sinistre en béton gris, et continuer à discuter avec Amber, prendre plaisir à l'écouter exprimer sa chaleureuse admiration. Jusqu'à présent, toutes ses rencontres en Amérique – à l'aéroport, au bureau de l'immigration – avaient été transactionnelles et froides. Maintenant, enfin, on lui offrait un peu d'enthousiasme.

« Je serais tellement contente que tu me parles encore de ton métier, s'exclama Amber. La médecine, c'est vraiment fascinant. Mon… », commença-t-elle avant de s'arrêter et de lui sourire.

Anil lui rendit son sourire, incapable de trouver une réplique intéressante ou amusante.

« Cette résidence est si vaste, déclara Amber, remplissant le silence à sa place. Je n'habite là que depuis six mois et je n'ai pas eu l'occasion de me faire beaucoup d'amis, mais j'ai l'impression qu'il y a plein de jeunes comme nous qui vivent ici. Et la piscine de la résidence est une aubaine par cette chaleur.

— Oui, j'imagine », répondit Anil. Il s'accrocha aux mots « comme nous » et à l'idée d'être associé à la jeune femme. Il n'avait jamais nagé dans une piscine ; il n'avait jamais nagé ailleurs que dans la rivière et les cascades autour de Panchanagar, vêtu de ses habits de tous les jours, ou nu, tout simplement. Il nota mentalement d'acheter un maillot de bain avant le week-end prochain.

«Eh bien... Ravie de t'avoir rencontré, Neil.
— En fait, c'est A-nil.
— Ah-neel?» Elle l'interrogea du regard pour savoir si elle avait bien prononcé son nom et il acquiesça d'un hochement de tête. «On se croisera sûrement un de ces quatre. N'hésite pas à frapper à ma porte si tu as besoin de quelque chose.» Ils ne bougèrent ni l'un ni l'autre.

Anil refusait de mettre un terme à leur conversation, d'être celui qui s'éloignerait le premier, mais il entendit le klaxon de la voiture de Mahesh dans son dos. «À bientôt, j'espère», dit-il, furieux contre lui-même de conclure aussi platement, mais un large sourire illumina le visage d'Amber, et il décréta qu'elle était bien plus belle que les filles des affiches de Baldev ou que n'importe quelle femme à laquelle il pouvait penser.

Anil s'assit sur le siège passager de la Honda Civic et se présenta à Mahesh, lequel ressemblait exactement au portrait qu'il avait mis sur sa page facebook : un garçon maigre et nerveux, avec des lunettes et un téléphone fixé à sa ceinture. À se demander s'il ne portait pas la même chemise bleue à carreaux que sur la photo. Lorsqu'ils quittèrent le parking, Anil se tourna vers Baldev et dit : «C'est quoi, cette histoire de prénoms?
— *Bhai*, tu vas devoir apprendre à t'adapter ici. Tu ne sortiras jamais avec une fille si tu te comportes comme en Inde, crois-moi.
— Vous parlez de l'Américaine qui habite à côté? demanda Mahesh. Pourquoi tu t'intéresserais à elle?»
Baldev fit claquer sa langue et menaça Anil du doigt. «Ne t'avise pas de rencontrer des Américaines, mon garçon, déclara-t-il d'une voix haut perchée. Nous organiserons ton mariage au pays, quand l'heure sera venue.» Il éclata de rire et, de sa voix normale, ajouta : «Faux?»

Anil et Mahesh rirent à leur tour. « Oh, non », dirent-ils en secouant la tête comme leurs mères l'auraient fait.

*

Anil n'avait jamais bu de Margarita de sa vie, et à la première gorgée glacée, il ressentit une vive douleur dans la tête. « Qu'est-ce qui se passe ? demanda Baldev. Je t'ai commandé une vierge pourtant. » Puis, voyant son expression, il précisa : « Une Margarita vierge, imbécile. Sans alcool.

— Oh, fit Anil en hochant la tête lentement. En fait, j'étais en train de me dire qu'on peut avoir tout ce qu'on veut dans ce pays. » Il tendit la main vers la corbeille de chips de maïs épicé. « Une vierge ? Très bonne. »

Baldev lança la tête en arrière et éclata de rire. « M. Le Coincé ici présent m'a déjà fait la leçon sur les Gujuratis qui ne boivent pas une goutte d'alcool.

— Je n'ai pas dit tous les Gujaratis, corrigea Mahesh, mais dans ma famille…

— Oui, oui, et tu ne penses pas non plus que les Pendjabis sont tous des païens, juste ceux d'entre nous qui boivent. » Baldev leva son verre givré et avala une gorgée. « Et qui mangent de la viande », ajouta-t-il tandis que le serveur posait une assiette de fajitas brûlantes sur leur table. Sentant l'odeur de la viande monter des tortillas, Anil détourna la tête.

« Oh, ne fais pas tant le dégoûté. Ce n'est que du poulet. Je me doutais que tu aurais une attaque si je les avais prises au bœuf. On ne peut pas se permettre d'avoir un médecin qui a une attaque.

— Écoute, je ne suis pas encore vraiment médecin, corrigea Anil. Je suis encore étudiant.

— Un détail, mon ami. » Baldev prit une fajita. « En Amérique, tu dois te vendre. Et *médecin*, ça sonne mieux que *encore étudiant*. En tout cas, ça a plu à Amber, pas vrai ?» Il s'enfonça le pouce dans la poitrine. «Moi, par exemple, je suis consultant en réseaux numériques.

— Ce qui signifie qu'il travaille dans un magasin d'électronique où il aide les clients à brancher leurs ordinateurs, expliqua Mahesh, la bouche pleine de riz et de haricots.

— Ça vaut mieux que de passer ses journées dans une cabine à écrire des codes.»

Mahesh se pencha en avant. «Fais attention, tu t'adresses à un ingénieur senior en informatique.

— Voilà, maintenant tu comprends de quoi il s'agit, mon ami.» Baldev leva son verre. «À l'Amérique, où tu peux être ce que tu veux. Le ciel est ta seule limite.»

Exactement, pensa Anil en trinquant avec ses amis. *Tout ce que je veux. Et sans tenir compte du désir de mes mère-frères-tantes-oncles-cousins-parents-voisins-clan-village.*

Baldev finit sa Margarita et fit signe au serveur de lui en apporter une autre.

«Pour moi aussi, dit Anil. Mais pas vierge.» Le serveur le regarda d'un air perplexe, puis il secoua la tête et s'éloigna.

Baldev félicita Anil d'une tape sur l'épaule. «À l'avenir, mon ami. À un avenir prometteur.» Anil versa le reste de salsa sur ses enchiladas au fromage, délicieusement épicées. Contrairement aux craintes de Ma, il n'allait pas mourir de faim ici. Jusqu'à présent, l'Amérique semblait inclure le meilleur de l'Inde, sans les aspects qu'il préférait laisser derrière lui. Anil se cala sur sa chaise, écrasa un moustique posé sur son bras et inspira profondément l'air d'une nuit d'été au Texas.

*

La date de la journée d'accueil des étudiants hospitaliers était entourée en rouge depuis longtemps sur le calendrier d'Anil. Pourtant, bien que levé aux aurores, il arriva en retard à l'hôpital, après avoir traversé l'ensemble des bâtiments qui ressemblait à un grand aéroport et suivi des allées marquées de codes couleur et alphanumériques. Anil avait lu tout ce qu'il pouvait trouver sur le Parkview Hospital, aussi croyait-il savoir à quoi s'attendre quand il en franchit les portes en ce premier jour, plein d'une excitation fébrile. Mais découvrir le lieu *de visu*, ce n'était pas la même chose : l'hôpital était immense, vibrant d'activité tel un géant respirant bruyamment.

Alors qu'il prenait place dans l'auditorium, un homme élancé tapota sur un micro et se présenta : Casper O'Brien, le directeur de l'hôpital. Ce nom figurait sur tous les documents de Parkview qu'Anil avait reçus, et il était à présent associé à l'homme debout sur l'estrade, mesurant plus d'un mètre quatre-vingts et s'exprimant d'une voix tonitruante. « Bienvenue à Parkview, dit-il. L'un des plus grands centres hospitaliers universitaires du pays. Vous allez nous donner trois ans de votre vie, qui vous paraîtront six et, en échange, nous vous offrirons neuf ans d'expérience. » Des gloussements se firent entendre parmi le public. Anil croisa et décroisa les jambes. « Notre mission, poursuivit O'Brien, est de fournir une aide médicale et des soins hospitaliers aux indigents et aux nécessiteux. En d'autres termes, mesdames et messieurs, c'est ce que vous verrez ici.

— Et ce ne sera pas joli. » La voix grave qui prononça cette phrase provenait d'un jeune homme blond en blazer brun clair, assis un rang devant Anil.

O'Brien arpenta l'estrade de ses longues jambes pareilles aux branches d'une paire de ciseaux. « Nous recevons plus d'un million de patients par an. Nous accouchons plus de bébés que n'importe où ailleurs, et pas seulement dans ce pays, mais dans le *monde*, mes amis. » Il s'arrêta et leva l'index. « Il n'y a pas de meilleur endroit pour gagner vos galons de médecin. Une fois vos trois années de stage terminées, vous serez prêts à travailler partout. »

Il leur livra une tonne d'informations – procédures hospitalières, rôle du personnel médical, rotation des stages, missions des équipes. Anil ne parvint pas à tout retenir, mais il fut frappé d'apprendre que Parkview employait douze mille personnes, c'est-à-dire vingt fois la population de son village. Il allait passer son année de stage en médecine interne, où il changerait tous les mois de service. Des papiers circulèrent entre les jeunes étudiants jusqu'à ce que chacun ait en main son planning pour l'année.

« Je commence par les urgences, je ne pouvais pas avoir pire », soupira un garçon à la gauche d'Anil. Il portait une chemise et un sweat-shirt, une tenue nettement plus décontractée que celles de ses voisins.

« Moi aussi. » Anil montra son planning.

« Charlie Boyd. » Le garçon sourit et tendit la main. « Enchanté, vieux. »

*

Les urgences, surnommées le « paillasson de l'hôpital », recevaient plus de cent mille patients par an. Eric Stern, le chef de clinique, était un homme au corps trapu, musclé, et au fort accent new-yorkais. Il semblait être toujours en mouvement : il marchait vite et donnait des directives d'une voix pressée, émaillées de termes qu'Anil ne connaissait pas. « Tu es trop lent, Patel. » Eric entra en coup de vent dans la salle d'examen. « Tu ne peux pas passer quinze minutes sur les antécédents médicaux. On a une salle d'attente pleine à côté. Établis le diagnostic et stabilise. Renvoie ou hospitalise. C'est le seul boulot que tu as à faire. De quoi se plaint le patient ? » Il jeta un coup d'œil à son dossier. « Douleurs abdominales ? Demande un scanner et vois d'autres patients. » À Ahmadabad, Anil aurait procédé à un examen clinique complet avant d'envoyer un patient à l'unique centre d'imagerie médicale de la ville que se partageaient trois hôpitaux. Et il fallait attendre longtemps et patienter plusieurs jours pour obtenir les résultats.

Au bout de quelques semaines, Anil s'habitua au rythme quotidien des urgences. La visite commençait à sept heures tapantes, après quoi l'équipe se dispersait pour travailler toute la journée à une cadence frénétique – accueil continuel des nouveaux patients, antécédents médicaux, examens cliniques, ordres d'admission. Dans l'après-midi, la salle d'attente était bondée. Cent mille patients par an aux urgences, cela voulait dire un nouveau patient toutes les quatre minutes, chaque jour, vingt-quatre heures sur vingt-quatre.

Dans le monde sans fenêtres des urgences, Anil était déconnecté du reste des étudiants hospitaliers. Les urgentistes n'avaient pas le droit de quitter leur poste pour assister au staff ou aux conférences avec les autres étudiants, ni même pour aller à la cafétéria. Aussi Anil déjeunait-il souvent d'une barre de céréales achetée au distributeur automatique en attendant la prochaine consultation. Lorsqu'ils commandaient des pizzas, Eric en prenait systématiquement une à la viande qu'il pliait en deux et mangeait comme un sandwich. Il était d'un abord difficile, très différent des autres médecins qu'Anil connaissait : bruyant, doté d'un aplomb excessif, et avec une grosse cicatrice au front due à un accident de kite-surfing, un mélange de deux sports dangereux dont Anil n'avait jamais entendu parler.

Parmi la dizaine d'internes et d'étudiants travaillant aux urgences, Anil fut surpris de compter autant de femmes, presque la moitié du groupe. Il s'efforçait de les éviter, ne sachant pas comment se comporter avec elles. En revanche, avec les infirmières qui, comme en Inde, composaient en grande partie le personnel infirmier, il se sentait beaucoup plus à l'aise. La majorité des patients de Parkview n'étaient pas blancs. Loin du paradis bucolique qu'il s'était imaginé, Parkview représentait le dernier recours pour les plus pauvres de la ville. Ceux qui n'avaient pas d'assurance maladie, d'argent et de médecin traitant débarquaient à Parkview, en particulier aux urgences. Telle la femme sans domicile fixe qui inscrivit «la Terre» comme adresse, et s'était confectionné un chapeau en papier d'aluminium qu'elle portait sur sa touffe de cheveux hirsutes et refusait de retirer pendant qu'on l'examinait. Ou l'homme empestant l'alcool, dont le nez rouge en disait long sur son passé d'alcoolique, mais qui niait avoir été ivre quand il était tombé sur des bouts de verre et s'était blessé au front.

À la fin de chaque journée, Anil n'était pas seulement épuisé, mais aussi mentalement vidé à force de se confronter à la méfiance et aux dérobades des patients. Il était bouleversé par le désespoir qui se lisait dans leurs regards et perçait dans leurs voix, et miné par leur odeur d'urine et de crasse. La première chose qu'il faisait quand il rentrait à l'appartement, en général bien après dix heures du soir, c'était de prendre une longue douche, et il se frottait jusqu'à ce que le parfum du savon imprègne tous ses sens. Les étudiants en stage à Parkview étaient censés travailler chez eux, le soir, et il avait accumulé une bibliographie. Tous les jours, il quittait l'hôpital avec l'intention d'avancer dans la lecture de ces ouvrages, mais après être resté debout douze heures d'affilée, il arrivait à peine au bout du premier sujet qu'il s'endormait, entouré de livres, la lumière toujours allumée quand son réveil sonnait à cinq heures du matin.

*

« Vous avez vu Eric Stern ? demanda une infirmière à Anil avant la visite du matin, parce qu'il était la seule blouse blanche à proximité du bureau de l'infirmière d'accueil et d'orientation. J'ai un cas urgent.

— Je peux m'en occuper, répondit Anil en attrapant la fiche du malade.

— Vous êtes sûr ? » Elle fixa son badge d'identification. « C'est assez grave. »

Anil parcourut le dossier. Il cherchait depuis un moment l'occasion de présenter un cas et d'impressionner Eric Stern. Dans le box 6, il trouva John Doe, un jeune homme en tenue de ville, la tête retombant sur le côté et la bouche grande ouverte. « Monsieur ? » Anil le secoua par les épaules et dirigea une lampe sur ses yeux. Ses pupilles étaient rétrécies, sa respiration superficielle. Une haleine sans effluve d'alcool, aucun signe particulier sur le corps hormis quelques vieilles croûtes de gale sur les bras. Anil sentit son propre pouls s'accélérer à mesure que différents diagnostics lui venaient à l'esprit. *Hémorragie intracérébrale. Embolie pulmonaire.* Il tenta de relever le patient et fut surpris par le manque de tonicité et la lourdeur du corps. John Doe retomba sur le matelas avec un bruit sourd, sa tête glissa sur le côté. On aurait dit un cadavre. Anil ouvrit le rideau du box et criait qu'on apporte un chariot d'intubation quand il aperçut Eric Stern et le reste de l'équipe qui tournaient au coin du couloir.

« Patel, où étais-tu ? aboya Eric. La visite commence à sept heures. Précises.

— J'ai… j'ai un patient dans un état critique, répondit Anil. Il va peut… peut… peut-être falloir l'intuber.

— Eh bien, fit Eric Stern. Allons voir ça. Comment est sa respiration ?

— Superficielle.
— Mais il respire, n'est-ce pas ? Vérifions ses voies aériennes. »
Il enfonça un abaisse-langue dans la bouche de John Doe qui eut un réflexe nauséeux, premier signe de vie visible chez lui. Eric Stern se tourna vers les autres étudiants. « D'après ce réflexe, nous pouvons en déduire que notre patient protège ses voies aériennes. Inutile donc d'intuber. » Il regarda Anil. « Rythme cardiaque ? »

Cinquante-cinq, se rappela Anil, mais les C avait toujours été un cauchemar pour lui. Il les sentait déjà buter sur ses lèvres, prêts à trébucher l'un sur l'autre s'il ouvrait la bouche, aussi, pendant quelques secondes embarrassantes, il se contenta d'observer le chef de clinique qui écoutait le cœur du patient avec son propre stéthoscope. « Rythme cardiaque normal. Quoi d'autre ? Tension artérielle ?

— Je... je ne l'ai pas... prise. » Anil s'efforça de respirer lentement, conscient de la chaleur qui lui montait aux joues.

Eric Stern se tourna de nouveau vers le reste de l'équipe. « Est-ce que l'un de vous ici, qui a suivi les premiers cours de n'importe quelle fac de médecine, peut me dire les trois choses élémentaires à vérifier chez un patient qui ne répond pas ? »

L'un des étudiants, le type au blazer brun clair et à la voix grave de la journée d'accueil, répondit : « Air passage, bouche-à-bouche, circulation. » *Trey Crandall*, lut Anil sur son badge.

Eric Stern revint à Anil. « ABC. Ça te dit quelque chose, Patel ? Et as-tu remarqué quoi que ce soit lors de l'examen clinique ? » Sa voix s'était durcie. « Car tu as bien examiné le patient, n'est-ce pas ? Tu n'as rien remarqué d'anormal sur ses bras ? » Il saisit le poignet de John Doe et le souleva pour que tout le monde voie.

« D'anciennes croû-croûtes de ga...gale. » Anil avait l'impression que sa tête le brûlait, et il ressentit une vive douleur derrière les yeux. Il se creusa la cervelle pour se rappeler comment la gale pouvait évoluer, fouillant dans ses poches à la recherche de ses fiches.

« De gale ? » Eric Stern eut un petit sourire suffisant. « Quelqu'un veut-il ajouter quelque chose ? » Dans le box 6, l'ambiance s'assombrit à mesure que l'état critique du patient passait au second plan pour laisser toute la place à l'humiliation publique d'Anil Patel. Un bref silence flotta avant que d'autres membres de l'équipe, anxieux de remplir le vide créé par l'occasion ratée d'Anil de se faire bien voir, proposent leur propre explication.

« Des traces de piqûres ? » suggéra Trey Crandall.

Le chef de clinique lâcha le bras de John Doe et pointa un doigt sur Trey. « Bingo ! Ce genre de patient est fréquent aux urgences, Patel. Ces traces sont les signes évidents de l'usage de drogues par voies intraveineuses, et je suis prêt à parier que les résultats de son analyse toxicologique seront positifs au gamma-hydroxybutyrate ou GHB. De fortes doses de GHB, connu sous le nom de drogue du viol, provoquent une rapide perte de connaissance, ce qui est une chance pour toi, Patel, car autrement notre patient n'aurait pas apprécié qu'on lui enfonce un tube dans la gorge sans raison. Il sera sur pied d'ici une heure ou deux, et il hurlera et nous maudira comme tous les autres. En attendant, mets-le en position latérale de sécurité pour qu'il n'inhale pas, et vérifie ses constantes toutes les demi-heures. »

L'équipe se rangea derrière le chef de clinique qui s'arrêta pile devant Anil avant de sortir. « N'essaie pas de prendre de l'avance, Patel. La prochaine fois, dis plutôt à l'infirmière d'orientation de me biper quand tu ne sais pas te démerder ! »

Au moment de partir, Charlie s'approcha d'Anil et lui tapota l'épaule. « T'inquiète pas, vieux. » Ce geste inattendu émut Anil jusqu'aux larmes, et il se mordit la langue pour les contenir.

*

Anil avait cinq ans quand il commença à bégayer. À l'école, les enfants les plus cruels se moquaient de lui. Le plus méchant de tous était un garçon gros et bête du nom de Babu, dont le père, un ancien ouvrier agricole du père d'Anil, était un ivrogne invétéré incapable de garder longtemps un emploi. Chaque fois que le maître se tournait vers le tableau noir, Babu se mettait à siffler en direction d'Anil jusqu'à ce que les autres garçons l'imitent, telle une bande de serpents en colère.

Un jour, le maître demanda à Anil de rester après la classe. Une fois les autres élèves sortis, et après un dernier sifflement de Babu, il tendit à Anil un livre épais, relié d'une toile fine, à la différence des manuels scolaires. Anil fit courir ses doigts sur les fils étroitement tressés de la couverture indigo. Puis il feuilleta les pages qui libérèrent une odeur de moisi.

« Tu sais ce que c'est ? » demanda le maître.

Anil hocha la tête. Il avait reconnu le titre, son père ayant un exemplaire de ce livre dans sa bibliothèque.

« Entraîne-toi à lire les passages que j'ai notés. Quand tu seras prêt, tu les liras devant la classe. »

Cette idée terrifia Anil mais il emporta docilement le livre chez lui, et, tous les après-midi, il quittait la Grande Maison, contournait les champs de paddy, grimpait la petite colline et marchait vers son bananier préféré, à l'ombre duquel il restait jusqu'à ce que le soleil soit bas dans le ciel. Là, il s'asseyait et lisait les passages de l'*Autobiographie du Mahatma Gandhi* que le maître avait marqués pour lui. Petit à petit, les mots lui vinrent plus aisément et finirent par se graver dans sa mémoire au point qu'il réussit à les déclamer, debout sous son arbre, devant une audience de grillons et de crapauds. Il comprit alors que dans un lieu isolé, du moins, quand on lui donnait une suite de mots, il pouvait parler sans la moindre difficulté. Il parvint ainsi à surmonter son bégaiement à l'âge de huit ans, et cette victoire lui donna l'assurance qu'il pouvait faire ce qu'il voulait.

*

À la fin de la journée, Anil s'assit dans le vestiaire pendant que Charlie enfilait sa tenue de cycliste pour rentrer chez lui.
« Je n'y arriverai pas, dit Anil. J'ai travaillé pour ça toute ma vie et je ne... ne suis pas à la hau... hauteur.
— Allez, vieux, fit Charlie. Tu as juste passé une mauvaise journée. »
Anil fit signe que non. « Tu n'as pas vu la tête de Stern. Il va me renvoyer. Je devrai retourner chez moi, et je ne serai pas qualifié pour exercer, sans compter que tous les stages pratiques sont déjà pourvus en Inde. » Il ferma les yeux, imaginant le visage de son père s'il rentrait après avoir échoué.
Charlie attrapa une chaise, la retourna et s'installa face à Anil, le menton sur le rebord du dossier. « Écoute, calme-toi. Un jour à la fois. Qu'est-ce que tu dois faire pour demain ? Finir ce que tu avais prévu de lire aujourd'hui dans ta bibliographie et préparer la présentation de tes cas, O.K. ? Alors, allons-y. Et pour l'instant, ne pense à rien d'autre. »
À partir de ce jour-là, quand ils sortaient de l'hôpital, Anil et Charlie allaient tous les soirs dans un petit restaurant voisin pour avancer dans leur bibliographie. Ils gardaient leurs livres dans leurs voitures et se retrouvaient à la même table, au fond du restaurant, loin de la cuisine et des autres clients. La serveuse qui s'occupait régulièrement d'eux était une femme âgée, très maigre, dont la voix rocailleuse trahissait des années de tabac. Elle finit par connaître leurs commandes par cœur : la tourte

à la viande pour Charlie, et la même chose (sans viande) pour Anil. La purée de pommes de terre et les légumes ne présentaient rien d'exceptionnel, mais Anil avait découvert le jus qu'il ajoutait partout, en même temps que les autres condiments présents sur la table.

« Hé, mec, mais c'est incroyable ! » s'exclama un soir Charlie quand, deux semaines plus tard, Anil lui montra ses fiches. De différentes couleurs, elles contenaient chacune les symptômes, les diagnostics possibles et les examens et traitements recommandés. « Quand est-ce que tu as fait ça ? » Charlie retourna l'une des fiches et jeta un coup d'œil aux références des revues scientifiques qu'Anil avait notées au dos.

Anil haussa les épaules, légèrement penaud. En général, il ne partageait pas ses fiches ou ses méthodes d'apprentissage avec les autres, étant donné la compétition qui régnait entre les étudiants à la fac. Mais Charlie était différent, et d'un abord plus facile. Peut-être était-ce dû à son allure décontractée – spécifique aux Australiens, d'après lui – ou bien au fait qu'il était plus âgé. Charlie avait travaillé comme ingénieur biomédical à Sydney pendant plusieurs années et envisageait de s'inscrire dans une école de commerce quand il avait débarqué aux États-Unis avec son sac à dos. Après avoir passé un an au contact de la nature, il décida que gravir les échelons d'une entreprise de matériel médical ne le séduisait finalement pas, et il s'orienta vers la médecine.

« Sérieux, c'est comme une arme secrète. » Charlie consulta les autres fiches. « On va gérer les urgences en un rien de temps. Merci, vieux. C'est très généreux de ta part. »

Anil sourit en attrapant un pot de sauce chili verte et dévissa le couvercle. « Pas de problème », dit-il. Il était content de rendre service à Charlie, le seul de ses pairs en qui il avait confiance. Un jour, alors qu'il changeait de blouse stérile dans les vestiaires après avoir été trempé par une sonde urinaire mal posée, il surprit une conversation de l'autre côté de la pièce. «Vous l'avez vu, l'étranger, pendant la visite?» dit une voix désincarnée. Anil se figea sur place, un pied au-dessus de la jambe de son pantalon.

«Qui?» Il reconnut la voix de baryton de Trey.

«Patel. Il se trimballe tout le temps avec des petites fiches qui contiennent des notes tirées d'obscurs articles de revues médicales. Il est incapable de réagir rapidement, et ses réponses ne valent que dalle. Si vous aviez vu le chef de clinique le prendre à part quand il a voulu jeter un coup d'œil à ses fiches avant de répondre!» Anil retint sa respiration, terrifié à l'idée que quelqu'un entre dans les vestiaires et le trouve là, sans pantalon.

«En plus, même quand il connaît la réponse, on n'est pas sûr de le comprendre», ajouta une troisième personne. Les trois garçons s'esclaffèrent, et leur rire discordant résonna longtemps aux oreilles d'Anil. Il n'aurait su dire s'ils se moquaient de son accent, de son bégaiement ou de ses présentations insuffisantes.

*

Anil espérait que les choses s'amélioreraient à la fin de son premier passage aux urgences, mais il ne tarda pas à comprendre que chaque stage présentait ses propres désavantages. Les urgences était le pire, mais uniquement à cause du nombre de nouveaux patients à voir tous les jours. Dans les services de médecine générale, il fallait sans cesse jongler avec des malades difficiles. En gastro-entérologie, on vomissait souvent sur vous, tout comme vous pouviez aussi être occasionnellement éclaboussé par un jet de diarrhée lors d'un examen rectal. Tous les mois, il découvrait non seulement un nouveau royaume de la médecine, mais de nouveaux chefs qu'il devait impressionner et qui l'humiliaient, et de nouveaux externes qui n'hésitaient pas à se marcher sur les pieds pour marquer des points dans cet étrange jeu.

Anil s'habitua à l'extrême fatigue qui le submergeait. Une expérience de tout le corps, les prémices de chaque symptôme signifiant un nouvel obstacle à franchir. D'abord, les idées s'embrouillaient, puis ses épaules s'affaissaient et il lui fallait alors s'appuyer contre le mur. À un moment, ses yeux commençaient à le picoter et larmoyaient, raison pour laquelle il avait toujours des kleenex et du sérum physiologique dans ses poches. Pour finir, lorsqu'il était resté debout douze heures d'affilée, voire plus, ses genoux lui provoquaient de terribles douleurs, qui persistaient toute la nuit s'il était de garde, et ne se calmaient qu'après huit heures d'un sommeil ininterrompu, quand enfin celui-ci venait. Six jours par semaine, Anil se tirait de sa torpeur et retournait à l'hôpital, décidé à prouver qu'il était capable d'exercer ce métier pour lequel il s'était préparé pendant si longtemps. Chaque jour, il s'attendait à passer un cap et à trouver enfin en lui le sentiment de compétence qui lui faisait défaut.

Anil savait qu'il devrait travailler dur pendant cette année de stage, et il l'acceptait, mais il aurait aimé recevoir de temps en temps une parole d'encouragement de la part d'un chef, ou éprouver la satisfaction d'avoir bien fait quelque chose. Tout comme il aurait aimé que ses patients l'apprécient, ou simplement le respectent. En Inde, ses patients reconnaissants lui apportaient tellement de sucreries qu'il avait pris trois kilos au cours de son premier mois à l'hôpital. Ici, ils se montraient méfiants et agressifs. Anil n'aurait pu dire s'ils se comportaient de la sorte avec tous les médecins, ou s'ils ne réservaient ce traitement qu'à lui seul. Même les Noirs – en particulier les Noirs – semblaient s'offusquer d'être soignés par un médecin indien.

Au bout de quelques mois, Anil avait renoncé au rêve impossible de se sentir un jour compétent dans son travail. Il se mit alors à développer des stratégies d'adaptation : comment passer d'un patient à un autre avec un maximum d'efficacité en se rappelant son état ou le numéro de sa chambre plutôt que son nom. Le conseil de Charlie, faire une chose à la fois, devint son nouveau mantra. Tous les soirs, il se tenait devant le calendrier qu'il avait punaisé sur la porte de sa chambre avec un Krishna bleu au regard espiègle, en se demandant si ces brefs coups d'œil quotidiens à la divinité seraient qualifiés de prières aux yeux de sa mère, puis il rayait la date d'une croix noire. Six mois après le début de sa première année à Parkview, la hiérarchie de ses objectifs avait changé : tout comme le corps humain sous la contrainte réclamait avant tout de l'oxygène et des fluides, Anil essayait seulement de survivre.

3

Leena s'efforçait de conserver une expression neutre tandis que Piya l'observait d'un air espiègle, un oreiller plaqué contre sa poitrine.

« Allez, raconte ! » dit Piya en s'installant plus confortablement sur le lit.

Leena se tenait à l'autre bout, jambes tendues, comme Piya, leur position habituelle. Elle haussa les épaules mais, malgré ses efforts, elle ne put réprimer un sourire : Piya avait toujours su comment lui soutirer des aveux. Elles étaient amies depuis l'époque où, suffisamment âgées, elles se sauvaient de leurs maisons respectives pour se retrouver dans les champs. En tant que fille unique, Leena appréciait la compagnie de Piya et de ses frères. Surtout celle d'Anil, dont elle avait été inséparable pendant des années.

Leena ignorait pourquoi ils avaient été attirés l'un par l'autre au début. Peut-être parce qu'ils étaient tous deux des enfants calmes : elle, fille unique, habituée à jouer avec sa propre imagination ; Anil, plus absorbé par ses livres que par les parties de cricket comme les autres garçons. Quelle qu'en fût la raison, lorsqu'il découvrit une cascade en aval de la rivière, elle l'accompagna pour nager sous les colonnes d'eau. Et quand elle voulut grimper au cocotier le plus haut, il la suivit. Bientôt, ils se sentaient si bien l'un avec l'autre qu'ils pouvaient passer un après-midi ensemble sans éprouver le besoin de parler.

Piya tapota le genou de Leena. « Tu vas *tout* me raconter, tu m'entends ? Dans les moindres détails. Allez. À quoi il ressemble ? »

Leena haussa à nouveau les épaules. « Je... je ne sais pas vraiment. » Elle disait la vérité : elle ignorait presque tout de l'homme qui serait sous peu son mari. Elle n'avait rencontré Girish qu'une fois, et les choses étaient allées très vite ensuite.

Trois mois auparavant, ses parents avaient décidé qu'il était temps de lui chercher un mari. Leena avait vingt ans et, d'ici quelques années, il serait trop tard. Mais Leena aimait sa vie de fille de la maison, aider sa mère à la cuisine et au ménage, accompagner son père dans les champs. Elle adorait le paysage qui les entourait : les plantations et les vastes rizières verdoyantes, les arbres qui s'élançaient vers le ciel, les montagnes au loin. Et puis, ses parents n'avaient qu'elle, et l'idée de les laisser seuls la tracassait. Son père avait commencé à souffrir de différents maux : il était vite essoufflé, il avait des douleurs aux genoux et son dos lui faisait mal dès qu'il devait se courber dans les champs.

Malgré tout, elle savait qu'elle ne pouvait pas refuser, d'autant plus qu'il n'y avait pas beaucoup d'autres choix pour elle. Elle était arrivée tant bien que mal jusqu'en troisième, n'étant pas bonne élève comme Anil. Pourtant, il avait essayé de l'aider quand ils étaient jeunes. « Et comme ça, tu comprends mieux ? » disait-il en lui expliquant autrement un problème de mathématiques. Anil s'adonnait à l'étude avec une farouche détermination, comme propulsé par un moteur interne qui le poussait vers un horizon lointain que lui seul pouvait voir.

Dans leur village, il n'existait pas d'autre perspective d'avenir pour une femme que se marier. L'agriculture, grâce à laquelle les gens vivaient, était un travail d'hommes. Lorsque la récolte était bonne, son père et sa mère travaillaient en tandem : Pradip allant et venant le long des rangées, Nirmala portant les légumes sur la véranda de leur petite maison, où elle les triait avant de les nettoyer, frottant les aubergines jusqu'à faire briller leur peau violette, confectionnant de petits fagots réguliers avec les haricots verts. Quand Pradip rentrait du marché, il racontait souvent qu'il avait vendu tout son stock au meilleur prix possible et félicitait sa femme pour ses talents de présentation. Nirmala souriait alors tout en lui massant ses pieds fatigués avec de l'huile de noix de coco chaude. La terre que possédait son père était certes fertile mais modeste : suffisante pour nourrir trois personnes et vendre une partie de la récolte au marché, mais certainement pas pour permettre à ses parents de subvenir indéfiniment à ses besoins. Qui sait, se disait Leena, si son mariage était aussi réussi que celui de ses parents, peut-être ne regretterait-elle pas de les quitter ? Peut-être même qu'une existence meilleure l'attendait ailleurs ?

Ils s'accordaient à penser qu'il valait mieux trouver un garçon vivant à proximité. Mais il y avait peu d'hommes célibataires à Panchanagar et tous ceux que ses parents rencontrèrent étaient ou trop jeunes pour se marier, ou trop vieux, ou alors peu recommandables. Quant aux meilleures familles, elles exigeaient une dot si élevée que Pradip, qui pourtant ne ménageait pas sa peine, ne pouvait tout simplement pas la payer.

Aussi commencèrent-ils à se renseigner sur les garçons des villages plus éloignés, se fiant à ce que leur racontaient des gens qu'ils connaissaient à peine. Petit à petit, ils finirent par avoir plusieurs partis en vue et, bientôt, des familles vinrent leur rendre visite avec leur fils. Pour chacune de ces présentations,

Leena et sa mère passaient une journée entière en préparatifs. Leur maison était modeste, mais elles s'assuraient qu'elle soit propre jusque dans les moindres recoins et embaume le parfum du *chai* qui infuse. Nirmala était célèbre pour ses délicieuses pâtisseries, et elle servait toujours un plateau de *boondi ladoo*[1] ou de *barfi*[2] à la pistache tout frais.

« Allez, tu dois bien savoir *quelque chose* à son sujet, insista Piya. Une chose, au moins, en plus de son nom. »

Leena leva les yeux au ciel et balança la tête d'avant en arrière en réfléchissant. « Il aime le thé sucré, trop sucré. » Elle pouffa.

Le jour où Girish était venu leur rendre visite, il portait une *kurtâ*[3] d'un blanc immaculé dont l'encolure s'ornait d'une broderie brun clair. Leena remarqua tout de suite ses cheveux soignés. On aurait dit qu'il venait de les enduire d'huile, avec la raie au milieu comme tracée à la règle. Qu'un homme apporte autant de soin à son apparence était sûrement la preuve qu'il prendrait également soin de sa femme. Plutôt que de s'adresser à Leena, par respect sans doute pour son statut de femme non mariée, c'est à sa mère qu'il demanda trois cuillères de sucre pour son thé et Leena s'interrogea sur ce que pouvait signifier des goûts aussi marqués.

Ses parents à lui se tenaient à sa gauche et à sa droite, sur le divan. Son père était un homme grand, avec un nez droit et des poches noires sous les yeux qui le faisaient paraître continuellement fatigué. Lorsque Leena se pencha pour lui présenter le plateau de *chai*, le vieil homme planta son regard dans ses yeux pendant plusieurs secondes avant de prendre une tasse. Leena eut l'étrange sensation qu'il essayait de lire en elle. Il ne s'adressait

---

1. Pâtisserie de la taille d'une noix, à base de farine et trempée dans du sucre.
2. Pâtisserie à base de lait en poudre et de ghee (beurre clarifié).
3. Tunique vague et sans col.

qu'à son père et voulut savoir toutes sortes de choses. *Combien de fois Leena avait-elle été malade ? Quels plats préférait-elle cuisiner ? Savait-elle rapiécer ? Avait-elle déjà élevé la voix devant ses parents ?* Ses questions fusaient – les unes après les autres, comme des gouttes d'huile brûlante –, puis le silence retombait. Il se calait alors contre les coussins du divan et soufflait à la surface de son *chai* tout en jetant des coups d'œil à son épouse, une femme grassouillette au visage rondelet, qui portait ses cheveux en chignon, et dont le ventre proéminent trahissait une maison où la nourriture était abondante et les épreuves rares.

Une fois qu'elle prenait la parole, elle ne la lâchait plus, et ce n'était que louanges sur son fils intelligent, travailleur, respectueux : un bon garçon, avec de belles perspectives, un avenir brillant et libre d'avoir la femme de son choix. Il était le deuxième de ses trois fils, et la seule raison pour laquelle ils lui cherchaient une épouse, c'est parce que son jeune frère avait hâte de se marier lui aussi et, naturellement, le mariage de Girish devait être célébré avant. Elle était très fière de lui, ce qui, aux yeux de Leena, semblait une bonne chose, même si elle se vantait un peu trop. Mais peut-être Leena se comporterait-elle pareillement si un jour elle avait un fils ? La mère de Girish se tut enfin pour prendre un *ladoo* dont elle ne fit qu'une bouchée et boire son *chai* en une longue et unique gorgée.

Leena vit ses parents échanger un sourire. La rencontre se passait bien : les tasses des invités étaient vides et ils avaient chacun mangé plusieurs gâteaux. Pradip profita du silence pour poser à son tour ses questions, s'enquérant de la qualité des terres arables de leur village, du logement qu'occuperait Leena et du genre de femme qu'était l'épouse de leur fils aîné. À peine avait-il obtenu les premières réponses que les parents de Girish annoncèrent qu'ils devaient partir afin d'être de retour chez eux avant la tombée de la nuit.

Piya frappa dans ses mains. « Oh, comme c'est excitant ! Il a l'air beau, non ? »

Leena hocha la tête, et sourit franchement cette fois.

« Que porteras-tu le jour du mariage ? Et quels bijoux mettras-tu ? demanda Piya.

— Ne sois pas ridicule ! Tu vas trop vite en besogne ! » gronda Leena, alors même que ses parents étaient en bas avec le pandit et le père de Piya, Jayant Patel, et qu'ils cherchaient tous les quatre la meilleure date possible pour le mariage.

4

Anil se réveilla en sursaut. C'était toujours le même rêve qui le hantait : il était à la maison, de passage entre deux semestres à la fac de médecine, et Ma le réveillait au milieu de la nuit : « Viens vite, la sage-femme a besoin de toi. Papa t'attend dans la voiture. » L'une des villageoises était en train de mettre au monde son troisième enfant, mais l'accouchement se passait mal et la sage-femme l'avait fait appeler.

Parfois, dans son rêve, Anil tentait d'expliquer à son père les limites de ses compétences. Il n'étudiait la médecine que depuis deux ans, et ses connaissances se résumaient à ce qu'il avait appris dans des livres et à son travail en laboratoire. Il n'avait aucune expérience clinique ni aucune formation en obstétrique. Il n'avait jamais assisté à un accouchement ou vu une femme en plein travail. En fait, en vingt ans de vie, il n'avait jamais vu une femme dévêtue, pour quelque raison que ce soit. Mais, en général, il ravalait ces paroles, sachant qu'il demeurait malgré tout la personne la plus qualifiée pour cette tâche, et que Papa comptait sur lui.

Il régnait un silence sinistre quand ils arrivaient devant la maison, et dans l'air chaud de la nuit ne résonnait aucun des cris auxquels Anil s'était attendu de la part d'une femme en proie aux douleurs de l'accouchement. Elle était allongée sur le plancher, haletante, les cheveux collés par la sueur et les yeux fermés. Une femme plus âgée, sa mère, assise par terre derrière elle, la soutenait. Les draps sur lesquels la jeune femme était couchée étaient trempés de sang et d'autres fluides. La sage-femme était accroupie devant elle, du sang gouttait sur le sol. « Je vois la tête du bébé, disait elle. Mais il ne veut pas sortir. » Elle lâchait un soupir. « Ses deux premiers enfants sont nés sans problème. »

À côté de la sage-femme, se trouvaient deux seaux d'eau, une pile de linge et quelques outils rudimentaires, dont de vieux forceps. Papa poussait Anil en avant. La sage-femme se tournait vers lui, bouche pincée. Anil se lavait les mains dans l'eau la plus chaude qui coulait d'une petite citerne et les séchait avec un linge propre. Puis il s'agenouillait maladroitement près de la sage-femme. En cours d'anatomie, il avait disséqué un cadavre de la tête aux pieds en suivant chaque chapitre de son manuel, mais ce qui se passait ici était totalement différent. Les jambes de la jeune femme étaient écartées, ses cuisses tremblaient et ses organes génitaux étaient si gonflés qu'on les reconnaissait à peine. La sage-femme essuyait un peu de sang et montrait à Anil le haut de la tête du bébé, de forme ovoïde, couverte d'un fin duvet noir, qui appuyait contre le pubis de la mère. Elle enfonçait ses doigts dans le vagin et mesurait le col de l'utérus avant d'indiquer, de ses mains couvertes de sang, la taille de la tête du bébé. Anil parcourait la pièce des yeux : il n'y avait aucun matériel médical, rien pour stériliser et pas un seul médicament.

Tout à coup, la sage-femme le prenait par le poignet qu'elle serrait très fort, comme si elle devinait qu'il était sur le point de se sauver. « Faites quelque chose, vite, sinon, ils mourront tous les deux », murmurait-elle. Suivant son regard, il voyait une petite mare de sang se former par terre à ses pieds. Chaque fois qu'il faisait ce rêve, le diagnostic lui venait aisément : lorsqu'il sentait le sang chaud sur ses sandales ou qu'il apercevait la masse de tissus bouchant l'ouverture du col de l'utérus. Un placenta prævia n'était pas chose rare et aurait pu être facilement identifié lors d'une échographie prénatale. La même terreur le saisissait toujours quand il comprenait ce que cela signifiait. Il fallait faire une césarienne, mais ils se trouvaient au village, en pleine nuit. Jamais la jeune femme n'arriverait à temps à l'hôpital d'Ahmadabad. Devait-il alors pratiquer une hystérotomie ici, avec un couteau de cuisine non stérilisé ?

Les paupières de la jeune femme se mettaient à battre, son corps était agité de brusques secousses. Sa mère, prenant conscience de la quantité de sang que sa fille perdait, entamait une dolente prière pour que Dieu sauve le bébé. Anil priait aussi, en silence, tandis qu'il attrapait les forceps. Quand avaient-ils été utilisés pour la dernière fois, ou nettoyés correctement ? Anil les introduisait dans le vagin et puis les serrait autour du crâne fœtal. Il était surpris de l'effort que cela lui demandait, mais la tête du bébé finissait par sortir, puis ses épaules, et la sage-femme, après s'être penchée en avant, dégageait l'enfant en entier. Elle le serrait contre sa poitrine et nettoyait sa bouche et son nez pendant qu'ils l'observaient tous, avec inquiétude. Un petit cri, comme le cri d'un animal, montait alors de lui : le bébé respirait seul pour la première fois de sa vie. Anil fermait les yeux et lâchait un profond soupir.

Bientôt, il entendait un autre cri, aigu, mêlé à ceux du bébé. Rouvrant les yeux, il voyait la vieille femme qui frappait le visage de sa fille. Celle-ci était d'une extrême pâleur, ses yeux étaient révulsés, son corps flasque. Sans vie. Anil sentait qu'un liquide chaud se répandait sur ses pieds. Elle faisait une hémorragie. Il attrapait ce qui restait de linges, les roulait en boule et les pressait contre l'orifice du vagin, mais le sang imbibait rapidement le tissu. Il regardait alors autour de lui comme un fou, cherchant ce qu'il pourrait utiliser, n'importe quoi, et finissait par déchirer sa chemise dont il se servait pour contenir le saignement.

Le visage de la femme était à présent vidé de toute couleur et ressemblait à ceux des cadavres sur lesquels Anil s'était entraîné. La mère hurlait, le suppliant de faire quelque chose. Il n'avait ni sang pour transfuser la jeune accouchée ni éther pour coaguler le plasma. Même s'il parvenait à stopper l'hémorragie, elle avait déjà perdu beaucoup trop de sang. Si elle ne tombait pas en état de choc hémorragique, elle contracterait certainement une infection. Mais il ne bougeait pas, pesant de toutes ses forces – avec ses mains, ses bras, ses épaules – sur le corps de la jeune femme tandis que la vie la quittait peu à peu.

Lorsqu'elle mourait enfin, il le sentait dans ses mains. Il n'y avait plus rien contre quoi appuyer. Il se levait et, le corps couvert de sang, reculait, s'éloignant de cette forme inerte. L'autre femme, la plus âgée, berçait la tête de sa fille dans ses bras et se balançait d'avant en arrière en gémissant. Anil se dirigeait vers la porte et se retrouvait face à son père qui lui présentait une pile de serviettes propres. Jamais il n'avait vu une telle déception dans son regard.

Anil se lavait ensuite à la pompe, à l'extérieur de la maison, s'efforçant de gratter le sang qui avait séché entre ses orteils et sous ses ongles. Ensuite, le rêve s'écartait de la réalité, de ce qui s'était vraiment passé cette nuit-là. Parfois, la vieille femme le suivait dehors et se frappait la poitrine de ses poings, l'accusant d'avoir tué sa fille. Cette fois, le mari de la jeune femme attendait dans la cour, avec un collier de boutons de jasmin. Anil ne pouvait que regarder droit dans ses yeux injectés de sang et lui annoncer que sa femme était morte. *Vous êtes nul !* Anil entendait le cri désespéré de l'homme puis il sentait ses mains autour de sa gorge qui serraient de plus en plus jusqu'à ce qu'il manquât d'étouffer.

Ce qui se passa réellement cette nuit-là à Panchanagar fut à la fois moins terrible et pourtant plus obsédant que les cauchemars d'Anil. La mère de la jeune femme sortit de la maison pendant qu'Anil se lavait les mains. Il avait préparé des paroles d'excuses et s'apprêtait à essuyer son courroux. Mais elle marcha vers lui, joignit les paumes, inclina la tête et se pencha à terre pour toucher ses pieds. « Merci, docteur *Sahib*, d'avoir sauvé mon petit-fils. » Une vague de honte le submergea alors, non seulement à cause de son échec, mais aussi à cause de sa vie ici, dans cette région inculte du monde où la pratique de la médecine n'était rien d'autre qu'une illusion. Cette nuit-là, gravée dans son souvenir, Anil sut qu'il ne resterait pas à Panchanagar. Il se battrait pour exercer une médecine de pointe – le plus loin possible de chez lui.

5

Il sembla à Leena que tout se passa très vite après cette journée à la Grande Maison. En l'espace d'une semaine, les préparatifs du mariage avaient commencé. Il y eut des rendez-vous avec l'astrologue et le pandit, Leena et sa mère sélectionnèrent des saris de mariage, des bijoux et des motifs de *mehndi*[1] pour les pieds et les mains. Même si ses parents l'encouragèrent à prendre ce qu'elle voulait, Leena choisit de petites boucles d'oreilles et un collier très simple après avoir vu sa mère grimacer devant le prix des bijoux plus précieux. Il régnait ces jours-là une telle effervescence qu'elle avait à peine le temps de réfléchir aux bouleversements qui surviendraient bientôt dans sa vie.

Allongée dans son lit, le soir, elle fermait les yeux et songeait au visage de ce futur mari qu'elle n'avait alors vu qu'une seule fois. Elle se répétait son nom, tout doucement, pour elle-même. Elle tentait de retrouver l'inflexion de sa voix, bien qu'il n'ait prononcé que quelques paroles, d'imaginer son rire, le contact de ses bras autour d'elle. Elle en savait si peu sur lui, pourtant elle faisait confiance à ses parents, qui approuvaient le choix de cet homme et de sa famille, tout comme le pandit

---

1. Art du dessin fait au henné sur la peau.

qui avait vérifié la compatibilité des époux en effectuant leur carte du ciel.

Le jour du mariage, Leena fut vaguement consciente de ce qui lui arrivait. Elle suivit les instructions du pandit au cours de la cérémonie sans pouvoir se retenir de jeter des coups d'œil furtifs aux longs doigts du marié, à ses épaules fortes, à l'ombre légère de ses joues fraîchement rasées. Elle remercia les gens, beaucoup de gens, qui glissaient dans ses mains des pièces de monnaie et des pétales de rose, et lui souhaitaient d'être heureuse dans sa nouvelle vie de femme mariée. Emportée par tant d'agitation et d'émotions, c'est à peine si elle savait quoi éprouver, et puis elle vit la joie qui inondait le visage de ses parents. Une fois les festivités terminées, elle pleura cependant, et se cramponna au cou de sa mère quand vint l'heure de dire au revoir à la seule maison qu'elle connaissait.

*

Le trajet jusqu'au village de son époux fut long, presque deux heures. Assise près de sa belle-mère, Leena fixait la nuque de Girish, observant ses gestes et étudiant toutes ses paroles pour essayer de comprendre cet homme avec qui elle allait passer le restant de sa vie. Elle oscillait entre l'excitation et la nervosité.

La nuit commençait à tomber lorsqu'ils arrivèrent enfin. Dans la lumière déclinante, Leena vit que le coton n'avait pas été ramassé et qu'il séchait dans les champs. Pourtant, la maison de sa belle-famille était vaste et donnait l'impression d'avoir été autrefois une demeure imposante. Girish lui ouvrit la portière et porta son unique malle à l'intérieur. Elle le suivit, marchant à pas prudents sur la véranda où des lattes de bois étaient disjointes.

Quand Girish pénétra dans la maison, deux enfants accoururent pour l'accueillir. Un petit garçon qui s'accrocha à sa jambe, et une petite fille plus âgée qui glissa ses bras autour de sa taille. Girish s'arrêta pour ébouriffer les cheveux du garçon et embrasser la fillette sur le front, puis il lança : « Rekha ! Viens chercher ces deux garnements. Je suis fatigué. » Leena fut touchée par l'affection que ces deux enfants manifestaient à Girish, et par celle qu'il leur témoignait, et elle se dit que c'était bon signe. La femme du frère aîné de Girish surgit d'un couloir à l'arrière de la maison. Elle attrapa chaque enfant par le bras et les emmena en les grondant. Leena avait hâte de mieux connaître sa nouvelle belle-sœur. Rekha s'était montrée si gentille avec elle durant le mariage, la complimentant sur sa coiffure, ses bijoux, sa tenue. Elle semblait être le genre de personne avec qui Leena pourrait se lier facilement. Qui sait ? Peut-être deviendraient-elles comme deux sœurs ?

« Suis-moi », annonça la mère de Girish à Leena avant de la conduire dans une petite pièce, une partie de la véranda aménagée en chambre, juste assez grande pour y contenir un lit et une armoire métallique. « Tu seras bien ici », ajouta-t-elle, comme si elle avait lu dans les pensées de sa belle-fille et deviné son étonnement. Puis elle lui saisit le visage entre ses mains grassouillettes. « Je préfère que tu m'appelles Mère, d'accord ? Inutile de dire *Mensahib* quand tu t'adresses à moi. »

Leena fut émue par son geste, bien que n'ayant jamais envisagé de l'appeler *Mensahib*, comme une servante doit le faire. Elle hocha la tête et sourit.

Sa belle-mère lui rendit son sourire, révélant un trou dans sa dentition à l'endroit d'une molaire. « Allez, ma fille. Vas-y, dis-le. »

Leena sourit à nouveau puis baissa les yeux. « Oui, Mère. Merci. »

La vieille femme ouvrit la porte de l'armoire métallique et

déplaça quelques objets qui se trouvaient à l'intérieur. « Tu pourras ranger tes affaires ici. » Elle indiqua l'étagère qu'elle venait de dégager. Puis elle ouvrit la malle de Leena et sortit les saris que Nirmala avait soigneusement pliés. « Hum, hum, fit-elle en caressant la bordure en fil d'or de l'un d'eux. Tout ce qui n'entre pas là, je peux le garder dans ma chambre. Quant à ces saris en soie, inutile de les porter tous les jours. » Elle en ramassa quelques-uns dans le creux de son bras et se faufila par la porte étroite. « Quand tu seras prête, viens dans la cuisine. Il est bientôt l'heure de préparer le dîner. »

Leena se tourna vers l'armoire, remplie des vêtements de son mari. Elle fit courir ses doigts sur la pile de chemises et en porta une à son visage pour tenter d'en déceler le parfum. Qui était cet homme ? Et où se trouvait-elle ? Elle s'était attendue à ce qu'il lui tînt compagnie pendant les premières heures de leur nouvelle vie de couple marié. Après avoir déballé ses dernières affaires et glissé sa malle sous le lit, elle partit à sa recherche quand elle entendit qu'on l'appelait.

« Leena, viens. » C'était Rekha, qui lui faisait signe de la suivre jusqu'au fond de la maison, où était la cuisine. « Voilà le réchaud, dit-elle. Le kérosène est dehors. Ne le gâche pas, ça coûte cher. » Elle lui montra ensuite où l'on rangeait la vaisselle et les ustensiles, les lentilles et les graines. Elle descendit la boîte d'épices de l'une des étagères. « Attention. *Sahib* a des goûts très particuliers. Tu vas devoir apprendre comment les utiliser. Je te montrerai aujourd'hui, et demain tu te débrouilleras toute seule. »

Leena fut surprise par les manières brusques de Rekha et son changement d'attitude si soudain. Elle était sans doute fatiguée à cause du mariage et du voyage, et inquiète à l'idée de préparer le repas pour tout le monde. « Je peux t'aider, si tu veux. Je peux cuire le riz, proposa Leena.

— Le riz, et ensuite les *chapatis*[1], répondit Rekha, sans une once de chaleur dans la voix. La pâte est là. *Sahib* aime les *chapatis* très fins, alors ne les déchire pas. »

Le dîner, à l'inverse des repas détendus que connaissait Leena, était une affaire sérieuse. Rekha servait son beau-père, qu'elle appelait par le terme honorifique de *Sahib*, puis attendait sur le côté sa réaction. Si le *dal*[2] n'était pas assez épicé ou les *chapatis* froids, il la renvoyait dans la cuisine, mais ce jour-là ce fut Leena qui y passa la majeure partie du repas, réchauffant les plats et les ajustant au goût de *Sahib*. Lorsqu'elle s'assit enfin à la table, les hommes avaient fini de manger et *Sahib* se levait déjà.

« Rekha, les pickles de mangue ne sont pas assez tendres, déclara-t-il. On dirait des cailloux. Tu veux que je me casse les dents, bonne à rien ? » Il lâcha la cuillère métallique dans le pot si brusquement que celui-ci se renversa. « Nettoie ! » ordonna-t-il en sortant de la pièce.

Leena s'approcha de la table prudemment, un torchon dans une main, et posa doucement l'autre sur le bras de Rekha.

Rekha virevolta et s'écria : « Qu'est-ce que tu attends ? Ne reste pas plantée comme ça. Nettoie ! »

*

Ce soir-là, Leena se coucha après avoir revêtu la nouvelle chemise de nuit en coton que sa mère avait rangée dans la malle et attendit que Girish la rejoigne. Épuisée par le long voyage et les festivités du mariage, elle sentait ses paupières de plus de plus lourdes. Elle fut réveillée quelque temps après par le poids du corps de Girish contre le sien. Elle ouvrit les yeux et chercha à se

---

1. Pain traditionnel indien, sans levure.
2. Plat à base de lentilles.

redresser, mais il l'obligea à se rallonger. « Chut », murmura-t-il en se couchant sur elle. Sa mère lui ayant expliqué ce qui se passerait, elle s'était préparée à avoir mal, et elle enfonça ses ongles dans ses paumes pour ne pas crier. Quand ce fut fini, Girish roula sur le dos et Leena laissa échapper un soupir de satisfaction à la pensée d'avoir accompli son premier devoir d'épouse. Qui sait, peut-être commencerait-elle maintenant à vraiment faire la connaissance de son mari?

Le lendemain matin, elle tenta d'éveiller son intérêt en l'interrogeant sur ce que sa famille cultivait. « Faites-vous pousser de la canne à sucre? Mon père dit que c'est sa culture préférée. La canne est très solide, même si les insectes l'apprécient un peu trop. » Elle sourit, mais Girish ne s'en aperçut pas, et il ne lui répondit pas non plus, tout occupé qu'il était à se peigner devant le miroir, une affaire qui semblait requérir toute son attention.

« Je n'ai jamais vu de cotonniers pareils, continua Leena. La récolte est-elle difficile? »

D'un geste de la main, Girish la pria de s'écarter afin qu'il puisse accéder à l'armoire. Leena se hâta alors d'ouvrir les portes et de lui choisir une chemise qu'elle lui tendit. « Non, laisse », dit-il, et il en prit une autre puis fourra celle qu'elle venait de sortir dans l'armoire.

« Qu'est-ce que tu dois faire aujourd'hui? Je te verrai au déjeuner?

— Tu parles trop, lâcha-t-il. Et je n'ai pas encore bu mon thé.

— Pardon, fit Leena. Je vais te le préparer. »

Leena s'empressa de quitter la chambre. En traversant la maison, elle remarqua des détails à la lumière du jour qu'elle n'avait pas vus la veille : la peinture s'écaillait, la poussière s'accumulait. Les tables et les étagères étaient nues, dépourvues des bibelots et des décorations auxquels elle se serait attendue dans une si grande maison.

Rekha, qui se trouvait déjà dans la cuisine, ne cacha pas son agacement en la voyant arriver si tard. « Tu crois que tu vas dormir toute la matinée ? Il y a du travail qui t'attend. Demain, tu te lèveras au chant du coq, compris ? » Rekha se détourna. « Bonne à rien », marmonna-t-elle en partant.

*

Le soir, Leena décida de tenter une approche différente avec son mari. Elle prépara deux tasses de lait chaud avec du safran et des pistaches, puis partit le chercher. Entendant les voix et les rires des hommes qui venaient de dehors, elle se dirigea vers la porte d'entrée. Elle s'arrêta sur le seuil, tint son plateau d'une main, poussa le battant de l'autre, et vit alors Girish, assis avec ses deux frères autour d'une petite table sur laquelle trônait une bouteille d'un liquide ambré. Girish porta un verre à ses lèvres. Après avoir bu une gorgée, il s'essuya la bouche du revers de sa manche.

« Quel avantage a-t-on à épouser une lépreuse ? » demanda-t-il. Répondant aussitôt lui-même : « Pas la peine de lui acheter des huiles de beauté ! » Il gloussa et but encore.

Ses frères rirent de bon cœur. Le plus jeune des deux lui remplit à nouveau son verre. « Elle est si atroce que ça ? » dit-il.

Girish secoua la tête. « Un vrai moulin à paroles.

— Je sais ce que tu peux lui fourrer dans la bouche pour la faire taire. » Le plus âgé des trois frères se leva à moitié de son fauteuil, bascula ses hanches en avant et empoigna son entrejambe avec vulgarité.

Girish rejeta la tête en arrière et éclata de rire en même temps que Leena refermait la porte. Les tasses de lait chaud, à la surface desquelles s'était formée une fine pellicule, s'entrechoquèrent sur le plateau quand elle repartit vivement en direction de la cuisine.

Là, elle vida les tasses, les lava et les sécha, puis les remit en place, ne laissant aucune trace de son passage derrière elle.

Elle sortit ensuite par la porte de derrière et entra dans la salle de bains où elle mit l'eau à chauffer. Elle n'avait pas eu le temps de se laver ce matin, et s'était rapidement passé un peu d'eau froide sur le corps. À présent, les muscles endoloris et la tête qui bourdonnait, elle n'avait qu'une envie : se tremper dans de l'eau chaude pour effacer les paroles de son mari. Après s'être baignée, elle se rhabilla et regagna la maison où elle s'enferma à clé dans sa chambre.

Elle se déshabilla à nouveau, ouvrit l'armoire métallique et prit une chemise de nuit propre. Se rappelant le talc parfumé à la rose que sa mère avait ajouté à son trousseau, elle fouilla au fond de l'armoire et chercha la jolie boîte en vain. Elle sortit tout, ses vêtements et ceux de Girish, leurs affaires de toilette : le talc n'était pas là. Elle s'apprêtait à tirer sa malle de dessous le lit quand elle entendit du bruit de l'autre côté de la porte. Le montant trembla, la poignée tourna de gauche à droite.

« Hé! cria Girish d'une voix pâteuse. Qu'est-ce que c'est que ça ? Ouvre la porte, femme ! »

Leena, toujours nue, attrapa sa chemise de nuit et s'empressa de l'enfiler par la tête tandis que Girish cognait à la porte. Elle l'ouvrit, le visage empourpré, les cheveux encore humides.

« C'est quoi, ce bazar ? dit-il, les yeux plissés. Ne ferme plus jamais cette porte à clé. Ce n'est pas chez toi, ici. Compris ?

— Je m'habillais », répondit Leena en tirant sur le col de sa chemise de nuit.

Un sourire éclaira le visage de Girish. Il s'approcha. « Quel dommage. » Encore quelques pas, et il la toucherait.

Leena ramassa son peigne sur la table de nuit et le passa dans ses cheveux emmêlés. « Donne-moi quelques minutes, je ne suis pas prête.

— Moi, je suis prêt », annonça Girish en cherchant à lui arracher sa chemise de nuit. Puis il lui attrapa une main et l'appliqua contre son entrejambe. « Tu vois ? » dit-il en souriant de toutes ses dents.

Leena tira sa main en arrière et s'écarta. Elle grimpa sur le lit et continua de se passer le peigne, si fort que la peau de son crâne lui faisait mal.

Girish se glissa à son tour dans le lit. Leena le repoussa fermement. Il la fixa, les yeux injectés de sang, comme s'il pesait le pour et le contre avant de prendre une décision. Puis il se jeta sur elle et lui plaqua les mains au-dessus de la tête d'une poigne vigoureuse. La violence avec laquelle il la maintenait immobile surprit Leena. Elle se rappela le jour où Anil et elle s'étaient cachés dans la ravine, les *bidîs* qu'ils avaient fumées, la terrible scène dont ils avaient été témoins. Jamais elle n'aurait pensé que son mari la traiterait comme cet homme avait traité la servante.

Le lendemain matin, les épaules et les poignets encore douloureux, elle se leva de bonne heure et alla à la salle de bains pour se laver. Elle arriva au moment où Rekha en sortait, vêtue d'un sari propre et portant ses vêtements de la veille dans les bras. Alors qu'elle s'écartait pour laisser passer sa belle-sœur, Leena sentit très distinctement un parfum de rose.

Lorsqu'elle retourna dans la chambre, Girish s'excusa du bout des lèvres pour son comportement de la veille. « Tu n'aurais pas dû me provoquer, dit-il. T'enfermer puis me repousser. Je suis ton mari. Tant que tu me respecteras, tu n'auras aucune raison de te plaindre. Compris ? Tu ne manqueras de rien, mais ne t'avise pas de recommencer.

— Je veux mon talc à la rose, dit Leena.

— Quoi ?

— J'ai rangé une boîte de talc dans l'armoire, et elle n'y est plus. Je crois que Rekha l'a prise. »

Girish ouvrit l'armoire métallique, regarda à l'intérieur d'un air impuissant puis referma la porte si violemment que Leena sursauta. « Pourquoi faut-il que tu me causes tant d'ennuis ? » s'écria-t-il en sortant de la chambre en trombe.

6

Anil effectuait son second stage dans l'unité de soins intensifs, un service connu pour être particulièrement brutal. Les patients y étaient très mal en point et souffraient souvent de nouvelles complications qui pouvaient à tout moment faire passer leur état de stable à critique. C'était sa première nuit de garde et Jennifer, qu'il allait remplacer, lui présenta les malades. De petite taille, pleine d'entrain, elle avait des cheveux roux et portait des lunettes aux montures invisibles qui disparaissaient contre sa peau pâle. Penchée sur les dossiers des patients, elle s'exprimait en style télégraphique. «Dina Jimenez. Soixante-deux ans. Latino. Accident de voiture.» Jennifer releva la tête. «Mort cérébrale. Fils en chemin depuis l'Arizona. S'il arrive ce soir, demande-lui l'ordre NPR.»

Anil acquiesça. Il n'avait jamais demandé l'ordre de Ne Pas Réanimer, nécessitant qu'un membre de la famille accepte qu'on retire le maintien des fonctions vitales, mais il était sûr de savoir s'y prendre.

Jennifer passa au dossier suivant. «Lyndon Jackson. Cinquante-quatre ans. Noir. Surveille-le, il est dans un sale état. Sida, insuffisante rénale. Il est arrivé directement de la dialyse en détresse respiratoire, puis son poumon droit a cessé de fonctionner. Sale état, répéta-t-elle. Intubé. Si son O$_2$ chute, appelle la néphro. J'ai demandé aux infirmières de vérifier sa température toutes les deux heures et de surveiller tout signe d'infection. Si tu soupçonnes une pneumonie, fais-lui passer une radio. » Elle secoua la tête. « Avec un peu de chance, son état n'empirera pas avant demain matin. »

Puis Jennifer pointa le bout de son stylo sur le dernier nom de sa liste. « Jason Calhoun. Cinquante-sept ans. Blanc. Diabète et hypertension. Il avait sa visite régulière hier et l'interniste a senti quelque chose dans son abdomen. Du coup, il lui a prescrit une échographie. Anévrisme de l'aorte. Huit centimètres, annonça-t-elle fièrement, comme si elle l'avait découvert elle-même.

— Huit centimètres ? » répéta Anil en tendant le cou pour lire le compte rendu. Une aorte mesurait en moyenne deux centimètres. On parlait d'anévrisme lorsqu'elle était dilatée à trois centimètres et nécessitait une intervention quand elle en atteignait cinq.

« Oui, tu y crois, toi ? Pas de douleurs abdominales, rien du tout. Le type a vraiment de la chance. » Elle remonta le pont doré de ses lunettes sur l'arête de son nez. « Il a eu une angiographie aujourd'hui, rien à signaler, donc il sera opéré demain matin. On fait juste du baby-sitting cette nuit, il ne devrait pas poser de problème. » Elle fit courir son index le long de la pancarte des constantes. « J'ai demandé deux milligrammes de morphine toutes les deux heures. Il se plaignait de douleurs dans le dos quand il est sorti de la salle de réveil. Sans doute parce qu'il est resté couché sur cette foutue table d'angiographie qui est dure comme de la pierre. Personnellement, je m'endormirais tout de suite si je m'y allongeais. » Son rire, qui sonnait plus comme un aboiement tonitruant, résonna dans la salle de garde.

*

Sonia Mehta, la chef de clinique, était de garde ce soir-là avec Anil. Bien que petite, elle lui parut beaucoup plus grande quand il la vit entrer en coup de vent dans la salle de garde et se servir un café. Son nom de famille suggérait qu'elle était originaire de l'État de Gujarat, mais Anil ne chercha pas à le vérifier, ce qu'il aurait pourtant fait en temps normal. Sonia Mehta n'avait rien à voir avec les femmes indiennes qu'il connaissait, et elle le mettait mal à l'aise. Elle avait les cheveux courts sur les côtés, avec une mèche qui lui retombait sur un œil – une coupe qui aurait été seyante chez une Américaine. Sous sa blouse, elle portait un chemisier moulant noir mais, malgré ces deux couches de vêtements, il vit qu'elle n'avait pas de poitrine. On disait qu'aux urgences, le mois dernier, elle s'était occupée de douze cas en une nuit et n'avait perdu que deux patients. Anil avait également entendu un interne raconter d'une voix haletante comment Sonia avait pratiqué ici même, dans l'unité de soins intensifs, une péricardiocentèse au chevet d'un malade, insérant une longue aiguille directement dans le sac enveloppant le cœur et y ponctionnant le liquide accumulé.

«Prêt pour votre première nuit de garde, Patel?» Sonia s'assit à côté de lui sur le canapé vert olive, imprégné de l'odeur de sueur et de vieille pizza.

«Oui», répondit Anil. Il releva la tête des dossiers qu'il lisait et se trouva face aux grands yeux en amande de Sonia. Il remarqua ses petites boucles d'oreilles en argent et s'étonna qu'elle ne porte pas d'or comme les autres femmes indiennes. Une vague de chaleur trahit le désir qu'elle provoqua en lui, et qu'il réprima aussitôt. Sonia était sa supérieure, et une légende par-dessus le marché.

«Écoutez, dit Sonia. Je sais que certains médecins le disent mais ne le pensent pas : si vous avez besoin d'aide, appelez-moi.

— Merci», répondit Anil, mais ici, dans cet hôpital, demander de l'aide, c'était reconnaître son échec, et il n'allait certainement pas avouer son incompétence à une femme comme Sonia Mehta. Parmi les sentiments conflictuels qu'il éprouvait pour elle, sa détermination à faire ses preuves passait avant tous les autres.

*

À trois heures du matin, l'unité de soins intensifs ressemblait à l'enfer : l'obscurité régnait, à l'exception des néons qui filtraient des box des patients. La plupart dormaient, mais le bourdonnement des ventilateurs et le bip des moniteurs cardiaques créaient un bruit de fond continu. Une fois de plus, Anil alla jeter un coup d'œil à chacun de ses patients. Il trouva Sonia au poste central. Elle était la même qu'au début de la garde, la peau lisse et le regard clair. Au bout de neuf heures, Anil savait qu'il avait les yeux rouges et que des poils de barbe étaient apparus à la surface de son menton. Il le frotta timidement avant de remettre son rapport sur les malades les plus critiques.

«Lyndon Jackson, l'insuffisance rénale, a un peu de température. Je m'apprêtais à l'envoyer en radiologie pour vérifier qu'il n'a pas d'infection aux poumons quand son O_2 a chuté à 73, du coup, j'ai bipé la néphro pour qu'on le dialyse tout de suite. Et je vais lui faire faire un thorax au lit.

— Bien, dit Sonia. Son état s'est tellement détérioré qu'on doit rester vigilant au cas où il ferait une pneumonie.»

Anil hocha la tête. «Pour la diabétique, j'ai demandé une nouvelle prise de sang car sa dernière glycémie était limite.» C'était une précaution, mais il cherchait à anticiper toutes les questions de Sonia. «Jason Calhoun, l'anévrisme de l'aorte. Il va bien, il a juste encore un peu mal à cause de sa station allongée sur la table d'angio. J'ai augmenté la morphine et je lui ai donné de l'oxygène. Il entre au bloc dans quelques heures.

— Parfait. » Le bip de Sonia sonna. Elle jeta un coup d'œil à l'écran. « On m'attend aux urgences. Je risque d'y rester un moment, dit-elle en se dirigeant vers l'ascenseur. À vous de tenir la boutique et bipez-moi si vous avez besoin de quoi que ce soit. »

Un moment plus tard, alors qu'il remplissait des dossiers au poste central, Anil entendit un bip aigu. « Crise d'épilepsie au 7 ! » cria une infirmière. Anil la rejoignit aussitôt auprès d'un patient dont le corps était secoué de violentes convulsions. De la bave coulait du coin de sa bouche et il avait les yeux révulsés. Il fallut la présence d'Anil et de deux infirmières pour le maîtriser. La première injection de valium n'eut aucun effet ; Anil observa la peau du patient qui commençait à bleuir. Si la crise se prolongeait, il risquait de souffrir de lésions cérébrales. À la seconde injection, ses membres cessèrent peu à peu de s'agiter.

Quand Anil relâcha les poignets de l'homme, il sentit la sueur qui lui coulait le long des aisselles et de la nuque. Il ferma les yeux et inspira profondément à plusieurs reprises, puis il examina soigneusement le patient. Une fois que celui-ci eut repris connaissance, Anil lui posa quelques questions et, comme par miracle, l'homme ne semblait pas du tout désorienté ni affecté par ce qu'il venait de vivre. On ne pouvait pas en dire autant d'Anil.

Le temps que le patient soit stabilisé, il était quatre heures et demie. Les infirmières effectuaient leurs dernières visites pour vérifier les constantes vitales des différents malades, et l'équipe du matin serait de retour d'ici une heure. Anil s'appuya au comptoir du poste de soins et se massa les tempes dans l'espoir d'atténuer la douleur sourde provoquée par la fatigue. Une tasse de *chai* bien fort, voilà ce qui lui aurait fait du bien, mais la cafétéria de Parkview ne proposait que des sachets Lipton plongés dans des tasses encore imprégnées de l'odeur du café et remplies

d'eau à peine chaude. Il décida d'aller se reposer un peu dans la chambre de garde.
« Docteur Patel ? » L'infirmière l'appela au moment où il s'éloignait. « La pression systolique de Mr Calhoun a chuté – 9/5. Le pouls est élevé et la respiration est passée à trente inspirations par minute. »
Anil ôta ses lunettes et se frotta les yeux avec le pouce et l'index. « Il est probablement déshydraté. Mettez-lui du sérum phy, ça fera remonter sa tension et évacuer le produit de contraste de l'angiographie. Il entre au bloc dans deux heures. Tenez-moi au courant, je serai dans la chambre de garde. »
Anil ne retira ni ses chaussures ni sa blouse quand il s'allongea sur le lit. Ses yeux le brûlaient, mais il était trop éreinté pour prendre ses gouttes dans sa poche. Il se sentait vidé après toutes ces décharges d'adrénaline qui, périodiquement, avaient coulé dans ses veines au cours de la nuit. Il tenta de détendre son dos et de respirer profondément. Grâce à Dieu, l'état d'aucun de ses patients n'avait décliné. Jennifer serait contente. Et Sonia fière. Malgré la douleur, la sensation de faiblesse dans ses jambes et la sécheresse de ses yeux, il survivrait à sa première nuit de garde dans l'unité de soins intensifs, tout comme les malades qui y étaient hospitalisés.

*

Anil fut réveillé par une voix qu'il ne connaissait pas. Encore tout ensommeillé, il ouvrit les yeux et vit une pyramide de lumières blanches percer l'obscurité de la chambre de garde. Il plissa les yeux puis les rouvrit, battant rapidement des paupières pour se concentrer sur la silhouette massive dans l'encadrement de la porte.
« Docteur Patel ? »

Oh, non, pas une autre attaque.
La silhouette parla à nouveau, ses mots étouffés lui parvenant aux oreilles comme s'ils naviguaient sous l'eau. « Docteur Patel, j'ai passé une poche de sérum phy à Mr Calhoun et sa pression systolique a légèrement chuté à nouveau. En dessous de 90. »
Anil se redressa et fixa son regard sur l'infirmière. La chute de la tension artérielle chez un patient qui a un anévrisme ne signifiait qu'une chose. Mais comment une rupture de l'anévrisme avait-elle pu se produire ? Il avait pourtant tout vérifié. Il balança ses jambes hors du lit et attrapa ses lunettes. « Où est le Docteur Mehta ?
— Aux urgences. » L'infirmière le suivit. « Voulez-vous que je la bipe ?
— Oui, mais faisons d'abord passer un scan à Mr Calhoun. » Si le scanner montrait du sang dans l'abdomen, alors l'anévrisme avait rompu. Ce serait la première chose que Sonia lui demanderait, et il devait être prêt à lui répondre. « Appelez la radiologie et dites-leur qu'on arrive tout de suite avec un patient. » Anil ressentit une nouvelle poussée d'adrénaline tandis qu'avec l'aide de l'infirmière il transférait Mr Calhoun sur un brancard et le poussait dans le couloir jusqu'à l'ascenseur. Une horrible angoisse le saisit brusquement. « Bipez le chirurgien vasculaire qui a opéré Calhoun aujourd'hui, lança-t-il aux infirmières quand il passa devant leur bureau. Et dites-lui qu'on a peut-être une rupture d'anévrisme. » Alors qu'il attendait l'ascenseur, Anil examina l'abdomen de Mr Calhoun en palpant délicatement la zone autour de son nombril. Tout comme la fois précédente, il ne trouva aucun signe de rupture : pas de masse dans la région de l'abdomen, pas de rigidité, ni de pulsation. À côté de quoi était-il passé ? Dans l'ascenseur, il fixa les numéros des étages qui allaient en décroissant tout en se répétant silencieusement l'un des mantras de sa mère.

*

Anil éprouva un mélange de soulagement et de honte quand les portes de l'ascenseur s'ouvrirent au sous-sol et qu'il vit que Sonia Mehta était déjà arrivée. L'infirmière résuma la situation à toute allure pendant qu'Anil et elle poussaient le brancard.
« Anévrisme de l'aorte abdominale. Tension 7/4, a brusquement chuté en l'espace de quelques minutes. Je lui ai donné huit milligrammes de morphine et j'ai fait passer du sérum phy en débit libre. On va au scan pour voir s'il y a rupture. »
Sonia courait à côté du brancard. « Quelque chose à ajouter, docteur Patel ?
— Non... C'est-à-dire que... Je ne vois pas à côté de... de quoi je suis passé. J'ai vérifié les signes de rupture. Deux fois, en pro-procédant à un examen complet. »
L'alarme du moniteur cardiaque sonna. « Trop tard pour le scan, dit Sonia. Avez-vous appelé le chirurgien ?
— Oui, répondit Anil en espérant prouver un certain niveau de compétence. On l'a bipé quand on était encore aux soins intensifs. »
Sonia fit faire demi-tour au brancard. « Allons directement au bloc et espérons que le chirurgien arrivera à temps. » Ils s'enfoncèrent dans les boyaux de l'hôpital, enfilant les couloirs à peine éclairés qui serpentaient d'un point à un autre du sous-sol. Lorsqu'ils arrivèrent au bloc, le patient respirait irrégulièrement.
« La tension est tombée à 6. » Le regard de l'infirmière était fixé sur le tensiomètre. Sonia se tourna vers elle.
« Deanna, allez chercher n'importe quel chirurgien. Dites qu'on a une hémorragie due à une rupture d'anévrisme dans l'espace rétropéritonéal. » Elle attrapa le poignet du patient. « Et amenez-moi un chariot de réa ! » lança-t-elle au moment où les

portes du bloc se refermaient derrière l'infirmière. Sonia grimpa sur la barre inférieure du brancard. « Je commence les compressions thoraciques.

— Voulez-vous que j'aille chercher le chariot ? demanda Anil.

— Non ! hurla Sonia. Restez ici. »

L'infirmière revint avec le chariot. « Il n'y avait personne mais on bipe un autre chirurgien de l'hôpital.

— Patel, remplacez-moi », dit Sonia en descendant de la barre du brancard. Anil y grimpa à son tour et compta le rythme de ses compressions pendant que Sonia branchait le défibrillateur. « Éloignez-vous. » Anil s'écarta. Sonia plaça les électrodes sur la poitrine du patient, et aussitôt son corps inerte fut agité de secousses mais le cœur ne repartit pas. Anil reprit les compressions thoraciques, en alternance avec l'utilisation du défibrillateur auquel Sonia eut recours encore deux fois. Ils tentèrent pendant plusieurs minutes supplémentaires de ressusciter le patient, puis Sonia finit par secouer la tête, les électrodes à la main. « Ça ne sert à rien », dit-elle. Elle jeta un coup d'œil à sa montre. « Heure du décès, cinq heures vingt-neuf. »

Anil recula et se heurta au mur de ciment. Sonia se tourna vers lui et d'une voix allant en crescendo, elle s'écria : « Pourquoi ne m'avez-vous pas appelée plus tôt ? Vous auriez dû le faire quand sa tension a commencé à chuter.

— J'ai... j'ai, commença Anil, incapable de prononcer la phrase. J'ai écarté l'éventualité d'une rupture d'anévrisme. L'interne, la nuit dernière, disait que l'angiographie s'était bien passée, et que le patient avait juste un peu mal à cause de la table d'examen. » Anil sentit que son visage s'empourprait. « Je n'ai vu aucun signe de rupture. » Il les compta sur le bout de ses doigts pour prouver son sérieux. « Pas de baisse rapide de la pression artérielle, pas de douleur à l'abdomen, pas de rigidité ni de masse. Je l'ai examiné deux fois. »

Sonia s'empara du dossier accroché au bout du brancard et le feuilleta. « Les tests en laboratoire de ce matin montrent une baisse de l'hématocrite. » Elle lui tendit une feuille jaune qu'il n'avait pas vue et continua sa lecture du dossier. « Sa tension était montée à 17 après l'angiographie pratiquée hier à trois heures de l'après-midi, et a lentement baissée pendant la nuit jusqu'à n'être plus que de 8 ce matin. » Elle se tourna vers l'infirmière. « C'est-à-dire quand vous m'avez bipée. »

Anil secoua la tête de gauche à droite. Il sentait que des ronds de sueur étaient apparus sous ses aisselles. « Je... je... ne n'ai pas vu ces résultats d'analyse. Il allait bien après l'angiographie, son état était stabilisé. Je ne pensais tout simplement pas que... Aucune baisse soudaine de la tension n'indiquait une rupture...

— Non, il n'y a effectivement pas eu de baisse soudaine, interrompit Sonia. Mais une baisse graduelle car c'était un écoulement lent. » Elle indiqua une ligne du dossier. « La membrane de son aorte était très fine, moins d'un millimètre. N'importe quoi pouvait la perforer. Un cathéter, par exemple. »

Anil se massa les tempes du bout des index.

« L'angiographie a dû provoquer une petite perforation dans l'anévrisme, expliqua-t-elle. Il perdait petit à petit du sang dans l'espace rétropéritonéal, sous l'intestin. C'est pour cette raison que vous ne sentiez rien à l'examen de l'abdomen. Et il a saigné progressivement pendant toute la nuit. Douze heures, peut-être plus. Les ruptures d'anévrisme ne se présentent pas toujours de façon classique. D'où l'importance de faire un scanner si vous suspectez une rupture. C'est simple et ça ne prend que dix minutes. » Sonia remit le dossier entre les mains d'Anil et s'adressa à l'infirmière. « Deanna, vous appellerez la morgue. Nous remontons pour faire les papiers. »

Anil regarda fixement Mr Calhoun, une forme inerte, tel un gisant de pierre. « Allons-y. » Sonia le prit par le coude et l'entraîna. Ils n'échangèrent aucune parole dans l'ascenseur, où d'autres personnes entraient et sortaient. Une fois de retour à l'étage des soins intensifs, Sonia se dirigea d'un pas vif vers la salle de garde et Anil la suivit à l'intérieur, hébété. «Asseyez-vous.» Elle lui indiqua le canapé vert olive sur lequel ils avaient pris place quelques heures plus tôt et demeura debout.

«Qu'est-ce que vous avez foutu, Patel? Pourquoi ne m'avez-vous pas bipée quand vous aviez des ennuis?

— J'aurais dû m'en rendre compte, dit Anil. J'aurais dû demander un scan plus tôt.

— Exactement. Vous ne verrez pas toujours tout au premier examen. Vous devez apprendre à savoir quand appeler à l'aide. Je suis votre chef et, en tant que tel, j'ai besoin d'être sûre que vous jouez franc jeu avec moi, Patel.

— Je ne vous ca-cachais rien, protesta Anil. J'essayais juste…

— De gérer la situation tout seul. Je sais, l'interrompit-elle. L'erreur du débutant.» Sonia se pencha vers lui. «Ces patients sont sous *ma* responsabilité. Quand quelque chose tourne mal, ça retombe sur moi. Écoutez, Patel, vous pensez que vous êtes notre premier étudiant brillant? Sachez que chaque étudiant qui travaille dans cet hôpital était le major de sa promotion. Tous sont habitués à connaître les bonnes réponses. Ils ne seraient pas ici autrement.»

Anil baissa les yeux sur ses mains.

«Mais vous n'êtes plus à l'école, continua Sonia. Vous ne pouvez pas connaître toutes les réponses, pour l'instant, et vous ne les trouverez pas dans vos livres. La seule façon pour vous d'apprendre maintenant, c'est en regardant et en agissant.» Elle vint se tenir en face de lui. «Anil, ici, que vous ne connaissiez pas la bonne réponse ne se solde pas par une mauvaise note. Mais par la mort d'un être humain. Vous allez devoir laisser votre ego à la porte et vous fixer comme objectif non pas de connaître la bonne réponse mais d'apprendre. Compris ? » Anil hocha la tête sans la regarder.

Sonia s'assit sur l'accoudoir du canapé. « Bon, c'était un cas difficile. La rupture d'anévrisme ne se présentait pas comme d'habitude. Et ce n'est pas évident d'identifier une petite perforation, en particulier là où le patient saigne. Mais vous devez savoir quand vous êtes complètement dépassé. Je ne voulais pas vous reprendre en présence de Deanna. Les infirmières repèrent l'incompétence à un kilomètre. Si vous perdez leur confiance dès le début, vous ne l'aurez jamais. »

Sonia se leva. « Je vous biperai quand la famille de Mr Calhoun sera là. Ils auront des questions à vous poser sur les dernières heures de sa vie, s'il souffrait, ce genre de choses, aussi réfléchissez à ce que vous allez leur dire. » Lorsqu'elle arriva à la porte, elle se retourna. « Écoutez, c'est dur de perdre son premier patient, mais ne culpabilisez pas trop. Assurez-vous plutôt d'en tirer les leçons. »

*

Après le départ de Sonia, Anil jeta un coup d'œil à la pendule accrochée au-dessus de la porte. Les visites commençaient dans une heure. Il n'avait pas encore vérifié les résultats des analyses de laboratoire ni vu aucun de ses patients, et pourtant il avait réussi à en tuer un. Cela ne faisait pas l'ombre d'un doute dans sa tête qu'il avait tué Mr Calhoun et qu'il était le seul fautif. Si seulement il avait vérifié l'hématocrite, demandé un scanner plus tôt, compris qu'il avait affaire à un écoulement lent et non pas aux importantes ruptures décrites dans ses manuels.

Si seulement.

Anil avait vu d'autres patients mourir à Parkview, beaucoup d'autres, mais Jason Calhoun était le premier dont il était responsable. Sonia aurait pu lui reprocher d'avoir pensé qu'il avait stabilisé la baisse de la pression artérielle de Calhoun, d'avoir laissé son ego conduire à une erreur fatale. Elle était bien plus indulgente qu'il ne le méritait, ce qui était pire. À présent, elle savait qu'il était stupide et incapable.

Il sentit ses tempes battre. La cafetière dans la salle de garde était presque vide. Il versa le café trouble qui restait dans une tasse et le but d'un trait, essuyant les résidus des grains sur sa langue avec une serviette en papier. Puis il se posta devant l'unique fenêtre de la pièce et regarda les premières lueurs du soleil illuminer le ciel. Mais ce qu'il voyait alors, c'étaient celles qui se fondaient doucement dans la nuit au-dessus des champs de Panchanagar. Le cuisinier devait aller et venir entre la cuisine et la table, les bras chargés de plats remplis de nourriture. L'odeur des *chapatis*, servis tout chauds, remonta de sa mémoire. Papa présidait et bénissait le repas. Anil lutta pour retenir l'image de son père tel qu'il était l'an dernier, assis le dos incroyablement droit et le menton dans une main tandis qu'il écoutait les plaisanteries qui fusaient autour de la table. Parfois, c'était un vieil homme aux épaules voûtées et aux joues creuses qui s'insinuait dans ses pensées, et il tentait de repousser cette vision-là de son père. Ici, dans cet hôpital, entouré par la maladie, il était facile de penser aux gens en les réduisant à leurs maux.

La porte de la salle de garde s'ouvrit et une infirmière passa la tête. «Docteur Patel, le fils de Mrs Jimenez est là.» Elle baissa la voix. «Mrs Jimenez, le NPR?»

Anil ferma les yeux et revit le corps inerte de Mr Calhoun. «J'arrive», dit-il. Quand il entendit la porte se refermer, il retira ses lunettes et se frotta les paupières avec les jointures de ses doigts. Il avait déjà tué un patient aujourd'hui, et à présent il allait devoir convaincre cet homme de le laisser tuer sa mère.

7

Un mode de communication ne tarda pas à se mettre en place entre Leena et son mari. Girish ne lui adressait la parole que s'il avait besoin de quelque chose ; il ne semblait guère curieux d'apprendre à la connaître, contrairement à elle. Mis à part la nuit, lorsqu'ils étaient allongés dans le lit, elle se trouvait rarement seule en sa présence. Tandis que Girish passait ses journées avec les autres hommes, elle vivait les siennes sous les ordres de sa belle-mère, qui dirigeait la maison, et de Rekha, qui était responsable de la cuisine.

Leena n'avait jamais craint le dur labeur. Chez elle, sa mère et elle faisaient tout. C'était même pour la jeune femme une question de fierté de bien accomplir un travail : confectionner une pile de *chapatis* parfaitement ronds, cirer les meubles jusqu'à ce qu'ils brillent, frotter le linge pour éliminer toutes les taches. Dans sa nouvelle maison, les choses en allaient autrement. Leena s'occupait des repas, mais sous le contrôle de Rekha, qui lui donnait des ordres puis la surveillait par-dessus son épaule. Si Leena ne coupait pas les légumes en morceaux de la même taille ou oubliait un minuscule caillou dans les lentilles sèches, Rekha lui tapait sur la main avec un rouleau à pâtisserie.

Leena préparait chaque repas ainsi, sous la menace de sa

belle-sœur. Lorsque tout le monde s'installait autour de la table, c'était Rekha qui servait et recevait les compliments ou bien orientait les critiques vers Leena, occupée à cuire de nouveaux *chapatis*. Une fois qu'ils avaient tous le ventre bien rempli, Leena était enfin autorisée à se joindre à eux et à manger ce qui restait. Souvent, elle n'avait même pas l'occasion de goûter ce qu'elle avait confectionné. Après le repas, elle débarrassait et nettoyait la cuisine toute seule.

Neuf personnes habitant dans la maison, il lui fallait au moins deux heures pour composer un repas puis tout ranger ensuite. Pourtant, même dans ces conditions, elle n'avait pas le droit de se reposer. Entre les repas, Rekha l'envoyait auprès de sa belle-mère qui lui demandait de laver et d'étendre le linge, puis de passer le balai et de faire les lits. Bien qu'épuisantes, ces tâches apportaient à Leena une forme de soulagement. Alors que Rekha était acerbe et méchante, sa belle-mère se laissait seulement aveugler par l'amour qu'elle vouait à ses fils et par la certitude que ses belles-filles n'étaient là que pour les servir. À cet égard, du moins, traitait-elle Leena et Rekha avec le même dédain. Souvent, elle racontait en ronchonnant tout ce qu'elle avait fait pour son mari quand elle était jeune, et comment *Sahib* la considérait comme une servante ou la renvoyait d'un simple geste de la main.

Entre le moment où elle posait les pieds par terre, le matin, jusqu'à la fin de la journée, quand son dos lui faisait atrocement mal, Leena n'arrêtait pas une seconde. L'après-midi, lorsque le calme devait régner dans la maison pour que tous puissent se reposer, on l'envoyait dans les champs ramasser le coton sous un soleil de plomb. Leena s'efforçait de se montrer respectueuse et d'accepter ces corvées sans se plaindre, mais elle ne comprenait pas pourquoi elle n'était pas traitée comme un membre de la famille, ni pourquoi elle n'était pas autorisée à partager les repas avec les autres.

Peut-être était-ce une façon de tester sa volonté, pensait-elle. Oui, c'était cela, ils la testaient en tant que nouvelle épouse et, si elle travaillait dur, cuisinait bien, s'occupait correctement du linge, ils l'inviteraient bientôt à se joindre à eux autour de la table. Tous les jours, elle attendait dans la cuisine, guettant la voix de son beau-père ou de son mari. Mais les seules fois où elle entendait son nom, c'était quand l'un d'eux voulait un autre *chapati* ou lui demandait d'apporter le riz.

Les seuls membres de la famille qui lui témoignaient de l'affection étaient les enfants de Rekha, Ritu et Dev. À neuf ans, Ritu était une petite fille sérieuse à l'épaisse chevelure hirsute ; Dev, un garçon de cinq ans plein d'entrain avec des yeux malicieux. Ils jouaient souvent ensemble dans le petit cellier mitoyen avec la cuisine jusqu'à ce que Rekha les envoie ailleurs. Lorsque Leena était seule, elle leur donnait des petits bols en fer-blanc et des timbales pour qu'ils puissent s'amuser avec. Elle aimait bien les entendre rire, et même se disputer, quand elle travaillait. Bien qu'elle fût leur tante, ils l'appelaient *Didi*, qui voulait dire grande sœur.

*

Un matin, quelques mois après son mariage, Leena faisait la vaisselle du petit déjeuner et récurait le fond d'une casserole où du lait avait chauffé, les yeux emplis de larmes. Sa belle-mère l'avait réprimandée pour avoir laissé le *chai* bouillir pendant qu'elle était occupée à couper une mangue. Elle l'avait traitée d'idiote et de bonne à rien.

Lorsqu'elle frotta les parois de la casserole couvertes d'une épaisse pellicule marron, elle sentit de nouveau l'odeur du lait brûlé en même temps que résonnaient à ses oreilles les mots employés par la vieille femme. Leena regarda ses mains, sa peau toute gercée, les cals sur ses paumes, les croûtes sur ses articulations. Les larmes coulèrent de plus belle sur ses joues.

«*Didi*, pourquoi pleures-tu?» demanda Ritu. Leena secoua la tête et s'essuya le visage sur son bras. Quand elle se retourna, elle vit que les deux enfants se tenaient juste derrière elle. «Ne pleure pas, *Didi*.

— Tu veux un biscuit au chocolat? proposa Dev. Je sais où est la boîte et je peux l'attraper en montant sur le dos de Ritu.» Là-dessus, il imita un singe qui grimpe en s'aidant de ses mains, dont l'une portait sur la paume une tache de naissance au contour déchiqueté, de la taille d'un œuf. Leena avait voulu un jour l'examiner, mais Dev avait retiré sa main et s'était enfui.

L'offre du petit garçon la fit sourire et, bien qu'elle lui assurât qu'elle ne voulait pas de biscuit, Dev prit un air sceptique, prêt à se jeter sur le dos de sa sœur si elle changeait d'avis.

Ritu posa sa tête contre le bras de Leena. «Ne pars pas, *Didi*, s'il te plaît, ne pars pas», supplia la fillette. Leena embrassa sa touffe de cheveux et lui dit d'aller jouer avec son frère pendant qu'elle finissait la vaisselle. Après le départ des enfants, et malgré leurs rires qui montaient de la pièce voisine, Leena ne put toutefois empêcher les larmes de revenir.

*

Nirmala appliquait de l'huile d'amande sur ses cheveux quand elle aperçut la voiture par la fenêtre de sa chambre et vit trois hommes en sortir. L'excitation, aussitôt suivie d'un mouvement de panique, la saisit dès qu'elle reconnut le mari de Leena, son frère aîné et leur père. Lorsque la belle-famille venait rendre visite pour la première fois après le mariage, la coutume voulait que les parents de la mariée offrent un repas de fête et des cadeaux. Nirmala n'était pas habillée pour l'occasion. Elle appela Pradip et lui demanda d'aller accueillir les invités pendant qu'elle attachait rapidement ses cheveux et réfléchissait à ce qu'elle pouvait leur servir.

Quelques mois à peine s'étaient écoulés depuis le mariage de Leena, un événement qui les avait comblés. Le matin du mariage, ils avaient présenté la dot au père du marié. C'était plus d'argent qu'ils n'avaient jamais vu de toute leur existence, et il sembla briller entre leurs mains un bref instant avant de disparaître. Le père de Girish compta les billets puis hocha la tête. *Cela permettra à notre heureux couple de bien démarrer dans la vie*, dit-il, et il donna le signal pour que la cérémonie commence.

Nirmala se régala et prit grand plaisir à écouter les musiciens, tant et si bien que, pendant le restant de la soirée, elle ne pensa plus ni à l'argent ni aux craintes qui avaient pesé sur eux la veille du mariage. Bien sûr, Leena lui manquerait et elle souffrait à l'idée d'être privée de sa fille unique, mais, sachant que Pradip et elle l'avaient confiée à sa nouvelle famille la tête haute, elle se sentait réconfortée.

Lorsque Nirmala entra dans le salon, les hommes étaient déjà assis et le beau-père de Leena parlait. Leena les décevait, expliquait-il. Elle ne fournissait pas sa part de travail comme les autres, n'aidait pas suffisamment sa belle-sœur et sa belle-mère. Ses talents de cuisinière avaient été exagérés. En réalité, elle était lente et maladroite, et on devait tout lui dire. Leena ne s'intéressait pas aux travaux ménagers, comme une bonne épouse devait le faire, et préférait passer son temps à jouer avec les enfants.

Alors qu'elle l'écoutait depuis le seuil de la pièce, Nirmala sentit un creux en elle, qui allait en s'agrandissant ; elle avait éprouvé la même sensation après la naissance de Leena, lorsque son ventre tendu s'était vidé de la vie qu'il portait. De qui parlait-il ? Ce qu'il racontait ne ressemblait pas à sa fille. Certes, elle ne pouvait nier que Leena avait de la suite dans les idées, ce qui la poussait parfois à désobéir. Elle se souvenait que, petite, elle restait tard le soir à jouer dans les champs et ne rentrait que bien après l'heure qu'on lui avait fixée.

Cela dit, le mariage n'était pas une affaire simple. Nirmala se rappelait les premiers temps de son propre mariage : la soudaine intimité avec un homme à l'odeur inconnue qui s'allongeait sur elle, le difficile apprentissage du mode de vie de sa belle-famille. Pendant des mois après son mariage, elle s'était languie de ses parents et de ses frères et sœurs. Mais petit à petit, elle avait moins souffert de leur absence, et à un moment, bien qu'elle fût incapable de s'en souvenir exactement, elle commença à se sentir bien dans son nouveau foyer, à apprécier la compagnie de son mari, à rêver de fonder sa propre famille.

Le frère aîné de Girish prit ensuite la parole et donna plusieurs exemples montrant que Leena ne traitait pas sa femme avec respect et lui causait des ennuis. Ce fut ensuite au tour de Girish de se plaindre de la mauvaise volonté qu'elle manifestait quand elle lui frottait les pieds avec du baume à base de noix de coco. Ils avaient l'impression d'avoir été trompés sur le genre de fille qu'était Leena, déclara son beau-père. Si l'on attendait d'eux qu'ils lui enseignent les rudiments des travaux ménagers et de la cuisine, il leur faudrait une compensation. Cinq cents roupies par mois.

Nirmala se couvrit la bouche pour étouffer un cri. Pradip et elle avaient déjà du mal à joindre les deux bouts. Elle faisait durer le sac de farine en réduisant la taille des *chapatis*, et elle n'achetait plus beaucoup de légumes depuis des semaines. Comment pourraient-ils verser cinq cents roupies par mois à cet homme ? C'était impossible.

Elle comprit à l'expression du visage de son époux qu'il pensait la même chose tandis qu'il assurait aux trois hommes que Leena allait se ressaisir. C'était une brave fille, dit-il, toujours prête à aider à la maison, et elle apprendrait à s'adapter à leurs usages. Donnez-lui un peu de temps, supplia-t-il. Nirmala perçut le soupçon de désespoir dans sa voix et pria pour que les hommes ne l'entendent pas. Nous avons un présent pour vous, continua-t-il en s'adressant au beau-père de Leena, quelque chose pour votre chère femme afin de la remercier de tous les conseils qu'elle prodigue à notre fille. Il fit signe à Nirmala de s'approcher et lui murmura à l'oreille d'apporter l'un de ses bracelets de mariage en or. Voyant qu'elle hésitait, il la poussa du coude, souriant tel un homme riche qui possède un arbre dans son jardin croulant sous les bracelets en or.

Pendant que les hommes buvaient leur thé, Nirmala alla dans sa chambre, ouvrit le placard et tendit le bras jusqu'à l'étagère la plus haute. Elle en descendit une boîte en carton qui contenait les quelques bijoux que ses parents lui avaient donnés pour son mariage. Dans un autre coin du placard, elle attrapa un mouchoir blanc qu'elle venait de finir de broder pour Leena et le plia en quatre. Si elle ne pouvait être auprès de sa fille pour essuyer ses larmes, que ce mouchoir la remplace. Elle s'en servit pour envelopper le bracelet et retourna au salon.

8

Anil entendit le téléphone sonner à travers les brumes du sommeil. Le réveil indiquait trois heures du matin. Il devait retourner à l'hôpital à huit heures.
«Allô?
— Anil? appela une voix lointaine à l'autre bout du fil, puis à nouveau, plus fort : Anil *bhai*?
— Oui. Qui est à l'appareil?
— *Bhai*...» La voix, dans laquelle il reconnaissait à présent celle de Kiran, se brisa et fut remplacée par un cri étouffé. Anil entendit alors que le téléphone changeait de mains. Il s'assit dans son lit, alluma la lumière. Il avait les yeux grands ouverts. Son pouls s'accéléra.
«Kiran? Que se passe-t-il?
— Anil, c'est Nikhil.» La voix de Nikhil était claire. «Anil, écoute. Ce matin, Papa...» Nikhil marqua une pause durant laquelle Anil envisagea toutes sortes de possibilités. «Papa nous a quittés, *bhai*. Il s'est éteint ce matin.»
Anil sentit les battements de son cœur dans ses oreilles. Il fixa les lettres dorées sur la tranche tout abîmée de son encyclopédie des médicaments posée sur le rebord de la fenêtre, jusqu'à ne plus les voir. Puis il cilla plusieurs fois et les lettres redevinrent nettes.

« Il se plaignait de douleurs à la poitrine et avait du mal à respirer après sa sieste. On a fait exactement comme tu as dit. On lui a donné un comprimé de trinitrine qu'il a pris sous la langue et on l'a conduit à l'hôpital. Le temps qu'on arrive... Ils ont tout fait pour le sauver, mais les médecins nous ont dit que c'était trop tard, *bhai*. Il est parti. » Nikhil se tut et Anil devina qu'il couvrait le combiné de sa paume.

Il écarta lentement les doigts de sa main gauche, libérant le coin de l'oreiller qu'il avait empoigné sans s'en rendre compte. Il s'éclaircit la gorge, se dirigea vers la penderie et ouvrit en grand les portes à soufflet. « Je vais venir le plus vite possible. J'irai à l'aéroport dans la matinée et...

— Anil ? » La voix de Ma résonna au bout du fil.

« Ma ? dit Anil en tremblant, une main sur sa valise.

— Écoute-moi. Ce n'est pas grave si tu ne peux pas venir tout de suite. Cela risque d'être difficile pour toi de partir et nous avons tellement de famille ici. Tes frères s'occuperont de la cérémonie de crémation demain...

— Demain ? » répéta Anil. Jamais il n'arriverait à temps à Panchanagar.

« *Beta*[1], tu sais que l'on ne peut pas garder le corps longtemps à la maison. Il fait déjà chaud. Le pandit a choisi une heure propice demain matin. Nous avons dû prendre toutes les dispositions nécessaires sachant que tu ne pourrais pas être présent. Ne te bouscule pas, mon fils. Tu as déjà suffisamment de soucis comme ça. Nous conserverons les cendres jusqu'à ton retour, cet été, et nous irons en pèlerinage au bord du Gange. Ton père a toujours voulu voir Varanasi. » La voix de Ma s'éteignit et s'ensuivit un long silence, comme jamais il n'y en avait lors de ces appels qui coûtaient si cher.

---

1. « Fils » en hindi.

Anil se rassit sur le lit et fixa du regard la valise dans la penderie. Il ferma les yeux, laissant venir à lui la vision du soleil brûlant, ce soleil qui faisait mûrir les mangues en une journée à la Grande Maison et qui ne manifesterait aucune patience à l'égard du corps sans vie de son père. Il savait que sa mère avait raison : il lui suffisait de s'imaginer en train de demander à Casper O'Brien l'autorisation de partir ou cherchant vainement une place dans l'un des vols archipleins pour l'Inde. Oui, elle avait raison, et il ne serait pas là-bas pour allumer le bûcher de son père. Qui tiendrait la torche enflammée jusqu'au lit de branches sur lequel le corps de Papa serait placé ? Nikhil ou Kiran ? Peut-être ses trois frères ensemble. À moins que l'un de ses oncles ne s'en charge ?

Après avoir raccroché, Anil se leva à nouveau et alla à son bureau. Là, il s'assit, ouvrit le tiroir au maximum. Fouillant parmi les crayons, les trombones et les bouts de papier, il trouva la carte d'embarquement du vol qu'il avait pris en juin dernier, d'Ahmadabad à Dallas, et une enveloppe que sa mère lui avait envoyée, contenant des pilules à base d'herbes médicinales pour soulager les migraines. C'est alors qu'il l'entendit rouler au fond du tiroir puis heurter légèrement le rebord. Il replongea la main à l'intérieur, s'éraflant les articulations contre les coulisses métalliques, puis, quand ses doigts touchèrent la feutrine collée sur le socle de la pièce, il la sortit.

Il avait tenu ce roi dans ses mains un millier de fois et pourtant, jamais il n'avait vraiment apprécié la beauté de sa forme ciselée ; l'incroyable régularité de la minuscule couronne sculptée à la main. À la lumière pâle de sa chambre, l'acajou semblait presque noir. Lorsqu'il referma la paume sur la pièce d'échecs, dont le contact et le poids lui étaient si familiers, il revit brusquement Papa, assis de l'autre côté de la table, les sourcils froncés par la concentration, réfléchissant à son coup suivant.

Anil avait huit ans quand son père revint de la ville, où il se rendait tous les mois, avec un jeu d'échecs. Installés autour de la table, ils lurent les règles ensemble, apprenant les noms des pièces et leurs déplacements sur l'échiquier. Ils se mirent à jouer chaque soir, veillant si tard que Ma éteignait toutes les lumières à l'exception de celle placée juste au-dessus d'eux. Anil et Papa pouvaient jouer une partie entière sans échanger plus que quelques mots, ne recommençant à parler qu'à la fin, lorsqu'ils commentaient leurs stratégies respectives.

« Anil *jan,* dit Papa un soir. Sais-tu d'où vient ce jeu ?

— Tu m'as expliqué qu'un voyageur anglais l'avait laissé avant de partir, répondit Anil en étudiant l'emplacement des pièces pour essayer de sauver sa tour menacée par le fou de Papa.

— Hum, oui, c'est vrai. » Papa eut un petit rire. « Mais le jeu d'échecs, savais tu qu'il a été inventé en Inde au VIe siècle ? » Anil leva les yeux. « Oui, au VIe siècle. La légende raconte que, dans les temps anciens, un roi qui adorait jouer mais s'ennuyait rapidement demanda à un mathématicien sans le sou de lui inventer un nouveau jeu. L'homme revint avec un jeu qui se jouait sur un plateau carré de huit cases sur huit avec deux armées, chacune conduite par un roi, et dont le but était de capturer le roi ennemi. Le roi était si satisfait par son nouveau jeu qu'il dit à l'inventeur de choisir sa propre récompense. » Papa prit l'un des pions d'Anil avec son cavalier. « Sais-tu ce que l'homme a demandé ? » Anil fit non de la tête. « Il a demandé un grain de riz sur la première case de l'échiquier, puis deux grains sur la seconde, quatre sur la troisième et ainsi de suite, doublant la quantité de grains sur chaque case. » Papa considéra Anil et sourit. « Je vois, tu penses que ce n'est pas très malin, n'est-ce pas ? C'est ce que le roi a pensé également, aussi s'est-il empressé d'accepter l'offre, persuadé qu'il faisait une bonne affaire. »

Anil baissa les yeux sur l'échiquier et déplaça sa tour pour protéger son roi.

«Anil *jan*, sais-tu combien de riz cela fait?» Anil commença à compter sommairement sur ses doigts quand son père répondit : «Un tas plus haut que l'Everest. Plus de huit milliards de milliards de grains. Il n'y avait pas assez de riz dans tout le royaume pour payer l'inventeur, aussi le roi n'eut-il pas d'autre choix que de remettre son royaume au pauvre mathématicien qui devint le nouveau roi.» Papa sourit et éloigna son cavalier du roi d'Anil.

Lorsqu'il se rendit compte de son erreur, Anil voulut rejouer et protesta quand son père refusa de le laisser faire. «Tu n'as pas le droit, déclara Papa. Ni aux échecs ni dans la vie. On ne peut pas rattraper une erreur une fois qu'on l'a commise. Réfléchis plus longuement avant de jouer.»

Ce souvenir en entraîna un autre, quand il allait dans les rizières avec son père, de l'eau jusqu'aux genoux, afin, disait Papa, de vérifier que le riz poussait dans des conditions optimales. Puis lui revint une image de Papa vieux et fatigué, le jour de son départ de Panchanagar. Anil accueillit ces premiers souvenirs dans un état d'hébétude, incapable de verser la moindre larme. Puis, se rappelant comment Papa roucoulait devant Ma quand elle lui préparait ses plats préférés, chantant affreusement faux jusqu'à ce qu'elle le chasse de la cuisine avec un rouleau à pâtisserie, il éclata de rire. Et son rire se transforma en sanglots incontrôlés à mesure que les images affluaient en lui, l'une après l'autre, émaillées de regrets et de moments de tendresse.

Anil avait remarqué les premiers signes de la maladie durant sa dernière année à la faculté de médecine – Papa souffrait de douleurs passagères à la poitrine et était vite essoufflé quand il grimpait en haut des collines qui entouraient leur propriété, symptômes possibles de l'angor. Bien que Papa répétât qu'il allait bien, Anil avait toutefois apporté de l'aspirine pour bébé, des bêtabloquants et de la trinitrine et montré à Ma comment lui administrer chacun de ces médicaments. Il envisageait de lui faire faire un check-up complet à Ahmadabad quand il rentrerait l'été prochain. Un test d'effort pour déterminer s'il y avait des zones réversibles d'ischémie. Une prise de sang pour détecter un excès de cholestérol qui pouvait être traité avec une statine.

Anil avait dû brièvement s'endormir à un moment ou à un autre car il se réveilla en entendant la sonnerie stridente de son réveil, toujours réglée au maximum. Lorsqu'il ouvrit les yeux, la première chose qu'il vit, c'était la montre que Papa lui avait donnée. Il regarda le cadran. Il était dix-huit heures trente à Panchanagar et sa famille se préparait à la cérémonie de crémation. Mais à Dallas, il était sept heures du matin, l'heure pour lui de retourner à l'hôpital.

Anil s'assit à son bureau, un bol de céréales qu'il ne toucha pas à côté de lui, et compta les jours sur le calendrier qu'il avait décroché de la porte. Neuf jours s'étaient écoulés depuis sa dernière conversation téléphonique avec Papa au cours de laquelle il avait délibérément ignoré son essoufflement. Et deux cent un jours depuis son départ de Panchanagar, quand il s'était tenu à son chevet et avait senti les longs os saillants de ses mains. Il avait passé cent vingt-neuf jours à Parkview et s'était occupé de mille patients, alors qu'il se trouvait à des milliers de kilomètres de l'unique patient qui avait le plus besoin de lui.

Anil n'avait pas été là pour sauver Papa, tout comme il ne serait pas là pour accomplir les rites de la crémation, son devoir le plus sacré en tant que fils aîné. Il ne pouvait pas ne pas rentrer. Et il ne pouvait pas retourner à l'hôpital comme si de rien n'était. Les étudiants hospitaliers n'avaient pas le droit d'échanger leur emploi du temps ni de s'absenter sans autorisation. Cette année de stage était une période probatoire durant laquelle on attendait d'eux qu'ils respectent leurs engagements. Tout cela avait été très clair lors de la journée d'accueil, et pourtant Anil ne s'en souciait pas quand il décrocha le téléphone pour réserver son billet d'avion.

*

Tard ce soir-là, Anil s'engagea dans l'allée centrale d'un Boeing 747, coincé entre une femme âgée en sari vert et un père impatient tenant dans ses bras un bébé aux oreilles percées. Alors que les autres passagers s'inquiétaient de ne pas trouver de place dans les coffres à bagage ou d'être installés trop près des toilettes, Anil fourra son sac à dos sous son siège, retira ses chaussures et coinça son oreiller en mousse entre sa tête et le hublot. Des rangées phosphorescentes de lumières blanches dessinaient une piste au loin, vers laquelle se dirigeait lentement un avion. Il serait en Inde dans moins d'une journée. Cela semblait bien peu de temps pour traverser le globe et atterrir dans un monde différent, mais au cours de l'année qui venait de s'écouler, Anil avait appris qu'une journée pouvait être très longue.

En une journée, un patient stable pouvait avoir un arrêt cardiaque et être déclaré mort pendant que sa femme rentrait en vitesse à la maison lui chercher un change pour la première fois en soixante-douze heures. En une journée, Anil pouvait se sentir plein d'énergie le matin et complètement vidé le soir, réduit à fouiller les recoins brumeux de sa mémoire à la recherche de procédés mnémotechniques datant de ses études. En une journée, l'anévrisme de Mr Calhoun s'était rompu et l'avait tué, et Anil n'avait rien vu. Mais il y avait aussi des journées suffisamment longues pour qu'il se demande pourquoi il avait cru qu'il pourrait devenir médecin.

Anil déroula la couverture en acrylique et la remonta jusqu'à son menton pour se protéger du froid provenant du hublot. Il allait devoir affronter l'absence, vivre avec le vide que son père laissait partout : le rocking-chair, la table où ils jouaient aux échecs, le lit où l'avait pris la crise cardiaque qui devait l'emporter. Anil ferma les yeux, pour échapper à la vision de tous ces endroits à jamais abandonnés.

*

Anil s'attendait à voir l'un de ses frères à l'extérieur de l'aéroport d'Ahmadabad, mais sa gorge se serra quand il aperçut Ma, en sari blanc, le sari des veuves, debout aux côtés de Nikhil. Lorsqu'il se pencha pour effleurer ses pieds en signe de respect, elle l'attrapa par les épaules et le serra dans ses bras, puis prit son visage entre ses mains. Une barbe de deux jours noircissait légèrement les joues d'Anil et il s'en voulut de ne pas avoir fait un brin de toilette avant de descendre de l'avion. Il négligeait son apparence depuis quelques mois – oubliant de se peigner ou portant des vêtements froissés.

Nikhil s'empara de sa valise pendant que Ma lui tenait le bras en se dirigeant vers la voiture. Elle avait les traits tirés et semblait avoir vieilli de dix ans depuis l'été précédent. Anil n'avait jamais vu sa mère ainsi, pas même l'année où la sécheresse avait détruit toutes les récoltes. Pendant trois mois, cette année-là, elle avait nourri les enfants en premier, puis Papa, mangeant la dernière, se contentant d'un repas modeste une fois que tout le monde avait quitté la table.

« C'est bien que tu sois venu, *bhai*, dit Nikhil en rangeant la valise dans le coffre. On savait que tu viendrais, même si elle te l'a déconseillé. » Il hocha la tête en direction de leur mère, qui s'était installée dans la voiture. « Ça compte beaucoup pour elle. »

Dès qu'ils s'engagèrent sur le chemin de terre qui menait à la

Grande Maison, Anil sentit qu'il se passait quelque chose d'inhabituel. Des bicyclettes reposaient contre les troncs des cocotiers, plusieurs voitures étaient garées sur l'esplanade devant la maison, là où d'ordinaire il n'y en avait qu'une ou deux. Et avant même que la Grande Maison n'apparaisse, il vit des flammes jaunes dansant tout autour. Anil baissa son carreau : une foule de gens se tenait devant la véranda, des bougies et des lanternes à la main, et il était trois heures du matin. La honte le submergea quand il comprit que sa famille et les voisins avaient veillé pour lui souhaiter la bienvenue.

Après avoir salué des dizaines de personnes, Anil se retira dans sa chambre où le serviteur avait déjà défait sa valise : «Voulez-vous que je fasse chauffer de l'eau pour votre bain, Anil *Sahib*?»

Remarquant que le serviteur s'était adressé à lui en employant l'expression de respect autrefois réservée à son père, Anil éprouva un pincement de gêne qui le surprit. «Non, j'attendrai demain matin.» Le serviteur hocha plusieurs fois la tête, comme si la réponse d'Anil n'avait aucun impact sur lui. Anil avait été repris à l'hôpital alors qu'il opinait lui aussi pendant les visites. *Décidez-vous, Patel, c'est oui ou c'est non*, lui avait dit un chef de clinique. Si seulement il pouvait être aussi indifférent que ce serviteur, qui fermait à présent doucement la porte derrière lui.

Anil s'approcha de la fenêtre. Quand il l'entrouvrit, elle émit le même grincement métallique qu'autrefois. Son diplôme de la fac de médecine avait été encadré et accroché au-dessus de la commode, probablement par sa mère. Il l'effleura, surpris de trouver le verre propre, sans la couche de poussière qui s'accumulait ici tous les jours. Sur le bureau, débarrassé de ses anciennes affaires, trônait l'échiquier, lequel paraissait étrangement démocratique sans ses deux rois dominant les autres pièces. Il ouvrit la petite poche de son sac à dos et en sortit le roi en acajou qu'il posa, à sa place, sur le plateau. Il considéra les pièces, réfléchit à deux ou trois coups et les joua : il déplaça un pion puis sa tour. Son père aurait alors joué son cavalier. *Il est sous-estimé mais très puissant*, disait toujours Papa de sa pièce préférée. Il posa l'index sur la tête du cavalier. Une douleur sourde monta de sa poitrine. Il se détourna de l'échiquier sans ranger les pièces à leur place.

Il grimpa sur le lit que protégeait une moustiquaire vaporeuse et écouta le grincement régulier des pales du ventilateur. Les stridulations des grillons et l'odeur de la terre entrant par la fenêtre ouverte lui étaient aussi familières que le sentiment de devoir qu'il éprouvait ici. Cette nuit-là, Anil rêva qu'il courait dans les couloirs de l'hôpital, incapable de trouver la chambre où on l'avait bipé. Il se réveilla quand il arrivait au bout d'un passage ne menant nulle part, en sueur et le cœur battant la chamade.

*

Ma consulta l'astrologue afin de choisir la meilleure date pour se rendre au bord du Gange et y disperser les cendres de Papa, et Anil réserva son billet de retour en conséquence. En attendant, il passait ses journées à recevoir des membres de la famille et des amis venus présenter leurs hommages, et à manger des repas si élaborés qu'il avait l'impression de ne jamais sortir de table.

Anil ne s'était pas préparé au flot de questions que lui posèrent sa famille et les invités. Voyant qu'ils n'étaient pas satisfaits par ses réponses un peu sèches, il finit par leur dire ce qu'ils voulaient entendre : il travaillait dans un hôpital de pointe, les médecins qui le formaient étaient intelligents et bienveillants à son égard, les patients reconnaissants. Il leur décrivait en fait le monde qu'il pensait découvrir quand il avait quitté Panchanagar, un monde qui n'existait plus que dans son esprit à présent.

Peu à peu, le récit maquillé de sa vie en Amérique commença à lui venir plus facilement.

Bien que sa famille acceptât sa version sans mettre ses paroles en doute, Anil ne put s'empêcher de se demander comment il aurait réagi si Papa avait été là. Il aurait été incapable de mentir en sa présence, mais le décevoir n'aurait pas été plus facile. Parfois, la culpabilité qu'il éprouvait devant le portrait qu'il donnait de lui-même ne faisait qu'aggraver la honte qu'il ressentait déjà. Mais, à d'autres moments, il se laissait porter par cette version de la réalité, savourant le plaisir d'avoir réussi et d'être à nouveau respecté.

Un matin, il descendit dans la salle à manger juste au moment où le déjeuner était servi. Il s'assit à côté de Kiran. «Où est Chandu? demanda-t-il, habitué à être le dernier à passer à table.

— Il dort encore, dit Kiran en levant les yeux au ciel. Il a joué tard aux cartes hier soir.

— Encore?» Anil se servit et commença à manger. Il avait remarqué le comportement curieux de Chandu mais hésitait à en parler à Ma, trop fragilisée par la mort de Papa.

— Ma dit que Tante Pushpa va venir s'installer ici avec son fils», annonça Piya. Tante Pushpa était la femme d'un oncle de Papa, à présent veuve, et vivait depuis des années dans une petite maison située à proximité.

«Quelqu'un reprendra sa maison ou va-t-elle rester vide? demanda Kiran.

— Nikhil a déjà mis une option, n'est-ce pas, *bhai*?» Piya donna un coup de coude dans les côtes de son frère. «Je ne comprends pas pourquoi tu as tant hâte de te marier.

— Hâte? J'ai vingt et un ans. Papa était déjà marié à mon âge», se défendit Nikhil.

Anil sentit que sa bouche le brûlait. Il avait dû perdre sa tolérance aux épices à force de manger les plats fades de la cafétéria. Il but un grand verre d'eau et interrogea Nikhil du regard. «C'est vrai, *bhai*? Tu as envie de te marier?

— Pourquoi pas? À quoi bon attendre?» Il attrapa le bol de chutney à la coriandre de l'autre côté de la table. «Mais je ne ferai rien avant toi», ajouta-t-il.

La main d'Anil resta en suspens au-dessus de son assiette. «Ne te sens pas obligé de m'attendre. Ce n'est pas un problème pour moi.» Ma apparut avec un pichet d'eau, annonçant son retour dans la pièce d'un claquement de la langue.

«C'en est un pour elle», souffla Nikhil en indiquant leur mère d'un mouvement de l'œil.

«Chaque chose en son temps, mon fils, dit-elle en posant une main sur l'épaule d'Anil. Vous pourrez tous vous choisir une épouse, si Dieu le veut. Une fois la période de deuil passée, Anil rentrera à la maison et nous commencerons à chercher. Ensuite ce sera ton tour.» Anil sentit la pression de sa mère sur son épaule et il s'appuya contre le dossier de sa chaise, l'appétit brusquement coupé.

«Pas la peine de chercher pour moi dans un avenir proche, intervint Piya. Je ne suis pas pressée.»

Kiran lui donna un coup de pied sous la table. «Ne t'inquiète pas, je ne vois pas beaucoup de prétendants qui font la queue dehors. À mon avis, tu n'as rien à craindre.»

Piya éclata de rire et lui rendit son coup de pied. «Parle pour toi! Qui voudrait d'un garçon qui se tient aussi mal à table? Manger en face de toi, c'est comme manger en face d'une bête sauvage!»

Anil se leva et alla se laver les mains. Alors qu'il les passait sous l'eau, comme s'il cherchait à faire disparaître le sentiment de culpabilité qui le tenaillait, il comprit que, avec son père, il avait perdu son unique défenseur. À présent, il n'y aurait que les attentes de Ma et les espoirs de ses frères mêlés de ressentiment. Il ne supportait pas l'idée de les décevoir davantage les uns ou les autres. Sa voie, si nette auparavant, était désormais voilée par la mort de Papa.

*

Mina Patel tirait une satisfaction toute particulière en entendant ses enfants se chamailler et se taquiner. Elle reconnaissait leurs voix et leurs intonations même quand elle n'était pas dans la même pièce qu'eux, ce qui s'était révélé inestimable lorsqu'ils étaient petits. Elle trouvait encore des raisons de s'inquiéter pour eux de temps en temps, en particulier pour Chandu, qui s'attirait tellement d'ennuis. Peut-être était-il normal, finalement, que son plus jeune fils cherche à se distinguer de ses frères aînés, lesquels excellaient déjà tous dans un domaine ou un autre : Kiran était le plus athlétique, Nikhil était doué pour le travail à la ferme et Anil avait toujours brillé dans ses études. Mina ne s'était pas fait de souci pour Anil depuis des années, depuis qu'il avait souffert de ce terrible bégaiement, enfant. Mais aujourd'hui, il était son principal sujet de tracas.

Il n'avait pas l'air en forme. Il était plus mince qu'au moment de son départ de la maison, et cela se voyait sur son visage. Des cernes étaient apparus sous ses yeux, qui semblaient absents. Bien sûr, il pleurait la mort de son père, comme les autres. Mina elle-même n'espérait pas s'en remettre avant longtemps. Elle ressentait comme un vide énorme dans sa vie, au plus profond de son être, omniprésent. Anil cependant semblait différent, et c'était un changement qui dépassait le chagrin. Quelque chose d'intrinsèque à lui-même avait été détruit en Amérique : ses entrailles avaient été creusées comme une gourde. Mina réfléchit à tout ce qui pouvait être la cause du trouble qu'elle voyait chez son fils. Elle avait mal à la tête rien qu'en dressant la liste des innombrables corruptions de l'Occident – la viande, l'alcool, la drogue, les filles. De toute évidence, ce pays ne lui faisait pas de bien.

Plus tard ce soir-là, elle alla dans la chambre d'Anil. Il dormait beaucoup depuis son retour, encore un signe de mauvaise santé. Elle lui effleura la joue du revers de la main, comme elle le faisait quand il était petit pour savoir s'il avait de la fièvre. «Tu ne manges pas bien là-bas, n'est-ce pas? Tu as maigri.» Si Jayant pouvait voir son fils maintenant, penserait-il encore que l'Amérique était une bonne idée?

«Je vais bien, Ma, répondit Anil. Je suis juste fatigué. À cause du décalage horaire.

— Mon fils.» Elle s'assit au pied du lit. «Je ne voulais pas t'en parler quand tu étais là-bas.» Elle s'éclaircit la voix et regarda ses mains tout en continuant de parler. «Avant de mourir, ton père... (ses yeux se remplirent de larmes)... ton père n'avait plus la force d'arbitrer les conflits ces derniers temps. Certaines personnes attendent depuis des mois.

— Ma, je ne crois pas en être capable.» Anil secoua la tête. «Il doit bien y avoir quelqu'un d'autre. Oncle Manoj, par exemple, ou Nikhil. Il est suffisamment âgé.»

Mina remarqua sa fossette au menton et se souvint qu'elle lui était apparue lorsque son visage avait commencé à se transformer à l'adolescence. Elle la caressa avec le pouce. «Il voulait que ce soit toi.» Mina veillait à ne pas en dire plus que ce que Jayant avait stipulé. Mais elle tenait à faire comprendre à son fils qu'il était temps qu'il rentre, qu'il renonce à ce rêve fou à présent que son père n'était plus là. Jayant l'avait cependant mise en garde : elle ne devait en aucun cas empêcher Anil de terminer sa formation médicale, et Mina lui avait promis de demander seulement à Anil de remplir ce rôle d'arbitre, du mieux possible.

Anil laissa échapper un long soupir qui effaça le pli de son front. Il regarda sa mère longuement avant de répondre : « D'accord, Ma. Je ferai tout ce qui est en mon pouvoir tant que je suis ici, mais je ne peux pas te dire avec certitude quand je reviendrai. »

Elle sourit et se leva. « Après-demain, nous tiendrons une séance. Je vais prévenir tout le monde. »

Le puits de la discorde

Quand Anil vit les gens entrer les uns après les autres le mardi matin dans la salle d'audience, il se précipita à la cuisine sous prétexte d'aller chercher une tasse de thé alors qu'en réalité il avait besoin d'un moment de solitude afin de rassembler ses pensées. Le village entier avait fini par s'en remettre entièrement à la sagesse et au jugement de son père, et l'idée de le remplacer le terrifiait.

Le temps qu'il retourne dans la salle, la plupart des chaises étaient occupées, et une dizaine de personnes au moins se tenaient debout, adossées aux murs. Quelques visages seulement lui étaient familiers. Il jeta un coup d'œil à sa mère, au fond de la pièce. Elle lui sourit et il suivit son regard qui lui indiquait le magnifique fauteuil en bois sculpté, tel un trône, au bout de la table. Quand il le tira, le bruit des pieds lourds raclant le sol de pierre attira l'attention de tous. Il s'assit et croisa les mains devant lui. « Commençons par une prière », dit-il et, baissant le front, il récita la bénédiction que son père prononçait toujours avant le début d'une séance. Lorsqu'il releva les yeux, il vit que sa mère l'approuvait d'un léger signe de tête. « Très bien, reprit-il. Qui veut commencer ? »

Un homme du nom de Jagdish, assis à sa droite, parla le premier. « Anil *Sahib*, je vous serais très redevable de votre conseil. »

Et il poursuivit en expliquant le litige qui l'opposait à son voisin, Bipin. « Sur mes terres, je fais pousser du riz, que du riz. Exactement comme votre très estimé père, que son âme repose en paix, je ne m'en tiens qu'à une récolte, mais je fais bien mon travail. Pendant des années, sur mes terres, rien d'autre que du riz n'a poussé... »

D'un geste de la main, Anil l'invita à conclure.

« Comme vous le savez, Anil *Sahib*, il faut de l'eau pour le riz, beaucoup d'eau, beaucoup, beaucoup d'eau. Pendant des années, j'ai mis de l'argent de côté et, il y a trois mois, j'ai construit un puits sur mes terres pour irriguer mes champs. Huit mille roupies que j'ai dépensées, de ma poche, pour construire ce puits. J'ai dû payer les canalisations, le réservoir... » Il compta sur les doigts chaque pièce de son puits.

« Je comprends, l'interrompit Anil. Mais quel est le problème ?

— Eh bien, après avoir travaillé aussi dur et dépensé tout cet argent, ce scélérat... (Jagdish pointa un doigt accusateur sur Bipin, assis en face de lui)... veut voler mon eau pour ses cannes à sucre pourries ! »

Bipin bondit sur sa chaise. « Ton eau ? *Ton* eau ? hurla-t-il. Oh, je suis désolé, *Bhagwan* (il joignit les deux mains en un simulacre de prière et se prosterna)... je ne m'étais pas rendu compte que Dieu en personne vivait à côté de chez moi. Cette eau, cette terre, l'air qui nous entoure, tout cela t'appartient. Comment osons-nous te le prendre ? » Ses yeux bordés de rouge sortaient de leurs orbites.

« Doucement, doucement, calmons-nous. » Anil fit signe aux deux hommes de se rasseoir et s'efforça de ne pas se laisser distraire par le brouhaha de la salle. « Bipin *bhai*, il me semble très clair que Jagdish *bhai* a investi son argent pour construire ce puits et qu'il a le droit de l'utiliser à sa guise. Peut-être pourriez-vous en construire un à votre tour ?

— Et est-ce qu'il a le droit d'installer les canalisations de son puits sur *ma* terre et de ne pas partager l'eau ? Hein ? » Bipin se pencha en avant sur sa chaise et plissa les yeux en regardant Jagdish. « Je sais ce que tu as fait, espèce de vieux singe ! J'ai parlé à cet homme que tu as embauché pour creuser ma terre la nuit, quand tu pensais que personne ne le verrait. Et la citerne qui se trouve chez moi, tu crois que je ne suis pas au courant ? Hein ? Ma terre a toujours été meilleure que la tienne, comme mes récoltes. Tu vois maintenant, Anil *bhai*, qui vole qui ? » Bipin se rassit et croisa les bras. Anil jeta un coup d'œil à Jagdish, lequel fixait la table et marmonnait quelque grossièreté sur où Bipin pouvait fourrer sa canne à sucre, sans présenter aucune défense audible contre l'accusation de son voisin. Le cuisinier arriva et déposa devant Anil une tasse de thé chaud. Anil en but une gorgée. Il se brûla la langue et repoussa la tasse.

« Très bien. » Il parlait lentement dans l'espoir que quelque commentaire éclairé lui traversât l'esprit, comme quand on lui posait une question difficile pendant la visite à l'hôpital. « Est-ce que quelqu'un dans la salle a quelque chose à dire à ce sujet ? » Des murmures montèrent ici ou là. Anil fit appel à l'assurance qu'il avait appris à manifester même quand il ne connaissait pas la réponse. « Bien que le puits appartienne à Jagdish, il semble que l'eau vienne de chez Bipin, aussi la solution la plus juste est de partager de façon égale l'eau du puits. Jagdish, vous utiliserez le puits le lundi, le mercredi et le vendredi. Bipin, le mardi, le jeudi et le samedi. Le dimanche, vous le laisserez se reposer. » Anil fut surpris par cette solution toute prête.

« Mais mardi, c'est le jour de marché, je ne peux pas…, commença à protester Bipin.

— Et mon riz a besoin de plus d'eau que… », intervint Jagdish. Bientôt les deux hommes se coupaient la parole, et c'était à qui parlerait plus fort que l'autre.

« Écoutez-moi. » Anil haussa la voix pour se faire entendre. « *Bhaiya*, c'est une solution juste et j'attends de vous deux que vous coopériez. D'accord ? Parfait, alors. » Les deux hommes ne paraissaient toutefois pas satisfaits. Jagdish marmonna à nouveau quelques paroles inintelligibles et Bipin secoua la tête et se leva de sa chaise.

Après le départ des deux paysans, d'autres personnes se présentèrent et expliquèrent leur litige. Anil fit de son mieux pour servir d'intermédiaire entre une femme et son mari qui avait perdu presque toutes leurs économies en jouant aux cartes la nuit. Mais il n'eut pas plus de succès à détourner cet homme de son addiction qu'il n'en avait eu avec l'héroïnomane qui était arrivé aux urgences de Parkview avec des palpitations au cœur, persuadé qu'il était en train de mourir. Le joueur et son épouse continuaient de se chamailler quand ils quittèrent la salle d'audience.

Ce fut ensuite le tour de deux sœurs célibataires, âgées d'une quarantaine d'années, qui vivaient ensemble dans la maison familiale mais ne supportaient pas leur cuisine réciproque. La première avait apporté pour preuve quelques échantillons des pires plats de sa sœur : deux purées de lentilles et de légumes à la couleur indescriptible. Elle en offrit à tous ceux qui voulaient goûter, mais personne n'accepta. Anil suggéra qu'elles utilisent la cuisine à tour de rôle afin de pouvoir préparer leurs propres plats mais, quand elles s'en allèrent en laissant derrière elles les deux récipients contenant les purées, Anil sut qu'elles se disputeraient à propos des ustensiles ou pour savoir qui avait fini le riz.

Malgré tous ses efforts, les solutions qu'il proposa pour résoudre les différents litiges se révélèrent tout aussi peu satisfaisantes que celle qu'il avait soumise aux deux paysans. Anil comprit que ce rôle d'arbitre n'était pas toujours apprécié. Il se rappelait comment son père avait dû supporter les plaintes et les larmes de ceux qui étaient venus le consulter, même si la tâche lui convenait visiblement bien mieux qu'à Anil. Lorsque les gens quittaient la table de Papa, ils étaient en tout cas plus en paix qu'à leur arrivée ; certains étaient même franchement heureux de sa décision, et tous semblaient reconnaissants. Personne à Panchanagar ne considérait Anil comme un individu à part entière ni n'accordait d'importance à ses opinions personnelles. Aux yeux des gens d'ici, il était juste le fils aîné de Jayant Patel, et avait hérité de ce rôle sans avoir jamais rien fait pour le gagner.

*

La séance dura plus longtemps que prévu et, quand elle se termina, il était l'heure de déjeuner. Anil regarda les gens sortir en file de la Grande Maison. À mesure que la salle se vidait, il vit une femme se diriger vers lui : la mère de Leena, Nirmala, le visage creusé de rides. Quand l'avait-il vue pour la dernière fois ? Elle tenait un paquet, enveloppé dans un linge de coton blanc et attaché avec un fil grossier.

Il joignit les paumes et s'inclina légèrement. « *Namasté*, Tante[1] Nirmala.

— J'aimerais m'entretenir avec votre mère, si elle est disponible, dit-elle.

— Bien sûr. Je vais la chercher. »

Anil trouva sa mère dans la cuisine où elle donnait des instructions au cuisinier pour la préparation du repas. Elle attrapa le rouleau à pâtisserie des mains de l'homme penaud et l'agita devant lui avant de lui montrer comment abaisser la pâte. « Ma,

---

1. En Inde, appeler « tante » et « oncle » les personnes âgées est en général un signe de respect.

appela Anil. Tante Nirmala est là, elle voudrait te parler. Je crois qu'elle t'a apporté un cadeau.

— Quoi ? Quel toupet, venir ici en ce moment, alors que nous sommes encore en deuil. » Elle avait répondu sans se retourner vers Anil. « Comment ose-t-elle se lamenter sur leur sort et leurs problèmes alors que nous avons les nôtres ? » Ma attrapa une boule de pâte et l'aplatit entre ses paumes.

« Tout va à vau-l'eau depuis la mort de ton père. » Elle pivota sur les talons et regarda son fils. « Je n'y arrive tout simplement pas », confia-t-elle, la bouche pincée et le visage crispé.

Anil éprouva le soudain désir de la protéger. « Comment puis-je t'aider, Ma ? Qu'est-ce que je peux faire ?

— T'occuper de Nirmala, s'il te plaît. Je n'ai pas la force de supporter de nouveaux désagréments pour l'instant. » Elle entra dans le cellier et en revint avec un nombre inimaginable de pommes de terre dans une main. « Mais ne les laisse pas s'en sortir comme ça, elle et son mari. Ils se sont mis dans de beaux draps tout seuls, et maintenant ils ne peuvent pas rembourser leurs dettes. S'ils avaient affaire à l'usurier, il ne se montrerait pas aussi indulgent. »

Nirmala attendait exactement là où Anil l'avait quittée. Il lui fit signe de prendre place à la table. « Je vous en prie, asseyez-vous. » Il regrettait de ne pas avoir pensé à demander au serviteur d'apporter du thé, et il n'osait pas retourner à la cuisine. « Je suis désolé, ma mère ne se sent pas très bien, dit-il, même si la voix de Ma s'entendait par-dessus le bruit des casseroles qui s'entrechoquaient. Mais je peux peut-être vous aider ? J'ai cru comprendre qu'il était question d'une dette. »

Le visage de Nirmala se vida de toute expression. Pas un muscle ne se contracta. Ses mains reposaient sur le linge blanc qui recouvrait le paquet sur ses genoux. Elle regarda Anil fixement, sans un mot.

Anil s'éclaircit la gorge, regrettant à nouveau de ne pas avoir de thé à lui offrir. « Essayons de trouver un arrangement », déclara-t-il en s'emparant du carnet qu'il avait laissé sur la table. Il était habitué à gérer des situations hors contexte. Il le faisait régulièrement tous les jours à l'hôpital quand il reprenait la consultation de patients et diagnostiquait des maladies à partir de dossiers médicaux incomplets. « Le remboursement actuel est de… ?
— Deux cents roupies.
— Bien. Deux cents roupies par mois…
— Par semaine.
— Oh, je vois, fit Anil en barrant les chiffres qu'il avait notés. Huit cents roupies par mois. Mais au fait, pourquoi ne me diriez-vous pas vous-même combien vous pouvez rembourser ? »

Nirmala ne répondit pas. Anil commençait à en avoir assez de décevoir tous ceux qui s'asseyaient à cette table avec lui. « Que pensez-vous de quatre cents roupies par mois ? » Il leva les yeux de son carnet après avoir fait quelques calculs et proposa un nouveau calendrier de remboursements.

Nirmala ferma les yeux longtemps puis hocha doucement la tête.

« Parfait, dans ce cas », dit Anil. Il lui tendit la feuille de papier. « Saluez votre mari de ma part, je vous prie, ajouta-t-il en se demandant pourquoi il n'était pas venu lui-même. Et Leena aussi. »

Peu de temps après le départ de Nirmala, les serviteurs entrèrent dans la salle pour mettre le couvert et Anil fut chassé avant de pouvoir annoncer à Ma ce qui avait été décidé au sujet de la dette.

« C'était Tante Nirmala ? » Piya surgit derrière lui. Elle venait du jardin. « Je ne l'ai pas vue depuis des siècles. »

Anil opina du bonnet.

«Oh, comme Leena me manque! se plaignit Piya. Tu savais qu'elle s'était mariée il y a quelques mois?
— Non, répondit Anil. Je l'ignorais.» *Avec qui?* La question resta en suspens sur ses lèvres. Il avait l'impression que cela faisait plus de six mois qu'il vivait immergé en Amérique, se noyant dans sa nouvelle vie au point qu'il en avait presque oublié les rivages de son ancienne existence paisible à Panchanagar. C'était beaucoup de temps, en effet, assez pour que Leena rencontre, épouse et suive son nouveau mari. À jamais partie vers d'autres horizons où le bonheur l'attendait.

Piya lui donna un léger coup de coude dans les côtes. «Méfie-toi, tous les beaux partis sont en train de s'envoler. Ne tarde pas trop.

— Oui, Ma, grommela Anil.

— En attendant, tu as fait du bon boulot aujourd'hui.»

Anil regarda sa sœur dans les yeux. *S'il te plaît, ne me mens pas.* En même temps, il ne pouvait nier qu'il lui était reconnaissant de son amour inconditionnel.

«Ce ne sera pas facile de succéder à Papa, mais tu y arriveras, grand frère. J'en suis sûre», ajouta la jeune fille.

Après le départ de Piya, Anil alla sur la véranda d'où il contempla les terres de la famille où Nikhil et Kiran travaillaient avec les serviteurs. La mort de leur père se ressentait dans leur vie à tous. Pendant des années, Papa l'avait protégé pour qu'il puisse poursuivre sa carrière et, à présent, c'était à lui de se protéger tout seul. Sur l'esplanade, des villageois s'étaient rassemblés et discutaient encore des affaires de la matinée. Orchestrer la vie des gens, résoudre leurs problèmes était un vrai fardeau. Un fardeau dont il ne voulait pas plus aujourd'hui qu'il n'en voulait quelques mois auparavant, quand il se tenait exactement au même endroit.

DEUXIÈME PARTIE

9

Anil s'installa dans le bureau de Casper O'Brien et regarda la photo qui trônait sur le coin de la table. Elle détonnait un peu dans cet immeuble froid et stérile. Un O'Brien bronzé, aux côtés d'une femme aux cheveux dorés et de deux adolescents sur une plage de sable bordée de palmiers – tout semblait parfait, même la façon de se tenir des deux garçons, comme s'ils venaient juste d'interrompre une bagarre pour poser devant l'appareil photo. Sur les étagères, entre les manuels de médecine et les classeurs de l'hôpital, il y avait un ballon de basket et une photo encadrée de O'Brien effectuant un smash puissant, une main accrochée au bord du panier. Le genre de vie que suggéraient ces photos – succès professionnel, athlétisme, famille modèle – était si inatteignable pour quelqu'un comme Anil, si distant de sa propre réalité qu'il ne pouvait en détacher le regard.

La porte s'ouvrit en grand. O'Brien entra et alla aussitôt s'asseoir derrière son bureau. «Vous nous avez laissés dans une situation très délicate, Patel. Nos patients comptent sur nous et nous comptons sur *vous*. Avez-vous conscience des répercussions de votre absence non prévue pendant deux semaines? Décembre est notre mois le plus chargé. Vous rendez-vous compte de ce que vos pairs ont dû endurer pour vous remplacer?»

Anil baissa les yeux et fit signe que non, préférant ne pas courir le risque de parler car il savait que les mots ne lui viendraient pas comme il le souhaitait, s'ils lui venaient.

« Je suis désolé pour votre père. Nous vous aurions accordé quelques jours de congé si vous nous en aviez parlé, mais disparaître deux semaines en ne laissant qu'un message vocal. » Il secoua la tête. « On ne pouvait même pas vous joindre sur votre biper. » Il se pencha en avant. « Écoutez, il nous arrive à tous des coups durs, mais nous devons continuer de travailler. C'est cela être médecin. »

Il se cala dans son fauteuil et, d'une voix plus posée, ajouta : « Je me sens obligé de vous rappeler, Anil, que cette première année de stage est une période probatoire au cours de laquelle nous devons décider si vous êtes capable ou non de poursuivre votre formation ici et si vous êtes fait pour cette profession. Peut-être devriez-vous y réfléchir vous-même. Car d'après ce que j'ai vu jusqu'à présent... (il pointa vaguement des documents sur son bureau, sans doute les évaluations mensuelles d'Anil)... d'après ce que j'ai vu, ce n'est pas du tout évident. Vous allez devoir me prouver que je me trompe. »

*

Anil reprit le travail avec une motivation redoublée. Il ne voulait pas retourner en Inde et certainement pas après avoir échoué. Il devait bien à son père de respecter leur accord tacite, maintenant plus que jamais. Anil savait que ce que Papa souhaitait le plus au monde, c'était que son fils voie ses efforts récompensés et réalise son rêve de devenir médecin. À mesure qu'il barrait les jours sur son calendrier et que les semaines défilaient, il sentait sa résolution s'affermir. Il arrivait le premier pour la visite du matin, suivait le cas de chaque patient, vérifiait les résultats de chaque examen de laboratoire et recevait de nouveaux patients avant de s'effondrer dans l'une des chambres de garde de l'hôpital. Bien qu'il n'eût pas le temps de s'appesantir sur lui-même, le chagrin était son compagnon de tous les instants, remplissant ses rares moments d'oisiveté avec de tendres souvenirs et des nostalgies soudaines, douloureuses dans la poitrine.

Il retrouvait encore Charlie au restaurant plusieurs fois par semaine, mais uniquement pour travailler, la tourte à la viande sans la viande ayant perdu de son intérêt, comme beaucoup d'autres plaisirs simples. Un soir, Charlie commanda deux parts de tarte aux fruits rouges. Anil trouva les deux premières bouchées bonnes puis repoussa son assiette. Il chercha dans sa poche l'inhalateur qu'il transportait sur lui depuis des semaines. Pourquoi ne l'avait-il pas enveloppé dans du papier bulle et envoyé en Inde la première fois qu'il avait remarqué le souffle court de Papa au téléphone ? Ce n'était pourtant pas compliqué. À présent, bien sûr, comme le test d'effort, c'était trop tard. Certes, la crise cardiaque fatale aurait eu lieu malgré tout, mais cela aurait été quelque chose – quelque chose pour soulager Papa, quelque chose pour qu'il sache que son fils pensait à lui de l'autre côté de la terre. Anil fit glisser le rebord en plastique dur de l'inhalateur sous son ongle et appuya jusqu'à avoir mal, ce qui lui apporta la satisfaction que les fruits rouges dans sa bouche ne pouvaient lui donner.

Charlie montra le journal sur la table. « Hé, tu as vu ce qui passe à Miami ? Vingt-huit cas de dengue cette année. Les premiers cas signalés aux États-Unis depuis deux cents ans. Incroyable, non ? »

Anil acquiesça. La dengue, une maladie transmise par les moustiques, était très répandue en Inde. Il avait traité beaucoup de patients qui en étaient atteints à Ahmadabad, mais pas un seul à Dallas.

« On pense que c'est peut-être à cause du réchauffement climatique que ces maladies tropicales se répandent dans de nouvelles aires géographiques. » Charlie feuilleta le journal. « C'est tellement fascinant, tout ça – les virus, comment ils se déplacent dans le monde, la course continuelle pour trouver le bon vaccin.

— Tu devrais peut-être te spécialiser dans les maladies infectieuses, dit Anil. Et si tu faisais un projet de recherche, histoire de tâter le terrain ?

— Oui, c'est pas bête, répondit Charlie. J'ai entendu dire que les équipes de recherche commençaient à se former. Je ne pensais pas y réfléchir avant l'année prochaine mais, apparemment, certains de nos camarades aux dents longues s'informent déjà pour savoir qui peut cautionner leurs projets.

— Et une recherche sur le SRAM ? » suggéra Anil. Le SRAM, le staphylocoque doré fréquemment impliqué dans les infections nosocomiales, était un sujet de préoccupation pour tous les hôpitaux aux États-Unis, à cause de la mauvaise publicité et des problèmes juridiques qu'il entraînait. « J'ai lu que plusieurs hôpitaux avaient mené des études à petite échelle pour réduire les facteurs de risque. Peut-être que tu pourrais les récupérer et réaliser une étude rétrospective. Constituer une liste de techniques éprouvées que les hôpitaux pourraient suivre, et la présenter à Parkview.

— Ouais, ça me plaît bien. » Charlie tapota le bout de son crayon sur la table. « C'est une superidée, même. Ils devraient adorer à Parkview. Une recherche qui ne leur coûte rien mais qui résout un problème de relations publiques. Qu'est-ce que tu en dis, mon vieux ? Tu veux qu'on s'associe ? On ferait une superéquipe tous les deux. »

Anil réfléchit. Les maladies infectieuses n'étaient pas vraiment son domaine d'intérêt. Elles lui rappelaient trop l'Inde ; il préférait se pencher sur les pathologies des pays industrialisés. Mais Charlie semblait tenir à travailler avec lui, et ce serait agréable. «O.K., ça marche!»

*

Le biper d'Anil sonna dans sa poche, affichant un numéro qu'il ne connaissait pas. Lorsqu'il rappela depuis un des téléphones de l'hôpital, l'infirmière qui lui répondit lui annonça que le docteur Mehta voulait le voir. Anil prit l'ascenseur jusqu'au sixième étage et attendit dans la salle de garde en pianotant du bout des doigts sur ses genoux.

«Patel, dit Sonia en entrant. Vous êtes rentré. Comment ça s'est passé en Inde?

— Euh... c'était... Ça allait.» Anil bafouilla, ne sachant pas ce qu'elle savait de son voyage et surpris de constater que la nouvelle avait fait le tour de l'hôpital.

«Casper vous a passé un savon?

— Le... le docteur O'Brien? Oui.» Il ignorait jusqu'où il pouvait se confier à elle.

«Eh bien, commença-t-elle en se servant une tasse de café, vous ferez ce que vous voudrez de mon avis mais, personnellement, j'estime que vous avez eu raison.»

À nouveau, Anil fut surpris. Cette conversation le déstabilisait. Il se racla la gorge.

«On pourrait croire que le monde se résume à Parkview, bien sûr, mais ce n'est pas le cas, continua Sonia. Je suis sûre qu'il vous a fallu beaucoup de courage, et O'Brien va vous le faire payer, mais, encore une fois, vous avez eu raison de rentrer chez vous.

— Euh... merci», répondit Anil. Sonia ne l'avait tout de même pas bipé pour lui dire ça?

«En fait, je voulais vous annoncer que le service a choisi le cas

Jason Calhoun pour le prochain CMM. Vous comprenez ce que ça veut dire ? »

Anil hocha la tête. Ouvert à tous les médecins, internes et externes, le CMM, le colloque de morbidité-mortalité, était une assemblée sans intention punitive qui consistait à revoir tous les dossiers des patients décédés pour améliorer l'apprentissage de la médecine et la qualité des soins. Les médecins seniors le surnommaient le peloton d'exécution.

Sonia expliqua à Anil comment ils présenteraient leur cas. Ils seraient ensuite soumis aux questions de leurs pairs sur les complications et les erreurs qui avaient conduit à la mort du patient. « On ferait peut-être bien de se voir une ou deux fois pour réexaminer le dossier et s'assurer qu'on n'a rien oublié. » Ils se mirent d'accord pour se retrouver vers la fin de la semaine. Bien que Sonia parût sûre que tout se passerait bien, Anil quitta la salle de garde en proie à une angoisse terrible.

Le manguier partagé

Anil, qui venait de passer trente-six heures d'affilée à l'hôpital, fut soulagé de trouver l'appartement vide à son retour, mais à peine referma-t-il la porte que le téléphone sonna.

«Oh, Anil *beta*, Dieu merci, te voilà! s'exclama Ma. J'essaie de te joindre depuis une demi-heure. On avait bien dit maintenant, n'est-ce pas? Tu es prêt, mon fils? Tout le monde est là, à t'attendre.»

Anil s'effondra sur son lit. Avant de quitter l'Inde, il avait accepté de se plier tous les mois à une séance d'arbitrage par téléphone; prévue les jours de ses repos de garde, elle ne devait pas excéder une heure. Il aurait préféré confier le rôle à quelqu'un d'autre, mais la mort de Papa et son insatisfaction personnelle l'avaient laissé sur les bords du Gange avec le sentiment qu'il devait beaucoup à la mémoire de son père et à sa famille. Cependant, après les remontrances de Casper O'Brien ce matin et le spectre de Jason Calhoun, il n'avait plus guère confiance en son propre jugement. «Ma, est-ce que c'est vraiment important? Tu es sûre que ça ne peut pas attendre? demanda-t-il en appliquant à la situation l'art du triage qui définissait à présent son quotidien à l'hôpital.

— Parle juste à oncle Manoj, murmura Ma. Ton cousin et lui

se disputent à cause du manguier qui pousse entre leurs deux propriétés. Le chien d'oncle Manoj a fait ses besoins devant la maison de ton cousin, et il menace de se venger. Tu sais comme ton cousin est soupe au lait. J'ai peur qu'il ne devienne violent. »

*

Le manguier se dressait là depuis des années, des dizaines d'années même, sans causer le moindre problème à personne. Du plus loin qu'il s'en souvînt, Oncle Manoj, qui n'était pas véritablement un oncle mais plutôt un ami de la famille, avait toujours possédé le même lopin de terre. Anil se rappelait avoir joué à l'ombre de l'arbre avec ses frères et ses cousins. Ils cueillaient les mangues quand elles étaient encore vertes et dures comme des pierres, et s'en servaient de balles pour leurs parties de cricket. L'été, ils attendaient que les fruits dorés mûrissent pour secouer les branches et se régaler de leur butin. Ils arrachaient la tige et pressaient la pulpe du fruit directement dans leurs bouches, rivalisant pour voir qui en consommait le plus. Une fois rassasiés, ils ramassaient les mangues qui restaient par terre et s'en bombardaient jusqu'à être couverts de la chair sucrée et poisseuse des fruits, au point que les mouches leur tournaient autour. Quel gaspillage, songea Anil avec honte. Les enfants dilapident ce qu'ils ont en abondance, et c'est uniquement quand quelque chose devient rare qu'il prend de la valeur. *Une mangue. Le sommeil. L'approbation des autres.*

Le manguier avait atteint sa taille adulte depuis quelques années et donnait deux à trois cageots de fruits toutes les semaines. Dans la mesure où ses racines se trouvaient sur une propriété et ses branches sur l'autre, les deux parties revendiquaient la possession de l'arbre, et la colère augmentait en même temps que le prix des mangues depuis la dernière sécheresse.

Anil écouta oncle Manoj décrire comment son voisin se faufilait tôt le matin pour cueillir les fruits et les cacher dans sa maison. « Comme un voleur, il se glisse chez moi, je te le dis – il veille à ne pas faire de bruit. Il le sait bien qu'il me vole. »

Anil écouta ensuite son cousin se plaindre qu'oncle Manoj, qui pendant des années avait négligé l'arbre et ne s'était jamais donné la peine de le tailler ou de l'arroser, se comportait à présent comme s'il était son unique et légitime propriétaire. « C'est moi qui m'occupe de cet arbre, Anil, déclara son cousin. Je l'ai soigné, autrement il serait mort. Le mois dernier, j'ai même retiré un nid de guêpes de ses branches et j'ai été piqué partout. Pourquoi ces fruits ne m'appartiendraient-ils pas ? Je les mérite en échange de tous mes efforts. Sans moi, cet arbre serait rabougri et malade, et ne rapporterait rien. »

Anil sentit que ses paupières étaient sur le point de se fermer. Il avait la nostalgie des plaisirs aussi simples que le parfum de ces mangues, la douceur légèrement acidulée de leur chair. Là, maintenant, il aurait donné n'importe quoi pour un seul de ces petits bonheurs. Il jeta un coup d'œil à son radio-réveil dont les chiffres rouges brillaient d'un éclat éblouissant, et calcula les cycles de sommeil qui lui restaient avant que l'alarme ne sonne. Est-ce qu'ils se battaient vraiment pour un arbre ?

« Vous méritez tous les deux d'être félicités pour les soins que vous avez prodigués à cet arbre. Mais deux ou trois cageots de mangues chacun, c'est trop, non ? Elles s'abîmeront si vous les gardez, et ce serait dommage de gâcher un fruit aussi délicieux. Voici donc mon conseil : tous les matins, vous vous rencontrerez au pied de l'arbre à dix heures pour ramasser les fruits et vous vous les partagerez. Oncle Manoj, si je me souviens bien, Tante prépare un merveilleux *kulfi*[1], n'est-ce pas ? Cousin, peut-être

---

1. Crème glacée à base de lait parfumée à la mangue.

pourrais-tu demander à ta mère de faire des pickles de mangue épicés, et vous pourriez vous les échanger. » Il y eut un silence à l'autre bout du fil qu'Anil prit pour un acquiescement.

« Merci, *beta*, déclara Ma. Je m'occupe du reste. Nous recommencerons une autre fois. Et... Anil ?

— Hmm ? murmura Anil en éteignant la lumière avant de se glisser sous les couvertures.

— Je t'en prie, n'oublie pas de dire tes prières. »

Anil n'en avait pas prononcé une seule depuis la mort de Papa. Ma ne comprendrait pas à quel point la religion était loin de ses préoccupations quand il se trouvait à l'hôpital. À l'unité de soins intensifs, lorsqu'il avait conduit Mrs Calhoun auprès de son mari dont le corps était couvert d'un drap blanc, il s'était tenu sur le côté avec l'assistant social. Mrs Calhoun s'était avancée timidement et avait caressé la tête de son mari. Puis elle lui avait embrassé le front, tout doucement, et avait souri avant que ses traits ne se chiffonnent et qu'elle se jette sur la poitrine de son époux avec un gémissement déchirant qui parut durer plusieurs minutes. Son cri fit à Anil l'effet d'une main glaciale qui lui empoignait le cœur. Et quand il sortit pour laisser Mrs Calhoun seule, il l'entendit résonner dans le couloir qu'il arpenta de long en large. Lorsqu'il revint, un prêtre, un rosaire à la main, bénissait le mort. Le visage de Mrs Calhoun exprimait la douleur, ses yeux fouillant chaque centimètre carré du corps de son époux pour essayer de comprendre ce qu'il faisait là, alors que, deux jours auparavant, il regardait un match de foot à la télé.

Anil fut reconnaissant au prêtre et au travailleur social d'assister Mrs Calhoun. Mais Dieu, lui, était-il présent dans cette pièce froide, remplie de machines métalliques et éclairée par des halogènes ? Cela semblait peu probable. Anil était habitué à l'idée d'un Dieu capricieux, à un ordre spirituel où la mort frappait souvent ceux qui ne le méritaient pas. Il avait vu la main destructrice de Shiva dans le tremblement de terre qui avait dévasté l'État du Gujarat, et dans la mort lente d'un corps rongé par la maladie. Anil ne pensait pas que Dieu était cruel en retirant la vie à un homme de cinquante-sept ans qui laissait derrière lui une veuve et trois enfants. Il ne sentait tout simplement pas la présence de Dieu ici. Mr Calhoun avait fait une rupture d'anévrisme qu'Anil n'avait pas vue. L'extrémité d'un cathéter et une erreur humaine, voilà ce qui était responsable de sa mort. Dieu n'avait rien à voir avec tout ça.

10

Nirmala avait prévenu sa fille que la première année d'un mariage était toujours la plus difficile, et la jeune femme ne cessait de se rappeler ces paroles quand elle comprit que sa nouvelle vie n'était pas ce à quoi elle s'était attendue : la maison délabrée, les champs non entretenus, les corvées qui n'en finissaient pas. Elle travaillait dur dans l'espoir que les choses changent. Pourtant, malgré la rapidité avec laquelle elle accomplissait chacune de ses besognes ou le soin qu'elle y mettait, jamais sa belle-sœur ni sa belle-mère ne semblaient satisfaites. Elles trouvaient toujours un coin mal balayé ou une tache sur une chemise qui n'était pas partie. Même après que sa cuisine se fut améliorée et qu'elle entendit les hommes complimenter ses plats, Rekha ne renonçait pas à ses remarques malveillantes.

Girish s'intéressait à elle uniquement quand il voulait quelque chose ; autrement, il se comportait comme si elle n'existait pas. S'il n'aimait pas la façon dont elle pliait ses habits ou une phrase qu'elle avait dite, ou s'il avait trop bu, il la poussait contre le mur. Leena apprit à baisser le menton pour que l'arrière de sa tête ne heurte pas le béton. S'il cherchait à attirer son attention au moment où elle passait près de lui, il l'attrapait par le poignet et le serrait si fort que la marque de ses doigts demeurait longtemps sur sa peau.

La nuit, dans le lit, il agissait de même, lui emprisonnant les mains au-dessus de la tête pendant qu'il se couchait sur elle. Il avait souvent les yeux fermés, mais Leena, elle, gardait les siens toujours ouverts. Elle tenait à ce qu'il sache, quand il avait fini et qu'il la regardait, qu'elle était toujours là, qu'elle l'observait.

Leena ne comprenait pas pourquoi il désirait cette proximité s'il la méprisait autant. Peut-être était-ce comme avec le *chai* qu'il buvait très sucré pour ne pas avoir à supporter l'amertume naturelle des feuilles de thé. Une fois satisfait, il lui tournait le dos et lui demandait de sortir de la chambre. Leena allait dans la salle de bains et se lavait en silence à l'eau froide. Elle attendait de l'entendre ronfler pour retourner se coucher. Terrifiée à l'idée de tomber enceinte, elle comptait soigneusement les jours après ses règles, comme sa mère le lui avait appris avant le mariage, et racontait à Girish, quand elle était à la moitié du cycle, que c'était la période du mois où il ne pouvait pas la toucher.

Un soir, Leena rapportait du linge propre et repassé dans la chambre de ses beaux-parents quand elle remarqua que quelque chose était tombé sous le placard. Elle se pencha pour le ramasser. C'était un mouchoir blanc, sur lequel un très joli paon était brodé avec des points si minuscules et réguliers qu'elle reconnut aussitôt la main de sa mère. Bien qu'il fût couvert de poussière, le mouchoir avait gardé la trace des plis. Leena le serra dans ses mains et partit à la recherche de son mari. Ses parents lui manquaient terriblement. Elle ne les avait pas revus depuis le mariage et ne leur avait parlé que brièvement au téléphone, en de très rares occasions, et toujours sous l'œil vigilant de sa belle-mère.

Elle trouva Girish dans le salon, en train de jouer aux cartes avec ses frères et deux autres hommes. Normalement, elle n'aurait pas dérangé leur partie, sachant comme son mari se mettait vite en colère, mais cette fois elle ne put s'en empêcher. Elle s'avança vers lui en agitant le mouchoir.

« D'où cela vient-il ? demanda-t-elle. As-tu vu ma mère ? »

Les rires et les conversations des hommes cessèrent aussitôt en même temps que leurs regards se portèrent sur Girish. Il leva lentement les yeux vers sa femme, le visage aussi noir que le ciel avant la tempête. Il la fixa pendant un moment, lui indiqua la porte d'un mouvement de la tête, puis revint à ses cartes.

Leena ne bougea pas, elle voulait une réponse, elle voulait sa mère. « Réponds-moi », dit-elle si doucement qu'elle entendit à peine le son de sa voix.

Sans un regard vers elle, Girish lui fit signe à nouveau de se retirer. « Qu'est-ce que tu attends pour distribuer les cartes », dit-il à l'un de ses amis en tapant du poing sur la table.

Au milieu du bruit des hommes reprenant leur partie, Leena sortit de la pièce et referma la porte derrière elle. Dans la minuscule chambre qu'elle partageait avec Girish, elle se jeta sur le lit en serrant le mouchoir contre son visage, respirant l'arôme du bois de santal.

Elle ignorait ce qui s'était passé, où et pourquoi ils avaient rencontré ses parents, mais elle voyait en ce mouchoir un message d'amour que sa mère lui avait envoyé. Elle dormit dans cette position toute la nuit et, le lendemain matin, elle cacha le mouchoir sous la blouse de son sari et le garda sur elle toute la journée, le sortant de temps en temps pour en humer le parfum. Elle ne le savait pas encore, mais à compter de ce jour, ce carré de tissu allait lui donner la force dont elle aurait besoin pour tenir.

Dans la cuisine, Rekha changea de rouleau à pâtisserie pour un rouleau plus gros dont elle menaçait continuellement Leena. Si elle estimait qu'elle n'allait pas assez vite, elle le soulevait et la frappait sur l'avant-bras ou sur l'épaule, tant et si bien que Leena se mit à porter un gilet par-dessus son sari, même les jours de grande chaleur, pour cacher les bleus sur ses bras et se protéger aussi.

Ses pensées vagabondaient de plus en plus quand elle travaillait. Elle songeait à ses parents et à ce qu'ils pouvaient bien faire, imaginant son père heureux dans les champs, sa mère s'affairant dans la cuisine en chantonnant. Elle se les représentait devant un repas frugal de lentilles et de riz, garni de coriandre fraîche que son père avait rapportée du potager. Parfois, elle se voyait avec eux, souvent comme une jeune fille, courant ici et là autour de la maison. Ces rêveries éveillées lui vinrent dans un premier temps pendant qu'elle accomplissait des tâches banales, telles que laver les vêtements dans la bassine ou couper les légumes. Puis, comme elle mangeait seule dans la cuisine, elle se figura en train de dîner en leur compagnie, leur passant les légumes et le yaourt, souriant à ces voisins de table qui n'existaient pas. Bientôt, elle s'échappa dans ses rêves dès qu'elle le put, même quand son mari la prenait la nuit dans leur lit.

Un jour, alors qu'elle se trouvait dans la cuisine, Leena se remémora la Holi, la fête des couleurs, qui célébrait l'arrivée du printemps, et qu'elle aimait tout particulièrement quand elle était petite. Son père la réveillait le matin en l'appelant par la fenêtre de sa chambre et, lorsqu'elle le rejoignait dans le jardin, il lui lançait des poudres de couleur à pleines mains. Leena hurlait de joie, des nuages turquoise et magenta voletant autour d'elle. Son père faisait alors mine de se sauver pendant qu'elle le pourchassait avec sa mère et, à la fin, lui aussi était couvert d'un arc-en-ciel de couleurs de la tête aux pieds.

Leena sentit le rouleau à pâtisserie s'abattre sur ses doigts et sursauta.

« Imbécile ! s'écria Rekha en retirant une casserole du feu. Tu ne sens donc rien ? Espèce d'idiote ! Ça rêvasse à Dieu sait quoi pendant que le riz brûle sous son nez!» Elle fit glisser le couvercle et pencha la casserole sur le côté. «Regarde-moi ça!

— Je suis désolée, pardon, s'excusa Leena, tandis que l'odeur du riz brûlé lui montait dans les narines.

— Désolée?» Rekha attrapa Leena par le poignet et l'attira vers elle. «J'espère bien que tu es désolée! hurla-t-elle. *Sahib* est très exigeant pour le riz. Tu ne peux pas te contenter de le racler. Tu vas devoir tout recommencer, et on dînera en retard!»

Là-dessus, elle porta la main de Leena au-dessus de la flamme. Leena sentit la chaleur lui cuire la peau et tenta de s'écarter, mais Rekha la tenait fermement. La douleur était si intense que Leena laissa échapper un cri et Rekha finit par la libérer. La main plaquée contre sa poitrine, Leena considéra sa belle-sœur d'un regard incrédule, des larmes plein les yeux.

«Maintenant que tu sais ce que ça veut dire d'être brûlé, tu feras peut-être attention avec la nourriture, dit Rekha. Dépêche-toi de laver cette casserole et de refaire du riz. Je vais devoir expliquer à *Sahib* pourquoi le dîner sera servi plus tard.»

Les joues ruisselantes de larmes, Leena remplit une petite casserole d'eau froide et y plongea la main. Puis, après quelques instants, elle trouva un torchon propre et, se rappelant comment Anil avait bandé la patte cassée de l'oiseau quand ils étaient enfants, elle enveloppa délicatement sa main, croisant le tissu pour qu'il tienne bien en place et rentrant le bout sous la manche de son gilet.

Pendant des semaines, elle eut des cloques. Elle supportait la douleur la plupart du temps, sauf quand elle roulait les *chapatis* et que sa main l'élançait trop. Elle se méfiait de Rekha à présent, ne tournait plus jamais le dos en sa présence et la surveillait continuellement du coin de l'œil. Elle surveillait également sa belle-mère, mais la vieille femme était plus faible; elle ne pouvait pas frapper avec autant de force que Rekha, en revanche, elle savait se servir de sa langue, et c'était son arme la plus aiguisée. Leena finit d'ailleurs par préférer ses petites tapes sur les joues ou les fesses aux expressions qu'elle employait quand elle s'adressait à elle. *Idiote. Fainéante. Ingrate.*

Un jour, elle appela Leena *Fond de panier*, et cela devint rapidement son surnom. Même après que les bleus et les cloques eurent disparu, ces mots terribles demeuraient dans sa tête. Leena se mit à attendre avec impatience les jours où on l'envoyait travailler dans les champs. Certes, ramasser le coton n'était pas facile et les orties lui piquaient les bras et lui faisaient saigner les doigts, mais elle était dehors, au moins, sous le vaste ciel, loin de ces êtres malfaisants. Là, elle réfléchissait à ce qui, dans son comportement, éveillait une telle colère chez eux, et s'efforçait de se rappeler les conseils de sa mère pour mieux se conformer aux usages de sa nouvelle famille. Leena ignorait si ce qu'elle endurait était normal ou pas. Elle savait juste que ses parents avaient consenti à d'énormes sacrifices pour que cette union se fasse et qu'ils avaient mis toutes leurs économies dans sa dot. Elle n'avait donc pas le choix : il fallait qu'elle trouve un moyen pour que ce mariage soit réussi.

11

Anil ouvrit les yeux et s'aperçut que le soleil entrait à flots dans sa chambre. Il attrapa aussitôt son radio-réveil en se demandant pourquoi celui-ci n'avait pas sonné, puis il se rappela que c'était son jour de repos. Au bruit des voix dans le couloir, il se souvint qu'on était samedi et que ses colocataires ne travaillaient pas non plus. Alors qu'il attendait que les battements de son cœur se calment, la première pensée qui lui vint à l'esprit, et qui lui était venue tous les matins au cours de ces dernières semaines, fut le colloque de morbidité-mortalité au cours duquel il allait devoir prendre la parole. Il avait déjà réexaminé mentalement le cas de Jason Calhoun plusieurs fois. C'était plus facile de comprendre ce qui avait mal tourné sans le stress et la fatigue de cette nuit-là. Il avait été induit en erreur par le rapport de Jennifer, selon lequel il fallait juste faire du baby-sitting avec Calhoun et lui donner des antalgiques. Alors que la tension artérielle baissait brusquement, Anil avait été distrait par le patient épileptique et par l'insuffisant rénal. Mais bien que la rupture d'anévrisme se présentât de manière atypique et subtile, il n'en demeurait pas moins qu'il ne l'avait tout simplement pas vue.

Il n'existait pas un seul point susceptible d'être soulevé au CMM pour lequel il ne s'était pas déjà tourmenté. Il s'était même préparé au fait qu'il bafouillerait probablement pendant toute la durée du colloque. Ce serait une humiliation publique, évidemment. Trey Crandall et sa bande ne manquaient jamais une occasion de pointer les erreurs des autres. Mais ce qui l'inquiétait surtout, c'était d'être jugé devant Casper O'Brien.

Assailli par ces pensées, Anil fut tenté de rester au lit. Pourtant, il balança ses jambes par-dessus le matelas et se leva. Il n'allait pas gâcher sa première journée de repos depuis deux semaines.

Baldev poussa un cri et lâcha son joystick quand il vit Anil.

« Hé, qu'est-ce qu'ils te font dans cet hôpital ? »

Anil secoua la tête d'un air las. « Crois-moi, il vaut mieux que tu ne saches pas. Mais je ne travaille pas aujourd'hui.

— Dans ce cas, il faut en profiter. » Il donna une petite tape à Mahesh, qui était toujours captivé par leur jeu vidéo. « Arrête ça et regardez plutôt tous les deux comme il fait beau », dit il en indiquant la fenêtre ensoleillée. Anil contempla l'immense étendue de ciel bleu dont il avait été privé pendant toutes ces journées passées dans l'environnement aseptisé de l'hôpital.

Alors qu'ils se préparaient à sortir, Anil s'aperçut qu'il avait oublié son biper dans la voiture. Il alla le chercher, et, au moment où il traversait le parking en courant, il aperçut Amber, en short noir et tee-shirt rose moulant, qui lui faisait signe. Il s'arrêta. Son cœur cognait dans sa poitrine et il aurait été bien en peine de dire si c'était à cause de l'effort physique, de la chaleur ou tout simplement de la proximité de la jeune femme.

« Salut. » Amber but une longue gorgée de sa bouteille d'eau. « Je reviens du lac. Tu y es déjà allé ? J'ai l'impression que tu as une bonne foulée. » Elle lui sourit.

« Quoi ? Moi ? Oh, non. » Anil secoua la tête en riant. « J'avais oublié mon biper. » Il le lui montra, dans le creux de sa main.

« Dommage, fit-elle, visiblement déçue. Le lac est le meilleur endroit quand on veut courir à Dallas. J'étais tellement plus heureuse après l'avoir découvert. J'y vais tous les week-ends maintenant.» Elle essuya la sueur qui perlait sur sa lèvre supérieure. «Qu'est-ce qu'il fait chaud ici! Ça te dit, du thé?»

Anil la suivit dans son appartement. C'était la copie conforme du leur, avec une kitchenette et un salon identiques, et le même long couloir menant aux chambres.

«Ton coloc, Dave, il a l'air sympa», dit Amber dans la cuisine.

Il fallut un moment à Anil pour comprendre qu'elle parlait de Baldev et qu'elle l'appelait par le prénom américanisé qu'il s'était donné. «Ah, oui, il est super. Mais nous sommes trois colocataires, en fait.» Anil parcourut le salon du regard, étonné de constater à quel point le même espace pouvait paraître différent. Le canapé de la jeune femme avait quatre coussins assortis, soigneusement posés dans les coins. La table de la salle à manger était ronde, blanche et nue, contrairement à leur propre table, jonchée de journaux et de vaisselle. Un petit vase dans lequel étaient piquées des fleurs coupées trônait sur la paillasse de la cuisine.

«Tu as de la chance de ne pas vivre seul, déclara Amber. Ça doit être agréable de pouvoir sortir avec tes colocataires. Je ne connais personne à Dallas, à part un ou deux collègues.» Un cliquetis monta de la cuisine et Anil hésita. En Inde, proposer son aide à quelqu'un qui vous recevait et vous offrait le thé était considéré, en particulier quand il s'agissait d'une femme, comme une insulte. «Je ne me rendais pas compte que ce serait aussi dur de s'installer dans une ville nouvelle et de se faire des amis.» Amber sortit de la cuisine, portant sur un plateau deux grands verres contenant des glaçons et une cruche remplie d'un liquide doré. «Et voilà», dit-elle en posant le plateau sur la table. Elle versa le liquide de la cruche dans l'un des verres. «Je n'ai pas mis de sucre, mais je peux t'en donner, si tu veux. Du citron?» Elle leva les yeux vers Anil et vit qu'il paraissait troublé. «Quelque chose ne va pas?

— Non, non, non. » Anil éclata de rire. « C'est juste que... lorsque tu as parlé de thé, je pensais à un thé chaud, comme le *chai*. Il y a encore pas mal de choses qui me dépassent ici.

— Du thé chaud ? Par un temps pareil ? » Amber le dévisagea comme s'il venait de lui proposer de faire l'ascension de l'Everest, puis elle rit à son tour. « Est-ce que tu serais maso ? Je te rappelle qu'il fait au moins 43 degrés !

— Non, je ne suis pas du tout maso. Mais on boit du thé chaud en Inde pour se rafraîchir. Je ne plaisante pas ! ajouta-t-il en voyant qu'elle l'observait d'un air dubitatif. C'est prouvé scientifiquement. Quand tu bois des liquides chauds, la température de ton corps baisse. » Il haussa les épaules. « Ou alors, il y a un milliard de gens qui commettent la même erreur depuis des siècles. »

Amber secoua la tête. « Je n'en sais rien, mais ce que je peux t'assurer, c'est qu'au Texas on boit le thé uniquement glacé, et toute l'année. »

Anil but une gorgée du verre qu'elle lui avait servi. « Mmm ! Très rafraîchissant. Vous autres, les Texans, vous avez peut-être trouvé un truc avec ce thé glacé. »

Amber sourit en s'asseyant. « Alors, pourquoi as-tu décidé de devenir médecin ? » demanda-t-elle. Elle se servit du thé et remplit à nouveau le verre d'Anil.

« Oh, c'est une longue histoire. Je n'ai pas envie de t'ennuyer avec ça.

— La première fois que j'ai compris ce que faisait un docteur, j'avais dix ans. Le docteur Jupiter. »

Anil haussa un sourcil. « C'était son nom ? »

Amber sourit. « Non, pas vraiment. C'était Juniper, mais comme je n'arrivais pas à bien le prononcer, il m'a dit de l'appeler docteur Jupiter. Il a sauvé la vie de ma mère. Et probablement la mienne.

— Que s'est-il passé ?

— J'ai trouvé ma mère évanouie sur le carrelage de la salle de bains. Ça m'a fichu une de ces trouilles. Je croyais qu'elle était morte. Elle faisait un coma diabétique, mais on ne le savait pas encore. Le docteur Jupiter a diagnostiqué un diabète de type 2. Elle avait trente-deux ans. »

Anil agita les glaçons dans son verre en attendant qu'elle reprenne son récit. En interrogeant des patients sur des sujets sensibles il avait appris quand parler et quand écouter.

« J'ai dû lui faire ses injections d'insuline, parce qu'elle ne supportait pas de se piquer elle-même. Le docteur Jupiter m'a montré. Il m'a conseillé aussi de manger plus sainement et de me mettre à l'exercice si je ne voulais pas finir comme ma mère. » Elle leva les yeux vers Anil et sourit. « J'étais assez grassouillette à l'époque. » Anil eut du mal à imaginer la jeune femme qui se tenait devant lui autrement que mince, mais il se contenta de hocher la tête pour l'inviter à poursuivre.

« Il était si calme et si sûr de lui, et j'avais tellement peur. Ma mère était malade, mon père ne comprenait pas ce qui se passait. Le docteur Jupiter nous a tout expliqué. Et grâce à lui, notre vie n'a pas été chamboulée. Il m'a rendu ma maman alors que je pensais qu'elle allait mourir. » Amber regarda à nouveau Anil. « C'est vraiment extraordinaire, ce que vous accomplissez tous les jours, la différence que cela apporte dans la vie des gens. »

Anil sentit son verre vide glisser sous ses doigts à cause de la condensation. Personne n'avait été particulièrement fasciné par sa profession depuis son départ d'Inde. À Parkview, on lui faisait toujours comprendre qu'il en savait très peu, ce qui lui donnait l'impression d'être stupide. « Merci. Merci beaucoup », dit-il, la gorge légèrement nouée.

Amber sourit. « Tu as des projets pour aujourd'hui ? »

Anil se rappela soudain que Baldev et Mahesh l'attendaient.

« Oui, mes colocs ont prévu quelque chose. Je ferais mieux d'y aller, d'ailleurs. » Il se leva. « Merci pour le thé. Il était parfait. Tu m'as converti. »

Amber le raccompagna à la porte. « On se voit bientôt ? » dit-elle au moment où il partait.

Quand Anil retourna dans sa chambre, il entendit le ruissellement de la douche de l'autre côté du mur mitoyen avec l'appartement d'Amber. Un bruit innocent – l'eau cascadant contre le carrelage –, mais imaginer la jeune fille nue lui fit venir des pensées pas du tout innocentes.

En Inde, les règles de conduite étaient claires et, à la fac de médecine les filles et les garçons ne se mélangeaient guère. La plupart des jeunes de l'âge d'Anil s'attendaient encore que leur mariage soit arrangé par leurs familles. Les parents présentaient des photos et passaient des petites annonces matrimoniales. On comparait les arbres généalogiques, les diplômes, les dossiers médicaux et les cartes du ciel. Puis on soumettait les futurs mariés à une sorte d'entretien pour savoir s'ils possédaient les qualités requises. Lorsque le mariage était décidé, ils avaient alors droit à quelques sorties ensemble en présence d'un chaperon. La notion de flirt et de petite amie était étrangère à Anil.

La seule fille qui s'en était le plus approchée, c'était Sujata Lakhani, sa partenaire de laboratoire à la fac. Sujata était gentille et jolie, avec des bracelets en verre de toutes les couleurs qui tintaient à ses poignets. Ils passaient des heures côte à côte devant la paillasse, leurs mains et leurs épaules s'effleurant pendant qu'ils travaillaient. Anil finit par reconnaître le parfum de son savon et de son huile pour les cheveux, un mélange de bois de santal et de noix de coco. Le creux de son coude lui devint familier, ainsi que ses fins avant-bras, les seules parties de son corps qu'il pouvait regarder discrètement lorsqu'ils étaient assis tout près l'un de l'autre. Sujata était une étudiante sérieuse, mais il arrivait à la faire rire s'il disait exactement ce qu'il fallait dire. La nuit, dans sa chambre de la résidence universitaire, il imaginait à quoi ressemblait son corps sous son *salwaar-kamîz*[1], il la sentait sur lui et entendait ses bracelets sonner.

Un soir, à la bibliothèque, il faillit lui proposer de dîner avec lui, mais renonça. Il pensait avoir tout son temps et gardait la jeune fille dans un coin de son esprit en attendant d'être prêt. Mais il ne trouva jamais le courage de l'inviter, même à boire une tasse de thé, et le jour de la remise des diplômes, il apprit que ses parents avaient arrangé ses fiançailles avec un chirurgien d'Ahmadabad. Anil ne vit ce chirurgien qu'une fois, juste après la cérémonie, et fut étonné de découvrir qu'il n'était ni grand ni beau, comme il se l'était figuré.

Et le mari de Leena, à quoi ressemblait-il ? Depuis que Piya avait mentionné son mariage, Anil s'était surpris à y penser, cherchant à imaginer l'homme qui se tenait aux côtés de la jeune femme pendant la cérémonie, deux pans de leurs vêtements noués ensemble. Leena avait dû être une très belle mariée.

*

Anil et ses deux colocataires passèrent l'après-midi à la piscine de la résidence. Elle était bondée de jeunes gens, sauf que la plupart ne se baignaient pas, préférant bavarder et rire, assis au bord du bassin. Mahesh s'installa à l'ombre pour lire le journal pendant que Baldev épiait, de derrière ses lunettes de soleil, les filles en bikini. Quand ils rentrèrent à l'appartement pour se doucher, Baldev suggéra d'aller dans un karaoké. Mahesh, qui adorait reprendre à tue-tête des tubes de Bollywood, accepta aussitôt.

---

1. Ensemble composé d'un pantalon flottant et d'une chemise.

«Mais je ne sais pas chanter, protesta Anil.

— Allons, tout le monde sait chanter après quelques bières», rétorqua Baldev.

Le bar était plein à craquer, et la musique faisait vibrer le plancher, couvert des coques de cacahuètes que l'on trouvait dans d'énormes tonneaux à chaque extrémité du comptoir. Les clients utilisaient de petits gobelets en papier pour se servir. Quand ils ne les mangeaient pas, ils les lançaient sur la scène en signe de désapprobation. Anil et Baldev n'en revenaient pas de voir autant d'arachides offertes gracieusement. En Inde, des vendeurs de rue en proposaient pour quelques roupies dans des cônes en papier journal. Anil songea au vieil homme barbu, au coin de la résidence universitaire, qui avait gagné sa vie – avait fait carrière – en vendant une denrée qu'ici on donnait. Pas seulement : qu'on jetait.

Avant même d'arriver au karaoké et de voir des clients chassés de la scène à coups de cacahuètes, Anil avait annoncé qu'il ne tenait pas particulièrement à chanter. Mais lorsqu'il eut partagé un premier broc de bière avec Baldev, puis entamé un second, l'idée finit par faire son chemin. Il ne se souvenait pas de s'être jamais senti aussi détendu, aussi excité. Sans entraves. La tête lui tournait légèrement et l'hôpital était bien loin de ses pensées. Comme c'était agréable de se trouver dans un lieu où l'on ne vous demandait rien, sauf de boire de la bière et de chanter une chanson.

Ils montèrent sur scène aux premières notes de *YMCA* des Village People. C'était un bon choix, qu'ils devaient à Baldev : la chanson plaisait et ne nécessitait pas vraiment de talents musicaux. Ils se balancèrent en rythme en se tenant par les épaules, et le public chanta en chœur avec eux, bras en l'air, hurlant les célèbres quatre lettres. Il y avait tellement de jolies filles dans la foule, qui sautaient, dansaient, souriaient à Anil et l'encourageaient à chanter avec encore plus d'entrain. Aucune cacahuète ne fut lancée pendant leur numéro et le public les applaudit chaleureusement à la fin. Lorsqu'ils retournèrent à leur table, Anil était ravi et avait soif.

« Alors, Mahesh, tu crois que tu auras des nouvelles cette semaine ? » Baldev se tourna vers Anil et lui expliqua que Mahesh attendait une promotion à son travail. « Ingénieur... comment ça, déjà ? demanda-t-il à Mahesh.

— Ingénieur logiciel senior, répondit Mahesh. Il n'y a aucune raison qu'ils ne me prennent pas. Les deux autres gars de mon équipe font copain-copain avec le boss, mais je suis meilleur.

— Personnellement, je ne laisserais pas ça au hasard, déclara Anil. Tu devrais tout noter par écrit, demander un rendez-vous à ton patron et lui exposer la situation. Sois calme, clair, pas agressif. Dis-lui que tu aimerais vraiment ce poste et que tu penses être le plus qualifié. » Anil hocha la tête devant l'air sceptique de Mahesh. « Je suis sérieux, Mahesh. Et finalement, que tu sois le plus qualifié, ce n'est pas ça qui compte. Ce qui compte, c'est l'impression que tu donnes de toi. » C'était un conseil qu'Anil aurait été bien inspiré de suivre lui-même – avec Casper O'Brien, ou Sonia Mehta, ou Eric Stern – avant d'encourir si souvent leurs critiques.

« Notre docteur a raison, dit Baldev. L'impression que tu donnes de toi, c'est capital en Amérique. Le talent ne représente pas grand-chose. C'est pour ça que je m'en sors aussi bien. Les clients m'adorent. » Il se pencha en avant et précisa, sur le ton de la confidence : « Surtout les clientes.

— Cette promotion me permettrait de toucher un meilleur salaire, confia Mahesh. À six chiffres. Avec ça et la carte verte, plus de problème pour trouver une femme.

— Une femme ? s'écria Baldev. Et nous alors ? » Il se renfonça dans son siège et se frappa le torse des deux mains. « Tu n'as que vingt-cinq ans. Profites-en tant que tu peux. Il y a tellement de belles femmes en Amérique. De toutes les couleurs de peau, de cheveux, de toutes les formes, de toutes les tailles. Pourquoi ne pas y goûter pour savoir ce que tu préfères ? »

Mahesh fit la grimace, comme s'il venait de mordre dans un citron. « Je n'ai pas besoin de goûter. Je sais déjà ce que je veux : une fille du Gujarat, végétarienne, cultivée, et à la peau claire.

— Et issue d'une bonne famille, ajouta Anil.

— Évidemment », dit Mahesh.

Anil finit sa pinte d'un trait et reposa son verre bruyamment sur la table. « Eh bien, moi, c'est décidé. Je vais l'inviter à sortir, annonça-t-il.

— Qui ? Amber ? Ah, voilà un homme qui me plaît. » Baldev lui donna une tape dans le dos.

« Amber, la voisine ? » Mahesh but à la paille une gorgée de son Coca-Cola XXL. « Dans quel but ? » Anil échangea un sourire avec Baldev qui haussa les sourcils plusieurs fois de suite. Mahesh, à l'inverse de Baldev, estimait qu'il était important de respecter les usages. Ainsi laissait-il ses parents, au pays, s'occuper de lui trouver une épouse en passant des annonces matrimoniales. Anil, lui, savait qu'il pouvait être renvoyé chez lui d'ici quelques mois, et que le rêve américain s'envolerait, d'où le sentiment d'urgence, de rage presque qu'il éprouvait à le retenir avant qu'il ne lui échappe. Baldev avait raison, l'Amérique était le pays de tous les possibles, y compris en ce qui concernait les femmes. Pourquoi alors ne pas y prendre part tant qu'il y vivait ? Pourquoi ne pas s'amuser, une fois dans sa vie ?

*

Le rendez-vous avec Amber eut lieu deux semaines plus tard, un vendredi soir. Anil travailla d'arrache-pied toute la journée et s'arrangea avec deux de ses camarades pour être sûr de pouvoir quitter l'hôpital à six heures. Il avait réservé dans un restaurant dont il avait entendu dire par Trey que c'était l'endroit idéal pour un rendez-vous galant.

Lorsqu'ils arrivèrent à l'Osteria Daniele, on les conduisit dans un sous-sol sombre, fermé par un rideau noir. Une fois ses yeux accoutumés à la faible lumière, Anil comprit ce que voulait dire Trey. La salle ne contenait qu'une dizaine de tables, autour desquelles des couples étaient assis. Des bougies dans des photophores rouges créaient une lueur tamisée qui révélait les visages des clients, et pas grand-chose d'autre. L'hôpital, la nuit, était plus éclairé que ce restaurant.

Amber annonça qu'elle préférait le vin blanc et, tandis que le serveur, un homme chauve, de petite taille, avec une moustache noire et un fort accent, tapotait son stylo avec impatience, Anil parcourut la carte des vins, organisée par pays et variétés plutôt que par couleur, et chercha désespérément une bouteille d'un prix abordable pour son modeste salaire.

«On pourrait avoir du pain à l'ail? demanda Amber au serveur.

— Non, madame, répondit-il, l'air scandalisé. Pas possible.»

Anil se pencha vers lui. «Voyons, je suis sûr que vous pouvez nous en apporter.»

Le couple, assis à la table voisine, leur jeta un coup d'œil. «C'est bon, dit Amber tout bas à Anil. Ce n'est pas grave.»

Le serveur secoua la tête. «Pas pain à l'ail. Seulement authentique cuisine italienne.» Il joignit trois doigts de sa main droite, les embrassa puis s'éloigna. «Vous allez adorer», lança-t-il.

Anil se tourna vers Amber. «Je suis désolé...

— Non, vraiment, ne t'inquiète pas.» Amber rougit légèrement; la flamme de la bougie accentua le pourpre de ses joues.

« Il vaut mieux de toute façon que j'évite les glucides raffinés, mais j'ai un faible pour le pain à l'ail. »

Il y eut quelques minutes d'un silence gêné pendant lesquelles Anil tenta de se concentrer à nouveau sur la liste des vins. Agacé, il finit par reposer la carte sur la table. « C'est quoi, un restaurant italien qui ne sert pas de pain à l'ail ? » maugréa-t-il plus fort qu'il n'en avait l'intention.

Amber tenta en vain d'étouffer un gloussement. Elle plaqua une main sur sa bouche mais l'effort que cela lui demanda était si ridicule qu'Anil ne put s'empêcher de rire. Voyant que d'autres clients, en plus de leurs voisins, les observaient, il se pencha vers Amber et dit : « Et si on partait ? » La main toujours sur la bouche, la jeune fille hocha la tête. Ils se levèrent, sortirent discrètement, et, une fois sur le parking du restaurant, se laissèrent enfin aller à leur hilarité.

« Même Olive Garden[1] sert du pain à l'ail ! s'exclama Anil. Oh, mais nous, nous ne servons que de la cuisine italienne *authentique* », ajouta-t-il en prenant l'accent italien. Il embrassa le bout de ses doigts et les envoya au ciel dans un geste théâtral. « O.K., fit-il une fois qu'ils se furent calmés l'un et l'autre. Allons chercher un endroit où on sert de la vraie cuisine. »

*

Trente minutes plus tard, ils étaient garés sur un pont au-dessus de la principale autoroute qui coupait la ville de Dallas du nord au sud. Assis sur le capot de la voiture d'Anil, ils mangeaient des burritos enveloppés dans du papier d'aluminium. Un flot continu de voitures circulait en dessous eux.

---

1. Chaîne de restaurant américaine, spécialisée dans la cuisine italo-américaine.

« Regarde. » Amber pointa deux phares avant qui arrivaient sur eux à toute vitesse. « Rien qu'à la forme, tu peux savoir ce que c'est. En l'occurrence, une Ford 150. »

— Ouah ! Mais comment tu fais ? » demanda Anil en ôtant le papier d'aluminium de son burrito aux haricots et au fromage.

Amber haussa les épaules. « On jouait souvent à ça, mes frères et moi, quand on était petits. Sauf qu'on s'installait sur une route de campagne poussiéreuse au lieu d'une autoroute, et qu'on devait attendre longtemps entre deux voitures. » Elle lui décrivit le ranch où elle avait grandi, au milieu des chevaux et du bétail. Elle lui parla de son père et de ses frères, de grands chasseurs (la biche l'automne, la caille au printemps), et lui raconta qu'elle avait passé des heures dans la cuisine avec sa mère. « Maman est un vrai cordon-bleu, du moins pour tout ce qui relève de la friture. Elle fait le meilleur poulet frit au monde, les meilleurs gombos frits, les meilleurs beignets. » Amber partit d'un grand éclat de rire. « C'était mon menu préféré. Tu comprends pourquoi elle a fini dans cet état.

— Est-ce qu'elle surveille son diabète maintenant ? demanda Anil.

— Elle se rappelle en général son insuline mais elle ne voit presque plus d'un œil et ses reins ne fonctionnent pas très bien. » Amber fixa les voitures sur l'autoroute, son visage tantôt illuminé par les phares tantôt dans le noir.

En la regardant, Anil fut une fois de plus frappé par les innombrables formes que pouvait prendre le corps humain : comment les simples traits des yeux, des pommettes, du nez, du menton et de la bouche s'organisaient de différentes façons pour créer un visage – l'un ordinaire, l'autre magnifique. Quand il avait assisté à ses premières opérations chirurgicales à Ahmadabad, il avait trouvé rassurant de se concentrer sur ce que les corps humains avaient de commun. Que le patient soit une femme âgée ou un jeune garçon, qu'il soit riche ou pauvre, d'une caste ou d'une autre, d'une religion ou d'une autre, sous les couches de la peau, les tissus adipeux et les muscles, tout le monde avait les mêmes organes placés de la même manière. Il sortit une autre bière du sac en papier, dévissa la capsule et tendit la bouteille à Amber. « Et le reste de ta famille ?

— Papa a du cholestérol mais il continue de manger des œufs au plat et du bacon tous les matins. » Amber haussa les épaules. « Ils sont tous plus ou moins pareils. Mon petit frère a vingt-deux ans et il est déjà atteint de prédiabète. Les seules choses qu'il a toujours en stock dans sa caravane, c'est des beignets, de la bière et des sodas. » Elle soupira. « Dix ans, c'est l'âge que j'avais quand j'ai vu ma mère par terre dans la salle de bains et que j'ai décidé que je ne voulais pas finir comme elle. Le lendemain, je suis allée me renseigner auprès du prof d'athlétisme. Mon école ne proposait que trois sports d'équipe pour les filles et je me suis inscrite aux trois. Je suppose que c'est pour ça que je suis devenue une accro du fitness, comme dit ma mère.

— Et tu l'es toujours, n'est-ce pas ?

— Oui. Ça me plaît vraiment d'être coach personnel, d'aider les gens à vivre plus sainement. » Elle adressa un sourire à Anil. « Pas comme toi, bien sûr. Je ne sauve pas des vies.

— Tu ne devrais pas te dénigrer, dit Anil. Ce n'est pas facile d'amener les gens à changer leur mode de vie. J'ai cette conversation avec des patients tous les jours – faites plus d'exercice, mangez mieux, arrêtez de fumer. La plupart ne bougent pas, et il n'y a pas grand-chose que je puisse faire. » Voilà un des aspects qu'Anil trouvait particulièrement insolite, aux États-Unis – les publicités pour des équipements de fitness vingt-quatre heures sur vingt-quatre à la télé, une salle de sport dans chaque centre commercial, bref toute une industrie destinée à maintenir les gens en forme et en bonne santé, et pourtant la majorité de ses patients était en surpoids, avait un taux de cholestérol élevé, de l'hypertension et du diabète : autant d'affections dues aux excès du mode de vie occidental. « C'est dur de briser ce genre d'habitudes familiales. »

Amber but une longue gorgée de bière. « Oui, c'est vrai. Ma famille pense que je suis folle de m'être installée ici. La plupart de mes amis sont restés au Texas pour y fonder une famille. Ma mère était inquiète quand j'ai annoncé que j'emménageais à Dallas. Elle est persuadée que les grandes villes sont remplies de choses mauvaises et de gens mauvais. » Anil remarqua qu'elle serrait les mâchoires. « Ma famille ne comprend pas que je travaille dans un centre de fitness et que je suive des cours le soir pour devenir nutritionniste. Je ne pourrais rien faire de tout ça à Ashford. » Elle montra deux phares. « Tu as vu ceux-là ? Une Dodge Ram. Mais tu sais quoi ? continua-t-elle. Le pire, c'est que ma mère a raison. C'est dur pour moi. J'ai souvent l'impression d'être seule. Mais je ne peux pas le lui dire, car elle s'attendrait à ce que je renonce à ma vie ici et que je revienne à la maison. » Elle pencha la bouteille vers ses lèvres mais changea d'avis, la posa et reprit : « Tout est tellement différent ici. Parfois, je ne me sens carrément pas à ma place, comme si je ne connaissais pas les règles. »

— Comme quand tu demandes du pain à l'ail dans un restaurant italien ?

— Exactement. » Amber éclata de rire. Ils trinquèrent.

« C'est pareil pour moi, dit Anil. Bien sûr, ce pays est nouveau, mais même à l'hôpital, qui devrait être un environnement familier, même là, j'ai l'impression que je passe à côté de quelque chose que tout le monde semble connaître. »

Amber acquiesça et lui sourit. Ils burent, tout en continuant d'identifier de nouvelles voitures grâce à leurs phares.

« À toi, maintenant, reprit Amber. Dis-moi d'où tu viens.

— D'un tout petit village, répondit Anil, à plus de cent kilomètres de la ville la plus proche, Ahmadabad, dont tu n'as sans doute jamais entendu parler.
— Bref, tu es de la campagne, toi aussi. »
Il pensa l'embrasser à ce moment-là, mais alors qu'il rassemblait son courage, le klaxon d'une voiture sur l'autoroute l'arrêta dans son élan.
À la fin de la soirée, ils se promirent d'aller courir au bord du lac la prochaine fois qu'Anil aurait un jour de congé. En attendant, Anil relut ses ouvrages de médecine afin de rafraîchir ses connaissances en anatomie féminine et emprunta à Baldev quelques-uns de ses films osés pour s'initier aux détails pratiques auxquels il comptait avoir recours.

*

D'abord, annonça Amber en voyant les vieilles tennis d'Anil, ils allaient faire un peu de shopping. En moins d'une heure, elle l'équipa des pieds à la tête : chaussures de course munies d'amortisseurs et de semelles galbées, tee-shirt et short dont le tissu, qui favorisait l'évacuation de l'humidité personnelle, était fabriqué à partir de bouteilles en plastique recyclées, et même chaussettes ultralégères. Dans la cabine d'essayage, face au miroir qui lui renvoyait une nouvelle image de lui-même, toute en gris et bleu électrique, Anil ne put s'empêcher de calculer que le montant de ses achats équivalait à la moitié d'un mois de loyer. Pourtant, il s'admira sous différents angles, cherchant à se voir comme Amber pourrait le voir, et il quitta le magasin vêtu de la nouvelle tenue qu'elle lui avait choisie, ses vieux habits dans un sac en plastique.
Ils traversèrent Dallas et gagnèrent White Rock Lake, à l'est. De splendides demeures bordaient le lac, en retrait de la route

dont elles étaient séparées par de grandes et belles pelouses. La journée se prêtait merveilleusement à la course, ensoleillée et claire avec une très légère brise. Alors qu'ils s'approchaient à pied de la piste, le lac leur apparut, vaste et majestueux. Une eau bleue, à perte de vue, interrompue au loin par plusieurs jetées étroites. Des oiseaux aquatiques nichaient le long des berges, au milieu des roseaux.

« Ouah ! fit Anil en s'arrêtant pour admirer l'immense étendue d'eau.

— C'est magnifique, hein ? Même s'il n'est pas naturel. » Amber sourit. « Il fait quatorze kilomètres de circonférence. » Elle s'étira la jambe. « Mais ne t'inquiète pas, on n'est pas obligés de faire le tour en entier. » Elle enfonça une casquette de base-ball sur sa tête. « Pas aujourd'hui, en tout cas, ajouta-t-elle. Je vais même te donner un avantage. Mon iPod. » Elle remonta la manche du tee-shirt d'Anil et le lui fixa au bras à l'aide d'une bande Velcro. « Prêt ? »

La musique battant à ses oreilles, Anil s'élança sur la piste. Il n'en revenait pas qu'un minuscule appareil puisse l'aider à ce point à courir dans son propre monde, enveloppé par sa propre musique : l'eau bleu clair jusqu'à l'horizon, la brise fraîche sur son corps. Chaque fois qu'il passait devant une des maisons qui donnaient sur le lac, il imaginait son intérieur, se voyait en train de pénétrer dans un vaste hall, de grimper un escalier colossal. Anil tint la même cadence qu'Amber pendant cinq kilomètres, puis il ralentit l'allure. Il s'effondra en haletant à l'ombre d'un grand arbre, couvert d'une fine pellicule de sueur. Il se rappelait l'ivresse qu'il éprouvait, enfant, quand il courait à travers champs, la sensation de brûlure dans ses poumons et le souffle du vent sur son visage. Sauf que chez lui, il courait pieds nus – sans amortisseurs et encore moins d'iPod.

« Anil, je voudrais te remercier. » Amber s'assit près de lui, pas le moins du monde essoufflée. Il la regarda en plissant les yeux.
« Pourquoi ? Pour avoir ralenti ? »
Elle sourit. « Pour t'être comporté en gentleman. La plupart des garçons se seraient déjà jetés sur moi, et toi, tu n'as même pas essayé de m'embrasser. J'ai l'impression que tu veux vraiment me connaître. Ça change, et c'est agréable. » Elle sourit à nouveau et se tourna vers le lac.

Anil se redressa. Son cœur et sa respiration étaient encore agités, et la tête lui tournait légèrement à cause de la déshydratation et de ce qui allait peut-être se passer. Enhardi, il glissa un bras autour des épaules d'Amber, observant son profil tandis qu'elle continuait de contempler les eaux miroitantes. Puis il attira son visage vers le sien, se pencha et l'embrassa. Il prit son temps, ayant rêvé de ce moment des centaines de fois sans jamais imaginer qu'il aurait lieu en public, leurs corps à tous deux couverts de sueur. Lorsque leurs lèvres se séparèrent, il sourit. « Désolé. Est-ce que je ne suis plus un gentleman maintenant ? »

— Hum, pas sûr. » Amber lui rendit son sourire. « J'ai besoin d'y réfléchir encore. » Elle se pencha à son tour vers lui et l'embrassa, et cette fois leur baiser dura très longtemps. Ils s'allongèrent ensuite dans l'herbe, la tête d'Amber reposant sur la poitrine d'Anil. En regardant les feuilles au-dessus de lui qui frémissaient dans la brise, les jambes doucement chauffées par les rayons du soleil, Anil se fit la réflexion qu'il n'avait jamais été aussi heureux depuis son arrivée à Dallas. Certes, tout n'était pas rose à l'hôpital et il était loin d'avoir fini ses études, mais l'avenir ne l'effrayait plus autant. Posséder un cabinet privé grâce auquel il pourrait s'offrir l'une de ces belles maisons, courir le matin autour du lac avec Amber, vivre à son rythme lui semblait désormais à sa portée.

*

Après ce jour-là au bord du lac, et après la première nuit qu'ils passèrent ensemble, Anil et Amber se voyaient chaque fois que leur emploi du temps le permettait. Les nuits de garde à l'hôpital et les cours d'Amber tôt le matin rendaient la chose difficile, mais une ou deux fois par semaine au moins, ils dormaient ensemble dans l'appartement d'Amber, quelques heures précieuses qu'ils auraient dû, s'ils avaient été plus sages, consacrer au sommeil. Tout vint naturellement après ce premier baiser, Anil suivant les instincts de son corps et les conseils d'Amber. La jeune femme ne semblait pas s'offusquer de son inexpérience ou de sa maladresse ; au contraire, elle donnait l'impression d'aimer qu'ils se découvrent et prennent le temps d'apprendre à se connaître.

Même quand il rentrait de l'hôpital épuisé, il était toujours plein d'une énergie étonnante pour elle, pour son corps et s'abandonner au plaisir de sa compagnie. Cela lui redonnait des forces et le maintenait en forme le jour suivant, ou pendant les deux ou cinq jours avant de la revoir. La pensée de retrouver Amber le soir était la seule chose qui lui permettait de tenir après une journée éreintante à l'hôpital.

« J'aime bien t'entendre parler de ton travail, lui confia-t-elle un soir.

— Tu veux dire, ma façon de me plaindre tout le temps ?

— Je veux dire, ton dévouement, répliqua Amber. Tu y penses non pas comme à un métier, mais comme à une vocation. » Elle le regarda intensément. « Tu es différent, Anil. Tu ne ressembles à aucune autre personne que j'ai rencontrée. Tu es différent dans ta manière de prendre la vie au sérieux, dans ta certitude d'accomplir quelque chose de grand. »

Anil haussa les épaules, gêné d'avoir été démasqué dans ses

ambitions. « Tout le monde était comme ça à la fac de médecine. C'est tellement la compétition pour y entrer. Tu dois être très sûr de toi pour ne pas arrêter avant la fin.

— Je n'ai jamais songé à faire des études. » Amber tripota l'ourlet de son chemisier, et il devina qu'elle se sentait un peu honteuse. « Personne à Ashford ne va à l'université, à part un joueur de foot vedette tous les deux ans. Le temps que j'y réfléchisse, il était trop tard. Et puis, je n'ai jamais été une élève consciencieuse.

— Il n'est pas trop tard. Tu peux toujours t'inscrire à la fac, si tu le souhaites. »

Amber leva les yeux au ciel. « Anil, je t'en prie. Je sors d'un lycée de troisième zone dans l'est du Texas. Il n'y a pas un seul membre de ma famille qui soit allé à l'université.

— Et alors ? Je viens d'un tout petit village à l'autre bout du monde et pas un seul membre de ma famille non plus n'est allé à l'université avant moi. »

Le visage d'Amber prit une expression plus douce, émerveillée. « Tu es sérieux ?

— Bien sûr. Tu es intelligente, Amber, le travail ne te fait pas peur. Tu as une curiosité innée pour la physiologie humaine et la nutrition. Rien ne peut t'empêcher d'aller à l'université et d'avoir ton diplôme. Quoi ? fit-il brusquement en voyant qu'elle baissait les yeux. J'ai dit quelque chose qu'il ne fallait pas dire ?

— Non, répondit-elle en secouant la tête avant de lever vers lui un regard mouillé. C'est juste que... personne ne m'a jamais parlé comme ça avant. Ni mes parents, ni mes professeurs. »

Anil lui prit les mains. « Dans ce cas, tu n'as qu'à leur montrer de quoi tu es capable. »

Amber se mit à consulter les programmes de licence des universités locales et il adora la confiance qu'il vit grandir en elle au cours des semaines suivantes, à mesure que les épaisses enveloppes contenant les dossiers d'inscription commençaient à arriver dans la boîte aux lettres.

En revanche, plus la date du colloque de morbidité-mortalité approchait, plus la présentation du cas Jason Calhoun l'angoissait. Lorsqu'il n'arrivait pas à dormir la nuit, Amber l'écoutait patiemment lui raconter à nouveau ce qui s'était passé, sans jamais lui poser de question ni émettre de jugement. D'une certaine façon, la jeune femme était capable de voir au-delà des défauts d'Anil, là où résidaient sa force et sa bonté qu'elle seule percevait.

Pendant cette période, Anil sut, avec une certitude qu'il n'avait éprouvée pour rien ni personne depuis son arrivée en Amérique, qu'il aimait Amber. Il le lui dit, un dimanche matin, tandis qu'ils se prélassaient dans le lit après avoir fait l'amour. Il en comprenait enfin la signification. Un courant d'air souffla par la fenêtre ouverte et Amber se pencha pour attraper ses vêtements qui traînaient par terre, mais Anil la retint dans ses bras jusqu'à ce qu'elle se détende. C'était une déclaration d'amour spontanée, murmurée à son oreille, et il craignit d'avoir été trop hâtif dans cet aveu, quelques mois à peine après leur premier rendez-vous. Une vague d'émotion le submergea lorsque Amber, les yeux brillants, lui répondit qu'elle l'aimait, elle aussi.

Quand ils se trouvaient ainsi, juste tous les deux, comme seuls sur terre, plus rien ni personne ne comptait, et tous les problèmes s'évanouissaient. Anil imaginait cette vie avec Amber qui se prolongeait dans l'avenir, l'univers protégé de leur amour rendant le reste du monde sans importance.

Sonia assuma la pleine responsabilité de la mort de Jason Calhoun lors du colloque, expliquant comment son équipe n'avait pas vu les signes discrets de la rupture d'anévrisme, non seulement parce que c'était un écoulement lent, mais parce que le sang accumulé dans l'espace rétropéritonéal et non dans l'abdomen ne permettait pas de le détecter facilement par un examen physique. Elle recommanda un nouveau protocole pour signaler une baisse de pression artérielle chez des patients souffrant d'un anévrisme et pour éviter les risques dus au changement d'équipes, les patients se retrouvant entre les mains de médecins qui pouvaient passer à côté de tels changements graduels. Anil se tenait sur le côté, prêt à faire face aux questions, mais Sonia répondit à sa place la plupart du temps. Sauf quand Casper O'Brien lui demanda ce qu'il avait personnellement appris du cas Jason Calhoun. Comme Anil et Sonia avaient prévu cette question, Anil expliqua que, dorénavant, il exigerait un scanner et vérifierait les niveaux d'hématocrite de façon plus systématique.

En mai, six semaines après le colloque, Anil reçut, comme tous les soixante-cinq autres étudiants hospitaliers, une lettre type lui confirmant sa seconde année de stage à Parkview. Il ne rejoignit pas Charlie et leurs camarades au Horseshoe Bar pour fêter la nouvelle. Il n'avait pas le sentiment d'avoir réussi quand il cocha sur son calendrier la date de cette première victoire dans son plan de carrière. Malgré toutes les années qu'il avait consacrées à ses études, Anil ne s'était pas préparé à vivre ce qu'il endurerait à Parkview : travailler dans des conditions où la pression était énorme, soigner des patients dont les pathologies ne ressemblaient en rien à ce qu'il avait appris dans ses livres, être humilié par des médecins seniors ou sans cesse en concurrence avec ses pairs, prêts à tout pour s'attirer les bonnes grâces de leurs chefs.

Amber lui fit la surprise d'ouvrir une bouteille de mousseux et fut déçue de ne pas le trouver d'humeur plus festive. Mais Anil ne savait pas comment lui expliquer que venir à bout de cette première année n'était pas ce qu'il avait espéré en arrivant à Dallas, un an auparavant.

12

Il faisait particulièrement chaud ce jour-là, et Leena était revenue des champs pour boire un verre d'eau quand la petite Ritu entra dans la cuisine sur la pointe des pieds. La fillette ne supportait pas de faire la sieste l'après-midi ; elle avait tout simplement trop d'énergie pour demeurer immobile aussi longtemps. Son visage était collant de sueur et ses cheveux tout emmêlés. Elle regarda le verre d'eau avec des yeux fatigués et mornes. Leena le remplit à nouveau en le plongeant dans le récipient en terre à côté de l'évier. « Viens dehors, dit-elle, il y a une petite brise qui souffle. »

Elles s'installèrent sur les marches et Leena versa l'eau sur la tête de la fillette, lui mouillant complètement les cheveux. Puis, lentement, elle lui passa un peigne, soulevant les mèches une à une et défaisant les nœuds, tandis que Ritu gloussait et couinait, une main sur la bouche pour ne pas réveiller ceux qui dormaient à l'intérieur. Ses cheveux étaient si épais que, même démêlés et lissés en arrière, Leena parvenait à peine à les prendre dans la paume de sa main. Alors qu'elle commençait à les natter, Ritu lui demanda comment s'appelait la chanson qu'elle chantait. Leena ne s'était pas rendu compte qu'elle fredonnait un air que sa mère chantait souvent. Elle ne se souvenait pas des paroles, juste de l'air. Lorsqu'elle eut fini une natte, Ritu fit courir ses doigts le long de la tresse et sourit. « Je t'aime, *Didi* », murmura-t-elle.

Douce Ritu. Elle était la première personne de sa nouvelle famille à lui dire ces mots qu'elle n'avait plus entendus depuis qu'elle avait quitté les bras de sa mère, le jour de son mariage.

« S'il te plaît, ne pars pas, continua Ritu, ne nous quitte pas à nouveau. C'est promis ? »

Avant que Leena n'ait le temps de répondre, Rekha apparut sur la véranda et lui reprocha de ne pas avoir préparé le thé. Puis elle attrapa Ritu par le bras pour la forcer à rentrer. Ritu se débattit, cria, mais Leena lui dit d'obéir.

Leena ne voyait jamais Rekha témoigner ni affection ni amour à Ritu ou à Dev. La plupart du temps, elle se comportait comme s'ils n'étaient pas là, et leur manifestait de l'intérêt uniquement quand ils étaient avec Leena. Leur père, le frère aîné de Girish, soufflait également le chaud et le froid avec eux. Un jour, alors qu'il était assis dans le salon, Dev s'était blotti dans ses bras, et Leena avait vu son beau-frère le faire sauter sur ses genoux puis lui saisir la main et se moquer de sa tache de naissance, l'accusant de ne pas s'être lavé correctement les mains après être allé aux toilettes. Gênée pour l'enfant, Leena était retournée dans la cuisine où elle lui avait caché deux biscuits au chocolat sous le couvercle d'une assiette.

En attendant que le lait bouille pour le thé de l'après-midi, Leena repensa à Ritu. Pourquoi avait-elle dit : *Ne nous quitte pas à nouveau ?* C'était curieux, mais, bien sûr, Ritu n'était qu'une enfant, et il n'y avait aucune raison de prendre au sérieux les élucubrations qui lui traversaient l'esprit.

Ritu et Dev représentaient le seul rayon de soleil dans sa vie. Tous les matins, Ritu courait retrouver Leena dans la cuisine et glissait ses petits bras autour de sa taille. Son adorable visage et ses joues rebondies resplendissaient de bonheur et, jour après jour, c'était dans ce sourire innocent que Leena puisait la force de ne pas s'effondrer.

Elle ne recevait plus de présents de ses parents tout comme elle n'avait pas été autorisée à leur rendre visite. Elle savait que son mari et son beau-père étaient retournés les voir, car elle les avait entendus parler de leur entrevue un soir. À plusieurs reprises, pendant l'heure de la sieste, elle avait appelé ses parents en cachette, mais ils avaient toujours la même conversation. Leena leur disait qu'ils lui manquaient, qu'elle les aimait et voulait rentrer pour fêter Diwali avec eux. Sa mère parlait tout bas aussi, bien que dans son cas ce ne fût pas nécessaire, et lui répétait d'être raisonnable et forte.

Un jour, alors que le reste de la famille se rendait à un mariage, Leena dut rester à la maison pour finir le repassage. Sa belle-mère sortit de sa chambre, vêtue d'un magnifique sari, et Leena remarqua qu'elle portait de nouvelles boucles d'oreilles. Normalement, elle ne prêtait pas attention à ce genre de choses, mais ces boucles-là étaient si uniques – on aurait dit de délicates cascades dorées retombant sur des galets de rubis et de perle –, qu'elle les reconnut immédiatement : elles appartenaient à sa mère, et c'était l'un des rares bijoux précieux qu'elle possédait. Leena se souvenait même qu'elle les avait mises pour son mariage.

Il devait sûrement y avoir une erreur, songea-t-elle en s'approchant de sa belle-mère pour mieux les regarder. Lorsque celle-ci la chassa d'un geste de la main, Leena avisa les deux bracelets à son poignet, qui appartenaient également à Nirmala. Après leur départ à tous, Leena s'efforça de se concentrer sur le repassage, mais au lieu du jupon qu'elle venait de poser sur la table, elle voyait les boucles d'oreilles dorées. Au lieu du grésillement et du crépitement du fer, elle entendait les deux bracelets tinter. Elle s'empara du téléphone et composa le numéro de ses parents une dizaine de fois, mais personne ne décrocha ; la ligne ne semblait plus en service. Leena pressentit un drame : sa mère était morte et sa belle-famille ne le lui avait pas dit. Ou sa mère était malade, et l'appelait en vain à son chevet. Leena brûla deux blouses et un jupon ce jour-là, pendant que dans sa tête elle échafaudait un plan.

Le lendemain matin, après avoir fait sa toilette, elle revêtit l'un de ses plus beaux saris, tressa des fleurs de jasmin fraîches dans ses cheveux et appliqua du *kajal*[1] sur ses yeux. Tout cela, pendant que Girish dormait. Quand il se leva et passa dans la salle de bains, elle fit le lit, nettoya la chambre et s'assit en attendant son retour. Dès qu'il revint, elle commença :

« Je pensais que je pourrais peut-être aller chez mes parents pour Diwali. Je ne les ai pas vus depuis le mariage.

— Hum, fit Girish en lâchant sa serviette avant de prendre les vêtements propres que Leena lui tendait.

— Ce n'est pas avant deux semaines, ce qui nous laisse suffisamment de temps pour préparer...

— La route est longue. Tu ne t'imagines quand même pas que je vais perdre une journée de travail pour t'y conduire et une autre journée pour venir te chercher ? » Leena ne lui fit pas observer que son travail consistait essentiellement à jouer aux cartes et à manger.

« Non, bien sûr, ce serait trop te demander. Je suis sûre que mon père serait d'accord pour se déplacer. Je pourrais l'appeler aujourd'hui ? » Elle voulait absolument que son père voie cette maison, cette terre. Qu'il lui dise si elle avait tort ou non d'espérer plus de la vie.

---

1. Beaume naturel qui s'applique comme le khôl.

« Et tu laisserais Rekha et ma mère faire tout le travail pendant ton absence ? C'est un peu égoïste, tu ne trouves pas ? »

Leena se mordit la langue pour ne pas rétorquer que Rekha et sa mère se débrouillaient très bien avant son arrivée. « Ce ne serait que pour quelques jours. Et puis, elles sont si douées qu'elles peuvent y arriver sans moi. »

Leena avait réfléchi à tous les cas de figure pendant la nuit. Ce n'était pas une demande déraisonnable que d'aller chez ses parents pour quelques jours après avoir vécu ici pendant presque un an, mais elle n'avait pas affaire à un homme raisonnable. Elle avait choisi de parler à Girish tôt le matin car rien encore n'avait gâché son humeur. Elle avait anticipé ses arguments et les réponses qui ne le fâcheraient pas. Quelle était la pire correction qu'il puisse lui infliger ? La pousser violemment contre le mur, lui attacher les mains dans le dos, comme il l'avait déjà fait ? Leena était disposée à tout endurer si cela lui permettait d'aller voir ses parents.

Face à la réaction de Girish, elle comprit qu'elle s'était trompée. En fait, sa requête, sa présence tout simplement, suffisait à le mettre en colère. Elle le sentait rien qu'à son expression et à la façon dont sa lèvre se retroussait. On aurait dit qu'il voulait la frapper.

Leena sortit de la chambre en lui expliquant qu'elle devait préparer le thé avant que le reste de la famille ne se lève. Il la suivit dans la cuisine. Les mains tremblantes, elle souleva la lourde bassine pour la remplir à la pompe, dehors. Ses bras avaient forci à force d'accomplir ce geste tous les matins, mais, sous le regard de Girish qui l'observait de la fenêtre, elle sentit ses muscles se raidir.

L'horizon était strié de rose pâle et d'orange, les oiseaux chantaient. L'air était calme, la brise absente. La journée allait être chaude. Leena posait la bassine par terre quand elle entendit la porte s'ouvrir doucement derrière elle. Elle ne se retourna pas. Elle ne lui donnerait pas la satisfaction de voir la peur dans ses yeux. Elle ferait son travail, comme d'habitude.

Elle saisit l'épais levier en fer et commença à pomper, se détendant à mesure que le rythme familier se mettait en place, et se servant de la force de ses jambes pour soulager la pression de ses bras. Le levier grinça et geignit, et enfin l'eau coula, d'abord un filet, puis à flots dans la bassine. C'est à cause du bruit de l'eau, sans doute, qu'elle n'entendit rien. Qu'elle n'entendit pas, ni ne remarqua le liquide qui éclaboussait ses pieds et son sari. Mais elle sentit l'odeur, l'odeur typique, forte du kérosène.

Quand celle-ci monta vers ses narines, Leena lâcha le levier et se retourna. Girish était debout devant elle, tenant à la main le jerrycan métallique qu'il avait pris à côté du réchaud. D'un geste furieux, il renversa le reste du kérosène sur Leena puis jeta le jerrycan. Il plissait les yeux et leurs pupilles noires, brillantes, la fixaient. Leena remarqua qu'il mâchait quelque chose.

Elle ouvrit la bouche puis la referma sans parler. Elle était allée trop loin, elle l'avait contrarié, elle le comprenait à présent. Lentement, elle s'éloigna de lui, reculant pas à pas. Il s'avança vers elle, comme s'ils étaient reliés par un fil invisible. Il fouilla dans sa poche et en sortit une petite boîte rectangulaire. L'instant suivant, il avait craqué l'allumette, une flamme orange vacilla au bout de son doigt. Ses lèvres s'entrouvrirent en un sourire méprisant, et Leena fut frappée par cette expression qui transformait son visage. Tout s'éclaircissait à présent en elle : cet homme était le diable. Comment ne s'en était-elle pas rendu compte plus tôt ?

Leena ne le vit pas lancer l'allumette. Elle pensait avoir le temps de s'enfuir en courant. Elle avait dû fermer les yeux, l'espace d'une seconde, ou les lever vers le ciel en priant pour être épargnée car, lorsqu'elle les rouvrit, elle vit le dos de Girish et comprit qu'il retournait vers la maison. Les flammes ondulaient – jaune vif, orange et rouges, les couleurs de l'horizon, ce matin à l'aube. Il avait arrosé le sol de kérosène, tout autour d'elle. Leena était prisonnière de ce cercle de feu et ne pouvait aller nulle part.

La chaleur d'abord, à mesure que les flammes progressaient vers elle. Elles bondirent ensuite sur l'ourlet de son sari, gorgé de pétrole. La chaleur, une chaleur intense, qui montait en spirale de tous côtés. La fumée lui brûlait les yeux. Sa gorge la picotait. Elle était si lasse de pleurer, et si lasse de ne pas pleurer. Comme elle aurait aimé pouvoir se coucher par terre et fermer les yeux.

Elle avait l'impression que tout tournait autour d'elle, le monde, et puis la terre qui venait heurter sa joue. Une douleur fulgurante dans le pied comme jamais elle n'en avait éprouvé, irradiant le long de sa jambe. L'odeur nauséeuse de la chair qui brûle. Sa chair. Leena s'efforça de se mettre debout, mais les flammes lui léchaient le pied. Elle rampa pour leur échapper mais elles la suivirent. Elles s'engouffraient en elle. Elle parvint enfin à se redresser, déchira son sari et trébucha jusqu'à la pompe. Là, elle plongea le pied dans la bassine. Grésillement et crépitement. De la vapeur et de la fumée qui s'élevaient dans l'air. L'odeur qui pénétrait ses narines et ses yeux. Sa main se porta vers son corsage et retira le mouchoir orné d'un paon. Elle se couvrit le nez et la bouche et tenta de respirer.

Et puis, elle courut. Elle ne se retourna pas pour regarder derrière elle. Elle entendait le feu qui continuait de brûler. Ce qu'elle se rappela surtout, plus que la douleur intense ou la cloque rouge sur sa jambe, plus que la presque-nudité de son corps, ce fut cette odeur. Elle s'enfonçait dans son nez et lui emplissait la bouche comme de l'huile épaisse. À chaque inspiration, elle l'envahissait plus profondément et répandait en elle des émanations qu'elle n'oublierait jamais.

Elle courut jusqu'à dépasser la propriété de sa belle-famille, jusqu'à ce que les champs de coton cèdent la place aux champs de canne à sucre. La route qui serpentait entre les fermes était déserte. Il était encore tôt, et la plupart des gens n'étaient pas encore levés. Lorsqu'elle ne put plus courir, elle marcha. Elle ne portait que son corsage et son jupon, brûlé sous le genou. Elle avait honte, bien sûr, qu'on la voie ainsi, en sous-vêtements, mais quel autre choix avait-elle ?

Et où allait-elle ? En apercevant une maison, la première qui se dressait au loin, elle éprouva une vague de soulagement. Mais elle ne connaissait personne par ici. Sa belle-famille ne l'avait pas autorisée à sortir depuis son arrivée ; elle n'avait rencontré ni les voisins ni les amis de Girish, à part les hommes avec qui il jouait aux cartes et, de toute évidence, ce n'était pas eux qui lui viendraient en aide. Elle aurait sans doute plus de chance auprès d'un étranger. Mais en sous-vêtements, un étranger la prendrait sûrement pour une mendiante, ou pire.

Leena continua de marcher, passant devant cette première maison, puis une autre, s'efforçant d'ignorer la douleur qui l'élançait à chaque pas, dans son pied et dans sa jambe. Elle marchait vers le soleil levant, vers l'est, vers Panchanagar, mais son village était à plus de cent kilomètres. Même si elle connaissait le chemin, et même si elle marchait toute la journée, elle ne l'atteindrait pas avant la nuit. Finalement, lorsque la douleur devint insupportable, elle s'assit au bord de la route et examina la blessure de son pied.

La peau de sa cheville et de son mollet était brûlée, une méchante couleur rouge, et plusieurs cloques s'étaient formées. L'extrémité de son pied, là où les flammes avaient touché en premier, semblait déjà se décomposer en cendres grises. Son corps était à mi-chemin de la mort. De la terre et des feuilles s'étaient incrustées dans les plaies. En tenant son pied sur son genou et en l'inspectant soigneusement, elle ne put échapper à l'odeur. Elle détourna la tête et plaqua son mouchoir contre son nez, cherchant le parfum du bois de santal derrière l'autre odeur, omniprésente. Leena se releva tant bien que mal, tout en sachant qu'elle ne pourrait pas aller bien loin. Il lui fallait pourtant continuer.

Elle ignorait combien de temps s'était écoulé, mais moins de cent mètres plus loin, elle passa devant une humble maison : en béton avec une porte en bois, ne comptant sans doute que quelques pièces, étant donné sa taille. Dehors, des soucis poussaient à côté de la porte. Avec leurs dentelles et leurs couleurs, les fleurs étaient avenantes, leur parfum joyeusement puissant. C'est à cause de ces soucis que Leena décida de s'arrêter là. Les plantes étaient robustes, couvertes de boutons. Les feuilles mortes avaient été balayées, et le sol en dessous était humide. Quelqu'un à l'intérieur de cette modeste demeure prenait grand soin de ces fleurs. Une femme, peut-être, qui aurait pitié d'elle.

13

Anil entama sa seconde année de stage à Parkview dans la chaleur torride de l'été, et s'aperçut bientôt que son nouveau statut représentait une nette amélioration par rapport à celui de l'année précédente. Aguerri désormais à la dure réalité de l'hôpital et de ses patients, ce qui le choquait autrefois ne le choquait plus, et les étudiants au regard angoissé dont il était responsable l'aidaient à prendre conscience de la quantité de choses qu'il avait apprises au cours de ses stages.

Il n'avait alors pas mesuré les exigences du rôle qu'il occupait à présent. En plus de ses propres patients – il s'était gardé pour lui les cas les plus complexes –, il devait expliquer à son équipe les marches à suivre et surveiller le travail de chacun. Il y avait mille façons d'accomplir cette tâche et, pour bien s'en acquitter, il fallait y consacrer beaucoup de temps et d'énergie, ce dont on manquait à Parkview. Mais avec ses nouvelles responsabilités vinrent de nouvelles attentes. Il n'avait plus le droit de commettre des erreurs de débutant, et il ne voulait certainement pas gâcher cette seconde chance qui lui avait été accordée.

Parmi les avantages non négligeables de sa nouvelle position, celui de pouvoir quitter de temps en temps l'hôpital à la fin de la journée, après avoir laissé des consignes à son équipe, figurait en tête. Ce soir-là, il se gara sur le parking de la résidence alors que le ciel était encore clair, impatient de retrouver Amber. Il fit un détour pour prendre le courrier, tâche qui incombait en général à Mahesh ou à Baldev puisqu'ils rentraient en général avant lui. Alors qu'il arrivait à la hauteur des boîtes aux lettres, il aperçut deux autres locataires devant elles, deux types costauds. L'un était vêtu d'une combinaison de pilote maculée d'huile et l'autre portait une chemise dont il avait coupé les manches, exposant ses bras couverts de tatouages. Anil attendit qu'ils s'éloignent. Quand le type aux tatouages se retourna et vit Anil, il plissa les yeux.

« On te gêne ? » Il donna une tape sur l'épaule de son ami. « Hé, Rudy, le gars, là, il peut pas atteindre sa boîte. Si c'est pas une honte. » Rudy se retourna à son tour et croisa les bras sur son torse puissant. Aucun des deux hommes ne montrait la moindre intention de s'écarter.

« Pas de problème, dit Anil en souriant. Prenez votre temps, je ne suis pas pressé. »

Le tatoué toisa Anil. « On a fini, Rudy ?

— Ouais, Lee, on a fini. » Rudy inclina à peine la tête et cracha par terre, puis, après une longue minute pendant laquelle ni lui ni son comparse ne bougèrent, Lee fit un pas en direction d'Anil. « C'est quoi ton nom ? » Il ricana. « Oussama ?

— Non, c-c-c'est Anil, répondit Anil en redressant le dos pour se grandir. Docteur Anil Patel. »

Rudy s'avança vers lui. Il était suffisamment proche pour qu'Anil sente l'odeur de sa sueur et du tabac. « C-c-c'est vrai ? se moqua-t-il. Bref, si on a besoin de serviettes de toilette supplémentaires, on sait à qui en demander, c'est ça ? Je parie que t'en as un plein placard. » Là-dessus, il éclata de rire et bouscula Anil pour passer. Lee lui emboîta le pas mais pas avant d'adresser à Anil un regard menaçant. Après leur départ, Anil inspira et expira lentement puis ramassa le courrier dans la boîte ; l'odeur des deux hommes lui piquait encore les narines. Une fois dans l'appartement, il ferma la porte à clé derrière lui et prit une longue douche jusqu'à ce que son corps cesse de trembler.

*

En dehors de cet incident, Anil s'installait dans une routine confortable quand il n'était pas à l'hôpital. Lorsque leurs emplois du temps le permettaient, Amber et lui étudiaient ensemble le soir : Anil, penché sur ses manuels et ses revues médicales, Amber sur ses annales préparant à l'examen d'entrée à l'université. La jeune femme envisageait de s'inscrire en licence et avait trouvé des cours dans une université de la région qui ne l'empêchaient pas de travailler parallèlement à mi-temps. Curieusement, bien qu'il fût toujours épuisé après une journée à Parkview, Anil supportait bien mieux ces soirées studieuses qu'auparavant, car elles portaient en elles la promesse d'une nuit dans les bras d'Amber.

Pendant presque tout l'été, la canicule les dissuada d'aller courir au bord du lac, mais ils s'y rendaient quand même pour se promener ou pique-niquer. Ils marchaient main dans la main et se montraient les maisons où ils aimeraient vivre : combinant les briques rouges de l'une avec les volets marron d'une autre, choisissant des jardinières de géraniums pour la véranda.

De temps en temps, le week-end, ils sortaient à quatre : Amber, Anil, Mahesh et Baldev. Mahesh avait trouvé un vieux cinéma qui passait le samedi soir des films de Bollywood. La première fois qu'ils allèrent en voir un, Anil fut légèrement gêné de montrer à Amber cet autre aspect si différent de sa culture, mais la jeune femme adora les numéros de chant et de danse et téléchargea même la bande-son sur son iPod. Elle accepta ensuite volontiers de les accompagner quand Mahesh suggéra de se restaurer à un *food truck* qui servait de la cuisine indienne. Peu habituée à manger aussi épicé, elle se leva à plusieurs reprises de la petite table devant le camion pour aller remplir son verre d'eau, et chaque fois, Baldev en profitait pour taquiner Anil en hindi au sujet de sa relation avec la jeune femme, tandis que Mahesh lui conseillait de ne pas s'engager outre mesure. Mais Anil était trop heureux pour prendre leurs propos au sérieux.

*

En septembre, alors que les fortes chaleurs de l'été s'atténuaient enfin, Anil commença son nouveau stage, en cardiologie interventionnelle. Lorsqu'il arriva dans le service le premier jour, il fut ravi de revoir Jennifer, la jeune femme aux cheveux roux qu'il avait remplacée cette fameuse nuit désastreuse, dans l'unité de soins intensifs. Jennifer avait été choquée d'apprendre que Jason Calhoun était mort d'une rupture d'anévrisme, et Anil lui fut reconnaissant de ne lui faire aucun reproche. Ils bavardaient en attendant que commence la visite quand Jennifer s'interrompit en plein milieu d'une phrase et regarda par-dessus l'épaule d'Anil. Un sourire enfantin apparut sur son visage en même temps qu'elle faisait signe à quelqu'un. Anil se retourna. Il serra aussitôt les poings.

« Hé, salut vous deux ! » Trey dominait Anil d'au moins vingt centimètres et était bâti comme un athlète, avec un torse musclé et des biceps proéminents sous les manches de sa blouse. Il leur offrit un bonbon à la menthe, mais seule Jennifer en accepta un.

Anil remarqua qu'une foule plus importante que d'habitude était rassemblée dans le couloir. « Que se passe-t-il ? » demanda-t-il. Deux internes se tenaient à l'écart et étudiaient leurs notes.

« Tanaka dirige la visite aujourd'hui, répondit Trey. C'est le chef de service. Un poids lourd.

— Et sacrément coriace. » Jennifer sourit en pinçant les lèvres. Anil la regarda et se sentit curieusement trahi.

Le docteur Tanaka arriva à sept heures tapantes. Nippo-américain, il avait un visage intéressant, avec des cheveux noirs et raides et des yeux bridés qui se fondaient dans la blancheur de sa peau.

Visiblement, il n'était pas du genre à perdre du temps en préliminaires et commença la visite sans plus tarder. Les deux internes ne semblaient pas très à l'aise, bien que se comportant l'un et l'autre de façon opposée. L'un résumait l'état des patients en quelques mots, marquant une pause après chaque phrase pour voir comment Tanaka réagissait, l'autre dressait un rapport médical exhaustif et proposait des diagnostics différentiels afin de n'omettre aucune possibilité, et continuait ainsi jusqu'à ce que Tanaka lève l'index. Lorsqu'il prit la parole, la première fois, ce fut d'une voix étonnamment basse. Certains chefs de service braillaient autant pendant la visite que s'ils se trouvaient dans un amphithéâtre. Tanaka, lui, parlait doucement, obligeant ceux qui l'entouraient à s'approcher ou à se pencher en avant pour ne rien perdre de ce qu'il disait. À la fin de la visite, tous avaient adopté l'intonation de sa voix, comme s'ils prenaient part à une discussion intime.

*

Quelques semaines plus tard, l'équipe se tenait devant la chambre d'un patient quand Tanaka, qui dirigeait de nouveau la visite, pria Trey de présenter le cas à sa place. Jennifer et Anil échangèrent un regard. Voilà qui était inhabituel. Normalement, Tanaka aurait dû s'adresser à un interne.

Trey s'avança. « La patiente est une femme de quarante-six ans, obèse, atteinte d'un diabète de type 2 et fumeuse. Elle est arrivée aux urgences hier avec des difficultés respiratoires. C'est moi qui me suis chargé de son admission. Le cardiologue de garde a été contacté par téléphone et a recommandé une scintigraphie pulmonaire pour vérifier qu'elle ne faisait pas d'embolie. » Trey marqua une pause et attendit que Tanaka l'invite à poursuivre. Il semblait avoir trouvé le juste équilibre entre l'hésitation et la volubilité des deux internes qu'Anil avait vus à l'épreuve.

« Les résultats du scan n'étaient pas encore revenus, mais, d'après moi, la patiente souffrait d'un infarctus du myocarde aigu et devait être conduite en salle de cathétérisme pour qu'on lui pose un stent. »

Tanaka leva son stylo en plaqué argent, le signal qui annonçait toujours qu'il allait prendre la parole. « Ce que vient de dire votre camarade est très important car les symptômes et les résultats de l'électrocardiogramme peuvent paraître similaires pour un infarctus du myocarde et pour une embolie pulmonaire, alors qu'ils ont des filières de prise en charge différentes, et la décision doit être prise très rapidement. » Il revint vers Trey. « Qu'est-ce qui vous a amené à ce diagnostic ? »

Trey s'éclaircit la gorge. « La combinaison de tout ce que j'avais observé – l'électrocardiogramme seul aurait pu indiquer une embolie pulmonaire, mais la douleur que la patiente ressentait dans la poitrine, la bradycardie et la diaphorèse, avec ses facteurs de risque, suggéraient un infarctus du myocarde aigu. » Trey fit passer le poids de son corps d'un pied à l'autre. « Et puis, au moment où je sortais, elle… la patiente m'a attrapé par le poignet et m'a dit : "S'il vous plaît. Faites quelque chose, sinon je vais mourir." »

Anil sentit des picotements dans sa nuque. Tanaka haussa les sourcils au-dessus de ses lunettes et parcourut du regard le reste de l'équipe. «Ce que vous venez d'entendre est d'une très grande valeur diagnostique. Rappelez-vous quand un patient vous dit qu'il va mourir.» Il baissa encore plus la voix pour ajouter : «Et prêtez-y attention.»

Anil fut déconcerté par ces paroles. Combien de fois à Parkview lui avait-on répété de ne pas prendre au pied de la lettre la réponse d'un patient? Le junkie qui simule la douleur pour qu'on lui prescrive des narcotiques, la prostituée qui jure qu'elle s'est toujours protégée, l'ado qui nie avoir pris des amphétamines. Combien de fois un patient était-il arrivé aux urgences persuadé de faire une crise cardiaque alors qu'il avait juste une indigestion? Depuis, Anil avait appris à les écouter avec un certain scepticisme : un diagnostic sûr reposait sur un examen clinique objectif et des résultats incontestables, et non sur un discours angoissé.

Tanaka fit signe à Trey. «Je vous en prie, poursuivez, Crandall.»

C'était la première fois que Tanaka appelait un membre de l'équipe par son nom, et Anil devina que ce n'était pas par intention délibérée qu'il ne le faisait pas plus souvent, mais par pure indifférence. Trey finit de présenter le cas. Il expliqua qu'il était allé voir les internes des urgences et avait suggéré d'adopter un autre plan d'action mais que personne ne voulait discuter la décision du cardiologue. En tant qu'internistes, ils n'avaient pas vraiment leur mot à dire. Anil savait que lui aussi aurait suivi les instructions du cardiologue et il comprit, aux traits tendus de Jennifer, qu'elle aurait agi de même.

Mais Trey était si sûr de son diagnostic qu'il avait consulté un autre cardiologue. «Je lui ai montré l'électrocardiogramme et je lui ai dit que j'avais une patiente avec un paquet de facteurs de risque qui pensait qu'elle allait mourir, raconta Trey. Il a décroché le téléphone et a appelé la salle de cathétérisme en leur demandant de se tenir prêt. Quand on est arrivés, la patiente faisait un arrêt cardiaque mais ils ont réussi à la réanimer. Une fois qu'elle a été stabilisée, ils lui ont mis un stent dans l'artère coronaire droite. La femme a été entre la vie et la mort pendant un moment, mais elle s'en est sortie. »

Tanaka leva son stylo et parla. « Nous devons parfois prendre des décisions sans posséder toutes les informations que nous souhaiterions avoir, et sans même connaître les résultats du laboratoire. Dans ces cas-là, il faut vous fier à votre instinct. Mais d'abord, il est nécessaire de développer cet instinct, et il vous viendra à force de voir beaucoup de patients pendant beaucoup d'années. Il vous viendra avec l'expérience et l'observation. Il est rare qu'un jeune médecin prenne une telle décision, mais, parce qu'il l'a prise, il a sauvé la vie de cette femme. » Il pointa son stylo en direction de Trey. « Bon travail, Crandall. » Là-dessus, toute l'équipe suivit Tanaka dans la chambre de la patiente qui devait sa vie à l'assurance implacable de Trey.

La présentation de Trey, ce jour-là, fut reçue comme un défi par les autres étudiants. Au cours des semaines suivantes, ils se mirent tous à imposer leur propre choix diagnostique et à se battre pour le défendre. Anil tenta en vain de se joindre à ce jeu, mais prendre des décisions fermes et les soutenir ne lui venait pas naturellement.

*

Vers la fin de son stage, Anil eut enfin la chance de présenter un cas au docteur Tanaka.

« Bref, l'électrocardiogramme est normal, mais la patiente souffre et a des douleurs à la poitrine, dit Tanaka quand Anil eut fini de parler. D'autres choses ?

— Un taux de cholestérol élevé et des antécédents familiaux de maladie cardiaque, répondit Anil.

— Qu'envisagez-vous ?

— Demander une angiographie pour voir si des vaisseaux sont obstrués.

— Oui, très juste. » Tanaka hocha la tête. « Envoyez-la en salle de cathé, et glissez-vous à l'intérieur si vous voulez observer la procédure. » L'invitation de Tanaka laissa Anil pantois. Normalement, les étudiants étaient rarement admis à pénétrer dans la chambre sacrée de la cardiologie interventionnelle.

Avant d'entrer dans la salle de cathétérisme, Anil revêtit un tablier plombé par-dessus sa blouse, il enfila une charlotte, un masque, des surchaussures, se protégea avec un écran facial en plastique rigide et une blouse de chirurgien stérile. La patiente était couchée sur une table d'examen, couverte d'un drap stérile qui n'exposait qu'une petite partie de sa peau à la hauteur de l'aine. Fixé au-dessus de la table, un énorme moniteur. Deux internes en cardiologie, debout près de la table d'examen, bloquaient la vue. Les autres personnes présentes se tenaient plus loin, en face du moniteur.

Un silence d'une intensité presque palpable régna dans la salle quand Tanaka demanda à l'un des internes d'inciser la patiente au niveau de l'aine, puis d'insérer une aiguille dans l'artère fémorale et d'introduire le guide et la sonde. Alors que l'interne manipulait le cathéter, tous les regards fixaient le moniteur. Des images commencèrent à apparaître sur l'écran : granuleuses au début puis plus nettes. L'artère devint visible, une branche blanche contre un ciel noir.

Tout se passait normalement, mais Tanaka décida de regarder de plus près l'artère coronaire gauche en procédant à une échographie intravasculaire. Il se tourna vers Anil. « La sonde à ultrasons est un outil merveilleux, expliqua-t-il. Elle permet de voir de l'intérieur les vaisseaux sanguins. »

Quelques instants plus tard, Anil comprit ce que voulait dire Tanaka. L'image sur le moniteur évoquait l'ouverture d'un tunnel. Une fois le cathéter inséré, on aurait dit qu'ils se déplaçaient au milieu de l'artère. C'était une vision miraculeuse, comme s'ils se trouvaient *dans* le corps de la patiente. Anil était fasciné par ces images, par cette irruption dans un monde mystérieux. Cousteau avait dû éprouver la même chose lors de sa première expédition dans les profondeurs de l'océan, jusqu'alors vierges du regard de quiconque : de vastes étendues de vie et de nature fonctionnant dans toute leur magnifique complexité.

Anil entendit un faible gémissement et se rappela que la patiente était allongée sur la table.

« Regardez, dit Tanaka. Il y a une accumulation de plaques importante dans l'artère coronaire gauche. » Le moniteur cardiaque se mit à biper et des chiffres clignotèrent en rouge sur l'écran. Tanaka s'avança et Anil recula instinctivement. Il comprit aux signaux que la patiente présentait une fibrillation ventriculaire. Bref, elle faisait un arrêt cardiaque.

Tous dans la salle agirent rapidement, Tanaka dirigeant les membres de son équipe comme un chef d'orchestre. Anil n'avait jamais rien vu de tel. Alors que la situation devenait des plus stressantes – le cœur de la patiente manquait d'oxygène et son cerveau, ses poumons et ses reins risquaient d'être endommagés –, Tanaka affichait un calme absolu que les autres ne tardèrent pas à imiter. Anil s'aperçut que lui-même était moins affolé. Tous ses sens étaient en éveil : il entendait le bourdonnement des machines, sentait l'odeur de l'antiseptique dans l'air.

Après le choc du défibrillateur, le cœur redémarra. Puis, une fois que l'état de la patiente fut stabilisé, Tanaka introduisit un nouveau cathéter pour dilater l'artère bloquée responsable de l'arrêt cardiaque et plaça un stent. Quand il eut terminé, il lui expliqua ce qu'il avait fait. «Vous voilà repartie pour un moment», dit-il en lui tapotant l'épaule.

*

«Il a trouvé le caillot juste à temps et a littéralement ramené cette femme à la vie», dit Anil à Charlie alors qu'ils étaient au Horseshoe Bar, ce soir-là, une pinte de bière en face de chacun. Pour la première fois depuis son arrivée à Parkview, Anil avait voulu fêter son succès. Il était incapable de décrire le sentiment d'euphorie qu'il avait éprouvé dans la salle de cathétérisme, le frisson quand il avait visualisé l'intérieur du corps humain, la montée d'adrénaline.

Charlie émit un sifflement. «Ouah. Ça paraît vraiment dingue. Mais l'internat en cardiologie interventionnelle dure quatre ou cinq ans. Et on continue de t'appeler à l'hosto à n'importe quelle heure. Pourquoi tu veux t'imposer ça, vieux?

— Cette femme serait morte il y a vingt ans, répondit Anil, et Tanaka lui a offert dix à quinze années supplémentaires grâce à ce stent. Tu imagines, pouvoir faire quelque chose qui améliore la vie des gens.»

Tous les jours, dans le service, Anil était entouré de patients qui avaient eu un infarctus. Quand l'un d'eux décrivait l'intense douleur au thorax ou le sentiment de suffocation qu'il avait éprouvé, il songeait à ce que son père avait subi au cours des dernières heures de sa vie. La stupéfaction qu'il lisait dans les yeux de ses patients quand on leur appliquait le masque à oxygène ou que le moniteur cardiaque se mettait à biper de façon irrégulière et la confiance qu'ils plaçaient en lui pesaient sur ses épaules comme deux sinistres présages. Par-dessus tout, il voyait la peur dans sa plus pure expression, le sentiment de la catastrophe imminente.

Anil n'avait jamais regardé aussi intensément dans les yeux de ses patients, mais, à présent, il lui paraissait impossible de se détourner. Alors qu'il devait encore vérifier leur posologie, les détails sans importance de leur histoire personnelle s'ancraient dans son esprit, comme ce patient atteint d'un infarctus du myocarde qui avait été concierge dans un immeuble de bureaux pendant quarante-trois ans et avait rencontré sa femme à un cours de danse. Et il n'oubliait jamais que ses patients avaient de la chance d'être soignés dans un hôpital de niveau international, avec des médecins et tous les équipements nécessaires, et non pas dans un village isolé, à des centaines de kilomètres du dispensaire le plus proche, dont la technologie médicale accusait un retard de plusieurs années. Dans la salle de cathétérisme, avec ces cathéters, ces stents et ces ballonnets, Anil pouvait être le genre de médecin qui avait affaire à la vie plutôt qu'à la mort. C'était pour cette raison qu'il était venu en Amérique et qu'il voulait étudier et exercer la médecine en Occident. Malgré tout ce qu'il avait enduré jusqu'alors, il ne regrettait rien.

« O.K., je comprends, dit Charlie avec un haussement d'épaules. J'espère juste que tu ne changeras pas d'avis quand tu seras de garde dans cinq ans. La compétition est sévère. Il n'y a que cinq ou six postes à Parkview. J'ai entendu dire que plusieurs d'entre nous s'étaient déjà mis sur les rangs. Sans parler de Trey, qui est sûr d'être pris. »

Anil but une longue gorgée de bière. « Trey ? Je ne savais pas, mais pourquoi ?

— À cause de son père. Le légendaire docteur Crandall, un cardiologue qui a un cabinet privé très chic dans Highland Park et qui fait partie du conseil d'administration de Parkview. »

Anil fixa le fond de son verre. Voilà qui expliquait les remarquables performances de Trey : toujours prêt à répondre pendant la visite, obtenant systématiquement tous les résultats de laboratoire qu'il voulait, ne perdant jamais son sang-froid. Trey avait été conditionné pour ce métier.

« Si Tanaka m'a invité dans la salle de cathé, ça doit bien signifier quelque chose, non ? déclara Anil.

— Dans ce cas, essaie de travailler sur un projet de recherche avec lui. Trouve une superidée à lui soumettre, suggéra Charlie avec l'apparence d'un sourire.

— Et notre projet ? » s'étonna Anil. Charlie et lui avaient déjà bien avancé dans leur étude rétrospective portant sur le staphylocoque doré. Ils étaient arrivés à un point critique où ils devaient compléter l'analyse de leurs données, ce qui nécessitait de leur part d'y consacrer beaucoup de temps.

« Anil, ce n'est pas vraiment ta tasse de thé, je le sais bien. » Charlie fit tourner les dernières gouttes de bière qui restaient dans son verre. Puis il regarda Anil droit dans les yeux. « Écoute, vieux, tu ne devrais pas compter sur moi. Je vais peut-être être obligé de lâcher le projet pendant un moment. Je ne veux pas te laisser tomber, et c'est pour ça que ce serait bien si tu bossais sur autre chose, quelque chose qui t'intéresse vraiment.

— Mais pourquoi ? fit Anil. Charlie, de quoi tu parles ?

— J'ai des problèmes chez moi. Il faut que je me trouve un job le soir, quand je ne suis pas à l'hosto, au moins pendant un certain temps. » Charlie haussa les épaules. « Ma sœur aînée a des ennuis d'argent. Elle est enceinte de jumeaux et son mari a été licencié il y a deux mois. Apparemment, ce n'est pas évident pour un mineur de trente-six ans de retrouver du travail en ce moment. Mes parents sont des ouvriers, tu comprends, ils n'ont pas beaucoup d'économies. Je vais devenir le richard de la famille, celui sur qui tout le monde peut compter. » Charlie poussa un soupir puis fit signe au barman de leur apporter deux autres pintes. « Tu sais ce que ça coûte, des gosses ? Des jumeaux en plus ? » Il but une gorgée de la bière qui venait de lui être servie.

«Qu'est-ce que tu envisages? demanda Anil.

— Ça reste entre nous.» Charlie se pencha en avant. «Je vais faire taxi clando le soir. Le type qui tient le parking couvert m'a branché. Je peux utiliser ma voiture et choisir mes heures, expliqua Charlie. D'après lui, gagner trois ou quatre cents dollars par nuit pendant les week-ends, c'est faisable.

— *Toute la nuit?*» s'exclama Anil.

Charlie haussa les épaules. «Hé, on a l'habitude de travailler la nuit, toi et moi. Et conduire une voiture, c'est rien comparé à une garde aux urgences. Dix mille dollars, ce sera un énorme soulagement pour ma sœur. Ne t'inquiète pas, vieux, ça va aller. Mais je n'aurai pas la possibilité de travailler sur notre recherche pendant un moment. Je suis désolé.

— Je comprends. Fais au mieux, et prends le temps qu'il te faut. Je vais continuer à avancer avec l'analyse des données, et tu t'y remettras quand tu pourras.» Charlie commença à protester, mais Anil l'interrompit.

«Ça ne se discute pas, *vieux*», dit-il.

14

Leena vivait avec la famille de son mari depuis déjà un an. Pourtant, Nirmala ne s'était toujours pas habituée à son absence et l'éprouvait chaque jour aussi fort. Tôt, un matin, elle fit un rêve effrayant : Pradip et elle se rendaient au marché avec le produit de leurs récoltes quand d'énormes corbeaux noirs fondaient sur leurs sacs en toile et les déchiraient avec leurs becs, éparpillant le riz partout sur la route. Elle se voyait ensuite séparer les grains blancs de la poussière lorsque la sonnerie aiguë du téléphone retentit et la réveilla de son cauchemar.

Pendant que Pradip allait répondre, Nirmala regarda par la fenêtre. Les sacs en toile étaient toujours là, à l'arrière du camion, prêts à être transportés en ville. Ils allaient au marché deux fois par semaine, à présent, pour vendre, en plus des légumes, tout ce qu'ils possédaient : les œufs de leurs poules, le lait de leurs vaches. Nirmala n'avait pas préparé le curry préféré de son mari, avec des aubergines farcies, depuis des mois. Les sommes d'argent supplémentaires réclamées par la belle-famille de Leena les avaient ruinés.

De la chambre, elle n'entendait que des bribes de phrase mais, rien qu'à la voix de Pradip, elle sut qu'il s'était passé quelque chose.

Ils arrivèrent à la maison aux soucis deux heures plus tard, et une vieille femme, à peine plus grande qu'une enfant, leur ouvrit. Elle portait des lunettes à monture métallique et avait un visage parfaitement rond, avec des cheveux blancs tirés en arrière en un petit chignon. Sans un mot, elle s'écarta pour les laisser entrer, et, d'un signe de tête, leur montra Leena qui dormait sur un matelas par terre. Quand elle vit sa fille, Nirmala éclata en sanglots. Leena était vêtue d'un sari qu'elle ne connaissait pas, en coton blanc, dépourvu de décorations, le genre de sari dont doivent se vêtir les veuves. Ses pieds et ses chevilles étaient couverts de bandages taillés dans le même tissu blanc. Nirmala imagina la vieille femme devant un placard rempli de saris blancs, ayant dû renoncer aux saris de couleur après la mort de son mari.

« Elle est courageuse, dit la femme. Elle n'a pas pleuré une seule fois quand j'ai soigné ses plaies. » Ils se tinrent là, en silence, tous les trois, regardant Leena dormir. Au bout d'un moment, la vieille femme reprit la parole. « Votre fille a beaucoup souffert. »

Les larmes ruisselaient le long des joues de Nirmala, sur son menton, jusque sous son corsage. Elle s'avança à petits pas hésitants vers Leena et, s'agenouillant à distance pour ne pas la déranger, elle scruta son visage qu'elle connaissait si bien : la couleur dorée de sa peau qui montrait qu'elle passait du temps dehors, au soleil, ses longs cils noirs qui semblaient enduits de *kajal*, le léger renflement de sa lèvre supérieure, juste à l'endroit où ses dents de devant ne se touchaient pas. Puis elle regarda ses bras et, là, elle crut qu'ils appartenaient à quelqu'un d'autre, avec leurs croûtes et leurs hématomes. La peau, sous l'un des poignets, était toute cloquée et rouge. Nirmala faillit suffoquer.

« Il faut qu'elle voie un docteur, dit la vieille femme. Les brûlures sont graves. »

Nirmala acquiesça. « Merci », dit-elle en se relevant difficilement avant de se tourner, de joindre les mains devant elle et d'incliner la tête. Emplie de gratitude pour cette étrangère, Nirmala sentit les cris qui montaient de sa gorge et se fit violence pour les réprimer. Ses épaules tremblèrent tandis qu'elle pleurait en silence, puis tombait à terre pour embrasser les pieds de la vieille femme. Une main sur sa tête lui enjoignit de se relever.

« L'heure n'est pas à votre peine, mon enfant. La priorité, c'est sa souffrance à elle. » Oh, comme Nirmala aurait alors aimé être auprès de sa propre mère. Elle s'essuya le visage avec l'extrémité de son sari et parcourut la pièce du regard. Deux chaises et une petite table. La vieille femme vivait seule et très simplement. Elle ne possédait pas grand-chose et, pourtant, elle avait donné à Leena l'un de ses saris et déchiré un autre pour fabriquer des bandages. Nirmala fouilla dans son porte-monnaie, mais la femme repoussa sa main avec tant de force qu'elle n'insista pas.

Nirmala comprit qu'il était temps de partir. Elle ne voulait pas s'imposer davantage, mais elle ne supportait pas l'idée d'arracher Leena à son sommeil paisible et de l'obliger à affronter la dure réalité. Elle chercha Pradip des yeux et s'aperçut qu'il n'était plus dans la pièce. Par la porte ouverte, elle le vit faire les cent pas devant la maison. C'était un homme de petite taille, mais capable d'entrer dans des colères terribles. Elle lut dans ses pensées et sut qu'en ce moment même il envisageait d'aller voir la belle-famille de Leena, dont la maison se trouvait à trois ou quatre kilomètres d'ici. Nirmala allait devoir le convaincre de mettre sa colère de côté, comme elle sa propre peine, car il leur fallait d'abord ramener leur fille chez eux et la soigner.

Pradip ne prononça pas un mot quand Nirmala sortit, ni pendant le long et lent trajet avec Leena qui gémissait de douleur. Il ne dirait rien non plus une fois de retour dans leur maison, bien que Nirmala le suppliât de parler et devinât que la tempête couvait en lui. Elle ignorait si c'était à cause de la tristesse qu'il éprouvait pour Leena ou à cause de la colère qu'il concevait pour la famille de son mari. Avait-il honte de l'échec qu'était le mariage de sa fille ou se sentait-il coupable du rôle qu'il avait joué ? Nirmala ne comprenait pas la nature particulière de ce qui le troublait mais, dans les jours qui suivirent, même quand les plaies de Leena commencèrent à guérir, elle remarqua qu'il devenait de plus en plus distant.

Les premiers temps, Nirmala s'occupa de Leena comme d'une enfant. Elle l'aidait à s'asseoir dans le lit, la nourrissait de grains de riz qu'elle lui donnait avec les doigts, portait une petite tasse d'eau à ses lèvres. Elle attendait au chevet de sa fille qu'elle s'endorme d'un sommeil agité, l'écoutait crier la nuit et se précipitait dans sa chambre dès qu'elle se réveillait le matin.

Quand Leena fut suffisamment remise pour pouvoir parler, elle confia à sa mère qu'elle accomplissait le travail de deux servantes dans la maison de son mari. « J'ai fait de mon mieux, Mama. J'ai sucré le riz avec du *ghee* comme tu m'avais appris, j'ai frotté le linge dans l'eau la plus chaude. » Elle leva ses mains gercées, couvertes de cloques en signe d'impuissance. Quand elle tenta d'expliquer ce qui l'avait finalement poussée à partir, elle fondit en sanglots avant d'arriver à la fin de son récit, et Nirmala la serra dans ses bras jusqu'à ce qu'elle respire de nouveau normalement.

Un soir, après que Leena se fut endormie, Nirmala alla voir Pradip et lui raconta tout. Voyant qu'il s'obstinait dans son mutisme, elle s'impatienta : « Tu ne crois pas qu'on devrait aller à la police ? Dire ce qui s'est passé ? »

Il secoua la tête et parla enfin. « On ne peut pas. On est tout aussi coupables. » Il lui apprit alors que la loi stipulait très clairement que, dans les affaires de dot, les deux parties devaient être poursuivies : la famille de la mariée comme celle du marié.

Le gouvernement indien s'était montré ferme dans ses tentatives pour interdire cette pratique. S'ils dénonçaient la famille de Girish, dit-il à Nirmala, ils seraient punis eux aussi. Il irait probablement en prison, et Nirmala peut-être aussi. Ils ne pouvaient pas courir le risque de laisser Leena seule après ce qu'elle avait enduré.

*

Leena retrouva sa chambre de jeune fille, soulagée d'être de nouveau en sécurité dans la maison de ses parents et reconnaissante envers sa mère qui lui prodiguait tous ces soins. Elle ne voyait personne d'autre, jusqu'au jour où Piya leur rendit visite. De sa chambre, elle entendit sa mère remercier la jeune fille pour le sac d'oranges qu'elle leur apportait, provenant de l'abondante récolte des Patel.

Se languissant de son ancienne amie, elle se risqua à se lever et gagna à cloche-pied la pièce de devant. Là, elle fut surprise de voir que sa mère n'avait même pas invité Piya à entrer, et refermait déjà la porte sur elle.

«Attends, Maman, dit-elle. Piya, c'est toi?» Leena aperçut la lueur de colère dans les yeux de sa mère tandis qu'elle clopinait vers la porte pour la rouvrir. Piya était déjà presque en bas des marches.

Elle la regarda, tandis que le visage de la jeune fille passait de la surprise à la joie et enfin à la désolation lorsqu'elle vit la robe de Leena coupée à la hauteur des genoux, dévoilant une jambe bandée. Leena eut brusquement honte de se présenter ainsi devant elle, mais un instant plus tard Piya était à ses côtés.

Nirmala s'était retirée dans la cuisine. Piya aida Leena à réintégrer sa chambre et elles s'assirent toutes les deux sur le lit pendant que Leena raconta. Les yeux de Piya s'emplirent de larmes à mesure que Leena décrivait les épreuves qu'elle avait subies au cours de l'année passée.

« J'ai manqué à mes devoirs envers tout le monde, dit-elle en pleurs, le corps secoué de tremblements. Mes parents, mon mari, ma belle-famille. Comment oserais-je me montrer à nouveau au grand jour ? Qu'est-ce que les gens vont penser de moi ?

— Leena. » Piya lui prit les deux mains dans les siennes et la fixa d'un air farouche que Leena ne lui avait jamais vu auparavant. « Tu n'avais pas le choix, tu devais partir. Quel genre de vie était-ce pour toi ? Une vie de servante, de citoyenne de deuxième zone ? Leena, c'est fini maintenant, tout ça est derrière toi. Les gens n'ont pas besoin de savoir. Je n'en parlerai à personne, et tu devrais faire pareil. »

Leena hocha la tête, doutant encore d'elle-même tout en souhaitant ardemment croire la jeune fille. L'idée de retourner dans cette maison la terrifiait, mais, même si elle restait chez ses parents, elle savait que sa vie ne ressemblerait en rien à celle qu'elle avait été si triste de quitter. Abandonner son mari et sa belle-famille était honteux, quelles que soient les circonstances. Une fois les villageois au courant, toutes les portes se fermeraient devant elle. Peu importaient les raisons qui l'avaient poussée à partir. On la tiendrait pour responsable, et elle porterait la marque de son infamie pendant le restant de sa vie.

« Oui, je t'en prie, n'en parle à personne, pas même à ta famille, Piya, dit-elle. Pas même à… Anil. » Un souvenir oublié de son enfance lui traversa alors l'esprit : le regard déçu d'Anil quand elle lui avait annoncé sa mauvaise note à un devoir de mathématiques après qu'il avait passé des semaines à la faire travailler. Elle ne supporterait pas sa pitié à présent.

« Ne crains rien, je ne parlerai pas », répondit Piya. Elle toucha doucement la jambe de Leena et ajouta : « Et toi, tu ne dois penser qu'à te rétablir. »

Dilip, le serviteur dévoué

Anil s'installa à son bureau le jour dit et à l'heure dont ils étaient convenus, Ma et lui, et attendit l'appel de Panchanagar. Quand le téléphone sonna, il décrocha en griffonnant distraitement dans son bloc-notes.
« Anil ? murmura Piya au bout du fil.
— Piya ? » Il était content d'entendre sa voix. « Comment vas-tu ?
— Ma ne va pas tarder, mais je voudrais te poser une question.
— Je t'écoute.
— Quelle est la meilleure façon de soigner une brûlure ? »
Anil reposa son stylo. « Une brûlure ? Pourquoi ? Qu'est-ce qui s'est passé ?
— Rien, laisse tomber. Réponds-moi simplement... J'ai lu qu'il fallait appliquer de la poudre de curcuma et de l'huile de moutarde. Ça marche ?
— Piya, tu t'es brûlée ? Tu devrais aller voir un docteur.
— Non, non, je vais bien.
— Qui est-ce alors ? » Silence sur la ligne. Anil soupira. « O.K., j'ai compris. Est-ce une brûlure superficielle ? Elle est rouge ou gonflée ? Il y a des cloques ?

— Des cloques, oui. » Piya hésita avant d'ajouter : « Et la peau est noire par endroits.

— Mon Dieu, Piya! s'écria Anil en parcourant du regard son étagère de livres au-dessus du bureau. C'est une brûlure au deuxième et au troisième degré. Tu dois vraiment consulter un médecin.

— C'est ce que je fais, non? répliqua sèchement la jeune fille.

— O.K., O.K., dit Anil. Pose un linge propre et sec sur la brûlure. Change le pansement une fois par jour et nettoie la plaie avec une solution saline. Ne mets rien d'autre, ni onguent ni crème, jusqu'à ce que les cloques aient guéri et qu'il n'y ait plus de risque d'infection...

— Ma arrive, l'interrompit Piya. Elle va m'arracher le téléphone des mains. Merci, frérot. »

Lorsque Ma fut en ligne, elle expliqua à Anil qu'il avait trois conflits à régler aujourd'hui. D'abord, de jeunes parents qui n'étaient pas d'accord sur le prénom à donner à leur fille. La mère voulait suivre le conseil de l'astrologue du village, lequel avait prescrit non seulement la consonance mais aussi le nombre de syllabes que devait avoir le nom de l'enfant. Un seul prénom répondait à ces critères, or ce prénom était celui d'une star de Bollywood connue pour ses rôles sensuels et ses déhanchements. Aussi le père refusait-il ce choix, persuadé qu'il porterait préjudice à la réputation de sa fille quand viendrait le temps de la marier. En tant qu'homme de science, Anil avait peu de patience pour les superstitions mais il parvint à convaincre le couple de renoncer à l'un des critères de l'astrologue sans que cela nuise pour autant au destin de l'enfant. Avec l'aide des personnes présentes dans la Grande Maison, un nouveau prénom fut rapidement trouvé, acceptable par les deux parents et le tableau védique.

Suivit le cas d'un petit garçon qui s'était fait prendre en train de voler des noix d'arec sèches dans le stock de son père. Mâcher des noix d'arec émincées en fines tranches et enveloppées dans des feuilles de bétel était une pratique courante dans le village, en particulier chez les hommes. Le *paan*, la chique de bétel, agissait comme un léger stimulant et laissait une trace rouge sur les lèvres et les dents, et c'était ce qui avait trahi le petit garçon de sept ans. À Ahmadabad, Anil avait eu l'occasion de voir toutes les formes que prenait le *paan* – vendu dans la rue tout préparé avec des feuilles de tabac séchées, enveloppé dans des triangles avec des produits de noix d'arec édulcorés et de la noix de coco, et même roulé en cônes et glacé.

À la fac de médecine, il avait également vu les dégâts que causait la chique du bétel : ulcères de la bouche, détérioration de la gencive, cancer de la bouche, du pharynx, de l'œsophage et de l'estomac, exacerbation de l'asthme, risque de diabète accru. Mais ce n'était pas pour la santé de son fils ni pour les problèmes d'addiction au bétel que le père de l'enfant s'inquiétait. C'était parce qu'il avait volé dans sa réserve personnelle, et il voulait qu'Anil choisisse une punition appropriée. Anil savait qu'il était inutile de prévenir les gens de Panchanagar des dangers de cette pratique vieille de plusieurs siècles. S'ils lui faisaient confiance pour arbitrer leurs conflits, ils refuseraient de croire qu'un ingrédient utilisé depuis des générations dans les remèdes ayurvédiques et les cérémonies religieuses pouvait être mauvais pour eux. Aussi Anil proposa-t-il que l'enfant passe une heure supplémentaire à travailler dans les champs au lieu de jouer au cricket au cours du mois suivant. Bien qu'il eût aimé mettre le père en garde contre sa ruineuse habitude, il préféra réserver son énergie pour le dernier conflit.

Celui-ci s'avéra le plus compliqué, non seulement parce qu'il s'agissait d'une question sensible, mais parce qu'elle impliquait ses deux frères : Nikhil, l'aîné des deux, qui avait repris l'entreprise familiale après la mort de Papa, et Chandu, le plus jeune, qui venait de terminer l'école et participait à présent à la gestion de la ferme avec ses frères. Anil avait remarqué, lors de son dernier séjour à Panchanagar, que Chandu était devenu le plus sociable de tous, veillant souvent tard le soir pour jouer aux cartes avec les enfants des ouvriers agricoles. La famille Patel et les serviteurs, dont la plupart étaient de la caste des intouchables, ne se mélangeaient pas, en général. Les serviteurs qui travaillaient dans la maison utilisaient une entrée à l'arrière, mangeaient sur la véranda et regagnaient leur habitation la nuit pour dormir. Ceux qui travaillaient dans les champs se servaient de la pompe à eau pour se désaltérer et se laver. Anil s'était toujours montré poli avec les serviteurs, et il avait joué avec certains de leurs enfants quand il était petit, mais cette situation prit fin quand il était entré à l'école et qu'eux avaient rejoint leurs parents dans les champs.

« Anil *bhai*, tu te souviens de Dilip ? demanda Chandu quand il prit le téléphone.

— Bien sûr. » Anil revoyait l'ouvrier agricole, un homme de petite taille, au corps noueux et à la peau sombre, ridé comme l'écorce d'un palmier. « Il est toujours là ?

— Oui, mais il se fait vieux et, avant qu'il ne puisse plus travailler dans les champs, je me disais qu'on pourrait peut-être lui donner un bout de terrain, juste un lopin pour lui et sa famille. Il le mérite, il a travaillé dur pour nous pendant trente, peut-être même quarante ans. Mais il ne possède rien et n'a rien à transmettre à ses trois enfants. C'est un petit geste pour un serviteur dévoué.

— C'est peut-être un geste généreux mais c'est une mauvaise idée, intervint Nikhil. Écoute, Anil *bhai*, tu sais comment ça marche ici. Notre famille possède la terre, les serviteurs travaillent pour nous. On traite bien nos serviteurs – on leur donne de bons gages, on leur accorde un jour de congé par semaine, on les nourrit, on les loge et on leur offre un repas spécial pour Diwali. Les autres propriétaires n'en font pas autant pour leurs ouvriers. Papa a toujours été clair là-dessus. On doit traiter les castes inférieures avec dignité.

— Dignité ? » répéta Chandu d'une voix forte.

Anil imagina ses deux frères se querellant devant l'unique téléphone de la Grande Maison. À moins que Ma ne le tienne entre eux ? Les autres étaient-ils toujours là, ou la foule s'était-elle dispersée puisque le conflit ne concernait que la famille Patel ? L'idée que sa mère assistait peut-être à cette dispute poussa Anil à trouver une solution le plus rapidement possible.

Chandu continua. « Dilip a travaillé pour notre famille toute sa vie et qu'est-ce que cela lui a rapporté ? Il vit dans une maison qui nous appartient, il ne possède rien, n'a aucune économie. Que peut-il laisser à ses enfants ? Rien.

— Il n'a pas besoin de laisser quoi que ce soit à ses enfants, dit Nikhil. Ses enfants travaillent pour nous. On emploie les enfants de tous nos serviteurs, même les plus faibles et les plus stupides.

— C'est ça ton problème, Nikhil, déclara Chandu d'une voix plus forte encore. Tu penses que les intouchables sont stupides.

— Pas tous, rétorqua Nikhil, mais certains, oui. De la même manière que certains propriétaires terriens sont stupides, comme on en voit la preuve dans notre propre famille. »

Anil pouffa derrière sa main.

« Anil, écoute, reprit Nikhil. Ce n'est pas comme ça que ça marche, tu comprends ? Si on donne un lopin de terre à Dilip, pourquoi pas à quelqu'un d'autre ? On a vingt ouvriers agricoles, est-ce qu'on doit leur donner à chacun un bout de terrain ? Qui travaillera alors notre terre ? Le système repose sur les rôles qui nous sont impartis. Si on ne suit pas les règles, le système s'effondre. Notre terre n'a de valeur que si on a des gens pour la travailler.

— Bref, que chacun reste à sa place, c'est ça, Nikhil ? La famille de Dilip est destinée à produire des serviteurs de génération en génération ? Ses fils, et leurs fils, aucun d'eux n'aura jamais l'occasion de progresser ? Ils doivent se contenter d'accepter leur sort, de travailler à quatre pattes dans les champs toute la journée, sous le soleil, comme des esclaves pour toi ?

— Pas pour moi, Chandu. Pour nous. Encore une fois, c'est comme ça que ça marche. Peut-être que si tu avais passé plus de temps avec Papa, au lieu de jouer aux cartes, tu aurais appris certaines choses. »

Anil retira ses lunettes et se frotta les yeux. « Chandu, comment en es-tu arrivé là ? Est-ce ton idée ou Dilip t'a-t-il demandé un lopin de terre ?

— *Bhai*, quelle différence ça fait ? demanda Chandu. La question est de savoir si on veut condamner cet homme à une vie de servitude à cause de la caste à laquelle il appartient. Comment te sentirais-tu, toi, si on te disait que tu dois accomplir le même travail pénible et ingrat tous les jours pendant le restant de ta vie ? Sans espoir de connaître mieux ? » C'était une question qu'Anil s'était souvent posée depuis son arrivée à Parkview. Bien des fois, la seule source de lumière dans l'obscurité de sa formation médicale, c'était la certitude qu'un jour elle prendrait fin. Lorsqu'il rentrait angoissé, tendu et épuisé après une nouvelle journée à l'hôpital, au moins pouvait-il la barrer le soir sur son calendrier.

« Oui, Chandu, je comprends ce que tu veux dire, répondit-il. Mais si on fait ce que tu préconises, où va-t-on prendre la terre ? Sur le lot de qui ce cadeau sera-t-il prélevé ? Accepterais-tu qu'on la prenne sur ta part, Chandu ? » Comme le voulait la tradition, Papa avait légué ses terres à ses fils – Anil, Nikhil, Kiran et

Chandu –, en parts égales. Ce qui était moins coutumier, c'est qu'il avait stipulé qu'une part plus petite reviendrait à Piya, pour sa future dot.

Il y eut un long silence au bout du fil puis Chandu déclara : « Je ne vois pas les choses sous cet angle. On est tous propriétaires au même titre, et Dilip travaille pour nous, comme l'a dit Nikhil. Il n'y a pas de répartition entre nous. »

Anil arrêta de griffonner dans son carnet et prit une longue et profonde inspiration. Son petit frère avait raison, bien sûr. Il ferma les yeux, se souvenant tout à coup d'un Kiran adolescent entrant en trombe dans la Grande Maison à la recherche d'une cassette de musique. « Où est ma cassette de *Rangeela*[1] ? Qui me l'a prise ? » avait-il demandé en dérangeant les livres et les documents sur la table.

Papa avait posé son journal et s'était éclairci la voix avant de parler. « Mon fils, dans cette maison, il n'existe pas de choses comme ta cassette ou ma cassette. Tout appartient à tout le monde. Il n'y a rien qui soit à toi ou à moi dans cette famille, c'est clair ? » Même si au bout du compte seul Kiran s'était fait gronder ce jour-là, tous avaient compris le message.

« Écoutez-moi tous les deux, commença Anil, c'est une affaire compliquée, et je vois bien qu'elle risque d'affecter beaucoup de monde. Je vais donc y réfléchir et je reviendrai vers vous quand j'aurai pris une décision. »

Après s'être mis d'accord avec Ma sur un nouveau rendez-vous téléphonique, Anil referma son carnet de notes et envisagea toutes les possibilités qui s'offraient à eux. Ils pouvaient vendre la terre à Dilip à un prix avantageux en se payant sur ses prochaines années de service, mais cela prendrait beaucoup trop de temps. Ou alors Chandu pourrait peut-être le laisser gagner

---

1. Film indien de Ram Gopal Varma, sorti en 1995.

la terre aux cartes? Non, Ma refuserait sûrement l'utilisation du jeu comme solution au problème. Bref, sa décision, quelle qu'elle soit, mécontenterait quelqu'un. Comment la prendre, depuis l'autre bout de la planète? Il sentit l'irritation puis une franche colère monter. Qu'il choisisse le parti de Chandu ou celui de Nikhil, ce ne serait pas lui, mais sa famille qui vivrait avec les conséquences de ce choix, et c'était cette idée qui lui pesait, même à des milliers de kilomètres de chez lui.

Quelque chose que sa mère avait dit l'été dernier au sujet de Chandu qui jouait aux cartes avec les serviteurs lui revint alors en mémoire. *Ce n'est pas bien.* La phrase paraissait inoffensive, voire bien intentionnée, mais elle l'agaça de façon viscérale. Ma avait utilisé les mêmes mots, des années auparavant, lorsqu'elle avait mis Anil en garde contre Leena. Comme il comprenait la colère de son frère à présent devant une telle condescendance.

*

Le problème de Dilip tracassait toujours Anil quand, plus tard dans la soirée, il retrouva Amber pour partager avec elle un repas chinois qu'ils s'étaient fait livrer.

«Ta famille a des serviteurs? s'étonna la jeune femme en s'installant à ses côtés sur le canapé. Est-ce que ce n'est pas une forme d'esclavage moderne?»

Anil fut décontenancé par la comparaison. «Ce n'est pas de l'esclavage… Ce sont des ouvriers. Ils sont payés et on les loge et on les nourrit. C'est un système qui fonctionne depuis des générations.

— Les esclaves aussi étaient nourris et logés, fit observer Amber avant de lui passer le plat de nouilles. Je ne t'accuse pas d'en être responsable, mais il est peut-être temps que ça change.»

Anil acquiesça tout en réfléchissant.

« Qu'arriverait-il si tu rendais la vie de ces gens meilleure ? interrogea Amber, le regard brillant. Si tu changeais leur vie, et la vie de leurs enfants ? » Elle suivit du bout de l'index le bord de son verre de vin. « Qu'est-ce qu'aurait fait ton père, à ton avis ? »

Anil posa le carton de nouilles sur ses genoux. Il avait beaucoup pensé à ce que son père, justement, aurait décidé à sa place, se rappelant comment il avait essayé de trouver un rôle à Chandu, de l'inclure dans les affaires de la famille. Si son plus jeune frère avait été insouciant autrefois, il montrait à présent une volonté farouche pour s'impliquer dans la gestion de la ferme. Et sa proposition était sérieuse. Qui sait si, pour remédier à la situation, Anil ne serait pas amené à prendre une décision qui ne plairait pas à tout le monde, quelque chose que son père n'avait jamais eu peur de faire.

« De toute façon, peu importe ton père, continua Amber. Ta famille veut savoir ce que *toi* tu penses. » Elle tendit le bras et lui passa la main dans les cheveux.

Anil lui sourit. Il savait bien que ce rôle qu'il avait hérité n'avait rien à voir avec qui il était en tant qu'individu. Il doutait que quiconque à la maison veuille savoir ce qu'il pensait au fond de lui, mais, puisqu'on l'avait mis dans cette position, il le dirait, haut et fort. Cette année en Amérique lui avait montré que la perspective d'une vie entière passée à accomplir un travail harassant sans récompense aucune était impensable. Anil trancha en même temps qu'il finissait son vin : ils donneraient un lopin de terre à Dilip.

Amber débarrassa les restes de leur dîner et revint de la cuisine avec un pot de glace. « Tu retournes encore chez toi ce week-end ? » dit Anil d'une petite voix plaintive en s'installant plus confortablement dans le canapé. Il n'avait droit qu'à deux week-ends de repos par mois et il tenait à les passer avec elle. Quand il n'était pas à l'hôpital, il ne savait pas comment s'occuper. « Je pensais qu'on aurait pu aller à la foire de Dallas, samedi. C'est la dernière semaine.

— Je sais. Je suis désolée. » Amber lui posa une main sur la cuisse. « Tu peux peut-être proposer aux garçons ? »

Anil secoua la tête. Mahesh refusait de s'y rendre à cause du prix exorbitant du billet d'entrée, et Baldev prétendait qu'il n'y avait pas suffisamment de jolies filles dans le public pour que ça vaille le coup. De plus, Anil voulait être accompagné par quelqu'un originaire du Texas. « Mais tu es allée chez tes parents il y a deux semaines. Pourquoi y retournes-tu si vite ?

— J'ai... j'ai des choses à faire. » Amber retira sa main. « Je ne te l'ai pas dit ? Je pensais que si, pourtant.

— Tu pourrais y aller le week-end prochain puisque je suis de garde. » Anil plongea sa cuillère dans la glace pour y piocher les noisettes.

« Je ne peux pas, j'ai... j'ai une obligation. » Amber baissa les yeux sur ses mains et se mit à examiner ses ongles.

« Et c'est quoi, cette obligation ? » Anil lui tendit le pot de glace qu'elle refusa poliment.

« Oh... juste un truc en famille.

— Quel truc ? » Il posa le pot sur la table avec sa cuillère à côté.

Amber prit un coussin et le serra devant sa poitrine. « Ma sœur se marie. Je... j'aurais dû t'en parler, mais je savais que ça ne t'intéresserait pas.

— Au contraire ! » s'exclama Anil.

Charlie était allé à un mariage avec une infirmière de l'hôpital, et il lui avait raconté qu'au Texas, c'était une fête à ne pas manquer.

« Oh, non, il vaut mieux que tu ne viennes pas, répondit Amber. Tu vas t'ennuyer. Je serai avec ma sœur tout le temps, et ma famille...

— Allez, j'adorerais rencontrer ta famille », dit Anil. Ce n'était pas tout à fait vrai, mais l'idée de passer un week-end entier sans Amber le déprimait par avance.

Il avait prévu d'aller à la bibliothèque le samedi après-midi pour lire des revues de cardiologie et y puiser des idées de recherche qu'il pourrait soumettre au docteur Tanaka. Mais il était prêt à renoncer à ce projet pour être avec la jeune femme, même s'il savait qu'il lui faudrait rattraper son retard le soir. Il se rapprocha d'Amber, souleva ses cheveux et l'embrassa dans la nuque. Son odeur l'enivrait. Puis il déboutonna son chemisier et le fit glisser sur ses épaules.

15

Peu de temps après que Leena se fut de nouveau installée chez ses parents, le père de Girish et ses fils commencèrent à appeler régulièrement, exigeant de savoir pourquoi Leena était partie et l'accusant d'avoir volé des bijoux et mis le feu dans la cuisine. Nirmala savait que Pradip, quand il répondait poliment au téléphone et négociait afin de trouver une solution, se retenait en réalité pour ne pas les agonir d'injures et les accuser d'avoir maltraité son unique enfant. Il expliquait que Leena n'était pas tout à fait remise de ses blessures, qu'il valait mieux qu'elle reste encore un peu chez eux pour l'instant, plutôt que de leur être un fardeau. Ils appelèrent alors tous les jours, ordonnant que Leena rentre sur-le-champ pour remplir ses obligations maritales. Sinon, le reste de la dot devrait leur être versé intégralement afin de compenser ce qu'ils estimaient être un abandon du domicile conjugal.

Et puis, un jour, alors que Leena était toujours alitée, Nirmala entendit qu'une voiture se garait devant leur maison. C'étaient eux, comprit-elle aussitôt, folle de rage. Elle vit que Pradip se dépêchait de rentrer des champs. Au même moment, la porte de derrière s'ouvrit et se referma, et elle surprit Leena se sauvant vers la propriété voisine. Comment avait-elle fait pour se lever et comment pouvait-elle courir avec un pied bandé ? Ses plaies suintaient encore.

Quelques instants plus tard, le beau-père et le beau-frère de Leena entraient dans le salon. Girish, ce lâche, ne les accompagnait pas. « Cela dure depuis trop longtemps, déclara le vieil homme. Où est-elle ? Laissez-nous la voir ! »

Nirmala n'eut aucun mal à deviner qu'il était blessé dans son orgueil. Une belle-fille qui s'est enfuie ternissait leur réputation à tous. « Elle n'est pas encore guérie, répondit-elle en s'efforçant de ne pas lui cracher le venin qu'elle sentait monter en elle. Elle se repose.

— Désirez-vous du thé ? » proposa Pradip qui était arrivé sur ces entrefaites. Les deux hommes refusèrent, tout comme ils ne voulurent pas s'asseoir au salon. Nirmala regarda fixement son mari et essaya de lui faire comprendre avec les yeux que Leena s'était sauvée.

« Pourquoi ne sort-elle pas de sa chambre pour nous expliquer ce qui se passe ? demanda le beau-frère de Leena.

— Ce ne serait pas convenable que Leena se montre à vous dans l'état où elle est, répondit Nirmala. Ce serait vous manquer de respect. » Elle serra le poing gauche, plantant ses ongles dans la chair de sa paume pour s'empêcher de leur hurler la vérité.

« Hum, fit le vieil homme en prenant sur une table une petite figurine de Ganesh en argent, le dieu à la tête d'éléphant qui protégeait des catastrophes.

— Je vous en prie, *Sahib*, dit Pradip. Je vous en prie, gardez-la en témoignage de notre estime. »

Nirmala eut envie de vomir quand elle vit le vieil homme glisser la figurine dans sa poche sans un remerciement. Puis, avec son fils, il fit le tour de la maison. Nirmala les précéda et prononça quelques mots dans la chambre vide de Leena avant de refermer la porte. Les deux hommes passaient de pièce en pièce et emportaient tout ce qui leur plaisait : à manger dans la cuisine, une lampe dans le salon et même un cageot de fruits dans le jardin. Quand ils prirent ses saris de mariage, l'ayant déjà dépouillée de ses bijoux, elle fut tout simplement incapable d'assister à la scène. Enfin, ils partirent, Pradip leur assurant que tout serait bientôt réglé.

Bien qu'il eût dit ce qu'il fallait pour qu'ils se retirent dans le calme, sans Leena ni l'argent pour lequel ils étaient venus, Nirmala était déçue par son attitude servile face à ces hommes qui avaient poussé leur fille à s'enfuir.

Leena revint après leur départ, ses bandages couverts d'herbe et de boue. Elle grimaça de douleur quand Nirmala les ôta, nettoya les plaies, et lui mit de nouveaux pansements. Mais visiblement elle préférait cette souffrance plutôt que revoir l'un ou l'autre des membres de sa belle-famille.

Ce soir-là, quand Leena fut endormie, Nirmala et Pradip s'entretinrent à voix basse. Le beau-père de Leena demandait quatre mille roupies supplémentaires pour rendre la liberté à leur fille. Même s'ils vendaient jusqu'à leur dernière possession – leurs quelques pauvres meubles et outils –, ils n'atteindraient pas mille roupies.

« Je peux faire des gâteaux ou des pickles, et les vendre au marché, suggéra Nirmala.

— Mais où trouvera-t-on l'argent pour le *ghee* et le sucre ? Ce sont des ingrédients très chers. »

Ils avaient déjà versé plus de quinze mille roupies pour la dot. Toutes leurs économies y étaient passées et la dette qu'ils avaient contractée les paralysait, car à peine avaient-ils perçu les revenus de leurs récoltes que ceux-ci s'évanouissaient en remboursement.

« Les choses changeront peut-être si elle y retourne, dit Pradip. Elle doit leur manquer, sinon ils n'appelleraient pas aussi souvent et ne seraient pas venus ici. Qui sait ? Ils la traiteront peut-être mieux maintenant qu'ils ont pris conscience de sa valeur. »

Nirmala dévisagea son mari, un étranger pour la première fois en vingt-cinq ans. « Quoi ? » Elle se leva d'un bond du lit sur lequel ils étaient assis et fit un pas en arrière. « Qu'est-ce... qu'est-ce que tu... tu... viens de dire ? » Les mots restaient coincés dans sa gorge tant elle suffoquait. « Tu veux la renvoyer là-bas ? Ta propre fille ? » Elle s'attendait à voir une expression de colère sur son visage, ou de frustration, mais elle vit autre chose : la résignation.

« Je ne sais pas, c'est peut-être la seule solution. » Il détourna les yeux. « Nirmala, tu sais aussi bien que moi qu'elle sera frappée d'ostracisme si elle reste ici. Quel genre de vie mènera-t-elle ?

— Jamais, dit Nirmala. Jamais je ne laisserai ma fille retourner là-bas. Il doit y avoir une autre solution.

— Oui, répondit-il. Oui, tu as raison. Je vais trouver quelque chose. »

*

Au cours de la semaine qui suivit cette visite, Nirmala se réveilla au milieu de la nuit et découvrit Pradip dans le salon, assis sur une chaise, devant la fenêtre. Il resta là pendant des heures et, aux premières lueurs du jour, il se rendit aux champs et travailla sans s'arrêter jusqu'au coucher du soleil. Si elle ne lui avait pas apporté de l'eau ou à manger, il n'aurait rien bu ni avalé de la journée. Et cela continua ainsi, jour après jour, jusqu'à ce qu'elle remarque que son visage s'était creusé, ses paupières flétries. Il semblait résolu à se tuer à la tâche. Nirmala avait peur pour sa santé. Elle avait peur pour Leena qui sursautait, tel un animal en cage, prête à se sauver dès qu'une voiture passait devant la maison. Elle avait peur de ce à quoi se livreraient ces hommes quand ils reviendraient pour exiger d'être payés. Et elle avait peur aussi de ce que Pradip, avec toute cette rage qui bouillonnait en lui, pouvait leur faire.

16

La veille de leur départ pour le mariage, Anil travailla jusque tard dans la nuit à finir l'analyse des données de l'étude sur le staphylocoque doré. Il avait à peine vu Charlie au cours des mois précédents, et quand, par hasard, il le croisait, celui-ci ressemblait à un zombie.

Ils prirent la route tard, le vendredi, après qu'Anil eut quitté l'hôpital. Ne sachant pas très bien comment s'habiller pour un mariage texan, il avait pratiquement vidé son placard dans sa valise, et y ajouta même, au dernier moment, une paire de bottes de cow-boy neuves trouvées sur Internet. Il acheta un cadeau pour les parents d'Amber, la plus grande plante en pot qu'il put trouver à la boutique de l'hôpital, malgré son prix exorbitant. C'était une plante rare avec des feuilles vertes émaillées de petites taches roses si parfaites qu'on les aurait dites peintes.

« O.K., première chose, les hommes vont te demander de venir chasser avec eux, déclara Amber, les mains sur le volant. Contente-toi de leur répondre que tu n'as pas apporté ta tenue de chasse.

— Je n'ai pas de tenue de chasse, Amber, répondit Anil. Mais ne t'inquiète pas, ça va bien se passer. »

La nuit était tombée depuis longtemps quand ils arrivèrent à

Ashford. Le ranch se trouvait en retrait de la route, entouré de prairies clôturées. Amber s'arrêta le long de l'allée couverte de gravier et deux énormes chiens bondirent sur elle quand elle descendit de la voiture. « Hé, Dixie, salut ma fille. » Voyant qu'un des chiens fonçait sur lui, Anil plaqua aussitôt ses bras devant lui pour se protéger. Amber éclata de rire et attrapa le chien par le collier. « Doucement, Mason ! » Elle tira l'animal en arrière. « Désolée, ils font toujours un peu les fous quand je rentre à la maison. »

La porte-moustiquaire s'ouvrit et une femme rondelette se pencha dans le petit rond de lumière projeté par la lampe de la véranda. « Amber, c'est toi, chérie ?

— Oui, Maman, c'est moi ! » répondit Amber de sa voix chantante. Ils grimpèrent les marches et Amber embrassa sa mère. Celle-ci ressemblait exactement à l'idée qu'Anil s'en était faite, et pas du tout à Amber. « Maman, voici Anil. »

Anil s'avança et lui offrit la plante. « Bonsoir, Mrs Boxey. C'est pour vous.

— Oh, comme c'est gentil. » Elle accepta la plante avec un sourire et s'écarta pour les laisser entrer. « Ton père et tes frères sont derrière, et ta sœur est dans sa chambre. Elle se fait du souci pour sa robe. Monte la voir et dis-lui de se calmer, tu veux bien ?

— O.K., Maman, j'y vais dans une minute. » Amber prit le bras d'Anil. « Viens, que je te présente d'abord. » Elle l'entraîna par une autre porte moustiquaire qui donnait sur le jardin de derrière, où plusieurs hommes étaient assis sur des chaises en plastique autour d'un petit feu. Ils buvaient des bières dans des gobelets en polystyrène de différentes couleurs, et certains avaient une cigarette à la main.

« Ber-Ber ! » La voix bourrue provenait d'un homme fort avec des cheveux courts taillés en brosse et une veste de pêcheur.

« Salut, Papa. » Amber se laissa faire quand il l'attira sur ses genoux, éclatant de rire lorsqu'elle faillit tomber à la renverse. Un homme plus jeune, probablement l'un de ses frères, tira sur sa queue-de-cheval. « Chuck ! » Amber poussa un cri en se redressant. « Papa, et vous tous, je vous présente Anil. » Six paires d'yeux injectés de sang se tournèrent vers Anil, jusqu'alors invisible.

Chuck but une gorgée de sa bière. « T'es le toubib, c'est ça ?

— Oui, c'est-à-dire que je suis en formation pour devenir médecin. » Anil fit le tour des chaises et s'arrêta devant le père d'Amber à qui il tendit la main. « Mr Boxey, enchanté de vous rencontrer.

— C'est quoi votre nom, déjà ? demanda le père d'Amber, dont les bras demeuraient plaqués autour de la taille de sa fille.

— C'est Anil, Papa, répondit Amber. Ah-neel.

— Hum.

— Amber ? » La voix de Mrs Boxey résonna dans l'air enfumé. « Cette fois, Becky va piquer une crise à cause de la fermeture éclair de sa robe si tu ne te dépêches pas de monter ! »

Amber se dégagea des genoux de son père et adressa un sourire à Anil en passant devant lui. « Je reviens tout de suite.

— Tu ferais mieux de t'y habituer, mec, dit Chuck en donnant un coup de poing dans l'épaule de son voisin. Becky pique une crise pour un oui ou pour un non chaque jour que Dieu fait. Voilà à quoi ta vie va ressembler. »

Anil fut présenté au futur marié, un homme aux énormes mains calleuses, et aux deux frères d'Amber, Chuck et Frank. « Burger et Hot Dog, c'est comme ça que j'appelle ces deux andouilles, dit Mr Boxey. Prenez-vous une chaise, doc. » Mais il n'y avait plus de chaises et Anil s'assit sur une glacière en plastique.

« À quelle heure on part demain, Pa ? demanda Frank.

— Avant l'aube. Cinq heures. »

Chuck grommela son assentiment avant de boire une longue lampée de sa bière. « Tu viens avec nous chasser le canard, hein, doc ?

— Moi ? » fit Anil. Il ne pensait alors qu'à une chose : dormir après ses deux jours de garde et profiter enfin d'un matin où il n'avait pas besoin de se lever à cinq heures.

« Ouais, c'est une tradition. Les hommes vont à la chasse pendant que les femmes se font les ongles ou je ne sais quoi. Et t'es un homme, pas vrai ? » Chuck parcourut l'assistance du regard en riant.

« Eh bien, j'adorerais vous accompagner, mais je n'ai pas pris ma tenue de chasse. » Anil tenta de sourire poliment malgré les images de fusil, d'oiseaux morts et de plumes ensanglantées qui lui venaient à l'esprit.

« C'est pas un problème, Frank en a une qu'il peut te passer. » Chuck écrasa une cannette de bière sous sa chaussure. « Quoi ? T'es quand même pas du genre à avoir l'estomac barbouillé, hein, doc ? » Des rires fusèrent autour du cercle.

« Non », répondit Anil. *L'estomac barbouillé ?* Ce matin, il avait soigné le pied nécrosé d'un diabétique dont les plaies regorgeaient de pus. « C'est juste que je ne suis pas chasseur. Je… En fait, je suis végétarien. »

Mr Boxey fit la grimace. « Vous êtes *quoi* ? »

Chuck secoua la tête et se pencha dangereusement en arrière sur sa chaise. « On s'en fiche de ce que ça veut dire. » Il se balança en avant et se leva d'un bond, jetant son mégot dans les braises. « Je vais me pieuter, les mecs. Je suppose que je verrai les vrais hommes demain matin. » Autour du feu, une fois les bières finies, on commença à se disperser. Anil suivit le père d'Amber et ses frères dans la maison.

« Vous avez vu cette belle plante qu'il nous a apportée de

Dallas ? » dit Mrs Boxey au moment où ils passaient devant la cuisine. « Elle est magnifique, vous ne trouvez pas ? »

Chuck gloussa. « On dirait qu'elle a la varicelle. »

Mrs Boxey lui donna une tape sur le bras. « Tu veux être gentil, s'il te plaît ? Ce garçon est plus intelligent que vous tous réunis. »

Anil sourit à Mrs Boxey, ramassa son sac de voyage et se dirigea vers l'escalier.

« Ah, non. Pas par ici. » Mr Boxey plaqua une lourde main sur l'épaule d'Anil. « On vous a installé dans la caravane de Chuck, dans le jardin. » Un léger sourire tira un coin de sa lèvre supérieure. « Je peux pas vous laisser trop près de ma petite fille. Faudrait quand même pas que le végétarien déteigne sur elle, pas vrai ? » dit-il avec un rire gras.

La caravane était petite et il y flottait une odeur de tabac et de bière éventée. Chuck montra à Anil sa couchette puis disparut derrière un rideau au motif criard. Il ne mit cependant pas longtemps à signaler sa présence sous la forme d'un ronflement sonore qui dura toute la nuit.

*

Comparé aux mariages indiens, ce n'était pas un grand mariage, pas plus de cent invités qui semblaient tous se connaître. Anil fut le plus souvent livré à lui-même, Amber étant occupée avec sa sœur. Elle avait passé la matinée à se préparer en compagnie des autres demoiselles d'honneur. C'est à peine s'il la reconnut quand elle remonta l'allée de l'église, dans une robe vert pâle qui lui rappelait les blouses de l'hôpital, les cheveux coiffés en un énorme chignon bouclé. Il vit qu'elle lui souriait et essayait de capter son regard seulement quand elle arriva à sa hauteur.

À la réception qui suivit, Anil se joignit aux invités dans le pavillon de chasse. La famille était restée à l'église pour les photos. Une bière à la main, il se dirigea vers le patio et se força à sourire, à engager la conversation, mais personne ne répondait à ses avances. Impossible de passer inaperçu, comme cela aurait été le cas en Inde où plus de mille personnes allaient et venaient un peu partout. Ici, Anil tranchait au milieu des invités. Il était le seul à ne pas être blanc, à l'exception des serviteurs noirs qui le traitaient toutefois comme s'ils ne faisaient pas la différence entre lui et les autres.

Lorsque Amber le retrouva au bar, une heure plus tard, Anil, qui en était à sa troisième bière, avait la tête qui tournait. «Ah, enfin tu es là. Comment ça se passe?» Il voulu l'entraîner dehors, être seul avec elle juste quelques instants, mais, au même moment, Mrs Boxey et une femme plantureuse aux cheveux roux s'approchèrent. «Oh, non, voilà maman et sa meilleure amie», souffla Amber. Anil avait fini sa bière et, luttant contre son envie d'en boire une autre pour prolonger son état d'hébétude, il resta aux côtés d'Amber afin de ne pas risquer de la perdre à nouveau.

«Amber, ma chérie! Regardez-moi comme elle est belle! s'exclama la femme aux cheveux roux.

— Bonjour, Miss Tandy.» Amber embrassa la femme.

«Je disais à ta maman que tu es jolie comme une jeune mariée aujourd'hui.»

Mrs Boxey acquiesça en souriant et Anil approuva d'un hochement de tête, même s'il estimait que la robe ridicule d'Amber gâchait sa silhouette.

Miss Tandy se pencha vers Amber et murmura suffisamment fort pour que tous entendent : «Faut pas te faire de mouron, hein, si ta sœur a convolé avant toi.

— Non, faut pas te faire de mouron», renchérit Mrs Boxey.

Puis Miss Tandy se pencha davantage et ajouta : « Ta maman dit que tu attends le prince charmant. » Elle lui fit un clin d'œil. « Tu sais que mon Billy demande encore de tes nouvelles ? Il va à la pêche avec ton papa tous les dimanches après la messe.

— Miss Tandy. » Amber prit Anil par le bras. « Je vous présente Anil. Il est venu avec moi de Dallas. » Anil tituba légèrement quand Amber l'attira vers elle.

Miss Tandy se tourna vers Anil, prenant manifestement conscience de sa présence pour la première fois. « Oh ? fit-elle. Eh bien, bonjour. » Elle lui tendit une main molle. « Vous êtes de... Dallas ? »

Anil prit la main inanimée dans la sienne, ne sachant pas très bien quoi en faire. « Je suis originaire d'Inde, mais j'habite Dallas depuis quelques années », dit-il de la voix traînante des Texans. Je suis un vrai gars du coin, maintenant. J'ai même des bottes de cow-boy.

— Oh ? » Miss Tandy hocha lentement la tête. « En tout cas, vous avez bien de la chance avec votre peau. Moi, je brûle au soleil comme une allumette. Sûr que j'aimerais pouvoir bronzer comme vous.

— La cérémonie n'était-elle pas réussie ? intervint Mrs Boxey.

— Oui, tout à fait », répondit Anil, bien qu'en vérité il fût surpris par la brièveté de la chose : cela avait duré à peine vingt minutes, entre les quelques paroles prononcées par le prêtre, l'échange des vœux et un chant à la fin. « Court mais sympa. Il ne faut pas beaucoup de temps pour se marier ici, n'est-ce pas ? » La bière lui avait délié la langue et les mots sortaient facilement. « En Inde, la cérémonie dure des jours et des jours. C'est peut-être pour cette raison qu'on divorce autant aux États-Unis. » *Est-ce que la bière bue en quantité aurait toujours cet effet-là sur son bégaiement ?* se demanda-t-il.

« Oh, regardez ! » Mrs Boxey frappa dans ses mains. « Becky

s'apprête à lancer son bouquet! Tu ferais mieux de t'approcher, Amber.»

*

Au dîner, Anil se retrouva à la table des amis de la famille avec Miss Tandy et son fils Billy, qui interrompait régulièrement le récit de ses succès au football durant ses années de lycée pour se curer les dents avec un ongle. Après plusieurs bières et le ventre vide, Anil se sentait l'esprit, l'estomac, et même la peau saturés d'alcool, et il songea avec empathie aux malades qui arrivaient ivres aux urgences de Parkview. Bien qu'il y ait peu de plats au buffet qu'il pût manger, il remplit son assiette de poulet frit et de travers de porc afin d'éviter qu'on ne le questionne à nouveau sur son régime végétarien, et n'avala que la purée arrosée de sauce.

Trois heures plus tard, il attaquait sa deuxième part du gâteau, assis seul à la table, et regardait Amber danser le Texas two step avec Billy Tandy. Heureusement qu'il ne s'était pas ridiculisé en s'essayant à ces danses folkloriques, songea-t-il. Pourtant, en voyant Amber suivre son partenaire avec un synchronisme parfait, il éprouva un petit pincement de regret à l'idée de ne pas être celui auprès de qui elle paraissait si naturelle.

Une fois que la musique eut cessé, que les assiettes à dessert eurent été débarrassées et que tout le monde se fut dit au revoir, le pavillon de chasse se vida rapidement. Anil et Amber rentrèrent en silence. Quand ils arrivèrent à la hauteur de la maison, Amber s'arrêta, pieds nus sur le bitume, ses affreux escarpins verts à la main.

«Tu n'avais pas envie que je vienne, n'est-ce pas? dit Anil. Tu ne tenais pas à ce que ta famille me rencontre. Charlie est allé à deux mariages l'été dernier avec une infirmière de l'hôpital et ils ne sont sortis ensemble que deux ou trois fois.» Il déglutit avec difficulté. «Ça fait plus d'un an qu'on est ensemble. Quatorze mois, exactement.»

Du bout de ses orteils, Amber poussait un caillou d'avant en arrière sur la chaussée. «Je suis désolée, Anil. Je savais que tu ne t'amuserais pas.

— Tu as honte de moi.

— Non.» Elle leva les yeux. «Ce n'est pas ça, Anil. Pas du tout.» Elle secoua la tête. «C'est juste ma... ma famille. J'avais peur de ce que tu penserais d'eux si tu les rencontrais.

— Tu n'avais jamais parlé de moi à tes parents ou à tes frères?»

Amber chassa le caillou d'un coup de pied. «Qu'est-ce que tu veux que je te réponde? Ça n'a pas d'importance, Anil. Ils ne peuvent pas comprendre, aucun d'eux.» Elle étouffa un sanglot. «Ils ne peuvent pas comprendre que tu es médecin, que tu es brillant, que tu parles mieux anglais que moi... Ils ne voient rien de tout cela.»

Elle se mit à pleurer, et il fut partagé entre le désir de la prendre dans ses bras et celui de lui faire éprouver le même genre de malaise qui ne l'avait pas quitté du week-end.

«C'est juste des péquenauds, O.K.?» Amber s'assit par terre, au milieu de la route. Elle lâcha ses escarpins et ramena ses jambes contre sa poitrine. «Il n'y a que ça dans cette petite ville pourrie. On n'est pas à Dallas, ici.»

Anil eut envie de rire avant de s'apercevoir qu'elle ne plaisantait pas. Depuis deux ans qu'il vivait aux États-Unis, il n'avait jamais considéré Dallas comme le bastion de la tolérance culturelle. Il regarda la jeune femme qui se balançait légèrement, le menton sur les genoux, et, gêné d'être debout, il s'assit à son tour, légèrement à l'écart, dans le noir.

De longues minutes s'écoulèrent. Ils se taisaient tous les

deux. Lorsque Amber reprit la parole, il comprit à sa voix étouffée qu'elle pleurait. «As-tu parlé de moi à ta famille?» demanda-t-elle.

Anil laissa échapper un soupir. «Amber, mon père vient de mourir. Ce n'est pas le moment.

— Ton père est mort avant qu'on sorte ensemble.

— C'est vrai, mais l'occasion ne s'est juste pas présentée.» Il venait de prendre un billet d'avion pour l'Inde, ayant prévu de partir dans deux mois, pendant la courte pause entre ses deuxième et troisième années de stage à Parkview. Est-ce qu'il parlerait d'Amber à sa mère? Il n'avait pas encore réfléchi à la question. «Ce n'est pas facile, Amber.» Il se détourna, ramassa une brindille morte.

Anil aurait tellement aimé qu'ils soient de nouveau à Dallas, là, maintenant, que la vie reprenne son cours normal, et qu'ils passent la soirée blottis l'un contre l'autre sur le canapé d'Amber. Il se rappelait la première fois qu'il s'était assis sur ce canapé. Amber s'était lovée contre lui et ils s'étaient embrassés pendant un temps qui lui avait paru des heures, jusqu'à ce que la lumière se déversant par la fenêtre se teinte de gris et qu'ils s'aperçoivent qu'ils venaient de vivre toute une journée ensemble sans que ni l'un ni l'autre n'ait eu besoin de faire le moindre effort.

Amber était la première fille qu'il avait embrassée, sa première expérience sexuelle, sa première petite amie. Il sut alors qu'elle serait aussi son premier chagrin d'amour.

17

Tous les jours, Piya venait rendre visite à Leena. Sa première tâche, à peine arrivée, consistait à ôter les pansements de son amie, nettoyer les plaies puis retirer délicatement les couches de peau brûlée, une opération minutieuse et douloureuse durant laquelle Leena se retenait tant bien que mal de crier. Piya lui bandait ensuite la jambe avec des pansements propres et restait auprès d'elle pendant encore une heure, quelquefois deux. Elle apportait des magazines de Bollywood, lui racontait des commérages sur les vedettes de cinéma ou lui faisait la lecture ; certains jours, elles jouaient aux cartes. Leena était reconnaissante à Piya de lui tenir compagnie et de ne pas la prendre en pitié. Nirmala tolérait à présent ces visites, par contrainte plus que par affection, mais jamais elle n'offrait une tasse de thé ou une citronnade à la jeune fille.

Leena suivit les conseils de Piya et appliqua toute son énergie à guérir, se reposant le plus possible, allongée dans son lit. Mais un jour, elle entendit la portière d'une voiture claquer, puis elle reconnut une voix. Un frisson d'effroi la parcourut. En un instant, elle était debout et se précipitait vers la porte arrière de la cuisine. Sans réfléchir, elle s'élança à travers champs, courant à perdre haleine, insensible à la douleur dans son pied ou au tiraillement dans sa jambe. Elle ne s'arrêta pas avant d'avoir atteint la ravine.

Elle se glissa au fond, prenant soin de ne pas se blesser aux branches et aux pierres, s'enfouit sous les feuilles sèches et attendit, immobile. Cet endroit avait été la cachette préférée d'Anil quand ils jouaient à cache-cache. Il pariait sur la paresse ou la négligence des autres enfants qui ne s'aventuraient pas jusque-là pour le chercher, et il avait souvent raison. Leena n'y était pas revenue depuis des années, et curieusement, ses pieds l'y avaient spontanément ramenée.

Alors qu'elle se tenait tapie, pantelante, le regard fixé sur les nuages au-dessus d'elle, un sentiment de sécurité l'envahit, même si elle savait que ce soulagement ne durerait pas. Certes, elle avait quitté cette maison et cette famille, mais ses problèmes n'en demeuraient pas moins entiers. Elle s'était engagée envers Girish en l'épousant, ses parents avaient consenti à d'énormes sacrifices, et elle avait tout gâché, par égoïsme, en se sauvant. Allongée au fond de la ravine, elle réfléchit encore et encore à ce qu'elle aurait pu faire pour que ce mariage marche, avant que la situation ne se dégrade autant.

Plus tard, ce soir-là, elle entendit ses parents se disputer. Ils ne haussaient pas la voix, mais le ton brusque de l'un et de l'autre révélait la profonde distance qui s'était installée entre eux. Elle voyait bien que la maison où elle était revenue n'était pas pareille à celle qu'elle avait quittée un an auparavant : les *chapatis* étaient plus petits, les yaourts moins épais et les légumes à table ne variaient guère entre les pommes de terre et les oignons. Son père partait travailler plus tôt qu'autrefois ; il ne partageait plus ses repas avec sa femme et sa fille. Une nuit, alors que Leena s'était levée pour aller boire un verre d'eau, elle l'avait vu dans le salon. Effrayée par son aspect fantomatique, elle était retournée dans sa chambre sans lui parler.

Sa mère aussi avait changé. Nirmala ne manifestait plus la même joie quand elle vaquait à ses occupations, elle ne chantonnait plus quand elle éminçait les légumes ou pétrissait la pâte. Mais ce qui étonnait le plus Leena, c'était son obsession à vouloir débarrasser la maison de la poussière qui, portée par la brise, s'infiltrait par les portes et les fenêtres ouvertes, et s'accumulait sur toutes les surfaces. Matin et soir, elle se lançait à l'assaut des sols et des meubles, d'abord avec le balai puis avec des chiffons mouillés. Leena avait renoncé à lui proposer son aide dans cette tâche impossible, comprenant qu'il s'agissait en fait d'une sorte de démon que Nirmala était déterminée à supprimer seule, plutôt que d'une affaire de ménage. Elle s'était mise également à surprotéger Leena, s'occupant d'elle comme d'une petite chose fragile, refusant qu'elle l'assiste, comme par le passé, dans la préparation des repas, allant même jusqu'à la chasser de la cuisine.

Leena se sentait responsable de ces changements, de l'abîme qui se creusait de jour en jour entre ses parents, du conflit qui les rongeait. En tant que fille unique, preuve manifeste de leur union, elle leur avait toujours servi de lien. Petite, elle dormait dans leur lit, entre eux deux, et leur donnait la main à chacun quand ils se promenaient tous les trois. Elle s'aperçut qu'elle songeait souvent à cette époque, quand elle partait à la découverte des champs, des collines et des vallées alentour. Elle pouvait passer la journée dehors. Les cocotiers l'invitaient à grimper le long de leurs troncs lisses, offrant leurs bosses et leurs arêtes pour l'aider à atteindre la cime. De là-haut, le paysage ne ressemblait à rien de ce qu'elle connaissait, et pouvoir embrasser ainsi du regard tout ce qu'elle aimait lui apportait un sentiment de réconfort. Quand le ciel s'obscurcissait, son père venait la chercher, l'appelant gaiement, faisant mine de ne pas la voir.

Comparé aux autres familles, la sienne avait disposé de revenus modestes mais suffisants pour eux trois. Lorsque Leena était plus jeune, il lui était arrivé de rêver d'avoir une petite sœur ou un petit frère mais, avec le temps, ce souhait s'était émoussé, remplacé par l'attachement profond qu'elle éprouvait pour ses parents, l'assurance d'être au centre de leur amour. Aussi, ayant perdu tout ce qu'elle avait connu jusqu'alors, elle était assaillie par la culpabilité.

*

Il n'y eut ni danse ni musique à la maison pour les fêtes de Navratri et de Diwali. Les parents de Leena évitèrent les rassemblements dans le village et les réjouissances publiques, et ne convièrent personne à dîner. Leena devinait qu'ils agissaient ainsi pour la protéger, mais aussi parce qu'elle était un secret honteux, une présence difficile à expliquer. Quand la famille ou des amis passaient sans prévenir et s'étonnaient de la voir, Pradip racontait qu'elle avait été très malade et se reposait.

Leena se demandait s'il la renverrait vraiment chez son mari. Bien que l'idée lui fût insupportable, elle savait que c'était une des issues possibles. Elle n'était pas la première à souffrir des mauvais traitements infligés par une belle-famille. La question la taraudait comme un insecte : son père pensait-il qu'elle était responsable de ce qui lui était arrivé ?

*

Dès qu'elle put marcher correctement, Leena partit dans les champs tous les matins, à l'heure où le soleil réchauffait l'air. Elle laissait ses sandales sur la véranda, préférant le contact de la terre humide sous ses pieds. Chaque pas lui rappelait qu'elle était chez elle. Des tiges éparses, comme des roseaux, tombées des palmiers rotang, jonchaient son chemin : dorées par le soleil, couvertes de gouttelettes de rosée. Quelque chose dans la façon de s'accrocher par un dernier fil au tronc de l'arbre rendait Leena inexplicablement triste, et elle se mit à les ramasser. De retour à la maison, elle les étalait sur la véranda et les lissait du plat de la main, comme des cheveux humides et soyeux.

Leena ignorait pourquoi elle collectionnait ces roseaux, mais elle se sentait rassérénée en les voyant ainsi rassemblés en une pile qui grossissait de jour en jour. Plus tard seulement elle découvrit à quel point ils devenaient flexibles quand elle les mouillait, de sorte qu'elle pouvait les plier et les tordre sans les casser. Elle commença à les tisser ensemble pour en faire des nattes, puis à les tresser en couches plus solides encore. Un jour, elle fabriqua un panier à partir de ces roseaux abandonnés dans les champs.

Elle l'apporta à sa mère, rempli des légumes du petit potager où, derrière la cuisine, son père cultivait de délicates courges écarlates et du fenugrec au parfum très fort. Sa mère la remercia en souriant et posa le panier dans un coin de la cuisine. Le lendemain, Leena trouva les courges et le fenugrec entassés avec les autres légumes que son père emportait pour les vendre au marché. Ce n'était qu'à ces occasions-là, quand ils se rendaient en ville une fois par semaine pour aller au marché, que ses parents la laissaient seule. Un matin, Leena les supplia de l'emmener. Elle était lasse de vivre comme une prisonnière, coupée du reste du monde. Les voisins et la famille qui avaient appris son retour n'étaient pas revenus pour prendre de ses nouvelles, comme sa mère l'avait si souvent fait dès que l'un d'eux était malade.

À peine arrivée en ville, Leena regretta d'avoir voulu s'y rendre. La place grouillait de monde, et il régnait une telle cacophonie qu'elle en fut presque choquée, comme si elle avait oublié que la vie continuait en dehors de leur modeste maison et de leur petit lopin de terre. Pourtant, malgré son malaise initial, quelque chose la poussa vers le cœur vibrant du marché. Elle laissa ses parents derrière leur étal de légumes en leur promettant de revenir vite, et s'aventura lentement, précautionneusement, d'éventaire en éventaire, émerveillée par tout ce qui était à vendre : des sandales en cuir cousues main, des tissus de mille couleurs, des petits flacons de parfum et des casseroles en cuivre. Les cris des coqs, les boniments des camelots et les discussions entre vendeurs et acheteurs se fondaient en un bourdonnement sourd tandis qu'elle se frayait un passage à travers la foule.

«Leena?» La voix de quelqu'un qui l'appelait s'éleva par-dessus le brouhaha. Elle se retourna et vit Piya, de l'autre côté de la rue, marchant dans sa direction. La jeune fille était si chargée qu'elle en avait les joues rouges. «On vient de finir les courses», dit-elle en indiquant sa mère d'un mouvement de la tête.

Mina Patel eut une expression d'étonnement mêlé de curiosité. «Leena? fit-elle. Tu es là? Tu es venue rendre visite à tes parents?»

La chaleur monta au visage de Leena. «Oui, je suis juste de passage, Tante Mina.» Elle baissa les yeux et sentit que Piya lui prenait la main.

«Comme c'est généreux de la part de ton mari de te laisser partir pendant les fêtes, déclara Mina. Mais tu vas devoir rentrer bientôt, non?»

Leena crut que ses jambes allaient se dérober sous elle. «Je... je ne sais pas.»

Piya serra sa main dans la sienne. «Eh bien, moi, je suis contente que tu sois de retour», dit-elle.

«Leena!» La voix venait de derrière son dos. Elle virevolta et vit son père qui lui faisait signe de revenir tout de suite. «Il faut que j'y aille, je suis désolée.» Juste avant de s'éloigner, elle surprit le regard désapprobateur de Mina.

«Est-ce que Mina Patel t'a dit quelque chose? lui demanda Pradip une fois qu'ils furent montés dans la voiture.

— Qu'est-ce qu'on en a à faire, de ce que peut dire cette femme ? » lâcha Nirmala.

Leena, bien que curieuse, ne chercha pas à savoir de quoi ils parlaient. Elle était alors tellement habituée à ce genre d'échanges brusques entre ses parents qu'elle leur fut reconnaissante tout simplement de se taire pendant le restant du trajet.

18

Tout se déclinait dans des nuances de pourpre au Thai Phoon : les murs, les serviettes, même les chaises. Rien à voir avec la blancheur de la cafétéria de l'hôpital où il mangeait si souvent et, pour cette seule raison, Anil adorait ce restaurant. Il attrapa le plat de nouilles sautées posé au milieu de la table.

« Je t'avais prévenu de ne pas trop t'engager avec elle, dit Mahesh en se servant du riz. Dès le premier jour, je t'ai mis en garde contre cette fille. »

Anil n'arrivait pas à se débarrasser du profond malaise qu'il avait éprouvé chez les parents d'Amber, et qui pervertissait maintenant son jugement – même l'accent de la jeune femme, qu'il adorait autrefois, lui rappelait à présent ses frères. Ils n'en avaient pas reparlé depuis leur retour, comme si ni l'un ni l'autre ne pouvait se résoudre à affronter la laideur qu'ils avaient vu naître au cours de ce week-end. Mais une certaine distance s'était établie entre eux, qu'ils entretenaient tous les deux sans se l'avouer.

Anil passait tout son temps libre à la bibliothèque – un prétexte qu'Amber acceptait volontiers –, où il travaillait à la proposition de recherche qu'il voulait soumettre au docteur Tanaka. Son idée était d'analyser toutes les données des patients qui se présentaient aux urgences avec un ou plusieurs symptômes indiquant des problèmes cardio-vasculaires. C'était une proposition audacieuse, qui apporterait de précieuses informations à Parkview s'il se trouvait un mentor pour l'aider à orchestrer la coopération interdépartementale dont il avait besoin. En tant que chef du service de cardiologie interventionnelle, Tanaka, qui forçait le respect de tous au sein de l'hôpital, serait la personne idéale pour mener à bien sa recherche, et Anil espérait l'en convaincre.

Baldev prit le plat de nouilles sautées. « Moi, ce que j'en dis, c'est que tu devrais inviter ton docteur Sonia à dîner. Franchement, Mahesh, il faut que tu voies cette femme avec qui Anil travaille. Elle est supersexy, dans le genre maîtresse d'école coquine. » Il se tourna vers Anil. « À mon avis, elle t'aime bien. »

La semaine précédente, Baldev était passé à l'hôpital pour emprunter les clés d'Anil et il avait rencontré Sonia dans la salle de garde avant de flirter avec l'une des infirmières et de repartir avec son numéro de téléphone. « N'importe quoi, dit Anil. Elle ne m'aime pas bien, et je ne peux pas l'inviter à dîner. C'est plus ou moins mon chef.

— Et alors ? Où est le problème ? rétorqua Baldev. On n'est pas en Inde. Personnellement, je n'hésiterais pas à sortir avec ma chef si elle était sexy.

— Tu ne travailles pas avec des femmes, fit observer Anil.

— Exact. » Baldev pointa ses baguettes en direction d'Anil. « Estime-toi chanceux et ne laisse pas passer l'occasion. Mais bon, j'ai quand même fait la connaissance d'une petite cliente adorable, cette semaine. Elle était seule chez elle, à Plano. Une maison immense, le mari au travail, les enfants à l'école.

— Les enfants ? répéta Mahesh, alors qu'il s'apprêtait à mordre dans son rouleau de printemps.

— Oui. Elle doit avoir une quarantaine d'années, mais elle est encore bien foutue. Elle s'occupe d'elle, si vous voyez ce que je veux dire. Et elle a énormément apprécié mon travail. Du coup, elle m'a dit qu'elle me rappellerait pour refaire l'installation électrique de sa chambre.» Il haussa et baissa les sourcils. «Vous avez pigé le message?»

Mahesh secoua la tête. «Je ne comprends pas. Vous pourriez tous les deux avoir les filles que vous voulez en Inde. Mes parents ont commencé à passer des annonces…

— Excuse-moi de changer de sujet, Mahesh, mais je trouve que c'est vraiment dommage que tu aies raté cette promotion», coupa Baldev. Anil lui jeta un regard noir. «Quoi? fit Baldev. Il aurait dû t'écouter, c'est tout.

— Oui, tu avais raison Anil, déclara Mahesh. Mais ça m'a servi de leçon. Au prochain bilan de compétence, j'arriverai avec la liste de tout ce que j'ai fait. Il est temps que j'affine mes arguments.» Il haussa les épaules. «Pour en revenir aux filles, mes parents ont bien avancé.

— Tu en as vu quelques-unes? demanda Baldev sur un ton moqueur. Ou leurs photos? À moins que tu ne t'en remettes à la carte du ciel et à toutes ces conneries?

— Ma mère fait un premier tri pour éliminer celles qui veulent juste venir en Amérique. Il faut être vigilant. Des tas de filles rêvent de vivre ici, jusqu'à ce qu'elles s'aperçoivent qu'elles n'auront pas de serviteurs.

— Eh bien, vas-y, marie-toi, si tu veux.» Baldev but une gorgée de bière. «En ce qui me concerne, c'est niet. J'attendrai d'avoir trente ans. Au moins. Et vous pouvez me croire, pas question que je change d'avis.»

*

Pendant le trajet du retour, ils chantèrent à tue-tête la BO de *Delhi 6* qui retentissait des haut-parleurs de la Honda Civic.

Une fois sur le parking de la résidence, Mahesh attendit la fin de la chanson pour couper le moteur. Dans le silence qui s'ensuivit, Amber leur apparut de l'autre côté du pare-brise.

Baldev sortit le premier de la voiture, suivi de Mahesh puis d'Anil qui, assis sur la banquette arrière, dut chercher à tâtons la manette du siège avant afin de pouvoir descendre.

« Mademoiselle Amber, bonsoir ! » lança Baldev.

Excité par la musique et la bière, il prit la main de la jeune femme et s'inclina d'un air guindé devant elle. Amber était toujours en tenue de fitness. « Qu'est-ce que tu fais encore dehors à cette heure ? »

La queue-de-cheval d'Amber s'était détachée et ses yeux paraissaient las. « J'ai un nouveau client qui n'est disponible qu'à neuf heures du soir. » Son sac glissa de son épaule et tomba à ses pieds. « Et je dois retourner au centre à six heures demain matin.

— Oh, non, fit Baldev. Est-ce que le docteur a déteint sur toi avec ses horaires de malade ? J'ai pourtant essayé de lui expliquer. Il faut boire le doux nectar de la vie. » Baldev donna une tape dans le dos d'Anil et le poussa sans malice.

« Et c'est reparti pour notre leçon quotidienne d'hédonisme », marmonna Mahesh.

Anil haussa les épaules et ramassa le sac d'Amber. Alors qu'ils se dirigeaient tous les quatre vers leur immeuble, Baldev attrapa Amber par la taille et lui dit sur le ton de la conspiration : « Si tu passes un peu de temps avec moi, je te montrerai comment on s'amuse dans la vie. Tu aimes danser ? Je suis plutôt bon danseur. » Là-dessus, il esquissa un drôle de petit pas et Amber éclata de rire.

Ce furent leurs voix qu'Anil entendit en premier : leurs ricanements, leurs jurons. Un violent fracas de verre brisé suivit. Il ralentit et jeta un coup d'œil dans le hall vide d'où provenait le bruit. Un instant plus tard, les deux hommes sortaient de l'immeuble. Rudy portait un chapeau de cow-boy noir aux larges bords, Lee un tee-shirt sans manches, qui mettait en valeur ses bras tatoués. Tous deux tenaient des bouteilles de bière à la main. Mahesh se figea sur place quand il les vit. Anil tendit le bras pour arrêter Baldev, mais trop tard. Baldev et Amber s'avançaient déjà sous le halo des éclairages de surveillance qui bordaient tout le périmètre de la résidence. Anil et Mahesh étaient encore dans l'ombre, à quelques pas derrière.

Le bourdonnement des lampes résonnait dans les oreilles d'Anil et il avait des palpitations dans la gorge. Un souvenir d'enfance lui revint en mémoire : il était allé voir avec sa famille une reconstitution du Mahâbhârata. Devant la scène éclairée, il avait éprouvé la même peur à l'idée d'assister aux combats sanglants du célèbre poème épique.

Lee ne s'aperçut pas tout de suite de leur présence. « Hé, mais qui voilà ? » dit-il alors. Il but une gorgée de bière et lâcha un rot puissant. « Rudy ! cria-t-il plus fort que nécessaire. Regarde-moi ça, c'est Foxy Boxey[1] ! » Il balança son pack de bières dans son autre main. Pour une raison qu'il ne s'expliqua pas, Anil compta les bouteilles et vit qu'il n'en restait que deux. « Ces types t'embêtent, Amber ? »

Rudy s'immobilisa, remonta son chapeau sur l'arrière de son crâne et fixa Baldev, puis ses yeux injectés de sang se posèrent sur la jeune femme avant de revenir à Baldev. « Putain ! » dit-il, l'air ahuri. Il répéta ce terme grossier, le hurla cette fois en levant les deux bras devant lui. « C'est ce type-là ? » Il frappa du pied le trottoir. Anil remarqua les épais talons noirs de ses bottes de cow-boy, ornées d'une volute brodée à l'avant.

Mahesh s'approcha d'Anil ; leurs épaules se touchaient

---

1. Le Foxy Boxing est un spectacle de boxe féminine sexy. L'auteur joue avec le nom de famille d'Amber, Boxey, et ce divertissement.

presque. « On ferait mieux d'y aller », murmura-t-il. Anil hocha discrètement la tête, sans quitter des yeux Rudy ou Lee. Il fit un pas en direction de Baldev et d'Amber, et Mahesh le suivit, comme un petit chien craintif.

« Alors, comme ça, c'est lui, ton petit ami, Amber ? demanda Rudy en désignant du menton Baldev. C'est le type pour lequel tu m'as largué ? » Rudy cracha par terre. « Un putain de Paki ?

— Rudy, je t'en prie... » Amber avait parlé d'une voix étouffée. Elle secoua la tête.

« Écoutez, messieurs. » Baldev sourit et se plaça devant Amber. « Il n'y a pas de problème. On raccompagne juste mademoiselle chez elle, O.K. ? » Il tendit la main vers Rudy.

Rudy l'écarta d'une grande claque. « Ouais, eh ben, moi, je trouve qu'il y a un problème, négro. » Il enfonça son index dans la poitrine de Baldev. « Et le problème, c'est que t'as mis tes sales pattes de Paki partout sur cette fille, et j'aime pas ça. » Du plat de la main, il le poussa. Baldev faillit perdre l'équilibre.

Anil s'avança, attrapa Amber par le poignet et l'attira vers lui. Il entendait son cœur battre dans ses tympans.

« Oh, toi aussi, le minable ? » s'écria Lee en agitant sa bouteille de bière devant Anil. « Hé, Rudy, ce poundé pense qu'il peut avoir sa part du gâteau, lui aussi, et la peloter partout. Retire tes mains tout de suite. Tu m'entends ? Vous autres, vous êtes pleins de microbes. Tu le savais, ça ? » Il cracha par terre et se planta devant Anil.

Anil lâcha le poignet d'Amber et leva les deux mains. « Regardez, je ne touche personne. En fait, je pense qu'il vaudrait mieux qu'Amber rentre chez elle. Il est inutile qu'elle reste ici. » Il jeta un coup d'œil à la jeune femme. Elle fronçait les sourcils et Anil reconnut dans ses yeux la peur qu'il avait si souvent observée chez ses patients.

« Ouais, tire-toi, Amber, dit Rudy. On va te débarrasser de cette racaille. »

Anil tendit à Amber son sac et lui fit signe de s'en aller. Un petit sanglot s'échappa de ses lèvres tremblantes quand elle s'éloigna.

Rudy finit sa bière et jeta la bouteille vide contre le mur, où elle vola en éclats à quelques centimètres de Baldev.

« Écoutez-moi, messieurs. » Baldev leur adressa son plus beau sourire et, adoptant une attitude plus détendue, il fourra ses mains dans ses poches. « Vous ne pouvez pas en vouloir à Amber d'apprécier notre compagnie, continua-t-il en se balançant sur ses talons. J'ai un truc avec les femmes. Elles me trouvent irrésistible, pas vrai, les gars ? » Il se tourna vers Anil, le sourire toujours aux lèvres.

Anil ne savait pas quoi faire. Baldev pouvait se comporter de la sorte dans n'importe quelle situation. Avec un peu de chance, son charme habituel marcherait peut-être et, dans quelques minutes, ils seraient tous les trois de retour dans leur appartement et riraient de leur mésaventure. Lentement, il acquiesça au commentaire de son ami.

Baldev lui faisait toujours face, quand, du coin de l'œil, Anil vit Rudy se jeter sur lui, l'attraper par la chemise et l'envoyer violemment contre le mur de brique. Du verre crissa sous ses bottes.

Mahesh poussa un cri. Tandis qu'il invoquait un Dieu dont la miséricorde était absente, Anil fit un pas vers Rudy, toute prudence envolée sous la décharge d'adrénaline, mais Lee et son torse massif lui bloquèrent le passage.

« Tu ferais mieux de ne pas t'en mêler si tu veux pas que je t'expédie en Irak d'un coup de pied dans le cul, Oussama. »

Anil tenta en vain d'écarter le bras musclé de Lee. Impuissant, il regarda par-dessus son épaule Rudy asséner son poing dans l'estomac de Baldev, qui se plia en deux de douleur.

« Debout ! » Rudy frappa Baldev derrière la jambe, ce qui le jeta à terre. Il atterrit, les paumes des mains dans le verre brisé, puis, à genoux, rampa sur le trottoir. « Où est-ce que tu vas, mon garçon ? » Rudy le suivit, une expression narquoise au visage. Il leva le pied, le posa juste au milieu du dos de Baldev, se tourna vers Lee en souriant.

Anil entendait Mahesh pleurer derrière lui. Il ferma les yeux très fort, se força à les rouvrir pile au moment où le talon noir de la botte de Rudy s'écrasait sur Baldev. Un craquement terrible transperça l'air. Baldev était aplati sur le trottoir, bras et jambes écartés, le visage couché dans le verre. Un filet de sang s'écoulait de son front et il gémissait faiblement. Anil retourna mentalement au jour où, alors qu'il avait sept ans, les serviteurs avaient attrapé un lapin qui saccageait les récoltes. La patte arrière prise entre les deux fils de fer tranchants d'un piège de fortune, l'animal avait poussé les mêmes râles déchirants de la défaite.

Anil bondit sur Lee, qui ne s'y attendait pas, et le poussa sur le côté. Il tenta ensuite de saisir Rudy par l'arrière mais ne réussit qu'à agripper sa chemise. Anil ne savait pas se battre. Ses seules connaissances en la matière lui venaient des mauvaises scènes de bagarre qu'il avait vues dans les films de Bollywood. Et comme dans les films, il n'avait aucun doute sur l'identité du méchant. Ce qui lui manquait en adresse, il le compensa par une ardeur débridée. Mais quand il essaya de séparer Rudy et Baldev, il sentit qu'on le tirait par les épaules, et, une seconde plus tard, il était projeté en l'air. Il eut à peine le temps d'apercevoir les dents jaunes de Lee que le monde ralentit autour de lui et que tout devint silencieux à l'exception du bourdonnement dans ses oreilles. Puis il vit son agresseur serrer le poing, le ramener en arrière et l'abattre sur sa tête.

Anil ressentit une explosion de douleur du côté gauche de son crâne. Entendant un craquement, il pria pour que ce ne soit pas l'os de la pommette qui soutient l'orbite, le nez et la mâchoire supérieure. Un goût de sang métallique se répandit dans sa bouche. Il s'effondra à terre, heurtant du coude droit le béton, inspira une ou deux fois, et quand il essaya d'ouvrir les yeux, son œil gauche résista et ne s'ouvrit qu'à moitié. Il se releva tant bien que mal en titubant et se pencha sur l'herbe, persuadé qu'il allait vomir, mais rien ne vint. Devant lui, Mahesh, à genoux, le front reposant contre le sol, répétait sans fin le même mantra.

Anil se retourna. Lee immobilisait Baldev en lui maintenant les bras dans le dos pendant que Rudy le rouait de coups. La tête de Baldev penchait d'un côté, mais d'une façon qui ne paraissait pas naturelle; il avait le visage couvert d'entailles, du sang coulait de son front le long de ses joues. Anil palpa ses propres tempes et, quand il regarda ses doigts, ils étaient tout rouges et poisseux.

«Alors, t'as compris la leçon, poundé? Les négros comme toi, ils ont pas à mettre leurs sales pattes de Paki sur Amber!» hurlait Rudy, mélangeant toutes les injures racistes qu'il connaissait en une furieuse invective dénuée de sens. «T'as entendu?» Il se mordit la lèvre inférieure, gonfla les narines, envoya un coup de pied dans les tibias de Baldev mais n'obtint aucune réponse. «Hé, t'as entendu?» répéta-t-il. Il s'approcha jusqu'à ce que son visage ne soit plus qu'à quelques centimètres de celui de Baldev, comme s'il cherchait à inspecter son œuvre de plus près. Puis il lâcha un horrible rot, recula et lui cracha à la figure. Toujours aucune réaction.

Lee libéra les bras de Baldev. Il devait manifestement le maintenir debout car Baldev s'affala aussitôt et sa tête heurta le trottoir avec un bruit sourd. «Je crois qu'il a compris la leçon.» Lee enfonça l'extrémité de sa botte dans les côtes de Baldev, comme quelqu'un qui pousse du pied un rongeur suspect pour voir s'il est encore en vie.

Pendant qu'il allait chercher son pack de bières, Rudy se tourna vers Anil et Mahesh, ramassés l'un et l'autre sur eux-mêmes, à terre, quelques mètres plus loin. «Vous direz à votre pote de laisser Amber tranquille, et je vous conseille d'en faire autant, bande de négros, si vous voulez pas finir comme lui.» Là-dessus, il donna un dernier coup de pied dans le bras inerte de Baldev. «Retournez chez vous et restez-y.» Il redressa son chapeau de cow-boy qui, curieusement, était resté en place sur sa tête pendant cet étalage de brutalité. «Si je revois l'un de vous avec elle, je l'envoie direct à la morgue, compris?» dit-il en pointant un doigt menaçant. Puis il éclata d'un rire bruyant, sans se soucier apparemment de réveiller les voisins. D'ailleurs, où étaient les voisins? Quelqu'un avait sûrement dû les entendre. Lee sortit les deux dernières bières du pack de six, en tendit une à Rudy, et les deux hommes s'éloignèrent d'une démarche assurée.

Anil attendit qu'ils aient disparu pour se précipiter vers Baldev, qui gisait, immobile, sur le trottoir.

«Oh, mon Dieu, mon Dieu, mon Dieu», répétait Mahesh, entre la prière et le cri.

Anil se tourna vers lui et remarqua qu'il avait les yeux vitreux. «Mahesh!» Il frappa deux fois dans ses mains. «Fonce chez Amber et dis-lui d'appeler une ambulance. Et rapporte des serviettes et des couvertures. Et la trousse de secours dans le placard.» Mahesh hésita. «Vas-y! Maintenant!» hurla Anil. Mahesh partit en courant.

Anil se pencha sur la bouche de Baldev, la main posée à plat sur son torse. Il la regarda se soulever et s'abaisser, suffisamment longtemps pour constater que le rythme de la respiration de Baldev était normal, puis pendant une minute encore afin d'examiner les mouvements de la poitrine. Il plaça ensuite deux doigts sur la carotide de Baldev et lui prit le pouls. Des voix lui parvinrent au loin. Il ferma les yeux pour recompter les battements. *Voies respiratoires dégagées, respiration superficielle, vingt respirations par minute, pouls à 56.*

Quand il ouvrit les yeux, Amber était agenouillée en face de lui, de l'autre côté de Baldev. Elle avait les yeux rouges et les joues sillonnées de larmes. «L'ambulance arrive, dit-elle dans un murmure rauque. J'ai appelé la police dès que je suis arrivée à l'appartement. Je pensais qu'ils seraient là plus vite...» Sa voix s'étrangla et elle éclata en sanglots. «Oh, Anil, je suis désolée. Est-ce qu'il va s'en sortir?»

Baldev avait la figure en sang, et de minuscules bouts de verre dans le front, sur tout le côté gauche de son visage et sur le menton. Anil lui tapota légèrement les joues. «Baldev? Tu m'entends, *bhai*?» Alors qu'il s'essuyait la main sur sa chemise, une douleur fulgurante partant de son coude droit l'élança jusque dans le poignet.

Mahesh arriva sur ces entrefaites, s'accroupit à côté d'eux sans un mot, une pile de couvertures et de serviettes dans les bras. Amber attrapa la serviette en haut de la pile. À rayures jaune vif; Baldev l'avait achetée pour aller à la piscine. «Je la lui mets sous la tête? demanda la jeune femme.

— Non. Il ne faut pas le bouger. Il a peut-être des lésions à la nuque ou dans la colonne vertébrale.» Il prit le poignet de Baldev et mesura ses pouls périphériques : faibles mais réguliers. «Poussez-vous! Je ne vois rien!» hurla-t-il. Levant les yeux, il remarqua le regard absent de Mahesh. «Emmène-le, dit-il à Amber. Il est en état de choc. Fais-le s'asseoir avec la tête entre les genoux.»

Anil inspecta les mains et les doigts de Baldev, pressa l'un de ses ongles et guetta une réaction de son ami. «Allez, *bhai*, ouvre les yeux.

— Il ne les ouvre pas? demanda Amber depuis la plate-bande

de gazon où elle s'occupait de Mahesh. Qu'est-ce que ça veut dire? Il a perdu connaissance?

— Possible. À moins qu'il n'ait les paupières trop gonflées...» Anil appuya doucement sur l'os frontal de Baldev. «Il a tellement de blessures, il faut faire très attention.» Il se passa la main sur son propre front, y laissant une trace de sang. Puis il pressa de nouveau le plus fort possible le pouce de Baldev. «Baldev, allez, mec. Réponds-moi.»

Un gémissement indistinct, à peine audible, monta de Baldev. Anil se pencha aussitôt sur lui. «O.K., j'ai entendu. Je t'ai entendu, Baldev. Est-ce que tu sais où tu es?» Anil posa son oreille droite sur la bouche de son camarade, mais, s'il lui répondit, sa voix fut noyée par les hurlements de l'ambulance au loin.

«Amber, mets-toi au bord de la route! Fais-leur signe.» Amber jeta un coup d'œil à Mahesh, assis dans l'herbe, la tête entre les genoux, une couverture sur les épaules. Puis elle se releva d'un bond, s'élança sur le parking en agitant les bras au-dessus de sa tête.

«Reste avec moi, *bhai*, dit Anil en serrant la main de Baldev dans la sienne. Je suis là.» Il regarda Mahesh, qui se tenait toujours tête baissée et se balançait d'avant en arrière. «Je suis là, avec toi», répéta-t-il. Des voisins commencèrent à se rassembler dans le hall de l'immeuble au moment où l'ambulance, sirène à fond, se garait. Amber la suivait en courant, le visage brillant de sueur. Le médecin sauta à terre. Anil alla à sa rencontre se présenta: «Anil Patel. Je travaille à Parkview. Vous avez prévenu les urgences?»

Le médecin enfila des gants en latex. «Oui. Ils nous attendent.»

Anil hocha la tête. «Le patient a souffert de plusieurs traumatismes sévères à la poitrine, dans le dos et au visage. Lésions possibles à la nuque et dans la colonne vertébrale. Il faut l'immobiliser. » Puis il énuméra les constantes pendant que les ambulanciers se dirigeaient vers Baldev et qu'Amber essayait de repousser les curieux : « Fréquence respiratoire à 20. Pouls à 56. Réagit peu. Score de Glasgow en dessous de 8 : ouverture des yeux non évaluable, réponse verbale incompréhensible, pas encore de réponse motrice. » Anil était soulagé que ni Amber ni Mahesh ne puissent comprendre les termes médicaux décrivant l'état de conscience dangereusement bas de Baldev. Il croisa le regard de la jeune femme et lui indiqua Mahesh d'un mouvement de la tête. « Fais-lui boire une boisson sucré. »

Puis il observa l'équipe médicale qui était en train de stabiliser la tête et la nuque de Baldev avant de le coucher sur la civière. « Écartez-vous ! » cria l'un des brancardiers aux curieux.

Une fois Baldev installé dans l'ambulance, Anil monta à l'arrière. Juste avant que les portes ne se ferment, il se tourna vers Amber. « Hé ! cria-t-il, incapable de prononcer son nom. Suis-nous à l'hôpital ! »

19

Dans l'ambulance, le médecin donna de l'oxygène à Baldev et des solutions intraveineuses qui ne provoquèrent aucune réaction hormis quelques gémissements étouffés venant du fond de sa gorge. Lorsqu'ils arrivèrent aux urgences, l'équipe de traumatologie attendait déjà dehors. Pendant que les brancardiers sortaient la civière et que le médecin transmettait les constantes de Baldev, Anil chercha du regard le responsable des urgences et avisa une silhouette trapue qu'il reconnut immédiatement : Eric Stern, le chef de clinique adepte des sports extrêmes, friand de pizzas qu'il mangeait comme un sandwich, et témoin de l'inexpérience d'Anil lors de son premier stage.

« Patel ! appela Eric, qui se trouvait de l'autre côté du brancard. Le central a appelé. C'est un ami à toi ?

— Oui. Traumatismes sévères à la poitrine, à l'abdomen et dans le dos. Multiples lacérations au visage et aux mains. Bouts de verre incrustés dans la peau. » Il courait à côté du brancard qui franchissait les portes de l'hôpital.

« Des armes ? » demanda Eric.

Le souvenir du motif brodé sur les bottes de cow-boy, de la bouteille de bière volant en éclats, des bouts de verre sous la peau nue, du poing serré dur comme une brique tourbillonna devant les yeux d'Anil. Les voix railleuses résonnèrent dans son esprit. *Négro. Paki. Poundé.*

« Mon Dieu, fit Eric en secouant la tête. Un sacré passage à tabac. »

Ils arrivèrent dans une des salles de traumatologie où des infirmières et des internes se précipitèrent autour du lit, poussant Anil vers l'extérieur.

« O.K., Patel, on s'en occupe maintenant », annonça Eric. Son regard se posa sur le visage d'Anil puis sur sa chemise ensanglantée. « Tu ferais bien d'aller te faire examiner, toi aussi. Attends dans la salle d'examen 2.

— Non. Je reste, répondit Anil tandis qu'une infirmière se penchait devant lui pour poser des électrodes sur la poitrine de Baldev. Ce n'est pas mon sang, c'est le sien. » Pour une fois, les mots et le courage lui venaient facilement. « Il a peut-être un pneumothorax traumatique dû à une côte fracturée du côté droit. »

Eric ausculta Baldev avec son stéthoscope. « Pas d'essoufflement. Tu as entendu quelque chose ? »

Anil revit l'épais talon noir s'écrasant sur la colonne vertébrale de Baldev. Le craquement résonna de nouveau à ses oreilles. « Non, dit-il. Mais j'ai remarqué que sa poitrine se soulevait de façon irrégulière quand j'ai vérifié sa respiration, plus du côté droite que gauche.

— O.K. » Eric fit passer son stéthoscope autour de son cou. « On va l'emmener en radiologie pour un scanner. Ce qui nous permettra de vérifier qu'il n'y a pas de lésions à la colonne vertébrale et de voir s'il a d'autres fractures…

— Non ! » s'écria Anil. Une infirmière lui jeta un coup d'œil : c'était au chef de clinique de prendre les décisions, sans compter qu'Anil n'était même pas de garde ce soir. « On ne peut pas attendre les résultats du scan, poursuivit-il. Il aura peut-être besoin d'un drain thoracique. Il faut lui faire une écho tout de suite. » Eric le fixa pendant un moment. Le protocole pour un patient stable imposait un scanner, et ils le savaient tous les deux. Anil prépara mentalement sa défense. Il savait qu'il outrepassait ses droits, mais il s'en fichait.

« Très bien, Patel. Si tu le dis. À toi de jouer, alors », répondit Eric avant de hurler par-dessus son épaule : « Amenez-moi un échographe et un drain thoracique ! »

*

Anil alla retrouver Amber et Mahesh dans la salle d'attente des urgences. Les gens, sur son passage, regardaient ses vêtements tachés de sang. Amber se leva d'un bond quand elle le vit et jeta ses bras autour de son cou. Mahesh, qui fixait le sol en tapotant du pied, une cannette de 7-Up coincée entre les genoux, se leva à son tour, l'air las mais plus du tout hagard. « Comment va-t-il ?

— Il est gravement blessé, répondit Anil. Mais il devrait s'en sortir. »

Mahesh poussa un soupir, posa une main sur l'épaule d'Anil et inclina la tête. Amber se couvrit le visage des deux mains et se mit à pleurer.

« Heureusement, la nuque et la colonne vertébrale n'ont pas été touchées. Il a une jambe cassée, un genou disloqué, une déchirure des tendons au niveau de l'articulation de l'épaule, et deux côtes cassées qui ont entraîné un affaissement du poumon. »

Amber ouvrit grand la bouche et étouffa un cri.

« Je sais, ça a l'air grave, mais cela aurait pu être pire. Il a repris brièvement connaissance et était assez lucide, ce qui laisse à penser que le cerveau n'a pas été atteint. »

Mahesh grimaça. Il n'avait pas envisagé cette éventualité. « Qu'est-ce qu'il a dit ?

— Il connaissait son nom et savait en quelle année on était. Il se souvenait de ce qu'on a mangé au restaurant et... de ce qui s'est passé après, sur le parking. »

Il y eut un long silence. Chacun se demandait si c'était une bonne chose ou non qu'il s'en souvienne.

Amber prit enfin la parole. « On peut le voir ?

— Pas maintenant. On lui a donné un puissant sédatif pour calmer la douleur, expliqua Anil. On va le transférer dans l'unité de soins intensifs où il restera probablement plusieurs jours. Vous feriez mieux de rentrer et de vous reposer. Je vous appellerai demain dès qu'il sera réveillé. » Amber et Mahesh acquiescèrent en silence.

« Je vais téléphoner à ses parents, offrit Mahesh. Et prévenir son patron.

— Oui, très bien », dit Anil, soulagé de voir qu'il pouvait de nouveau compter sur lui et se sachant incapable d'endosser d'autres responsabilités ce soir.

Après le départ de Mahesh et d'Amber, il retourna au bureau central où Eric remplissait l'ordre d'admission de Baldev. Il attendit sans rien dire, poings et mâchoires serrés. Quand Eric leva les yeux, il regarda la joue contusionnée d'Anil pendant une longue minute avant de parler.

« Tu as pris une bonne décision, Patel », dit-il.

Anil déglutit avec difficulté, une boule dans la gorge.

« Pour l'échographie, précisa Eric. J'étais plus axé sur une lésion éventuelle de la colonne vertébrale, mais le pneumothorax occulte aurait augmenté avec la ventilation. Et sans le drainage thoracique, il se serait sans doute transformé en pneumothorax sous tension au moment du scanner, ce qui aurait été... embêtant. » Eric lâcha un profond soupir et considéra le document devant lui, qu'il signa. « Très embêtant », ajouta-t-il.

Le vent s'engouffra tout à coup par les portes coulissantes. Anil croisa les bras, ses deux coudes dans les mains. Pour la première fois, il prit conscience d'une douleur qui l'élançait sur le côté gauche du visage.

« Sans parler de la côte cassée qui aurait pu percer son diaphragme si on ne l'avait pas vue à la radio. » Eric secoua la tête. « Tu as sauvé ton pote, Patel. Oui, tu lui as probablement sauvé la vie. » Il tendit son bras musclé et posa une main sur l'épaule droite d'Anil. Anil grimaça. « Hé, mec, va falloir que tu laisses quelqu'un examiner ta figure et ton bras.

— Après l'admission de Baldev, répondit Anil. Tu veux que je bipe l'unité de soins intensifs ?

— Je l'ai déjà fait. Ton ami est entre de bonnes mains. C'est Mehta qui est de garde. Tu peux l'attendre ici si tu veux. » Il lui tendit l'ordre d'admission. « Bipe-moi si tu as besoin de quoi que ce soit. » Il serra à nouveau le bras d'Anil, plus légèrement cette fois, avant de s'éloigner. « De quoi que ce soit, j'ai dit, O.K. ? »

*

La salle de traumatologie où dormait Baldev, sous sédatif, était vide : les infirmières, les internes et les externes étaient partis, les appareils apportés pendant que l'on procédait aux divers examens avaient été retirés, et ne restait plus que l'énorme machine qui bipait et sifflait. Anil effleura les épaules et le bras de Baldev du bout des doigts. Moins d'une heure auparavant, il avait pratiqué une incision de trois centimètres dans sa poitrine, sous l'aisselle, et lui avait inséré un drain intercostal pour évacuer l'épanchement gazeux qui s'était produit dans la cavité pleurale. À ce moment-là, quand il avait trouvé la bonne inclinaison pour son scalpel et senti le passage entre les côtes, il n'avait pas pensé que c'était à Baldev qu'il faisait un drainage thoracique.

Baldev, avec son sourire et son rire francs. Baldev, qui avait défié Mahesh de manger autant de piments frais que possible ce soir-là au restaurant, et qui en avait avalé un dernier, juste pour le plaisir. Baldev, qui l'avait initié à l'haltérophilie, aux jeux vidéo et lui avait appris à parler aux filles. Baldev, qui lui avait conseillé, dès son arrivée, d'éviter certains endroits du Texas jugés dangereux. Comment auraient-ils pu savoir que l'un de ces endroits était là, en bas de chez eux, et qu'ils s'y trouveraient un soir de printemps ? Comment auraient-ils pu savoir que cet endroit dangereux leur tomberait dessus ?

Un frisson le parcourut et il recula, s'éloignant du lit et du patient qui l'occupait. Du patient qui n'était pas, pour une fois, juste un patient. À cause de leur façon d'aborder tous les sujets à l'hôpital – les patients, les pneumothorax, les fractures, les infarctus, les occlusions intestinales –, les affections semblaient déconnectées des gens qui en souffraient.

Anil était adossé au mur de la salle de traumatologie quand Sonia Mehta arriva, poussant les portes battantes avec détermination. Il ne s'était pas aperçu qu'il pleurait et s'en rendit compte quand il vit le regard de Sonia, lequel s'attardait non pas sur les contusions de son visage ou ses vêtements ensanglantés, mais sur ses yeux meurtris. Elle s'approcha du lit, examina la figure de Baldev, ses plaies. Elle lui toucha légèrement le front, le seul petit espace non couvert de bandage, puis revint près d'Anil. « Je suis désolée. »

Anil passa sa main indemne dans ses cheveux et fixa le sol. Il secoua la tête, lentement au début, puis plus vite, en se mordant la lèvre inférieure.

« Eric m'a raconté ce qui s'était passé », dit Sonia. Elle s'avança plus près d'Anil et l'observa, l'air inquiet. « Vous êtes sûr que ça va ? »

Anil s'éclaircit la voix. « Oui. Juste des lacérations superficielles. » Il bougea le bras droit. La douleur fulgurante qui partait de son coude l'élança à nouveau.

« Je ne pensais pas à ça », déclara Sonia. Elle l'observa encore un moment, scruta son visage. « Vous, dit-elle en tapotant doucement le coude d'Anil avec deux doigts. *Vous* allez bien ? »

Anil détourna la tête et déglutit avec effort, essayant de contenir les émotions qui jaillissaient en lui.

Sonia pivota sur ses talons et s'adossa au mur de sorte qu'elle se tint à côté de lui et qu'ils faisaient tous deux face à la salle de traumatologie. Elle leva les yeux vers le plafond. « Il y a quelque temps, j'ai dû passer deux nuits à l'hôpital, en tant que patiente. C'était horrible. J'étais insupportable. Mais cette expérience m'a plus appris sur la façon de se comporter avec les malades que tout ce que j'ai pu vivre pendant mes années d'internat. Tout le monde vous dit de ne pas vous impliquer personnellement avec les patients mais, parfois, il le faut. Et parfois, il le faudrait. Pas trop cependant, sinon vous risquez de perdre votre objectivité ou de vous épuiser. Mais il est important de se rappeler que chaque patient dont on s'occupe est une vraie personne – avec des rêves, des talents, une famille et des amis qui l'aiment. »

Anil regarda à son tour le plafond. Il inspira profondément à plusieurs reprises. Inspira, expira. Inspira, expira.

« Je ne peux pas imaginer ce que vous avez dû ressentir, Anil, continua Sonia. Mais je sais que vous l'avez aidé parce que vous étiez avec lui.

— Mais je ne l'ai pas aidé ! s'écria Anil. Ces types, ces... ces brutes, ils l'ont frappé et roué de coups. Et je n'ai rien fait. » Il tapa du pied le mur derrière lui et inspira à nouveau profondément. « Rien, dit-il tout bas. Je suis resté là et j'ai regardé.

— Vous l'avez aidé du mieux que vous le pouviez. » Sonia désigna le lit du menton. « Vous l'avez aidé ici. Je sais que ça va peut-être vous surprendre, Patel, mais vous n'êtes pas parfait. Vous ne serez pas toujours bon partout dans votre vie. Vous ne ressortez pas vainqueur d'une bagarre, et alors ? Où est le problème ? Vous, vous pouvez faire ça. » Elle leva les mains et montra la salle de traumatologie. Puis elle se tourna vers lui et il croisa son regard chaleureux. « Vous êtes *bon* à ça, Patel. »

Anil respira lentement, s'efforçant d'absorber les paroles de Sonia dans son corps, priant pour qu'elles soient vraies et réparent ce qui s'était cassé en lui.

« Bien, reprit Sonia en s'écartant du mur, il est temps de le monter. » Elle se dirigea vers une extrémité du lit, Anil vers l'autre, et ensemble, ils le poussèrent hors de la salle de traumatologie.

Une fois dans l'ascenseur, Sonia observa Anil. D'un rapide geste de la main, elle rejeta une mèche qui lui tombait dans les yeux. « Vous avez vraiment une sale tête, Patel, dit-elle. Vous allez faire peur à mes patients. Quand on aura installé votre ami, on vous nettoiera le visage et vous passerez une radio du bras. » Anil ne protesta pas cette fois. Il avait en vérité si mal qu'il avait l'impression que la douleur lui transperçait le bras, comme une lame de couteau, et sa tête l'élançait atrocement autour de l'œil.

*

En fin de compte, Anil eut quatre points de suture à la joue et deux autres sur l'arcade sourcilière, tous pratiqués d'une main experte par Sonia. Assis sur un lit d'hôpital, il l'avait laissée nettoyer et soigner ses plaies, et il avait trouvé dans ses gestes quelque chose de si apaisant que son cœur et sa respiration avaient repris un rythme normal. « Tout va bien, maintenant ? »

demanda-t-il après que Sonia eut endormi la douleur avec un anesthésique local. Elle fronça les sourcils. « Depuis votre séjour à l'hôpital, je veux dire, tout va bien ? »

Sonia fit rouler son tabouret sur le côté pour prendre un peu de gaze sur la table. « Oui, répondit-elle. C'était il y a longtemps. » Elle revint vers lui. « Ne bougez pas. »

Il sentit la piqûre de l'aiguille sur sa joue et grimaça malgré lui. « Excusez-moi, dit Anil. Ce n'était peut-être pas très professionnel de ma part de vous poser la question. »

Sonia finit de lui recoudre la joue avant de répondre. Il crut détecter un léger sourire quand elle retira ses gants en latex. « Est-ce que vous croyez que je recouds tous mes externes gratuitement, Patel ? Nous sommes au-delà du professionnel. »

La radio confirma qu'Anil s'était fait une entorse au poignet et au coude en tombant sur le trottoir, et qu'il lui faudrait porter une attelle le temps que les ligaments se cicatrisent. Casper O'Brien lui accorda quelques jours de congé mais Anil refusa de prendre les antalgiques que Sonia lui avait prescrits. Il lui paraissait injuste d'atténuer la douleur de ses blessures qu'il jugeait légères alors que Baldev était en soins intensifs et souffrirait pendant des semaines avant de pouvoir commencer la rééducation et de se rétablir, du moins physiquement.

Le lendemain, Anil était assis au chevet de Baldev quand on le bipa dans le salon des visiteurs. Amber l'y attendait. Assise au bord d'une chaise, les cheveux attachés en une queue-de-cheval informe, elle était en survêtement et n'était pas maquillée. Elle semblait n'avoir pas dormi de la nuit. Anil ouvrit la porte qui séparait le salon des visiteurs de l'unité de soins intensifs, et Amber le suivit jusqu'au lit où Baldev dormait. Elle retint un cri quand elle vit sa face exsangue, son œil bandé, sa lèvre gonflée.

« Mon Dieu, murmura-t-elle. Est-ce qu'il s'est réveillé ?

— Oui, et il va bien. Il dort beaucoup, ce qui est normal. »

Il lui approcha une autre chaise et ils s'assirent tous les deux en silence. Amber lui prit alors la main et Anil sentit à ce geste qu'elle se détendait, ce qui n'était pas son cas à lui. Il se leva. « Il faut que j'aille vérifier les résultats des analyses. Je reviens dans une minute. » Au poste de soins, les résultats n'étaient pas encore arrivés. L'infirmière proposa d'appeler le labo, mais Anil préféra s'en charger lui-même.

Amber le rejoignit et lui effleura le coude. « Est-ce que tu veux... aller chercher quelque chose à la cafétéria ? Tu as mangé aujourd'hui ? »

Anil fit non de la tête. « Non, mais vas-y, toi. J'ai deux ou trois petits trucs à faire ici. » Il jeta un coup d'œil à son biper. « On se voit plus tard, d'accord ? »

Bien qu'en congé, Anil passait le plus clair de son temps au chevet de Baldev ou à interroger les médecins sur ses progrès et sur le traitement qu'ils envisageaient. Lorsqu'il rentrait le soir, à la nuit tombée, pour se changer et dormir quelques heures, il se garait juste en bas de chez lui, sur un stationnement interdit. Il savait qu'il risquait une amende ou la fourrière, mais cela n'arriva pas. Combien d'autres délits étaient commis tous les jours sans être punis ? se demandait-il.

À l'appartement, Mahesh s'occupait de tout et en particulier des parents de Baldev. Il avait nettoyé la chambre de leur fils avant leur arrivée, changé les draps, retiré les posters d'actrices de Bollywood, ramassé les magazines et les vidéos pornos. Il leur préparait du *chai* dans les règles, en faisant bouillir les feuilles de thé avec de l'eau et du lait sur la gazinière, et non au micro-ondes comme à son habitude, il les conduisait à l'hôpital tous les jours puis au temple, où le pandit récitait des prières pour Baldev.

Observant la frénésie avec laquelle Mahesh s'activait, Anil se demanda si leur culpabilité n'était pas inversement proportionnelle à leurs blessures physiques. S'il se reprochait encore de ne pas être plus intervenu quand Rudy et Lee s'en étaient pris à Baldev, pour Mahesh, qui n'avait pas une égratignure, c'était visiblement pire. Quant à Amber, même s'il savait que c'était dur aussi pour elle, il ne parvenait pas à se décider à aller la voir, ne s'autorisant tout simplement pas à être ailleurs qu'au chevet de son ami.

Il frappa enfin à sa porte, une semaine plus tard, Amber tomba dans ses bras en pleurant dès qu'elle lui eut ouvert. Elle semblait incapable d'endiguer le flot de ses larmes. Anil la serra contre lui, cherchant à calmer les sanglots qui secouaient sa fragile silhouette jusqu'à ce qu'elle inspire profondément et cesse de hoqueter.

« Je n'arrête pas d'y penser, dit-elle. Je fais des cauchemars et, quand je me réveille, tu n'es pas là. » Elle s'agrippa à ses avant-bras. « Tu m'as manqué. » Anil la conduisit vers le canapé et l'aida à s'asseoir. Amber ramena ses genoux contre elle, la respiration encore haletante. « Ma mère dit que c'est la preuve que les grandes villes sont dangereuses. Elle veut que je rentre. »

Anil regarda fixement le mur devant lui ne sachant pas encore quel sentiment cette éventualité éveillait en lui. « Peut-être a-t-elle raison », finit-il par dire. Amber avait de nouveau les larmes aux yeux. « Si tu ne te sens pas en sécurité. » Il n'ajouta pas : *Avec moi. Si tu ne te sens pas en sécurité avec moi.* Il avait découvert une autre Amber, la nuit de l'agression. Cette nuit-là, sous les éclairages du parking, la femme épanouie qu'il connaissait s'était transformée en une fragile jeune fille. Anil s'en sentait responsable, d'une certaine façon. Quelque chose s'était cassé, en eux et entre eux, et il craignait que ce soit irréparable. Il ferma les yeux, cherchant un mot, une phrase à dire. Au bout d'un moment, il sentit qu'elle ne lui tenait plus le bras et l'entendit qui pleurait à nouveau.

« J'aimerais tellement que tout redevienne comme avant, dit-elle.

— Mais comment ? murmura Anil, au bord des larmes. Rien ne sera plus jamais pareil. » Ils pleurèrent ensemble, dans les bras l'un de l'autre, sur ce canapé où ils avaient fait l'amour pour la première fois, jusqu'à ce que leurs yeux et leurs gorges soient si à vif qu'ils en devenaient douloureux. « Je veux que tu sois heureuse, Amber, reprit Anil. Tu le mérites. » Elle hocha la tête et lui souhaita la même chose. Alors, pour la dernière fois, Anil embrassa son visage ruisselant de larmes et il partit.

*

Pendant les quelques jours qui suivirent, Anil crut sentir son cœur chavirer chaque fois qu'il songeait à Amber. La police vint à l'hôpital pour recueillir les dépositions, et quand Baldev eut repris connaissance, les officiers lui demandèrent s'il voulait porter plainte contre Lee et Rudy. Il refusa. Anil comprit, à son regard et à son rire nerveux, qu'il avait peur. Il le comprit aussi parce qu'il éprouvait la même peur à l'idée de ce qui risquait de se passer si les deux hommes le surprenaient sur le parking ou devant les boîtes aux lettres. Quand Baldev quitta l'unité de soins intensifs pour un service de médecine générale, Anil reprit le travail. Certains de ses camarades lui exprimèrent leur compassion, mais les médecins le traitèrent avec le même mépris qu'auparavant, ce qu'Anil trouva en fait rassurant. La vie à Parkview continuait, et le bouleversement qui avait ébranlé son monde à lui n'y changeait rien.

Même après que l'état de santé de Baldev se fut amélioré – ses poumons avaient retrouvé leur pleine expansion et fonctionnaient normalement –, il était clair pour Anil que quelque chose s'était altéré chez son ami. Il avait perdu son regard malicieux.

Dans ses yeux à présent se lisait une certaine gravité et, quand il souriait aux piètres plaisanteries d'Anil, la tristesse ne désertait pas son visage. Certes, on allait l'opérer pour réparer les tendons déchirés de son épaule et recoller les fragments de sa rotule, mais Anil pressentait que Baldev ne serait plus jamais le même.

Il commença un nouveau stage aux urgences, si fréquentées qu'elles lui laissaient peu de temps à la fin de la journée pour penser à quoi que ce soit, y compris à la perte de son premier amour. Eric Stern lui confia des cas intéressants et lui demanda de les présenter lors des visites. Anil évitait au maximum l'appartement, dînant à l'hôpital ou bien au restaurant avec Charlie, qui avait arrêté de faire le taxi clandestin depuis que son beau-frère retravaillait. Ses quelques jours de congé, il les passait avec Mahesh, devant des copies piratées de films de Bollywood. Il reprit l'habitude de dormir seul mais, pendant longtemps, son lit lui parut trop grand quand il se réveillait le matin. Et lorsque l'absence d'Amber lui pesait, il pensait à Baldev, à sa souffrance, et se répétait que ce qu'il endurait était la punition qu'il méritait.

Il ne retourna pas au lac pendant plus d'un mois et, quand enfin il se décida à y aller, il fut surpris d'y voir autant de coureurs solitaires comme lui, zigzaguant entre les poussettes et les bicyclettes. En présence d'Amber, curieusement, il s'était cru entouré de couples se promenant nonchalamment, secrètement protégés par leur amour. Il se rendait maintenant au lac le plus souvent possible, se forçant à améliorer sa vitesse et son endurance, et il finit par en faire le tour sans s'arrêter. Il ne cherchait plus à deviner à quoi pouvait ressembler l'intérieur des maisons qu'il longeait. Quand il courait, il se concentrait uniquement sur le martèlement de ses pieds sur la piste, sur sa respiration magnifiquement rythmée – sur la grâce de son corps fonctionnant parfaitement.

Amber était partie, Baldev gisait, brisé, sur son lit d'hôpital.

Tout ce qui restait à Anil, c'était la médecine, la seule chose qui l'avait amené ici au départ. Il continuait de travailler avec Charlie sur les maladies infectieuses, et peaufinait en même temps sa recherche en cardiologie interventionnelle pour le docteur Tanaka. C'était de la folie de mener deux projets à la fois, mais Anil refusait d'abandonner Charlie ou de renoncer à son rêve. Il lui suffisait juste de mettre les bouchées doubles, et à présent qu'Amber n'était plus dans sa vie, rien ne l'en empêchait.

TROISIÈME PARTIE

20

Nirmala se réveilla dans un lit vide. Elle parcourut la chambre d'un regard inquiet, puis elle vit la feuille de papier pliée en deux sur l'oreiller de Pradip. Comme le jour où le téléphone avait sonné et qu'ils avaient appris ce qui était arrivé à Leena, elle fut saisie d'un terrible pressentiment. Elle sauta du lit, passa en courant devant la chambre où Leena dormait encore, sortit de la maison et se précipita vers les champs. La terre était encore humide. Les moissons étant terminées, on pouvait voir au loin, mais Nirmala arpentait quand même chaque sillon dans un sens puis dans l'autre et l'appelait, priant, malgré la peur qui lui serrait la poitrine et transformait sa voix en cris, de le trouver en pleine besogne.

Arrivée tout au bout de leurs terres, elle se tint un moment immobile, la respiration haletante, puis se retourna et regarda leur maison qui se dressait à l'extrémité du champ qu'elle venait de traverser. Elle se dirigea ensuite, plus lentement, vers la rivière, cette rivière qui rendait leur sol si riche et fertile et où ils allaient chercher de l'eau autrefois, bien avant que le puits ne soit construit. Par temps de grosse chaleur, Pradip s'y baignait en fin de journée, et elle sut alors qu'il était là.

Quand elle ne fut plus très loin, elle l'aperçut, non pas en habits de travail mais dans son *kurta*¹ et son pantalon blancs, celui qu'il portait pour le mariage de Leena. Son corps flottait au milieu de la rivière, paisiblement, comme un morceau de bois. Nirmala entra dans l'eau, les pans de son sari l'obligeant à avancer lentement. Quand elle arriva jusqu'à lui, à l'endroit le plus profond, elle le tira vers la berge.

*

Trois mois après son retour à Panchanagar, Leena s'agenouilla sur la terre qu'elle avait sentie sous ses pieds nus presque chaque jour de sa vie. Elle s'assit, regardant fixement devant elle le tas de cendres qui était autrefois son père.

« Il n'y a plus que toi et moi, mon ange. » Nirmala avait employé le petit nom que Leena n'avait pas entendu depuis des années. Si seulement elle pouvait remonter le temps et revenir à cette époque, quand son père la tenait sur ses genoux pendant que sa mère lui nattait les cheveux et attachait des rubans au bout de ses tresses. Leena ferma les yeux pour ne pas voir les dernières volutes grises de la fumée. Elle avait redouté l'odeur, mais ce fut la fumée finalement qui la brisa, lui piquant les yeux, faisant naître des larmes qu'elle ne parvint pas à contenir une fois qu'elles commencèrent à rouler le long de ses joues. Après une ultime prière, sa mère ramassa les cendres encore tièdes dans un récipient en inox. Elles n'avaient pas appelé le prêtre pour accomplir les rituels, ni convié aucun parent pour la crémation. Il n'y avait qu'elles deux, et elles allaient devoir se reconstruire une vie sans père ni mari.

À présent qu'elle était veuve, Nirmala était censée se retirer de la vie publique, s'habiller uniquement en blanc et ne porter ni

---

1. Chemise ample, descendant jusqu'aux genoux, portée avec un pantalon ample également.

bijou ni maquillage. *Être invisible.* Leena se rendit compte, mortifiée, qu'à cause de son retour à Panchanagar sa mère menait déjà cette vie-là. Ses bijoux avaient disparu depuis longtemps, et elle n'avait plus d'argent pour acheter de nouveaux saris, même de simples saris en coton blanc. En quittant Girish, Leena avait en définitive obligé ses parents à vivre en reclus, et maintenant sa mère n'avait plus qu'elle.

Comment allaient-elles s'en sortir sans son père ? Jamais elles ne pourraient le remplacer dans les champs et, même si elles réussissaient, leur terre produisait de moins en moins depuis qu'il s'était mis à l'ensemencer avec excès au cours de l'année qui venait de s'écouler, sans respecter les périodes de jachère. Il avait rompu avec tous ses principes d'agriculteur, comme s'il avait perdu tout jugement avant de se perdre lui-même et de se donner la mort. La terre redeviendrait généreuse si elles s'en occupaient, mais cela risquait de prendre des années et, en attendant, Leena et sa mère devaient trouver un autre moyen de subvenir à leurs besoins.

Un jour qu'elles s'étaient rendues au marché avec la dernière de leur récolte, une riche *Memsahib*, voyant le panier vide de Leena, lui demanda si elle accepterait de le lui vendre pour qu'elle puisse transporter ses légumes. Dès le lendemain matin, Leena ramassa de pleines brassées de roseaux dans les champs et tressa de nouveaux paniers.

La semaine suivante, à son grand étonnement, elle vendit les huit paniers qu'elle avait confectionnés. À des étudiants à bicyclette qui y rangeaient leurs livres, à des femmes qui avaient acheté plus que leurs bras ne pouvaient porter, et même au marchand de fleurs qui y déposa ses guirlandes. Leena et sa mère revinrent à la maison avec plus de trois cents roupies ce jour-là et, pour fêter leur succès, elles mangèrent un curry aux cinq légumes. Leena montra ensuite à Nirmala comment tresser, et elles se mirent à confectionner ensemble d'autres paniers.

Leur bonne fortune continua pendant plusieurs mois, jusqu'à ce que Leena remarque que de plus en plus de femmes venaient au marché avec des paniers à vendre. Tresser des paniers était une tradition dans certains villages, où des familles entières en fabriquaient des centaines par mois. Leena ne pouvait pas soutenir la concurrence, surtout avec sa mère dont la vue baissait de jour en jour, et bientôt, elle recommença à craindre pour leur avenir.

Dans cette région d'Inde, il existait peu de solutions pour une femme qui devait gagner sa vie seule. Au coin de la place, à quelques mètres de l'endroit où elles vendaient leurs paniers, il y avait une ruelle entre deux immeubles d'habitation. Des rideaux aux couleurs vives ornaient les fenêtres du rez-de-chaussée, derrière lesquelles on pouvait voir des femmes dans des saris au motif criard. Quand le soir tombait, elles sortaient, se tenant contre le chambranle des portes ou adossées aux murs. La première fois que Leena s'engagea dans cette ruelle, elle ne comprit pas de quoi il s'agissait. Ces femmes l'intriguaient – elles riaient fort, se moquaient les unes des autres, laissaient leurs saris glisser honteusement de leurs épaules, employaient un langage que Leena n'avait entendu que chez certains hommes. Un vieillard édenté, assis sur un tabouret devant l'un des deux immeubles, l'appela quand elle passa à sa hauteur, et tenta de lui arracher son sari. Leena s'enfuit en courant et rejoignit sa mère, sans lui raconter ce qu'elle avait vu. Mais le soir, dans son lit, elle se demanda combien d'argent ces femmes pouvaient gagner.

*

Un jour au marché, Leena aperçut une vieille femme qui vendait des pots en argile. Ils étaient simples et solides, mais tout petits – de la taille des *diyas*, ces minuscules lampes à huile qu'on allumait pour Diwali. Leena lui demanda pourquoi elle vendait des *diyas* alors que Diwali était passé depuis longtemps. La vieille femme sourit et lui répondit qu'à cause de ses doigts devenus raides, elle n'arrivait plus à réaliser que de petits pots. Elle avait fabriqué de très grands récipients en poterie pendant des années – elle décrivit alors un grand cercle avec ses bras fragiles – pour y conserver les légumes secs et les lentilles après la récolte, ou de l'eau fraîche l'été. Mais c'était fini maintenant, ses mains noueuses lui faisaient trop mal.

Quand Leena lui raconta qu'elles vivaient à Panchanagar, le regard de la vieille femme s'illumina. « Vous êtes près de la rivière, dit-elle. Votre argile devrait être remarquable. » Elle expliqua à Leena comment creuser pour trouver la bonne terre, deux doigts en dessous de la surface. « Couvrez-la ensuite avec un linge humide pour qu'elle reste mouillée sinon vous ne parviendrez pas à la travailler. L'eau la conserve comme un jeune enfant tandis que le soleil la transforme en vieillard. » Leena ne savait pas trop quoi penser – la femme était âgée et faible, et, selon Nirmala, elle n'avait pas toute sa tête. Pourtant, elle s'exprimait d'une voix forte, et avec des mots précis.

Le lendemain matin, Leena se rendit au bord de la rivière et creusa jusqu'à ce qu'elle atteigne le bloc d'argile dur. Ce n'était pas facile de séparer l'argile de la terre, et Leena en ramassa juste assez pour remplir le petit récipient en inox qu'elles utilisaient pour le yaourt.

De retour à la maison, elle négligea toutes ses autres activités, et, assise par terre, un broc d'eau à ses côtés, elle s'amusa comme une enfant, malaxant l'argile, la roulant entre ses mains, lui donnant diverses formes. Au coucher du soleil, seulement, elle s'aperçut que le linge n'avait pas été rentré et que sa mère avait préparé le dîner toute seule. La culpabilité la saisit aussitôt, mais Nirmala, trop heureuse de voir sa fille sourire à nouveau, la chassa de la cuisine en riant.

Les jours suivants, Leena découvrit comment modeler l'argile. Comme le lui avait expliqué la vieille femme, il fallait ajouter beaucoup d'eau pour la rendre douce, mais pas trop, sinon elle devenait collante et peu malléable. Le premier jour, Leena en fit une boule qu'elle roula dans ses paumes jusqu'à ce qu'elle soit aussi ronde et lisse que la graine noire du sapotillier. Puis elle la tint entre ses doigts à plat et leur imprima un mouvement d'avant en arrière pour obtenir de petits boudins, d'abord longs comme sa main, puis comme son avant-bras, puis plus longs encore. Elle enroula ensuite ces boudins les uns sur les autres, à la manière d'un cobra, et façonna un gobelet. Le lendemain, elle l'étala avec le rouleau qu'elles utilisaient pour les *chapatis*. Elle coupa ensuite un cercle dans cette galette lisse pour former la base d'un récipient, puis un long rectangle pour les côtés, et elle en humecta les bords afin qu'ils tiennent droit.

Une semaine plus tard, elle retournait à la rivière. Elle creusa plus profondément, jusqu'à atteindre l'argile la plus pure et en extraire un ruban de la taille de son petit doigt. Leena était fascinée par cette substance, sombre, dure et froide, qui provenait de la terre. Elle était là, depuis toujours, sous ses pieds, sous leur maison, leurs champs, leurs routes. Il suffisait juste de savoir où regarder. La vieille femme avait raison – la meilleure argile se trouvait près de la rivière, là où le sol était riche, et à l'ombre des bananiers, où les pluies s'accumulaient et où le soleil n'asséchait pas le sol.

Quand elles retournèrent au marché, Leena apporta le gobelet en colombins et le récipient à fond plat qu'elle avait étalé comme un *chapati*. Lorsqu'elle les montra à la vieille femme, celle-ci sourit et dit : « Ma chère, vous n'avez pas encore appris le vrai secret de l'argile.

— Le secret ? répéta Leena.

— Oui. La magie qui vient quand on tourne de l'argile sur une roue. »

Leena, qui trouvait déjà magique de confectionner un objet en terre glaise grâce à ses mains et à un peu d'eau, écouta la vieille femme.

De retour à Panchanagar, elle dénicha une vieille roue de charrette et la ponça avec une pierre. Puis elle prit le couvercle en inox d'une casserole qu'elle fixa au centre de la roue pour l'utiliser comme plateau. Elle huila ensuite l'axe afin que la roue tourne plus facilement, puis l'enfonça dans la terre. Il lui fallut du temps avant de réussir à stabiliser la roue bien à plat. En guise de poignée pour la faire tourner plus vite, elle se servit d'un long bâton, qu'elle coinça entre les rayons. Après s'être entraînée à le manier et avoir laissé la roue tourner toute seule pendant quelques minutes, elle plaça une motte d'argile sur le plateau. L'argile venait peut-être de la terre et ne coûtait rien, mais elle était néanmoins précieuse et Leena s'efforça de ne pas la gâcher. Elle lança alors la roue très vite tout en aspergeant l'argile d'eau.

Dès que ses mains entrèrent en contact avec la motte informe, Leena comprit le sens des paroles de la vieille femme. Quand elle referma ses paumes, les bosses et les imperfections s'effacèrent comme par magie. Elle ajouta de l'eau et, enfonçant les pouces au sommet de la motte, elle créa un puits. Encore un peu d'eau, une paume à l'intérieur, l'autre à l'extérieur, et elle agrandit le puits jusqu'à ce que ses parois se dressent, toutes droites. Mais la roue ralentissait, et la magie se dissipait. Les imperfections de l'argile réapparaissaient. Leena relança la roue à l'aide du bâton, se remouilla les mains et entoura la base de la motte avec ses doigts. Elle les fit alors remonter vers le haut, lentement, délicatement, car la structure aux parois fines était fragile à présent. Avant qu'elle ne comprenne ce qui se passait, ses doigts avaient percé un trou dans la paroi, et le pot vacilla et retomba sur lui-même, toujours en tournant. D'une forme parfaite un instant auparavant, il n'existait plus maintenant.

Au cours des semaines qui suivirent, Leena apprit à travailler l'argile. C'était une technique violente au départ : pour retirer les bulles d'air, elle devait la malaxer avec vigueur, puis la taper à plusieurs reprises sur une surface dure. Elle y mettait toute la puissance de ses bras, et elle avait mal aux épaules le jour d'après, mais elle puisait une immense satisfaction dans ce combat qu'elle menait contre la terre. Une fois la boule formée sur la roue, elle devait appuyer de toutes ses forces mais, dès que l'argile prenait forme, la pression de ses mains devenait petit à petit plus légère jusqu'à ce que le simple effleurement de son index suffise à égaliser le bord supérieur du récipient qu'elle créait.

Elle apprit à mieux sentir l'argile sous ses mains. Elle découvrit la vraie magie du tour à bâton – avec la puissance et la vitesse de la roue, elle était capable de fabriquer de magnifiques pièces lisses en l'espace de quelques minutes, mais elle pouvait aussi les gâcher en quelques secondes à peine. Un moment d'inattention, un mauvais angle du poignet, l'index qui glissait, et c'était fini. L'argile pardonnait ; le tour, non.

Parfois, elle revenait aux techniques de modelage et façonnait des pots à partir de colombins, mais ses plus belles créations, elle les devait à cette vieille roue de charrette. La beauté venait de choses banales, et Leena maîtrisa son nouvel outil grâce aux erreurs qu'elle commit. Dans la maison, sur une étagère, elle rangeait tous ses pots bancals et ratés des premiers jours, quand elle ne savait pas encore très bien manier son tour, mais aussi des jours où elle manquait de concentration. Certains auraient pu les trouver laids ou inutiles, Leena, elle, les choyait car ils lui rappelaient le chemin qu'elle avait parcouru depuis ses débuts en poterie.

Elle commença à vendre une foule de pièces au marché – des bols, des urnes, des gobelets –, et bientôt, elle gagna plus d'argent qu'à l'époque des paniers, et presque autant que son père avec ses récoltes. Ce jour-là, au marché, ce n'était pas une vieille femme au dos courbé qui avait attiré Leena, mais ses minuscules et parfaites créations. Et avec ses mots pleins de sagesse, cette vieille femme avait offert un don à Leena.

Quand elle s'asseyait devant son tour à bâton, elle savait que sa place était là. Le tour était son travail et son moyen d'existence. Il était son salut. Autrefois, elle avait espéré plus de la vie. À présent, après le tourment qu'elle avait connu dans la maison de sa belle-famille, avec les blessures qui marquaient encore son corps et sa mémoire, il lui semblait connaître une chance inouïe en vivant sur la terre de ses ancêtres, dans la maison de ses parents, et en se montrant capable de subvenir à ses besoins et à ceux de sa mère. Parfois, quand elle voyait ses cousines et ses anciennes amies d'école, quand elle songeait à leurs vies bien remplies entre un mari et des enfants, les tâches ménagères et les commérages du village, il lui arrivait de les envier. Aussi préférait-elle éviter leur compagnie et se retirer vers ce qui lui apportait l'apaisement : sa mère, leur maison, son tour à bâton. Comme elle l'avait appris, la vie d'épouse n'était pas son karma.

21

Quatre semaines après l'agression, alors que Baldev était toujours à l'hôpital où il se remettait de son opération au genou, Anil se trouvait en Inde, pour le séjour qu'il avait planifié des mois auparavant.
    Assis sur la véranda de la Grande Maison, il soupira d'aise. La brise légère qui soufflait à travers les feuilles des cocotiers et lui caressait les joues, la tasse de *chai*, rien ne pouvait être plus parfait. Quel soulagement d'être de retour chez soi, songea-t-il en fermant les yeux pour mieux goûter la sensation de bien-être qui l'envahissait. Il avait noté la différence dès sa descente de l'avion à Ahmadabad. Ici, personne ne le regardait, personne ne remarquait qu'il venait d'ailleurs. Il était juste un individu parmi les millions d'hommes et de femmes qui peuplaient ce pays.
    La porte d'entrée s'ouvrit avec un grincement et Ma apparut, un plateau dans les mains sur lequel étaient posées d'autres tasses de *chai* et une pile de *paranthas*[1] chauds. Elle désigna les champs d'un mouvement du menton. Anil aperçut alors son frère Nikhil qui se dirigeait vers la maison pour sa pause du milieu de la matinée. Il se leva pour l'accueillir. Quand Nikhil

---

1. Pain indien, en forme de galette, qui contient de la graisse végétale.

grimpa les marches, il remarqua sa peau tannée par le soleil, ses bras nus musclés.

Ils s'installèrent sur de solides chaises en bois, non pas face à face, mais côte à côte, regardant tous les deux la terre qui leur appartenait à présent. Ma leur servit une tasse de thé d'où elle avait retiré le gingembre et les feuilles de menthe. Anil la porta à ses lèvres et huma l'arôme de la cardamome.

Ma se tenait debout, entre ses deux fils, une main sur chacune de leurs épaules. « Voilà à quoi devrait toujours ressembler la vie », dit-elle avant de se retirer à l'intérieur.

Anil secoua la tête en soufflant sur son thé.

Nikhil pencha sa tasse, versa un peu de thé dans la soucoupe, le but en une gorgée, et remplit à nouveau la soucoupe. « Tu devrais lui dire que tu ne reviendras pas, déclara Nikhil. Elle arrêterait d'attendre. » Il s'était exprimé d'une voix dure.

Anil se tourna vers son frère et le regarda avaler bruyamment une autre soucoupe remplie de thé. « Je n'ai pas dit que je ne...

— Ah bon ? coupa Nikhil en fixant la terre devant lui, ses yeux sombres scintillant comme des braises. Tu préfères continuer à nous expliquer ce qu'on doit faire depuis l'Amérique où tu mènes ta vie confortable ? »

Anil reposa son thé, auquel il n'avait pas touché, à côté de la tasse vide de Nikhil. « *Bhai ?* » Jamais il n'avait entendu son frère lui parler sur ce ton. « Que se passe-t-il ?

— Tu crois que tu en sais plus que nous, dans ton luxueux hôpital avec tes médecins brillants ? Tu crois que, sans toi, on n'y arriverait pas ?

— Écoute, *bhai*, je ne veux pas de ce rôle, déclara Anil. J'ai essayé de le dire à Ma, mais elle refuse de m'écouter. » Le matin même, elle lui avait annoncé qu'elle avait prévu une séance d'arbitrage pour le lendemain. *N'importe quoi*, avait-elle répliqué quand il lui avait répondu qu'il ne s'en sentait pas le courage.

« Tu sais comment ça se passe maintenant depuis que tu as décidé de donner ce lopin de terre à Dilip ? » Nikhil hurlait presque. « Tous les autres serviteurs sont venus me voir pour en obtenir un, eux aussi. Des hommes qui travaillent ici depuis moins d'un an et qui s'enivrent à chaque repas, même ceux-là estiment qu'ils méritent de posséder un bout de notre terre. Cette terre... (il eut un large geste du bras)... est dans notre famille depuis des générations, et aucun de nous n'en serait le propriétaire si Papa n'était pas mort si tôt. Et aujourd'hui, tout le monde veut sa part. Quand je leur ai répondu que c'était hors de question, ils ont fait grève pendant trois jours. Je me suis retrouvé seul à devoir accomplir leur travail, ce qui était bien sûr impossible. » Il marqua une pause. « Résultat, on a perdu une partie de la récolte.

— Ils ont fait grève ? s'écria Anil. Qu'est-ce que tu veux dire par grève ? »

Nikhil hésita. « Ce n'est pas le terme qu'ils ont employé, mais ils ont prétendu qu'ils étaient malades, tous, en même temps, trois jours d'affilée. Je savais que c'était faux. Je les voyais jouer aux cartes au bord de la rivière, mais qu'est-ce que je pouvais faire ? Qu'aurait-on pensé de moi si j'avais forcé un homme malade à travailler ?

— Qu'est-ce que tu as fait ?

— Je les ai renvoyés.

— Quoi ? » Anil était abasourdi.

« J'étais obligé. Ils ne servaient plus à rien. Ils devaient partir.

— Tous ? »

Nikhil fit signe que oui, le regard toujours tourné vers les champs. « Les fils de Dilip aussi.

— Mais pourquoi ? Ils ne se sont sûrement pas mis en grève, pas après que tu as donné un lopin à leur père ! »

Nikhil secoua la tête. « Ils se battaient avec les autres. Tu ne peux pas demander à des hommes d'accomplir le même travail et les traiter différemment. Les gens ne le comprendraient pas, ce qui est normal. Et comme je ne pouvais pas me permettre d'avoir des problèmes avec ma nouvelle équipe, je les ai tous renvoyés. Je n'avais pas le choix. J'ai engagé de nouveaux ouvriers, mais on a manqué de main-d'œuvre pendant des semaines. On a perdu trois ou quatre hectares à l'ouest.

— Oh, mon Dieu, Nikhil. Je suis désolé. » Anil fit pivoter sa chaise vers son frère, mais Nikhil ne se tourna pas. « J'ignorais…

— C'est faux, l'interrompit Nikhil. Je t'ai dit ce qui arriverait si on donnait cette terre à Dilip. Je t'avais prévenu. » Il laissa aller sa tête contre le dossier de sa chaise et ajouta, plus bas : « Mais tu ne m'as pas écouté. »

Anil se remémora la conversation avec Nikhil, sa mise en garde. Il ôta ses lunettes et se frotta les yeux. « Pourquoi ne m'en as-tu pas parlé plus tôt ?

— Je sais que tu as un travail important en Amérique, que tu sauves des vies et tout ça. » La voix de Nikhil était empreinte d'une telle hostilité qu'Anil ne reconnaissait plus son frère. « Tandis que mon travail ici… (Nikhil jeta les bras devant lui avec une moue dédaigneuse)… n'est pas aussi intéressant que le tien, *bhai*. Moi, j'essaie juste de m'occuper de la terre de Papa, de subvenir aux besoins de notre famille. C'était déjà suffisamment dur comme ça avant – tous les jours, j'ai des hommes qui ne viennent pas parce qu'ils sont blessés, malades ou ont des problèmes de famille. Et pour certains, c'est tout simplement parce qu'ils sont soûls. Ce n'est pas facile de gérer tout cela.

— Je sais, et je veux t'aider, *bhai* », dit Anil, plus timidement qu'il ne l'aurait souhaité. Il s'efforça de rassembler toutes ses forces pour en dire plus : pour reconnaître que les responsabilités qui pesaient sur Nikhil étaient importantes, qu'il accomplissait un travail formidable. Mais les mots semblaient insuffisants.

Nikhil se frappa les cuisses du plat de la main et se leva d'un bond. « *Bandar kya jaane adark ka swaad* », dit-il avant de descendre les marches de la véranda. C'était l'un des proverbes préférés de Papa. *Qu'est-ce qu'un singe sait du parfum du gingembre ?* Celui qui ne peut pas comprendre ne peut pas apprécier.

Anil le regarda retourner dans les champs, mesurant à quel point l'ordre naturel des choses avait été perturbé depuis la mort de leur père. Tant que celui-ci vivait, il avait réussi à le maintenir, mais son absence avait créé un déséquilibre et des tensions qui couvaient. Anil avait toujours pensé qu'il avait raison de poursuivre son désir. N'était-ce pas ce que son père souhaitait pour lui ? Mais Papa n'aurait sûrement pas voulu voir ça.

D'une certaine façon, ce serait un soulagement pour lui de revenir ici. Depuis l'agression de Baldev, Mahesh n'arrêtait pas de répéter que jamais ils ne se sentiraient à leur place en Amérique. Anil protestait et lui citait le nom de tous les Indiens, de tous les immigrés, qui avaient réussi. Mais quand il pensait à Baldev dans son lit d'hôpital, avec une attelle de traction en attendant que son corps recrée de nouveaux tissus osseux et du cartilage, il n'en était plus aussi sûr. Et la pensée que la même chose aurait pu arriver dans le Sud à quiconque a la peau noire ne le consolait guère. Pourtant, Anil avait eu la sensation de faire partie de ce pays, plus que de n'importe quel autre, quand il s'était trouvé dans la salle de cathétérisme. Jamais il ne s'était senti aussi vivant, aussi motivé, déterminé dans sa vie. Ses mains le brûlaient littéralement du désir de réaliser enfin ce à quoi il se savait destiné.

« Tu veux encore des *paranthas* ? » Ma était revenue sur la véranda. « Je suis tellement contente de te voir manger, mon fils. Tu reprends un peu du poids. » Elle tendit l'assiette à Anil qui fit non de la tête.

Ma s'assit sur la chaise que Nikhil occupait un instant plus tôt. «Anil, dit-elle, la voix aussi douce qu'un murmure, tu n'as pas mangé de mauvais aliments là-bas, n'est-ce pas?»

Anil comprit sa question malgré sa formulation ambiguë. «Non, Ma. Je m'en suis tenu à un régime strictement végétarien. — C'est bien.» Elle se détendit et lui tapota la main. «N'oublie pas tes valeurs indiennes.»

Sa mère pouvait dormir sur ses deux oreilles maintenant qu'elle savait qu'il n'avait pas mangé de viande, mais il y avait tellement d'autres choses qui l'avaient corrompu, du moins aux yeux de Ma, des choses qu'elle n'imaginait même pas. Peut-être accepterait-elle l'alcool et les boîtes de nuit, mais si elle découvrait l'existence d'Amber, et plus encore la portée sexuelle de leur relation, elle serait certainement très perturbée. Il pensait l'avoir épargnée l'été précédent en n'évoquant pas la jeune femme, mais à présent, il voyait bien que c'était lui qu'il avait épargné. Il s'était comporté comme un lâche, de la même manière qu'il avait accusé Amber de lâcheté avec sa famille. Même s'ils avaient été encore ensemble, il n'était pas sûr qu'il aurait parlé d'elle à sa mère.

Anil regarda Nikhil montrer à deux ouvriers agricoles comment tirer la vieille charrue, un travail qu'ils avaient partagé tous les deux autrefois. Il avait compliqué la tâche de Nikhil avec ses conseils lointains, et il le regrettait, mesurant à quel point il n'avait fait que rendre la situation plus confuse. Non, vraiment, il valait mieux qu'il reste en dehors de tout cela.

Piya vint les rejoindre sur la véranda. «Ah, vous êtes là!» Ma se leva et lui proposa sa chaise en même temps qu'une tasse de thé. «Il faut que j'aille préparer le déjeuner, dit-elle. Oncle Manoj et ton cousin viennent cet après-midi. Toutes les semaines, ils nous apportent du *lassi*[1] à la mangue.» Ma posa

---

1. Boisson traditionnelle à base de lait fermenée.

une main sur l'épaule d'Anil. «Grâce à toi, ils ont trouvé une façon de partager ce fruit.

— Mmm, ces mangues sont délicieuses, fit Piya. Bien joué, frérot.»

Anil sourit. «Et les deux paysans avec le puits?»

Ma fit claquer sa langue. «Ils continuent de se disputer comme chien et chat. Certains jours, je les entends d'ici.

— Et Tante Nirmala? Est-ce qu'elle s'en sort avec le nouvel échéancier de remboursement?» Il y eut un silence. Anil se retourna pour interroger sa mère du regard, mais Ma rentra dans la maison sans un mot. «Qu'est-ce qu'elle a?» demanda-t-il à Piya.

La jeune fille tendit le cou et attendit que leur mère ait disparu pour répondre. «Tu connais l'aversion de Ma envers tout ce qui est un tant soit peu scandaleux.» Il y avait un soupçon d'amertume dans sa voix. «C'est tellement triste, ajouta-t-elle. Tu n'imagines pas comme ça a été dur pour eux depuis que Leena est revenue.

— Elle est revenue? répéta Anil.

— Oui. Et son père est mort il y a quelques mois. Tout le monde dit qu'il n'a pas supporté que le mariage de Leena soit un échec et que c'est la honte qui l'a tué.»

Anil observa sa sœur dont le regard se portait alors sur les champs. «Je l'ignorais.» Et il l'aurait ignoré même s'il avait fait un effort pour se tenir au courant. À Panchanagar, on évoquait rarement ce genre de mauvaises nouvelles. La plupart des gens, y compris sa mère, préféraient balayer les choses déplaisantes, comme si, en s'en débarrassant avec la poussière, on pouvait les oublier. Comme si, en reconnaissant l'existence d'un événement fâcheux dans la communauté, on risquait d'en subir les répercussions.

Piya lâcha un soupir. « À mon avis, il est mort parce qu'il avait le cœur brisé. Sa fille, son seul enfant.

— Qu'est-ce qui s'est passé ? interrogea Anil. Avec... Leena et... son mariage ? »

Piya hésita à répondre. « Il n'a pas duré longtemps, finit-elle par dire. Leena n'aime pas en parler. » Elle se leva et effleura l'épaule de son frère en passant derrière lui. « Je ferais mieux d'aller voir si Ma a besoin d'aide pour préparer le déjeuner. Je suis sûre qu'elle a prévu au moins dix plats en ton honneur. »

Après le départ de Piya, Anil descendit de la véranda en réfléchissant à ce que sa petite sœur venait de lui annoncer. Quelque chose le tracassait, mais il n'arrivait pas à savoir exactement quoi. Alors qu'il traversait les champs, il avisa un cocotier au loin, dont la silhouette se distinguait de ceux qui l'entouraient. Il reconnut son tronc ridiculement tordu qui, racontait-on, avait survécu à l'attaque d'un éléphant sauvage. On appelait cet arbre Le Mutilé, et les jeunes s'en servaient comme rendez-vous pour les parties de cricket. Anil refit les trajets de son enfance : depuis le cocotier jusqu'à son ancienne école, le long de la route en terre qu'il empruntait deux fois par jour avec sa bicyclette bringuebalante. Il grimpa les collines basses et onduleuses et marcha jusqu'au bananier à l'ombre duquel il avait déclamé, enfant. Cet arbre, qu'on surnommait Le Paon à cause de ses branches en demi-cercles parfaits, était plus haut aujourd'hui, son tronc plus large. Anil posa la paume de sa main contre sa surface rugueuse et se souvint d'être resté assis là des heures à se battre contre ses propres démons.

Trop troublé pour s'asseoir à présent, il continua d'avancer. Il reconnaissait des arbres auxquels il n'avait pas prêté attention pendant des années – L'Éléphant avec ses feuilles qui faisaient penser à de grandes oreilles, Le Nain car il était plus petit que les autres. Arpentant cette terre inoubliable, il finit par arriver au bout de la route. Au loin, près de la rivière, une maison se dressait. Elle n'avait pas changé. En plissant les yeux, il aperçut des rangées de pots en terre cuite entassés sur la véranda, et, parmi eux, une silhouette en sari jaune. Leena était assise sur un tabouret bas, le regard concentré, les mains et les avant-bras couverts d'argile mêlée à de l'eau. Sa tête bougeait en rythme avec ses mains qui sculptaient, comme si elle était engagée dans une transe méditative.

La terre autour de la maison était nue; il n'y avait plus ni cultures, ni outils, ni matériel agricole. Anil se souvenait d'avoir toujours vu le père de Leena travailler dans ses champs de l'aube au coucher du soleil et, quand il les surprenait, Leena et lui, en train de jouer à cache-cache, il les chassait gentiment. C'était un homme qui tirait une grande fierté de sa parcelle de terrain.

Une fois, il avait découvert Anil, tapi dans un sillon, tout seul. Anil avait six ans et des grands, qui voulaient lui prendre les bonbons que Ma avait offerts à sa classe pour Diwali, l'avaient embêté après l'école. «Lai-lai-laissez-moi tran-tran-tranquille!» avait-il bafouillé avant de lâcher la boîte de bonbons et de plaquer ses mains sur le devant son pantalon. Trop tard: l'urine coulait le long de sa jambe. Les garçons hurlèrent de rire, et Anil s'était sauvé en courant, ne s'arrêtant qu'à la hauteur de la Grande Maison, au bout du chemin.

La respiration haletante, il s'était alors enfoncé dans le champ du père de Leena pour s'y cacher. Comment pouvait-il rentrer les mains vides, le pantalon mouillé, empestant la lâcheté? Il était resté là, couché dans la poussière, la peau le démangeant et le brûlant, décidé à ne pas bouger tant qu'il n'aurait pas trouvé de solution. Quand le père de Leena, qui coupait des tiges avec un long couteau, s'était approché, il avait paniqué et s'était aussitôt ramassé sur lui-même en attendant qu'il s'éloigne, persuadé qu'il ne l'avait pas vu. Mais peu de temps après, Papa surgissait sur le chemin, le rejoignait et s'agenouillait à ses côtés. Il avait essuyé son visage sale encore strié de larmes et dit : « Veux-tu que je te porte ? » Puis, sans une parole pour les vêtements souillés de son fils, il l'avait hissé sur ses épaules et ramené à la maison, tel un héros.

Leena était en train de finir sa poterie et se servait juste de l'extrémité de ses doigts pour lisser le bord supérieur de la pièce posée sur le tour. En l'espace de quelques minutes, elle avait créé un vase avec ses mains nues. En l'espace de deux ans, ils avaient tous les deux perdu leur père. Anil s'approcha de la maison. Quand il ne fut plus qu'à quelques mètres de la véranda, il s'arrêta. Leena était si absorbée par sa tâche, qu'elle ne le remarqua pas, et il hésita à l'interrompre.

*

Sentant au bout d'un moment qu'on l'observait, Leena leva les yeux et vit Anil, debout en bas des marches. « Oh ! » Elle ralentit la roue du tour à l'aide de son genou. Hormis quand Piya passait, elle n'était pas habituée à avoir de la visite. Elle ne savait même pas qu'Anil était de retour.

« Ne t'arrête pas pour moi, dit Anil. Je me promenais et... » Il inspira profondément. « Je suis de passage et j'ai appris pour ton père. Je voulais vous présenter mes condoléances, à ta mère et à toi. »

Leena fut surprise par ces paroles. Elle hocha la tête une fois puis baissa les yeux, remarquant alors que l'ourlet de son sari était couvert de poussière. Anil venait lui offrir quelque chose de simple, et pourtant presque personne ne l'avait fait au cours des derniers mois.

« Je suis désolé. Je te dérange sans doute...

— Non, ça va. » Elle ne savait plus comment interpréter les

intentions des gens à son égard. Était-ce Piya qui avait envoyé son frère, et si oui, que lui avait-elle dit ?

« Ma mère est sortie mais je peux te faire du thé. »

Anil sourit. « Si ça ne t'embête pas. »

Elle fit non de la tête en se levant, et se força à lui rendre son sourire. « Celui-ci me pose des problèmes. » Elle indiqua le vase sur le tour. « Il vaut mieux que je fasse une pause avant de le rater complètement. Il est censé ressembler à celui-là, expliqua-t-elle en lui montrant une urne sur pied qui lui arrivait à la taille. C'est pour un hôtel en ville. Le directeur m'en a commandé deux identiques. Il veut les mettre dans le hall pour les parapluies.

— Les parapluies ?

— Oui, les parapluies », répéta-t-elle lentement, et ils éclatèrent tous les deux de rire en imaginant les touristes croyant pouvoir se protéger des pluies de la mousson avec un parapluie.

Anil fit le tour de la véranda et regarda les bols, les urnes, les plats et les pots, tous à différents stades de finition. « C'est toi qui as fait tout ça ? En te servant uniquement de tes mains ? » Leena se sentit brusquement vulnérable, avec son travail exposé, là, au grand jour.

« Je t'en prie, entre. » Elle le précéda dans la maison, consciente de l'exiguïté des lieux quand il la suivit à l'intérieur. Un petit salon à l'avant, la cuisine derrière, et deux chambres de part et d'autre du couloir. Une disposition des plus simples, un carré divisé en quatre, chaque pièce ayant son utilité. Contrairement à la Grande Maison, où les pièces étaient dégagées et les meubles immenses, cette habitation avait été construite pour accueillir quelques personnes seulement.

Leena mit du lait et de l'eau à bouillir sur la gazinière et invita Anil à s'asseoir à la petite table. Bien que se sentant immédiatement à l'aise tant cette cuisine lui rappelait toutes les fois où

Nirmala leur avait donné à goûter dans leur enfance, il éprouva une impression bizarre en voyant son corps d'adulte perché sur ce tabouret. Au cours des années qui s'étaient écoulées bien vite, Leena et lui avaient changé. Et pourtant, ils étaient là, de nouveau ensemble.

«Combien de temps il t'a fallu pour faire toutes ces poteries? demanda-t-il. Il doit bien y en avoir une centaine dehors.»

Leena haussa les épaules en remuant les feuilles de thé. «Je me prépare pour la haute saison. D'abord Diwali, puis les mariages, et enfin les touristes qui semblent tous vouloir acheter un souvenir au marché. La plupart des vendeurs vont écouler la moitié de leur stock de l'année au cours des deux prochains mois. J'ai remarqué que les plus expérimentés, comme les bijoutiers, travaillaient avec des partenaires. Ils s'installent à différents endroits du marché, se comportent comme s'ils ne se connaissaient pas et que la concurrence régnait entre eux, mais, en vérité, toutes leurs marchandises viennent du même fournisseur. Parfois, ils escroquent un touriste en lui annonçant un prix très élevé puis ils le laissent s'adresser à un autre vendeur qui, lui, accepte de vendre à un prix moindre mais qui sera quand même le double de celui affiché en basse saison.»

Leena posa deux tasses de thé sur la table avec deux assiettes en inox sur lesquelles reposaient des *thepla*[1] et un peu de pickles à l'orange.

«Ah, les pickles, dit Anil en souriant. Je me souviens des délicieux pickles à la mangue de ta mère.» Il roula un des *thepla* qu'il trempa dans le *chai* sucré. «Mmmm, c'est toujours aussi bon.»

Leena s'assit à son tour, attrapant le bout de son sari pour se couvrir les épaules. Le thé était trop chaud et elle attendit avant

---

1. Sorte de *paratha*, le pain indien plat, mais épicé.

de le boire. Elle continuait de le préparer comme son père l'aimait, en le faisant bouillir pendant une minute à la fin. Autrement, elle aurait l'impression de le trahir.

« Quand j'ai commencé à me lancer dans la poterie, je pensais que la mousson était la pire des saisons, expliqua-t-elle. Impossible de démarrer un feu pour cuire l'argile. Mais j'ai découvert que c'était en fait la meilleure saison. Mon argile reste humide pendant des semaines, elle est plus indulgente. Si je me trompe, il me suffit de la remettre en motte et de recommencer le lendemain. » Elle s'entendait pérorer, néanmoins elle poursuivit. « À la fin de la mousson, quand le sol est de nouveau sec, j'ai plus de cent récipients, et j'ai remarqué qu'ils cuisaient plus uniformément quand on les exposait ensemble à la chaleur. »

Anil opina du chef, puis s'éclaircit la gorge. « Leena, je… je suis vraiment désolé pour ton père. » Il posa ses mains sur ses genoux, puis autour de sa tasse, puis sur la table. « C'était un brave homme. »

Elle remarqua la maladresse de ses gestes, sa façon de s'exprimer. Elle sentit quelque chose monter en elle. « Oui, c'est vrai », lâcha-t-elle avec l'emphase qu'elle aurait eue si elle contestait ce qu'il venait de dire alors qu'elle était évidemment d'accord. « C'était un brave homme », répéta-t-elle avant de se lever brusquement et de ramasser les assiettes vides.

« Mon père me manque, confia Anil. Je pense à lui tous les jours. Mais ça va mieux avec le temps. Et ça m'aide beaucoup d'être entouré de ma famille, des gens qui l'ont connu et aimé comme moi. »

Leena s'affaira avec la vaisselle, ce qui lui permettait de tourner le dos à Anil et de pouvoir se mordre en cachette l'intérieur des joues pour s'empêcher de parler. Que savait-il de sa peine, de la douleur que sa mère et elle avaient endurée seules – sans la présence d'amis, sans le réconfort de la famille ? Sans tous ces gens qui préféraient se comporter comme si elles n'existaient plus plutôt que de supporter la honte que Leena avait fait peser sur eux.

« Quelles sont ces pièces ? demanda Anil. Pourquoi les gardes-tu à l'intérieur ? »

Il montrait un coin du salon, à peine visible depuis la porte de la cuisine où, sur une étagère, reposait une dizaine de terres cuites dont les teintes pâles se confondaient avec les murs blanchis à la chaux. « Ça ? fit Leena. Ce sont mes erreurs. » Elle s'essuya les mains au torchon et s'appuya contre l'évier.

Anil eut un petit sourire timide qui tira l'un des coins de sa bouche. « J-je p-peux les regarder ? »

Leena ne l'avait pas entendu bégayer depuis leur enfance. Elle se rappela comme on s'était moqué de lui à l'école, et comme il était devenu silencieux avant de surmonter son trouble. Elle prit une profonde inspiration et répondit lentement :

« Oui, bien sûr. » Puis après une autre inspiration : « Viens. » Elle alla dans le salon, passa derrière plusieurs chaises et s'agenouilla devant l'étagère. Anil s'accroupit à ses côtés pour examiner les pots de plus près. Il y avait à peine la place pour deux, dans ce coin de la pièce, entre l'étagère et les chaises.

Les poteries n'étaient pas terminées ni vernies, expliqua Leena. Les gens les préféraient en général solides et avec des couleurs vives. « Personnellement, je les trouve plus belles quand elles en sont à ce stade. » Elle prit une jatte peu profonde et la posa sur ses genoux. « Elle est encore poreuse, on ne peut pas vraiment s'en servir, mais on voit tout, le petit tourbillon au fond où j'ai commencé, et ces lignes qui montent sur les côtés, c'est la trace de mes doigts. » Elle effleura du majeur le bord intérieur puis pencha la jatte vers Anil. « Touche », dit-elle, ce qu'il fit, ses doigts sur les minuscules stries formées par ses doigts à elle.

« Cette jatte était parfaitement ronde mais j'ai heurté le bord et elle est devenue ovale. » Souriant, Leena la replaça sur l'étagère où elle bascula sur sa base et trembla pendant quelques secondes avant de s'immobiliser. Beaucoup d'autres pièces étaient inclinées, branlantes ou penchées, l'une avait un trou aux contours irréguliers sur le côté, quelques-unes s'effondraient sur elles-mêmes. « Elles sont plus délicates ainsi, plus vulnérables ? »

— Et celle-ci ? » Anil attrapa une petite tasse. « Elle a l'air parfaite.

— Elle a une fêlure au fond sur tout le tour, expliqua-t-elle en retournant la tasse pour la lui montrer. Je ne l'ai remarquée qu'après l'avoir cuite. Ça arrive souvent, quand les pièces sèchent. On ne voit pas toujours les fissures mais on les sent avec les doigts. » Elle prit l'index d'Anil et le guida autour de la base de la tasse. Quand elle le lâcha, elle sentit encore pendant quelques secondes le contact de sa peau sur la sienne, comme un courant électrique. « Parfois, j'arrive à réparer une fêlure quand la pièce est encore humide, avec un mélange d'eau et d'argile très liquide. Mais j'ai perdu des tas de tasses avant d'apprendre cette technique. » Elle souleva celle qu'elle tenait dans la main et éclata de rire. « Probablement des dizaines, fêlées comme celle-ci, voire plus. » Elle surprit un regard de tristesse sur le visage d'Anil.

« Comment as-tu pu t'en débarrasser ? Elles sont si belles. »

Leena haussa les épaules. « Je ne voulais pas. Les premières fois, j'essayais d'appliquer une peinture épaisse sur toute la surface et je refaisais cuire la tasse, mais la fissure grossissait avec la chaleur et la pression de la seconde cuisson. Ça ne servait à rien, *vraiment*. Ou si je la lâchais, elle se cassait en deux, le long de la fêlure, même quand celle-ci n'était pas visible. On ne peut pas réparer complètement une poterie. L'argile a une mémoire. Une fois qu'elle a été mutilée, la chaleur se charge de le lui rappeler. Le point faible, c'est toujours là où il y a eu une fracture. » Elle remarqua qu'Anil l'écoutait, le regard intense.

«C'est pareil avec les êtres humains», dit-il en reposant la tasse sur l'étagère.

Les yeux d'Anil brillaient quand il commença à parler; les mots se déversaient de sa bouche, sans qu'il marque la moindre pause pour reprendre son souffle ou épier la réaction de Leena. Il lui raconta ce qui était arrivé à Baldev, les deux hommes qui l'avaient attaqué et comment il n'avait rien pu empêcher, il lui raconta l'ambulance, les urgences, Baldev dans un lit d'hôpital, qui se remettait doucement mais qui était toujours brisé. Sa voix vibrait d'émotion. Quand il se tut, Leena resta muette pendant plusieurs minutes, observant avec lui un silence qu'interrompaient seulement le chant des oiseaux et le bruissement des feuilles dehors.

«Ce doit être dur pour toi là-bas», dit-elle enfin.

Anil hocha la tête, et ils demeurèrent sans parler encore un moment. «Parfois, oui, mais il y a d'autres choses qui sont... incroyables. Il y a plus d'équipements de pointe dans une ambulance que dans un hôpital d'Ahmadabad. Les maisons sont neuves et belles, avec des tas d'appareils électriques dans les cuisines, et il y a d'immenses galeries marchandes. Regarde.» Il sortit un petit objet rectangulaire, blanc, de sa poche. «Cet appareil contient plus de mille chansons.»

Leena ne comprenait pas de quoi il parlait mais elle le dévisageait, remarquant ses cheveux ébouriffés, son sourire enfantin, sa petite fossette au menton qu'elle avait oubliée. Sentant la chaleur lui gagner les joues, elle se détourna et entreprit de replacer les poteries défectueuses sur l'étagère.

«Il y a une séance d'arbitrage demain», annonça Anil.

Elle attrapa l'extrémité de sa longue tresse et l'entoura autour de son doigt. «Je sais. Ma cousine Brinda et son mari y participent.

— Tu viens alors?»

Peut-être était-ce le fruit de son imagination, mais elle crut déceler un léger sourire sur son visage. Elle secoua la tête. « Selon moi, quand un couple marié a des problèmes, c'est une affaire privée qui ne doit pas être débattue en public.

— Pourquoi sollicitent-ils cette séance alors ? » Anil fronça les sourcils.

« Quel autre choix a Brinda ? Il n'y a pas de cour de justice ici, pas de police. » Leena entendit que sa voix montait d'un cran. « Ses beaux-parents ne supportent pas que l'on critique leur fils et sa famille à elle ne veut pas d'ennuis. Je trouve que c'est bien qu'elle ait la possibilité de s'adresser à quelqu'un qui écoutera les deux versions et donnera des conseils, mais sans la présence d'autres personnes. » Elle lissa les pans de son sari qui retombaient le long de ses jambes. « Je…

— Quoi ? » demanda Anil.

Leena secoua à nouveau la tête, le regard toujours baissé sur son sari, sur le galon doré qui le bordait, parfait, sans tache. Pourquoi rouvrir d'anciennes blessures, en parler maintenant, à Anil qui plus est ? Et pourtant, elle s'était reconnue dans le récit de ses propres épreuves, elle s'était sentie en sécurité en l'écoutant, épargnée de l'isolement qui l'avait engloutie au cours des derniers mois.

Anil lui effleura le poignet et elle fut saisie du même picotement que lorsqu'elle avait guidé son index sur le rebord de la tasse, un moment plus tôt. « Qu'est-ce que tu voulais dire ? »

Leena évita de croiser son regard, pour ne pas prendre en compte sa réaction. « Personnellement, je n'aurais pas souhaité une audience publique. Quand j'étais mariée, je refusais de parler de mes problèmes devant les autres. » Elle ignorait ce qu'il savait, ce que Piya lui avait peut-être dit. « Mon mariage n'a pas répondu à mes attentes. Je… je n'avais pas d'autre solution que de partir. » Elle se força à lever les yeux vers lui, curieuse de savoir ce qu'exprimait son visage, s'attendant à y lire de la pitié ou du mépris peut-être. Mais le visage d'Anil ne trahissait rien. Il la regardait en silence. Elle lui sourit timidement, et il sourit à son tour. Elle eut des fourmis dans le pied, puis quand elle les sentit dans sa jambe, elle chercha à la replier discrètement sous son sari, ne voulant surtout pas troubler la façon dont ils se tenaient, accroupis entre l'étagère et les chaises. Mais Anil bougea pour qu'elle soit plus à l'aise, et quelque chose tomba par terre. Leena se pencha et ramassa la petite pièce en bois, qui roulait sur le sol.

Anil palpa la poche avant de sa chemise. « Oh. »

Leena tourna et retourna la pièce entre ses doigts. Elle était en acajou, d'une riche teinte marron. « Qu'est-ce que c'est ? Ça vient d'un jeu, non ? » Elle étira ses jambes et se leva. Anil l'imita.

« Oui, des échecs, dit Anil. J'y jouais avec mon père. » Après lui avoir expliqué que le but du jeu était de capturer le roi adverse, il ajouta : « J'ai perdu l'autre roi, celui de mon père. Il était en bois de rose. Quand on jouait, on choisissait toujours la même couleur. Il a disparu l'été avant mon départ pour l'Amérique. Je garde celui-ci sur moi depuis, dans l'espoir de trouver un roi identique, pour le remplacer.

— Tu ne le trouveras pas, dit-elle en le lui rendant. Ce genre de pièces est unique, elle a été sculptée à la main. »

*

Quand il prit congé de Leena, il glissa la pièce d'échec dans sa poche et referma sa main dessus. Il avait trouvé cruelle la réflexion de la jeune femme, puis il se dit qu'elle n'avait peut-être pas mesuré l'importance de ce roi à ses yeux. Et elle avait sans doute raison. Maintenant qu'il l'avait avoué tout haut, il avait presque honte d'avoir gardé cette pièce sur lui pendant si longtemps, sans jamais en trouver une pour compléter le jeu.

Anil rebroussa chemin et retraversa les champs jusqu'à la ravine qui séparait la propriété de sa famille de la parcelle appartenant aux parents de Leena. Il se tint un moment sur le bord, surpris de constater qu'elle était si petite comparée à son souvenir. Les pluies de la mousson l'avaient creusée au fil des ans. Enfants, ils se couchaient au sommet de l'un des versants, les bras le long du corps, et, à tour de rôle, roulaient le long de la pente pour voir qui remonterait le plus haut de l'autre côté. À la saison de la mousson, ils n'avaient pas besoin de se prévenir pour s'y retrouver dès les premières grosses pluies et plonger, comme dans une piscine, quand elle était remplie d'eau.

Une année que la malaria sévissait dans la région, les parents d'Anil avaient défendu à leurs enfants de jouer autour des étendues d'eau où les moustiques pullulaient. Anil devait avoir huit ou neuf ans, et il se revoyait derrière la fenêtre du salon en train de regarder les pluies torrentielles, en colère contre ses parents qui avaient pris, selon lui, la décision la plus injuste qui soit. Trois enfants moururent cette année, dont un nourrisson. Anil ne sut jamais si Leena avait eu le droit de jouer sous la pluie ou pas.

Comment avaient-ils pu s'éloigner autant l'un de l'autre, après avoir commencé leur vie au même endroit? Il essaya de démêler l'enchevêtrement des émotions qu'il sentait venir en lui, des sensations qu'il n'avait jamais éprouvées auparavant, avec Amber ou qui que ce soit d'autre.

*

«Ah, te voilà!» Piya agitait les mains au-dessus de sa tête, debout sur la véranda. « Ça fait des heures que je suis là, à te guetter. Le déjeuner est prêt. C'est à peine si je te reconnaissais de loin. Qu'est-ce que c'est que cette tignasse et cette tenue?»

Anil se passa la main dans les cheveux. Avec ce qui était arrivé ces derniers mois, il avait oublié d'aller chez le coiffeur, et ils étaient plus longs que d'habitude. Puis il jeta un coup d'œil à son survêtement bleu électrique, qu'il avait enfilé ce matin en pensant courir. Il se rendit compte alors que Mahesh était bien en dessous de la vérité : non seulement il était impossible de se sentir chez soi en Amérique, mais ici non plus il ne se sentait plus à sa place. Il habitait deux pays, mais n'était accepté par aucun.

Le mariage « non lié »

Le lendemain matin, Ma réveilla Anil plusieurs heures avant le début de la séance d'arbitrage. Elle était devenue très pointilleuse sur le rituel, tenant à accorder suffisamment de temps à chacun pour se purifier dans un bain et accomplir un *puja*[1], insistant pour qu'Anil prenne un vrai repas avec des carottes et des betteraves pour aiguiser son esprit. Beaucoup de gens venaient aujourd'hui, lui dit-elle, et la séance durerait probablement des heures.

Tout le long des discussions du matin, les serviteurs lui apportèrent du thé et, bien qu'il en eût déjà bu, il gardait une tasse près de lui, qu'il sirotait régulièrement. Cela lui donnait une contenance pendant qu'il écoutait les différentes affaires : deux voisins se querellaient à cause du caquètement des poules, un oncle et son neveu n'étaient pas d'accord sur le choix de la litière pour leurs chèvres. Alors qu'il prenait des notes, il se fit la réflexion que la majorité de ces litiges reposait sur le même modèle.

Nombre d'entre eux concernaient le partage des ressources : la terre, la maison familiale, l'héritage parental. Pour ces cas-

---

1. Culte, offrande rituelle à la divinité, souvent des fleurs, des fruits ou des sucreries.

là, Anil avait compris qu'il était important que les deux parties se sentent traitées équitablement. L'astuce, c'était d'identifier quelque chose qu'une partie estimait plus que l'autre, et de s'en servir comme base pour partager le bien disputé ou, comme son père l'avait souvent fait, pour trouver une solution créative. Anil se félicita d'avoir résolu un litige entre deux sœurs à propos d'une paire de boucles d'oreilles ayant appartenu à leur défunte mère. Il suggéra qu'elles demandent à un bijoutier de les transformer en deux pendentifs qu'elles porteraient près de leur cœur, comme un souvenir quotidien de l'amour maternel.

D'autres venaient le voir pour des désaccords entre personnes : entre des parents et leur enfant, un mari et sa femme, une fratrie et des voisins. La fréquence des dissensions familiales suffisait à dissuader qui que ce soit de se marier. Anil savait toujours qu'il allait avoir affaire à l'une de ces querelles domestiques quand les parties arrivaient pour régler un problème, puis en évoquaient un autre datant de plusieurs années, voire de plusieurs dizaines d'années. Comment les gens pouvaient-ils se rappeler ce genre de choses ? Un homme âgé d'une vingtaine d'années s'en prit violemment à son frère qui ne l'avait pas défendu sur un terrain de cricket quand ils étaient enfants. Une femme reprochait encore à sa belle-fille d'avoir raté un repas plus de vingt ans auparavant.

Anil, dont la mémoire se limitait à ce qu'il avait besoin de savoir pour soigner ses patients, s'étonnait de la ténacité de ces souvenirs. Les différends ne parlaient que de blessures, d'émotions profondément ancrées, et il avait appris à faire régner le calme et le respect lors des discussions, et surtout à ne pas les laisser s'envenimer. Il était capital que chaque personne ait la certitude d'avoir été entendue par l'autre. Quand c'était le cas, il y avait en général suffisamment d'amour latent pour qu'une réconciliation ait lieu. Toutes les blessures n'étaient pas guéries, certes, et, quand aucune solution n'était trouvée, il suggérait que les deux parties prennent un peu de distance l'une par rapport à l'autre. La conversation qu'il avait eue avec Nikhil la veille, sur la véranda, lui montrait à quel point les sentiments entre les gens pouvaient basculer de l'affection au mépris.

Enfin, il y avait les litiges nés de la recommandation d'un tiers : l'astrologue, le docteur ayurvédique ou même l'expert en *vastu shastra* qui conseillait aux gens d'aménager leurs maisons afin qu'elles soient en parfaite harmonie avec l'énergie de l'univers. C'étaient là les arbitrages pour lesquels Anil manifestait le moins de patience ; il avait du mal à argumenter contre quelque chose d'éthéré, sans éléments factuels. Il se retenait pour ne pas secouer ces gens qui étaient convaincus qu'une chambre orientée nord-est était à l'origine d'un cas de rhumatisme ou qu'on pouvait guérir du diabète en mangeant du concombre amer. Il n'était pas opposé à la foi spirituelle, ayant souvent constaté que ce genre de croyance aidait les malades à l'hôpital, leur apportait le réconfort quand la science n'y parvenait pas. Mais les superstitions l'agaçaient. Il ne supportait pas de devoir débattre d'un sujet qui reposait sur une aberration si évidente.

Au bout de deux heures d'arbitrage, Anil commençait à ressentir une grande lassitude quand des murmures montèrent de la salle à l'arrivée d'une jeune femme. Son sari drapé sur les épaules, elle s'assit d'un côté de la table, entourée de trois hommes d'âge différent. Un jeune homme, qui gardait les yeux baissés, prit place en face d'elle. Un couple âgé l'accompagnait. À leur façon d'éviter de se regarder, Anil conclut que la jeune femme et le jeune homme étaient au centre du conflit. L'un des trois hommes se leva et se présenta comme le père de la jeune femme ; les deux autres étaient ses frères. L'un d'eux se leva à son tour et Anil observa le visage de la femme pendant qu'il parlait. Elle n'était pas belle, mais non dénuée de charmes, et il fut surpris de voir dans ses yeux une détermination inflexible.

« Comment vous appelez-vous ? lui demanda-t-il en interrompant le frère.

— Brinda », répondit-elle d'une voix claire.

Anil se tourna vers le jeune homme, qui tripotait l'ourlet de sa chemise. « Et vous ?

— Sanjay. »

Anil posa ses mains à plat sur la table et redressa la tête pour s'adresser au public rassemblé dans la salle. « Puisqu'il est presque midi, je propose que nous fassions une pause pour déjeuner et nous reposer. La séance reprendra dans deux heures. » Il consulta sa montre. « Retrouvons-nous ici à quatorze heures. » Il repoussa la lourde chaise de la table et se leva.

Le frère de Brinda, celui qui avait parlé, se mit à protester. Anil l'arrêta d'un geste de la main. « Je vous revois tous dans deux heures. » Sa voix porta à travers la vaste salle tandis que les gens se dirigeaient vers les portes en traînant les pieds. Ma attendait au fond et les saluait au passage. Au moment où Sanjay et ses parents se levaient pour partir, Anil leur fit signe de rester, et, une fois la salle vide, il se rassit et dit : « Brinda et Sanjay, j'aimerais que vous soyez mes invités à déjeuner. Avec vos familles, bien sûr. » Anil appela Ma. « Nous déjeunerons tous les huit ici. » Ma acquiesça et disparut dans la cuisine, où on l'entendit donner des ordres aux serviteurs.

Anil se pencha en avant et parla doucement, obligeant les autres à se pencher aussi. « Brinda, c'était votre idée de venir aujourd'hui ? »

La jeune femme hocha la tête une fois.

« Très bien. J'aimerais vous entendre en premier, dans ce cas. » Il leva la main en direction de ses frères et de son père pour leur faire comprendre qu'ils pourraient parler après.

Brinda expliqua que son mari et elle étaient mariés depuis plus d'un an mais que leur mariage n'était pas encore « lié ». Elle utilisa le mot gurajati qui signifiait attacher des choses ensemble, comme un fagot de bois. Anil ne voyait pas ce qu'elle voulait dire. Elle le comprit à son regard et essaya un autre mot, en anglais. *Consommé.* Leur mariage n'était pas encore consommé. Brinda et lui étaient les seuls dans la salle à connaître la signification de ce terme. Brinda avait eu recours à l'euphémisme gurajati pour épargner son mari.

Ce n'était pas un vrai mariage, continua-t-elle. Elle voulait avoir des enfants, fonder une famille, comme cela avait été décidé quand le mariage avait été arrangé. Le père de Brinda et ses frères observaient Anil, prêts à intervenir pour présenter leurs propres doléances. Le jeune frère de Brinda ne quittait pas Sanjay des yeux. L'air était lourd, la tension presque palpable.

Ma surgit tout à coup dans la salle suivie de deux serviteurs qui apportaient des *thalis*[1] disposés sur de grands plateaux en argent. Anil remarqua qu'elle avait utilisé les plateaux avec leur nom en gurajati gravé sur le côté, ceux qu'elle sortait pour les grandes occasions et les invités de marque. Il la remercia d'un sourire tandis qu'elle s'affairait autour de la table, brisant la tension dans la pièce. Une fois qu'ils commencèrent tous à manger, Anil se pencha vers Sanjay et lui dit tout bas : « *Bhai*, suivez-moi. »

Il grimpa l'escalier jusqu'au deuxième étage et prit le couloir, Sanjay un ou deux pas derrière lui. Arrivé devant la porte de sa chambre, il s'arrêta et s'adossa au mur avant d'indiquer à Sanjay le mur opposé et de l'inviter à s'y adosser lui aussi. Ce n'était pas idéal comme salle de réunion mais cela ferait l'affaire. Là, on ne

---

1. Repas indien consistant en un assortiment de plats, allant de l'entrée au dessert, servis dans de petits récipients disposés sur un plateau rond.

pouvait ni les voir ni les entendre. Ils se tenaient face à face mais Sanjay baissait les yeux.

« J'ai besoin de vous poser quelques questions, d'accord ? expliqua Anil. Des questions personnelles. »

Sanjay acquiesça, le regard toujours fixé au sol.

« *Bhai*, tout ce que vous me direz restera entre nous. Personne ne le saura. »

Sanjay acquiesça à nouveau et releva lentement les yeux. Anil y vit alors un mélange de honte et de peur. Il prit une profonde inspiration et commença à poser des questions au jeune homme sur sa sexualité. Ce genre de questions ne le mettait plus mal à l'aise, et il les posait en tant que médecin, avec empathie et sans jugement aucun. Il remarqua que les épaules de Sanjay se détendaient, qu'il desserrait les poings à mesure qu'il racontait le nombre de fois où il avait essayé et échoué depuis sa nuit de noces. Quand il en eut entendu suffisamment pour établir un diagnostic, Anil tendit le bras et posa une main sur l'épaule de Sanjay. « Ce n'est pas votre faute, *bhai*. »

Mais, telle une canalisation qui explose et déverse des flots d'eau, Sanjay ne pouvait plus s'arrêter. Tout en s'appuyant sur des théories basées sur des suppositions, il raconta qu'il ne cessait de se tourmenter sur sa propre virilité, persuadé qu'il subissait à présent les conséquences des pratiques sexuelles solitaires auxquelles il s'était adonné plus jeune. N'importe quel homme aurait été incapable d'accomplir l'acte sexuel dans un tel état d'angoisse. Quand il eut enfin vidé son sac, Anil lui répéta que ce n'était pas sa faute et secoua plusieurs fois la tête pour donner plus de poids à ses paroles. « Venez », dit-il.

Il entra dans la chambre, sortit sa valise de dessous le lit et l'ouvrit. Assis sur ses talons, il fouilla dans le sac en plastique où il avait rangé du matériel de premiers soins et des médicaments, certains à titre préventif pour lui-même, d'autres qu'il laisserait à sa famille. Il écarta la dizaine d'inhalateurs contre les crises d'asthme, la quinine contre la malaria, les antidiarrhéiques, les somnifères pour son vol du retour. Dans la précipitation qui avait précédé son voyage, il avait mis dans sa valise plus de médicaments que sa famille et lui pouvaient raisonnablement prendre. Enfin, il trouva les petites pilules bleues qu'il avait apportées pour l'un de ses oncles à cause de leur utilisation moins connue dans le traitement de l'hypertension artérielle pulmonaire. Il compta trois plaquettes et les donna à Sanjay. « Ne prenez pas plus d'une pilule à la fois. Revenez me voir demain et vous me direz ce qui s'est passé, d'accord ? »

Après le départ de Sanjay, de Brinda, et de leurs familles respectives, Anil resta seul, assis à la longue table, pendant que Ma réchauffait son déjeuner dans la cuisine. Il fit courir les paumes de ses mains sur les nœuds du bois et les rayures à la surface. Chacune racontait l'histoire des repas pris autour de cette table, des livres étudiés, des parties d'échecs gagnées et perdues, des litiges réglés. Pour la première fois, Anil comprit pourquoi son père voulait qu'il endossât ce rôle. Qui d'autre aurait pu aider Sanjay ? Même Papa n'aurait pas pu. Il l'aurait probablement envoyé chez l'astrologue ou le docteur ayurvédique, avec des résultats catastrophiques, à n'en pas douter. Non, même Papa n'aurait pas pu.

22

Après le déjeuner, alors que tout le monde dans la Grande Maison se reposait, Anil, trop agité pour faire la sieste, se rendit chez Leena. Il trouva la jeune femme assise sur la véranda, les jambes autour de la base de l'urne qu'elle lui avait montrée la veille, ponçant le bord supérieur du vase avec la face rugueuse d'une feuille de palmier. Sa main allait vite, de brusques mouvements dans la même direction, et son geste saccadé envoyait une fine poussière de céramique blanche sur son visage et ses bras. Elle ne se rendit compte de sa présence que lorsqu'elle s'arrêta pour tousser.

« J'espère que je ne te dérange pas, dit Anil. Je voulais te remercier pour ton aide, ce matin, pendant la séance d'arbitrage.

— Mon aide ? Qu'est-ce que j'ai fait ? » Elle pencha la tête de côté.

Sans elle, jamais il n'aurait songé à vider la salle, à isoler Sanjay de ceux devant qui il n'osait pas parler franchement. « Tu peux me rendre un service ? demanda-t-il quand il eut fini de lui raconter la séance. J'aimerais t'emprunter des bols et des tasses. Mais pas ceux-là. » Il indiqua les poteries qui attendaient d'être finies sur la véranda. « Non, ceux qui sont à l'intérieur. »

Le visage de Leena s'ouvrit lentement et un sourire apparut

sur ses lèvres. Craignant qu'il ne dévoile l'espace entre ses dents, elle plaqua aussitôt sa main sur sa bouche. Anil eut du mal à croire qu'elle pût être aussi gênée par son apparence. Il se rappela qu'il préférait son sourire franc, celui qui révélait le défaut de sa dentition, car il avait l'impression qu'elle partageait alors tout d'elle-même. Leena cala l'urne sur la véranda et se leva dans un nuage de poussière. Avec sa chevelure blanchie par les fines particules de céramique, il eut un aperçu de ce à quoi elle ressemblerait quand elle serait vieille. Une femme encore belle.

Elle prit un grand plateau qui servait aux *thalis* et y déposa des bols et des tasses qu'elle retira de l'étagère : certains étaient clairement abîmés, mais pour d'autres les défauts étaient invisibles. Une fois le plateau rempli, elle le lui tendit. « C'est pour quoi faire ? demanda-t-elle.

— Viens à la Grande Maison demain matin. Je te montrerai. »

*

Le lendemain, Anil se réveilla au chant du coq. Au bout de quatre jours, son corps s'était enfin habitué au décalage horaire, au climat et au rythme de la vie à Panchanagar, qui lui était autrefois si familier. En bas, à la table du petit déjeuner, ses frères furent surpris de le voir debout de si bon matin. Kiran et Chandu prirent une seconde tasse de thé et s'assirent avec lui pendant qu'il mangeait, mais Nikhil repoussa sa chaise et annonça qu'il avait du travail dans les champs.

« Nikhil, appela Anil avant que son frère quitte la pièce. Si tu as des ouvriers qui sont blessés, envoie-les-moi pendant leur pause. Je m'occuperai d'eux. »

Nikhil haussa un sourcil, le reste du visage impassible, et partit.

*

Anil retira sa valise de dessous son lit et demanda à Piya de l'aider à la porter sur la véranda. Ensemble, ils rangèrent tous les meubles à l'exception de deux chaises et sortirent les médicaments et le matériel de premiers soins qu'Anil avait apportés des États-Unis : des seringues, des pansements, de la gaze, des antibiotiques, des pilules et des désinfectants qu'ils déposèrent dans les diverses poteries de Leena. Puis Anil pria sa mère de lui apporter plusieurs récipients en inox remplis d'eau bouillie et une pile de serviettes.

« Leena ! » s'écria Piya en agitant la main. Anil se tourna et vit la jeune femme qui se dirigeait vers la maison.

« Qu'est-ce que c'est que tout ça ? » Elle se tint en bas des marches, une main en visière pour se protéger du soleil, et embrassa du regard la véranda de la Grande Maison transformée en dispensaire de fortune.

« Si tu veux nous aider, c'est volontiers », dit Anil. Avant que Leena n'ait le temps de répondre, il entendit que quelqu'un criait son nom. Il se retourna : un homme courait vers la Grande Maison.

« Anil *bhai* ! Anil *bhai* ! » L'homme agitait les deux bras au-dessus de sa tête. C'était Sanjay. Il grimpa les marches deux par deux, et, hors d'haleine, joignit les paumes de ses mains à plat en signe de *namasté*, s'inclina devant Anil puis tomba à terre et lui toucha les pieds avant de se relever d'un bond, tel un gymnaste. « Ça a marché, Anil *bhai*. Ça a marché exactement comme vous l'avez dit. Je suis un homme heureux. Un homme très heureux. » Sanjay rayonnait. « Brinda aussi est très, très heureuse », ajouta-t-il tout bas.

Anil regarda par-dessus l'épaule de Sanjay et vit Brinda, marchant vers eux, une corbeille remplie de fruits et de fleurs dans les bras. Elle les rejoignit sur la véranda et, détournant le regard, un sourire timide aux lèvres, elle offrit la corbeille à Anil qui l'accepta, muet de surprise.

Alors que Brinda et Leena s'étaient éloignées, bras dessus bras dessous, Sanjay se pencha vers Anil. « Anil *bhai*, vous en avez d'autres ? » Il tira de sa poche une des plaquettes vides et l'agita devant lui.

« Euh… oui », répondit Anil, encore sous le choc de la métamorphose que cet homme avait subie en l'espace d'un jour seulement. Il posa l'énorme corbeille de fruits. « Je vais vous en chercher. »

*

Avant même qu'ils aient fini de tout installer, le premier ouvrier agricole se présenta avec une blessure à la main qui s'était infectée. Anil vida le pus de la plaie, puis montra à Leena comment la nettoyer avec de l'iode, appliquer une pommade antibiotique et un bandage pour éviter toute nouvelle contamination. D'autres serviteurs arrivèrent des champs et des maisons voisines. Au bout d'une heure, les gens faisaient la queue devant les marches de la véranda jusque sur l'esplanade. Anil sentit monter peu à peu en lui cette fébrilité qui lui était si familière, ce besoin pressant de ne pas perdre de temps et de voir le maximum de patients.

Il les examinait à un bout de la véranda avec Leena qui l'assistait, si nécessaire, puis qui les raccompagnait quand ils étaient prêts à repartir. Piya, elle, allait le long de la queue, interrogeait les gens sur leurs divers maux et faisait passer les cas les plus urgents en premier. Même Ma, qui au départ s'était montrée sceptique et avait cédé ses serviettes de mauvais gré, envoyait à présent les serviteurs porter à boire aux personnes qui n'avaient pas encore été vues par son fils. Quand vint l'heure de déjeuner, Anil refusa de s'arrêter mais Ma ne voulut rien entendre et lui fit servir son repas dehors. Anil finit par avaler quelques bouchées entre deux patients quand la faim le tenaillait, jetant régulièrement un coup d'œil à la chaîne humaine qui se déployait le long du chemin.

D'une certaine façon, cela lui rappelait le stress des gardes aux urgences, à Parkview, et, en même temps, c'était complètement différent. Ici, les gens attendaient sous le soleil brûlant de midi : les hommes nouaient des mouchoirs sur leurs têtes tandis que les femmes se protégeaient avec leurs saris. Chaque patient expliquait le lien qu'il avait avec la famille Patel : un lointain cousin du mari de la sœur de Papa, un voisin de l'un des ouvriers agricoles, la grand-mère âgée d'un camarade de cricket de Kiran. Ce n'était seulement qu'après s'être présentés qu'ils parlaient de leurs maux. Souvent, ils remerciaient Anil, et Dieu, avant même qu'il ait fait quoi que ce soit.

À mesure que la journée avançait, il soigna un ouvrier qui s'était cassé deux côtes en tombant d'un âne, deux autres avec des plaies purulentes et six membres d'une famille voisine, tous atteints de malaria. Leena et lui travaillaient toujours après le retour des frères d'Anil des champs et, une fois le soleil couché, ils examinèrent des patients à la lumière d'une unique lanterne. Quand la queue se réduisit à une poignée de gens, Piya aida Leena à panser les petites blessures. Ma avait fini de préparer le dîner depuis longtemps, et tous, dans la Grande Maison, avaient hâte de passer à table, lorsqu'ils terminèrent enfin. Le ciel était d'un noir d'encre, à l'exception du halo de la lune et de l'éclat d'une étoile ici ou là. Tandis qu'ils nettoyaient les instruments et se lavaient les mains dans les récipients d'eau chaude, Anil parvenait à peine à distinguer le visage de Leena. Mais il lui suffit de faire appel aux coups d'œil qu'il n'avait cessé de lui jeter à la dérobée au long de la journée pour combler les détails manquants de sa physionomie plongée dans l'ombre : la courbure gracieuse de ses sourcils, son piercing à la narine, comme une minuscule tête d'épingle en or, ses lèvres pleines qui s'entrouvraient pour révéler l'espace entre ses dents de devant. Anil l'avait vue sourire plusieurs fois malgré le travail épuisant et la chaleur, et il s'était demandé si elle n'avait pas fini par oublier ce qu'elle considérait comme un défaut.

Anil se coucha ce soir-là, une lassitude plaisante dans tout le corps. Après le dîner, Nikhil l'avait entraîné à l'écart et remercié d'avoir soigné ses ouvriers. « Celui avec la plaie purulente à la main, c'est l'un des meilleurs. Je pensais qu'il se plaignait comme les autres, mais je ne me m'étais pas rendu compte qu'il souffrait vraiment. Il avait l'air tellement soulagé quand il est revenu travailler. » Nikhil baissa la voix et posa une main sur l'épaule de son frère. « Merci, *bhai*. »

Anil sourit en se remémorant la scène, fatigué mais satisfait. Quelques minutes plus tard, il dormait profondément.

*

Le lendemain matin, Piya frappa à sa porte avant de passer la tête par l'entrebâillement. « Lève-toi, frérot ! Dépêche-toi et regarde dehors. »

Anil sortit de son lit, encore tout ensommeillé, et s'approcha de la fenêtre. Cinq ou six personnes attendaient devant la Grande Maison. « Qui est-ce ?

— L'un des ouvriers agricoles que tu as vu hier, avec sa femme et ses enfants. Ils ont la fièvre et vomissent. Le bébé a les lèvres sèches et toutes gercées. À mon avis, il est déshydraté. »

Anil se tourna vers sa sœur, surpris. Depuis quand savait-elle tout cela ? Il se pencha à la fenêtre et aperçut trois bicyclettes et plusieurs personnes sur le chemin.

« Tu ferais mieux de t'habiller, *bhai*. »

Il hocha la tête. « Et Leena ? demanda-t-il en attrapant ses habits.

— Je vais aller la chercher », lança la jeune fille par-dessus son épaule.

*

La rumeur s'était répandue dans le village, et, durant toute la journée, les gens qui avaient besoin de soins médicaux affluèrent vers la Grande Maison. Ils venaient seuls ou en groupe ; à pied, à mobylette, à bicyclette. Ils apportaient des nattes en paille pour s'asseoir, et mangeaient pendant les longues heures d'attente. Avec l'aide de Leena et de Piya, Anil remit en place le poignet cassé d'une jeune femme, ôta un bouchon de cérumen de la taille d'un grain de raisin de l'oreille d'un vieil homme et soigna un forgeron qui s'était brûlé la main. Ils continuèrent ainsi jusqu'à ce qu'ils n'aient plus ni médicaments ni matériel de premiers soins, et même alors certaines personnes refusaient de partir, persuadées qu'Anil pouvait accomplir un miracle et les guérir avec un simple morceau de coton. Une fois que la foule se fut enfin dispersée, Piya arriva avec une petite fille de cinq ou six ans. Anil interrogea sa sœur du regard tandis qu'elle lui expliquait que la fillette avait très mal à une molaire. Qu'était-il censé faire contre un mal de dents ? La fillette l'observait, les yeux remplis de larmes. Il s'agenouilla devant elle et lui demanda d'ouvrir la bouche. La gencive n'était pas gonflée, il n'y avait pas d'infection visible.

« On pourrait essayer un clou de girofle, suggéra Piya. Je me souviens que Ma faisait ça quand j'étais petite. »

Anil haussa les épaules. Il n'avait rien d'autre à offrir. Piya rentra dans la maison et revint avec une poignée de clous de girofle. Elle en prit un, le plaça dans la bouche de la fillette, sur la molaire, et lui dit de le mordre. La petite fille s'exécuta, une larme coulant de l'un de ses yeux. « Continue de mâcher, d'accord ? Ne l'avale pas. Maintenant, crache-le et prends-en un autre. » Elle ouvrit la main de l'enfant et versa dans sa paume le reste des clous de girofle.

« Où sont ses parents ? » demanda Anil.

Piya indiqua du menton un couple, debout près d'un cocotier, à une trentaine de mètres de la véranda. « Ce sont des intouchables », dit-elle. Ils se tenaient à une distance respectable de la famille Patel, qui appartenait à une caste supérieure. À Parkview, n'importe qui pouvait se présenter aux urgences et, bien trop souvent, les gens ne se gênaient pas pour se plaindre des soins qu'on leur prodiguait.

Anil caressa la tête de la petite fille qui mâchait vigoureusement son clou de girofle en le regardant, un large sourire aux lèvres. Puis il descendit les marches de la véranda et se dirigea vers les parents de l'enfant. Quand il fut devant eux, ils le saluèrent, les mains jointes, mais ne le touchèrent pas. Anil leur expliqua que leur fille avait une carie à la molaire et devait voir un dentiste en ville. En attendant, les clous de girofle la soulageraient temporairement. Il sortit plusieurs billets de sa poche et les fourra dans la main du père. Puis il appela l'ouvrier agricole le plus proche d'eux. « Apporte-leur deux noix de coco, dit-il. Tout de suite ! » ajouta-t-il en voyant que le garçon hésitait. Le père de la fillette sourit et s'inclina devant Anil en signe de remerciement. Piya ramena la petite fille à ses parents et s'empressa de rentrer calmer Ma qui s'époumonait à appeler ses enfants à table.

Anil regagna la véranda. Il avait soigné beaucoup de gens, mais pas tous ceux qui étaient venus, ni ceux qui nécessitaient une intervention chirurgicale ou des soins plus précis. Et c'étaient à eux qu'il pensait : à la femme diabétique qui avait développé un ulcère au pied dû à une mauvaise circulation du sang. Au petit garçon né avec une oreille en moins, que ses parents avaient amené à tous les temples situés à cinquante kilomètres à la ronde pour le débarrasser de ce qu'ils croyaient être l'esprit du mal. Anil leur expliqua que leur fils souffrait de microtie, une malformation congénitale sans rapport avec les esprits ou les démons. Ils paraissaient pleins d'espoir jusqu'à ce qu'il leur annonce qu'il ne pouvait rien faire, car il fallait opérer. C'était cela le plus dur quand on était médecin, et Anil le comprenait chaque fois qu'il songeait à tous ceux qu'il n'avait pas pu sauver.

Après avoir rangé le matériel, Leena et lui allèrent se laver à la pompe. Alors qu'Anil actionnait la poignée métallique pendant que la jeune femme retroussait le bas de son sari pour se rincer les pieds, il vit que la peau au-dessus de l'une de ses chevilles était boursouflée et marbrée de rouge. La cicatrice, de ce qui avait dû être une brûlure au second degré, remontait le long de son mollet et disparaissait sous son sari. Il fronça les sourcils et leva les yeux vers Leena. La jeune femme détourna aussitôt la tête, et, lâchant son sari qui retomba sur la terre mouillée, elle s'écarta. « À ton tour, dit-elle avant de lui proposer d'actionner la pompe pour lui.

— Est-ce que tu restes dîner ? demanda Anil, sachant à l'avance quelle serait sa réponse, la même que la veille. Tu peux amener ta mère. »

Leena secoua la tête. « Elle préfère manger à la maison. Je ferais mieux d'y aller, d'ailleurs.

— Tu... tu m'as été d'une grande aide. Je te rapporterai tes poteries demain. »

Leena sourit et écarta une mèche de cheveux de son visage.

*

Mina Patel se tenait à la fenêtre du salon et observait Anil en train de se rincer les mains à la pompe. Il aurait très bien pu se laver dans la salle de bains, mais elle se doutait que, s'il était resté dehors, c'était à cause de Leena, qui s'éloignait alors sur le chemin, la brise soulevant le *pallu*[1] de son sari. Un étrange malaise la saisit, émoussant la fierté qu'elle avait éprouvée plus tôt dans la journée. Son humeur changeait si rapidement ces derniers temps, sans la présence de Jayant, son roc, au centre de son monde.

Avant-hier, par exemple, avait été l'une de ses plus belles journées depuis un an que son mari était mort. Entourée de tous ses enfants, plus ou moins en harmonie les uns avec les autres. Anil avait fait preuve de beaucoup de sagesse en débrouillant plusieurs litiges compliqués. Comme son père, il avait fini par découvrir qu'il ne pouvait pas résoudre un problème sans comprendre les gens, la dynamique de la famille et de la communauté. Jayant aurait été fier de voir Anil remplir ce rôle qu'il avait toujours souhaité pour son fils : soigner la communauté de ses maux, visibles et invisibles. Mais c'était avant-hier. Aujourd'hui, pendant qu'elle le regardait suivre des yeux cette fille, sans rien savoir de ce qui s'était passé, Mina songea qu'elle devait veiller au grain.

Elle aurait dû intervenir plus tôt, dès qu'elle avait vu Leena ici, aidant Anil à installer son dispensaire. Mais elle ne voulait pas se montrer inhospitalière avec l'amie de Piya, et puis, dans un coin de son cœur, la jeune femme lui faisait un peu pitié.

Elle sortit et rejoignit Anil près de la pompe, où il était occupé à se sécher. « Écoute-moi, mon fils, je ne sais pas ce qui

---

1. Extrémité du sari, d'un mètre environ, habituellement rabattue sur l'épaule.

se trame, mais tu ne devrais pas te montrer aussi chaleureux avec Leena. Pour Piya, c'est différent, c'est une fille. Mais toi… ce n'est pas bien. Il y a des choses que tu ignores… »

Anil interrompit sa mère. « Je suis au courant pour le mariage, Ma, si c'est à ça que tu penses.

— Tu ne *sais* pas quel genre de fille c'est. Non seulement elle a trahi son mari et ses parents, mais elle nous a trahis aussi, ton père et moi. Elle nous a laissés tomber après ce qu'on a fait pour elle. » Mina lâcha un long soupir et lui raconta toute l'histoire.

*

Peu de temps après le départ d'Anil pour l'Amérique, les parents de Leena se présentèrent à la Grande Maison le dernier dimanche du mois, le jour où Jayant tenait ses séances d'arbitrage. Nirmala et Pradip habitaient une petite maison adjacente à la propriété des Patel, mais les deux couples ne se fréquentaient guère. En tant que *Memsahib* du clan Moti Patel, Mina se devait de garder ses distances avec tout un chacun. C'était Jayant qui était surtout en contact avec Pradip, quand ils vendaient tous les deux leurs récoltes au marché. Jayant disait que c'était un homme honnête et travailleur, et, visiblement, il avait de l'affection pour lui.

Les parents de Leena étaient déjà venus dans la grande salle d'arbitrage, mais uniquement pour observer, aussi Mina fut-elle surprise de les voir s'avancer vers la table ce jour-là. Lorsque Jayant accueillit Pradip comme un vieil ami, elle sut que son mari serait disposé à l'aider quoi qu'il lui demande. Ils voulaient marier leur fille mais le seul homme qu'ils avaient trouvé venait d'une famille prospère qui exigeait, légitimement, une dot plus importante que celle qu'ils offraient. Nirmala et Pradip étaient en désaccord sur le fait de contracter une dette afin d'augmenter la dot de leur fille.

« Je n'ai qu'une fille, *Sahib*, dit Pradip. Et je veux le meilleur pour elle. Quelle importance si ça me coûte plus cher ? » Sa femme avait peur d'aller voir le prêteur sur gages, un homme qui avait la réputation d'être peu recommandable et de pratiquer des taux usuraires. Mais Nirmala pouvait aussi se montrer regardante et parcimonieuse, comme souvent les femmes de la région, habituées à tenir une maison avec un budget serré. Mina, elle, avait appris de Jayant qu'il valait mieux améliorer sa production agricole et donc gagner plus d'argent avec de meilleures récoltes que compter les grains de riz. Malgré tout, dans l'esprit de Mina, Jayant était parfois trop généreux avec les autres.

Jayant écouta patiemment Nirmala confier ses inquiétudes quant à ce fardeau financier, puis il prêta une oreille attentive à Pradip qui, lui, se souciait davantage de l'avenir de sa fille. À ce moment-là de la séance, Mina se souvint que Jayant fit une digression à propos du système de dot. Bien que la pratique fût bannie par le gouvernement des dizaines d'années auparavant, il ne connaissait pas, dit-il, un mariage qui ne s'était pas conclu sans que les parents de la fille donnent quelque chose. Les *thalis* en argent qu'il affectionnait tant, avec, gravés en gurajati sur le côté, le nom de Patel et la date de son mariage avec Mina, était un cadeau de sa belle-famille. Apporter une dot servait à l'origine à assurer la sécurité économique des filles en leur fournissant leur propre trousseau pour démarrer dans leur nouvelle vie d'épouse. Aussi était-ce une honte que les dots aient pris un tel tour au fil des années, expliqua Jayant, certaines familles cupides s'appropriant les biens destinés aux filles.

Avant même qu'il ne donne son avis, Mina sut ce qu'il allait dire aux parents de Leena. Elle l'avait déjà entendu exprimer tout le mépris que les prêteurs sur gages lui inspiraient. On le consultait souvent pour des problèmes financiers, et il avait vu beaucoup de gens devenir la proie de ces escrocs qui les menaçaient et pouvaient parfois se montrer violents. Comme s'y attendait Mina, il déclara qu'il souhaitait que Nirmala et Pradip assurent le meilleur avenir possible à leur fille, sans avoir à s'inquiéter. Il leur prêterait lui-même l'argent nécessaire, et ce n'était pas une petite somme – cinquante mille roupies –, sans intérêt. Les parents de Leena lui furent très reconnaissants, évidemment. Et au mariage de Leena, Pradip réserva même la place d'honneur à Mina et à Jayant.

*

Mina avait un goût amer dans la bouche quand elle eut fini de raconter cette histoire. Anil la regardait fixement, en silence. « Tu comprends donc qu'on leur a accordé une immense faveur, à elle et à ses parents. Peu de gens se seraient comportés de la sorte. Grâce à ton père, cette fille a fait un bien meilleur mariage que celui que ses parents pouvaient lui arranger. » Une colère soudaine s'empara de Mina, exacerbée par la mort de son mari dont l'absence lui pesait de nouveau. « Mais Leena n'a pas tenu compte de notre générosité, reprit-elle. Elle a déshonoré ses parents et a craché sur notre bonté. » Mina n'avait pas besoin d'en dire plus. Son fils savait ce que cela signifiait pour une femme d'être expulsée de la maison de son mari, et pour un mariage de se terminer dans la disgrâce. C'était une souillure que l'on portait jusqu'à la fin de sa vie, et jamais Mina ne tolérerait qu'elle s'étende à sa famille.

*

Anil vit que sa mère guettait sa réaction. Il remit en place le seau sous la pompe et s'essuya les bras et les pieds en cherchant à étouffer l'accès de révolte qui grondait en lui.

« Je veux juste que tu sois prudent, Anil, dit Ma. Pour ton bien. Quand tu reviendras l'année prochaine, on te cherchera une épouse. J'ai déjà commencé à me renseigner. » Elle sourit.

« Tu n'as pas besoin de te faire du souci pour ça, Ma.

— Parfait. » Elle lui tapota la main. « Je savais que tu comprendrais.

— Non, c'est toi qui n'as pas compris. » Ce qu'il hésitait à lui dire depuis si longtemps jaillit brusquement de sa bouche. « Je ne reviendrai pas l'année prochaine. J'ai déposé une demande pour me spécialiser en cardiologie interventionnelle. Si elle est acceptée, je dois passer encore cinq ans là-bas. »

Anil fit peu de cas du regard alarmé de sa mère ; il y prit peut-être même un certain plaisir quand il le remarqua. Il expliqua ce qu'était cette spécialité et la technologie de pointe qu'elle nécessitait avec suffisamment de détails pour que Ma se sente dépassée et ne pense même pas à lui demander pourquoi il ne pouvait suivre ce programme qu'en Amérique. Il lui parla de son projet de recherche – pour lequel il ne s'était toujours pas trouvé de mentor, la convalescence de Baldev ayant accaparé tout son temps libre –, et lui annonça qu'il devrait mettre les bouchées doubles à son retour.

« C'est le genre de médecine qui aurait sauvé Papa, conclut-il. Il aurait voulu que je fasse ça. »

Mina secoua la tête lentement. « Ne me dis pas ce qu'aurait voulu ton père. Ton père était un grand homme. S'il était encore parmi nous, rien de tout cela ne se serait produit. » Elle leva le bras en l'air. « Je ne sais pas ce qui t'est arrivé, Anil. Je ne sais plus qui tu es. J'ai tout fait pour toi. Tu ne peux pas réécrire le passé. » Elle lui tourna brusquement le dos et rentra dans la maison.

Anil expira profondément, curieusement soulagé que sa mère ait verbalisé la culpabilité qu'il éprouvait. Il ferma les yeux et vit son père, assis à la table de la grande salle, statuant sur le mariage de Leena. Quand il les rouvrit, la scène continua de le hanter.

*

Deux jours plus tard, Leena replaçait les poteries défectueuses sur l'étagère de son salon. Elle suivit de l'index le bord de la tasse fêlée qui avait contenu le coton ; elle cala le saladier bancal dans lequel ils avaient jeté les seringues usagées. Des pièces qui lui paraissaient futiles mais qui pourtant s'étaient révélées des plus utiles. Au cours des derniers jours, elle avait vu des gens venant de tout Panchanagar, et d'ailleurs nombre d'entre eux pour la première fois depuis son départ après son mariage. Si elle avait réfléchi avant de grimper les marches de la véranda de la Grande Maison, elle aurait peut-être hésité à l'idée de se retrouver devant eux. Mais aucun des villageois qu'elle avait soignés n'avait manifesté la moindre désapprobation. Voilà une chose qu'elle avait remarquée au sujet des gens qui souffrent : leur vulnérabilité les rendait plus soucieux de ce que vivaient les autres – ou peut-être juste moins préoccupés d'eux-mêmes.

Anil l'avait aidée à regagner un certain respect dans la communauté. Il ne l'avait pas fuie quand il avait appris comment s'était fini son mariage, sans compter qu'il ne savait manifestement pas tout. Piya avait tenu parole et n'avait rien dit. Leena n'ignorait pas qu'elle courait un risque si elle lui racontait tout maintenant, mais Anil méritait de connaître la vérité. Elle s'installa dans le coin préféré de son lit et, jambes repliées contre sa poitrine, son carnet posé sur les genoux, elle commença à écrire.

Nirmala jeta un coup d'œil à sa fille quand elle passa devant sa chambre, et vit qu'elle pleurait ; Leena pleurait toujours en silence et c'est à sa façon de presser le bout de ses doigts au coin de ses yeux, comme si son *kajal* avait coulé, qu'elle le comprit. Son cœur se serra en songeant que sa fille était privée de la joie et de l'entrain qu'une jeune personne de son âge devait posséder. Leena méritait d'être heureuse, mais elle ne trouverait pas le bonheur avec Anil Patel. Ce garçon n'était pas digne d'elle, pas même de son amitié, en dépit de tout ce que Leena pouvait dire. Il y avait des choses qu'elle ignorait sur cette famille, des choses que Nirmala s'était juré de ne jamais lui raconter. Comment les Patel avaient volontiers participé à l'arrangement du mariage, accepté les louanges pour le rôle qu'ils avaient joué et fini par leur tourner le dos dès qu'ils avaient eu vent des problèmes. Quand Nirmala était allée voir Mina pour la supplier d'annuler cette dette qui les accablait, lorsque la belle-famille de Leena avait commencé à leur extorquer plus d'argent, Mina avait refusé de la recevoir et envoyé son fils à sa place. Nirmala lui avait apporté son plus précieux sari en guise d'offrande, d'une mère à une autre, au nom du bien-être de sa fille unique, et Mina Patel s'était débarrassée de son cœur brisé entre les mains d'un simple garçon. L'humiliation qu'elle avait alors ressentie était toujours aussi vive aujourd'hui. Mais il était inutile que Leena en porte le fardeau ; sa fille avait plus souffert au cours des dernières années que n'importe quel adulte dans une vie entière. Nirmala avait séché depuis longtemps les larmes de sa fille, elle avait soigné ses plaies. Cet Anil Patel n'allait certainement pas rouvrir ses blessures maintenant.

23

Quand Anil atterrit à Dallas, à la fin du mois de juillet, pour la première fois personne ne l'attendait. Baldev était toujours à l'hôpital et Mahesh coincé à son travail. L'année précédente, c'était Amber qui était venue le chercher. Il avait l'impression que leur histoire datait d'il y a cent ans et s'était déroulée dans une autre vie, quand tous deux étaient beaucoup plus jeunes. Pourtant, il scruta du regard la foule dans le hall d'arrivée, envahi par une nostalgie qu'il n'avait pas éprouvée depuis son départ de Dallas, et qui le terrassa à l'idée des soirées solitaires et du lit trop grand qui le guettaient. La perte était là, quasi tangible : il était de nouveau seul. Mais cela en aurait-il été autrement, se demanda-t-il, si Amber et lui avaient essayé de construire une vie ensemble – tous les deux, seuls au monde, sans sa famille à elle, sans sa famille à lui ? C'était une vie qu'il ne pouvait plus imaginer, une vie qu'il ne désirait pas.

Il sortit de l'aéroport dans la lumière aveuglante du soleil. Même la chaleur était différente au Texas, implacable de mai à septembre. Les gens ne passaient pas beaucoup de temps dehors, l'été, à Dallas : ils filaient à toute allure de leurs maisons climatisées à leurs voitures et à leurs bureaux climatisés. Les aires de jeux et les parcs étaient déserts, les familles préférant s'engouffrer dans les galeries marchandes glaciales et les cinémas.

Anil était habitué à la chaleur en Inde, mais ici elle était tout autre. À Panchanagar, les matinées étaient fraîches et l'herbe couverte de rosée. Plus tard dans la journée, la brise soufflait dans les palmiers et les cocotiers. Et les jours les plus chauds de la fin de l'été, le ciel se déchirait et les pluies de la mousson s'abattaient, gorgeant d'eau la terre desséchée, trempant jusqu'aux os ceux qui s'étaient laissé surprendre. En Inde, quand la chaleur devenait insupportable, c'était la nature qui décidait d'y mettre un terme, et en attendant les gens se retiraient dans leurs chambres pour de longues siestes. Au Texas, personne n'espérait de la nature un quelconque soulagement ; les gens se l'apportaient eux-mêmes sous la forme de climatiseurs visibles à l'extérieur de chaque bâtiment. En juillet, il faisait si froid à l'hôpital que souvent il devait porter un gilet pour travailler.

*

Anil trouva l'appartement vide. Il passa de pièce en pièce, persuadé que quelque chose aurait changé pendant son absence – dix jours à peine, mais qui lui paraissaient bien plus longs. À l'exception de deux tasses sur l'égouttoir, la paillasse était nue et, dans le réfrigérateur, il n'y avait qu'une seule brique de lait, périmé. Où étaient les boîtes en plastique de Mahesh avec les restes de curry végétarien ? La culpabilité ne l'avait quand même pas poussé à se sous-alimenter ? se demanda Anil.

Sans les affiches des starlettes de Bollywood, la chambre de Baldev semblait bien sobre. Ses parents étaient repartis la semaine précédente, après la dernière intervention chirurgicale subie par leur fils et son transfert dans le service de rééducation. Le garage qu'ils possédaient à Houston avait fonctionné de façon sporadique pendant leur absence, sous la surveillance d'employés en qui ils n'avaient pas tout à fait confiance et, à cause des frais médicaux qu'engendrait le séjour de Baldev à l'hôpital, ils ne pouvaient pas se permettre de rester plus longtemps. Anil songea à son ami, coincé dans ce service réservé aux gens qui avaient besoin de temps supplémentaire pour se rétablir. Il eut brusquement envie de le voir, mais très vite un autre sentiment balaya cette première impulsion quand il imagina Baldev avec les membres plâtrés, le visage contusionné, le regard impossible à fuir. Non, mieux valait attendre demain, quand il retournerait travailler à l'hôpital.

Il défit sa valise et sortit de l'une des poches extérieures le flacon avec de la poudre de *masala chai*[1] que Ma lui avait donné avant son départ. Sa mère ne jetait jamais rien : ce flacon avait contenu autrefois des bêtabloquants qu'Anil avait rapportés d'Ahmadabad pour soigner l'angine de Papa.

La première gorgée du *chai* de Ma lui rappelait toujours qu'il était à la maison. Cette fois-ci, il avait tenu à la regarder le préparer : elle écrasait un peu de gingembre avec des feuilles de menthe fraîches et versait le tout dans le lait bouillant, coupé avec de l'eau, ajoutant parfois de la citronnelle ou des clous de girofle. Ne résistant pas à la tentation d'en boire tout de suite, il ouvrit le flacon et en huma le parfum. Comment une simple poudre pouvait-elle exhaler une odeur à laquelle il était si attaché?

Alors qu'il attendait que le lait bouille dans une casserole, il parcourut du regard l'appartement. Il lui parut terne et sans vie, avec ses murs beiges, ses stores et sa moquette qui se fondaient en une toile de fond banale contre laquelle se distinguaient à peine leurs quelques meubles. Un lieu temporaire. Après avoir

---

1. Thé noir avec du *masala* qui est un mélange d'épices.

versé quelques feuilles de thé dans la casserole et ajouté une pincée de *masala*, il s'empara du flacon. Comme c'était étrange de se trouver ici, de l'autre côté de l'océan, avec ce flacon portant le nom de son père et rempli d'épices écrasées par sa mère avec le lourd pilon en cuivre qui avait appartenu à sa grand-mère.

Il sortit une tasse du placard et l'examina. Pour être aussi lisse et identique aux trois autres sur l'étagère, elle avait de toute évidence été fabriquée par une machine. Elle était parfaite, mais elle n'était pas belle. Il lui manquait les fines stries laissées par les doigts de Leena, le minuscule tourbillon à la base, la trace de ses mains, de son toucher. Il ferma les yeux, se revit assis près d'elle, et son souvenir fut si fort qu'il crut sentir le parfum des fleurs de jasmin tissées dans ses cheveux. La femme que Ma lui avait décrite – qui avait quitté son mari et bafoué la générosité de son père – n'était pas celle qui lui avait montré ses poteries défectueuses et avait soigné les blessures de tous ces gens se présentant à la Grande Maison, elle n'était pas non plus la petite fille courageuse qu'il se rappelait de son enfance. Le rôle que son père avait joué dans son mariage le troublait et il ne cessait de se demander ce qui s'était vraiment passé. Il ne cessait de penser à Leena.

Il l'imaginait en ce moment, assise sur sa véranda, modelant des mottes d'argile, fabriquant de la beauté. Que ressentait-on quand on créait de la magie avec ses mains, quand on expérimentait le pouvoir de son art ? Était-ce une chose possible pour lui ? Anil ne mesurait pas ses erreurs en pots ratés mais en certificats de décès, en familles éplorées et dans le regard désespéré d'un patient qu'il ne pouvait pas aider.

La médecine lui semblait autrefois une noble profession mais, la plupart du temps, il l'avait trouvée brouillonne et imparfaite. Il y avait des décisions à prendre sur lesquelles on ne pouvait plus revenir, des jeux de pouvoir entre médecins, des patients pour qui il avait envie de se battre, et d'autres, il le reconnaissait honteusement, pour qui il n'en avait pas envie. Ces journées à Panchanagar passées à soigner des paysans avaient été épuisantes, mais au bout du compte satisfaisantes. Ce qu'il ressentait à la fin d'une journée à Parkview était différent, mais était-ce mieux ? À quel monde appartenait-il – où pourrait-il donner le meilleur de lui-même, ou faire le bien du mieux possible ?

Quand le thé fut prêt, Anil but une première gorgée, debout dans la cuisine. Il n'était pas aussi richement parfumé que le *chai* de Ma, mais il n'était pas mauvais non plus même s'il ne sentait pas vraiment la menthe, mais la cardamome et la cannelle. Certains ingrédients survivaient mieux au voyage que d'autres. Le thé aiguisa son appétit et Anil se rendit compte qu'il était affamé. Il jeta un nouveau coup d'œil dans le réfrigérateur, puis dans le congélateur, et ne trouva même pas les habituelles conserves de petits pois dans le placard de la cuisine.

Anil revint de l'épicerie indienne avec une demi-douzaine de plats à emporter, un pot de yaourt, des oignons frais, des tomates, de la coriandre et des citrons verts pour faire une salade. Sur un coup de tête, il acheta aussi un sachet de *samosas*[1] et deux cent cinquante grammes de sucreries. Il appela Mahesh pour lui annoncer qu'il préparait le dîner mais, avant, il passa ramasser le courrier ; reprendre cette habitude lui semblait une petite formalité, dont il devait néanmoins s'acquitter. La boîte était pleine. Parmi l'amas de lettres, Anil compta trois grandes enveloppes marron, toutes adressées à Mahesh et portant un timbre indien. Il sourit. Qui sait si la future femme de Mahesh ne se trouvait pas là, dans l'une de ces enveloppes ? Quand il les porta dans la chambre de son ami, il vit sur le bureau une pile d'enveloppes identiques, au moins sept ou huit, dont aucune n'était ouverte. Il posa les siennes dessus et referma la porte derrière lui.

1. Beignets en forme de triangle.

*

« Ça fait beaucoup. » Mahesh embrassa du regard les plats qu'Anil avait disposés sur la table. « Tu as pris l'habitude de manger comme un roi quand tu étais chez toi ?

— Tu penses qu'il y a trop ? » demanda Anil. Visiblement oui, puisqu'ils n'étaient que deux. Il attrapa la radio. La pièce était trop silencieuse sans Baldev. « Peut-être que je pourrais proposer à Amber de se joindre à nous ? » Il s'était retenu pour ne pas frapper à sa porte depuis son retour.

« *Bhai*... » Mahesh hésita. « *Bhai*, elle est passée pour te l'annoncer, mais tu étais déjà en Inde. » Il serra ses doigts autour du dossier de la chaise. « Amber a déménagé.

— Oh.

— Elle voulait que tu saches que ça n'a rien à avoir avec toi, continua Mahesh. C'est à cause d'eux... de ces types.

— Ils l'ont de nouveau embêtée ?

— Non. Mais elle m'a dit qu'elle ne pouvait plus vivre ici. Elle est persuadée que ce qui est arrivé à Baldev, c'est à cause d'elle. J'ai essayé de lui dire que non, mais... »

Anil hocha la tête et s'assit lentement. La culpabilité s'était propagée bien plus loin qu'il ne le pensait. Il eut un long et profond soupir, en s'efforçant d'expulser toutes les émotions quelles qu'elles soient qui montaient en lui.

« Elle vit en coloc maintenant, et il y a un gardien à l'entrée de l'immeuble où elle habite. Tu es sûr que ça va ? »

Anil se servit du *mattar paneer*[1] et tendit le plat en plastique à Mahesh. « Oui, oui, c'est bon », répondit-il sur un ton qu'il espé-

---

1. Plat à base de petits pois et de *paneer*, une sorte de fromage de chèvre, cuisiné avec de la tomate et des épices.

rait suffisamment définitif pour clore la conversation. Il prit le pot de yaourt. « En parlant d'amour, il y avait plusieurs lettres pour toi dans la boîte. Je les ai posées sur ton bureau.

— Merci, dit Mahesh.

— Des partis intéressants ? Aurais-tu trouvé la future Mrs Shah ? »

Mahesh fit non de la tête tout en roulant une boulette de riz qu'il trempa dans le curry. « Je n'ai pas vraiment eu le temps de regarder. Je suis assez occupé au travail. On a une grosse sortie prévue pour le mois prochain. Ils ont mis une autre équipe sur le coup. On est huit maintenant, mais ça va quand même être dur d'être prêts à temps.

— Une autre équipe ? Tu dois t'occuper de tous ces gens ? »

Mahesh préférait travailler seul ; son niveau d'angoisse semblait proportionnel au nombre de collègues avec lesquels il devait interagir. Il ajouta une bonne cuillerée de yaourt à son riz. Il était le seul, à la connaissance d'Anil, à terminer toujours son repas par du riz mélangé à du yaourt acide, comme une espèce de pudding non sucré. Il secoua de nouveau la tête. « L'autre équipe a son propre chef. On se coordonne l'une avec l'autre, c'est tout.

— Tu as raison, il y avait trop à manger, constata Anil devant le nombre de plats qui restaient sur la table. Tu veux en emporter pour ton déjeuner demain ?

— Je te remercie mais on va dans un restaurant près du bureau, le Dosa Palace. C'est très bon. Je t'y emmènerai un soir si tu veux.

— Depuis quand tu déjeunes au restaurant ? Je croyais que tu détestais quitter ton bureau. Et c'est qui, "on" ?

— Juste... Yaalini, répondit Mahesh. C'est elle qui dirige l'autre équipe.

— Yaalini ? répéta Anil en souriant. Vraiment ?

— Ce n'est pas ce que tu penses. Elle est originaire du Tamil Nadu[1]. Elle parle télougou. On n'a rien en commun. On ne fait juste que travailler. » Mahesh se leva de table et porta son assiette dans la cuisine. « Hé, pourquoi on n'apporterait pas tout ça à Baldev, demain matin ? Il se plaint tout de temps de la nourriture à l'hôpital. »

*

Le service de rééducation de Parkview se trouvait dans le bâtiment Est, à l'opposé de ceux où Anil travaillait en général. Les patients restaient là entre une semaine et plusieurs mois, jusqu'à ce qu'ils retrouvent suffisamment de mobilité pour être soignés chez eux. Certains continuaient de subir de multiples interventions chirurgicales pendant leur séjour. Conçu différemment des autres services, il possédait une vaste salle munie de tapis de sol et de toutes sortes d'appareils, où le soleil entrait à flots par de longues fenêtres verticales. Mais surtout, les murs en béton étaient d'un jaune lumineux et joyeux. Rien à voir avec les couleurs ternes qui dominaient ailleurs. Ici, l'espoir régnait, et bien que les patients soient grièvement blessés, tous pouvaient s'en sortir. Cette seule affirmation les rassurait sans doute, et rassurait aussi le personnel : plutôt que d'être au seuil de la mort ou en proie à une maladie grave, ils avançaient d'un pas ferme vers la guérison.

Assis dans son lit, Baldev n'arrivait pas à diriger la télécommande vers le poste de télévision. « Qui veut un *samosa* ? demanda Anil en entrant dans la chambre, un sac en plastique à la main.

— Anil ! Content de te revoir, mec. » Baldev lâcha la télécom-

---

1. État de l'Inde du Sud qui signifie « Pays des Tamouls ».

mande et tendit son bras valide. Les bleus qu'il avait au visage avaient viré au vert olive et seules les plaies les plus profondes se voyaient encore. On lui avait retiré ses deux plâtres mais il avait toujours le bras droit en écharpe.

« Tu as l'air en forme, dis donc. » Anil lui prit la main et lui donna une petite tape sur l'épaule pendant que Mahesh approchait deux chaises du lit.

« Je me sens effectivement mieux, répondit Baldev. J'ai fait d'énormes progrès et je commence à retrouver mes forces. » Il leva son bras comme s'il faisait des poids et des haltères. « Je ne vais pas tarder à reposer des problèmes.

— Oh, il en pose déjà », déclara une voix dans leur dos. Anil se retourna. Une jeune femme se tenait dans l'embrasure de la porte, vêtue d'une blouse violette, une frange couleur sable retombant sur son front, le reste de ses cheveux attachés en queue-de-cheval. « Mahesh, quel plaisir de vous voir. » Elle regarda Anil. « Et vous devez être Anil, dit-elle en souriant. Peut-être devrais-je dire docteur Patel ? » Elle indiqua le badge fixé à sa blouse blanche.

« Oh, non, Anil, c'est parfait. » Il remarqua un minuscule diamant sur sa narine gauche. La jeune femme n'était pas belle, mais jolie, comme le sont les filles dans les publicités pour les savons, la peau rayonnante et le regard brillant, sans la moindre trace de maquillage.

« Je suis ravie de faire enfin votre connaissance, dit-elle. Je m'appelle Trinity. » Elle lui tendit la main. « Je suis la kiné de Baldev.

— Enchanté. » Anil lui serra la main tout en remarquant qu'elle avait correctement prononcé leurs trois noms, Mahesh, Baldev et Anil.

« Et comment va mon deuxième patient préféré aujourd'hui ? » Elle passa de l'autre côté du lit de Baldev et l'observa.

«Quoi ? s'exclama Baldev en levant son bras valide en l'air. J'ai encore été déchu ?
— Désolée, fit Trinity. Mais tant que Mr Naderi sera ici, je n'ai pas le choix. » Elle adressa un clin d'œil à Anil et à Mahesh. « Sa femme m'apporte du baklava. C'est mon péché mignon.
— Tout à fait compréhensible, dit Anil en souriant. Franchement, je ne comprends pas comment Baldev peut même être en deuxième position.
— Hé, ça suffit ! Vous n'allez pas tous vous liguer contre moi. Donne-moi plutôt un *samosa*, tu veux bien ? Les repas qu'on nous sert ici sont franchement immangeables.
— Un *samosa* ? répéta Trinity.
— Oui, et si vous êtes très gentille, je vous en laisserai peut-être un. » Baldev plongea la main dans le sac graisseux.
« Vous feriez bien de prendre des forces, Mr Kapoor. J'ai toute une série d'exercices pour vous aujourd'hui. Je reviens dans une heure, d'accord ? » Trinity se dirigea vers la porte. « À plus tard, messieurs. » Elle fit signe à Mahesh et à Anil. « Et n'oubliez pas de me mettre un peu de chutney de côté. »

Baldev attendit que la jeune femme soit partie pour déclarer, un large sourire aux lèvres et un *samosa* à la main : « À mon avis, il n'y a pas que la nourriture épicée qu'elle aime. Les hommes aussi, si vous voyez ce que je veux dire. » Il haussa et baissa les sourcils plusieurs fois et, rien qu'à ce geste, Anil sut qu'il avait retrouvé son ami.

24

Quand les matins commencèrent à rafraîchir et qu'aux pieds des arbres les feuilles tombées formèrent d'énormes piles ocre et carmin, Anil fut affecté en oncologie. Ce service était connu pour accueillir des patients chroniques : l'étudiant de dix-neuf ans dont la tumeur au cerveau résistait à la radiothérapie, la jeune mère qu'une mastectomie bilatérale empêchait de porter son enfant de deux ans dans les bras, l'homme d'affaires diagnostiqué avec un cancer du côlon à un stade avancé l'année où il prenait enfin sa retraite. Les belles histoires étaient rapidement supplantées par les cas sans espoir. Se retrouver en oncologie signifiait aussi qu'il allait retravailler avec Sonia Mehta pour la première fois depuis la mort de Jason Calhoun. Aussi avait-il hâte de lui prouver qu'il avait changé, et grandi.

«Mrs Templeton, dit-il en entrant dans la chambre d'une patiente. Comment allez-vous aujourd'hui?

— Bien docteur. Mais appelez-moi Marilyn, je vous en prie.» Elle lui adressa un grand sourire. Marilyn était une femme de soixante-dix ans passés, atteinte d'un cancer du sein. Ses cheveux gris commençaient tout juste à repousser depuis sa seconde chimio. «Mrs Templeton, ça me fait me sentir vieille.»

Anil lui rendit son sourire. «O.K., pas de problème, Marilyn. Où en êtes-vous de votre appétit?

— Ça va, répondit-elle. Vous avez vu comme la neige est belle?» Elle montra les flocons blancs qui tombaient dehors. «C'est tellement agréable d'avoir une chambre qui donne sur le jardin.»

Anil suivit son regard. Il s'était mis à neiger durant la nuit. Le matin, aux infos, il n'était question que des écoles fermées et des problèmes de circulation. Les tempêtes de neige étaient un phénomène rare au Texas, et personne ne s'y était préparé aux urgences, où l'on enregistrait une forte augmentation du nombre d'accidentés de la route. Anil n'avait jamais vu la neige, et comme Mrs Templeton il trouvait le spectacle très beau. Alors qu'il parcourait la pièce des yeux, il remarqua que le plateau du petit déjeuner était intact. «Vous avez mangé, ce matin?

— Oh, je n'avais pas vraiment faim, vous savez. Je ne me plains pas, docteur, mais ce qu'on nous donne ici n'est pas très appétissant.»

Anil consulta son dossier. «J'ai l'impression que vous n'avez pas avalé grand-chose ces derniers temps.

— Non, c'est vrai. Pardon, docteur.» Marilyn paraissait vraiment le regretter. «J'ai essayé. C'est juste que tout a un goût bizarre.

— J'aimerais quand même que vous vous forciez, pour éviter la fonte musculaire. Je ne tiens pas trop à vous nourrir par voie intraveineuse.» Il remarqua ses bras maigres et ses veines à peine visibles. «Je reviendrai vous voir cet après-midi, Mrs Templeton.

— Appelez-moi Marilyn», cria-t-elle une fois qu'il eut quitté la chambre.

*

Anil trouva Sonia adossée au poste de soins. « Je voudrais faire passer un scanner à Mrs Templeton, dit-il. Sa dernière chimio pour un cancer du sein, stade 2, date de trois mois, mais j'ai l'impression qu'elle a de nouveaux symptômes neurologiques.

— Ah bon ? fit Sonia sans lever les yeux des documents qu'elle lisait.

— Elle a perdu la sensation du goût et n'a rien mangé depuis plusieurs jours. Elle boit juste un peu de jus de fruits à la paille. »

Cette fois, Sonia regarda Anil. « Avez-vous procédé à l'examen neurologique ?

— Pas encore. Je pensais faire le scan d'abord. »

Sonia rassembla ses documents et s'engagea dans le couloir. « Pourquoi ? »

Anil s'empressa de la suivre. *Pourquoi ? Parce qu'on fait toujours un scan d'abord.* « C'est plus rapide, plus précis. » Depuis plus de deux ans qu'il était à Parkview, personne n'avait jamais contesté la supériorité diagnostique d'un scanner.

« Vérifiez votre diagnostic tout seul d'abord, Patel. Faites un examen neurologique complet. J'ai bien dit complet, et voyez s'il y a une lésion et où elle se trouve. Alors vous pourrez faire passer un scan à la patiente pour confirmation.

— Mais ça va prendre une heure, et j'ai encore huit patients qui…

— Une heure au moins, si vous le faites bien, coupa Sonia. Il n'y a pas assez de médecins qui pratiquent cet examen correctement. » Elle coinça un crayon derrière son oreille. « Ne soyez pas triste, Patel. Vous finirez par l'avoir votre scan. Je veux juste que vous vous forgiez une opinion d'abord. Et si vous avez raison… » Elle s'éloigna et lança par-dessus son épaule : « Je vous invite à déjeuner ! »

*

Anil n'avait pas effectué d'examen neurologique complet depuis qu'il s'était entraîné sur un camarade à la fac de médecine. Il commença par les fonctions des nerfs crâniens, testant en premier l'odorat de Marilyn, puis sa vue et les mouvements de ses yeux. Tout semblait normal. Il évalua ensuite les nerfs sensoriels de son visage et s'arrêta quand elle parut ne pas sentir l'extrémité d'un coton-tige avec lequel il effleura sa joue gauche. Il recommença et obtint les mêmes résultats. Marilyn avait aussi des difficultés pour bouger la mâchoire de gauche à droite. Bien qu'elle ne semblât pas avoir d'asymétrie faciale, Anil testa tous les nerfs faciaux à la recherche d'un dysfonctionnement. Il vérifia son audition et son réflexe pharyngé, ainsi que la mobilité de sa langue. Marilyn était une patiente agréable, qui coopérait à mesure qu'Anil progressait dans son long examen sensoriel et moteur, passant en revue les réflexes de ses pieds, de ses chevilles, de ses genoux et de ses bras pour finir par la coordination et la marche.

« Franchement, docteur, si j'avais su que je vous imposerais tout ça, j'aurais mangé ce sandwich au thon. » Marilyn sourit, le regard pétillant. Comme nombre de patients suivis en oncologie, elle était habituée aux hôpitaux, mais Marilyn était exceptionnellement gaie. Anil sortit de sa chambre, l'estomac noué.

« Je pense qu'elle a une lésion entre la branche mandibulaire du trijumeau et du nerf facial, annonça-t-il à Sonia dans la salle de garde. Petite, sans doute, car la patiente conserve le goût sur la partie antérieure de la langue, et un peu de la fonction motrice du muscle masséter. Tout le reste de l'examen neurologique est normal, c'est pourquoi je pense que la lésion doit être localisée à cet endroit. Vraisemblablement des métastases du cancer du sein.

— Très bien, Patel. Faites-lui passer un scan et voyons si vous avez raison », déclara Sonia.

Quand Anil revint avec les résultats du scanner, ceux-ci montraient une lésion de la taille d'un petit pois entre le cinquième et le septième nerf crânien. Sonia lui rendit la radio. « Bravo, Patel. C'est du bon boulot. Appelez son oncologue et allons-y. » Elle fixa son biper à sa ceinture. « Je suis affamée. »

*

« Pour quelqu'un qui aime avoir raison, vous êtes bien morose, Patel », déclara Sonia. Elle était assise en face d'Anil, à la cafétéria, où ils avaient commandé l'un et l'autre un croque-monsieur au fromage, sauf que Sonia avait fini le sien depuis longtemps.
« J'aurais préféré me tromper avec Mrs Templeton, répondit Anil. Quelle spécialité déprimante. Tout le monde meurt.
— Tout le monde meurt de toute façon, Patel. » Elle tendit la main et lui prit un peu de ses frites.
« L'oncologie semble juste sans espoir. Au moins, en cardio, on peut faire quelque chose pour aider la plupart des gens à aller mieux – poser un stent, pratiquer une angioplastie. » Sa fourchette en plastique se cassa quand il la piqua un peu trop brusquement dans une rondelle de concombre.
« La cardiologie ? s'étonna Sonia.
— Oui. J'ai déposé une demande de stage pour me spécialiser en cardiologie interventionnelle. Vous pensez que j'ai une chance ?
— Honnêtement, je ne sais pas, Patel. Mais êtes-vous sûr que c'est la spécialité qui vous convient ? Est-ce la meilleure façon de mettre vos talents à profit ? Est-ce ainsi que vous voulez aider les gens ? C'est facile, bien sûr, de se laisser séduire par toutes ces technologies mais regardez ce que vous avez fait aujourd'hui. » Elle se pencha par-dessus la table. « Vous avez diagnostiqué une

tumeur au cerveau en vous servant de vos yeux et de vos mains uniquement.

— Le scanner aurait été plus rapide, rétorqua Anil. Pourquoi avez-vous tenu d'ailleurs à ce que je procède de la sorte ? »

Sonia haussa les épaules et s'appuya contre le dossier de sa chaise. « Quand j'étais jeune interne, un jour, une énorme tornade a provoqué une coupure d'électricité dans toute la ville. On avait des groupes électrogènes à l'hôpital, mais on nous a dit de ne pas surcharger la radiologie avec des cas qui n'étaient pas urgents. Du coup, j'ai dû me fier à toutes les techniques que je m'étais empressée d'oublier dès ma première année ici. » Sonia secoua la tête. « Ce jour-là, j'ai trouvé un dysfonctionnement du système nerveux périphérique chez un patient atteint de diabète chronique. Je ne sais pas qui a été le plus surpris, moi ou mon chef. » Elle finit son verre de thé glacé. « L'examen clinique complet est un art perdu, Patel, mais, quand il est bien fait, on peut diagnostiquer plus que vous ne le pensez.

— Et vous m'avez demandé de l'effectuer parce que vous pensez que la neige va endommager le réseau électrique ? » Anil regarda par la fenêtre.

« Je ne m'expose pas au peloton d'exécution pour n'importe qui, Patel. »

Anil la dévisagea. Il ne comprenait pas.

« Vous avez vos défauts, Patel, ça c'est sûr. Mais vous avez aussi les qualités requises pour devenir davantage qu'un technicien, ce qui manque le plus à vos camarades. Je sais que ce n'est pas facile pour vous de venir d'Inde, mais au moins vous avez appris là-bas, où il n'y a pas de scanner dans tous les services, à pratiquer un examen clinique complet. » Elle picora des miettes de son croque-monsieur. « Les patients veulent toujours une solution et nous aimons avoir le sentiment d'être invincibles, mais la médecine n'est pas une science parfaite. Si vous voulez vraiment devenir un grand médecin, vous devez apprendre l'art de la médecine aussi.»

Le biper d'Anil vibra dans sa poche. Il y jeta un coup d'œil et lâcha un long soupir. «L'oncologue est arrivé. J'aimerais tellement qu'on trouve une autre solution pour Mrs Templeton. C'est une vieille dame adorable. Sa dernière série de chimio l'a vraiment épuisée et on va devoir lui demander de recommencer.

— Peut-être ne faudrait-il pas le lui demander.» Sonia se leva et prit son plateau. «Peut-être n'est-ce pas la bonne question.

— Je ne comprends pas.» Anil se leva à son tour avec son plateau dans les mains. «La chimio est bien le meilleur traitement pour ce genre de métastases, non?

— Oui, mais cette femme est en phase terminale depuis des années. Vous pourriez l'interroger pour savoir comment elle aimerait passer le temps qui lui reste. Et vous seriez peut-être surpris par sa réponse.»

*

Anil se trouvait avec Marilyn Templeton quand l'oncologue expliqua à la vieille dame comment le cancer avait métastasé vers son cerveau. Il lui montra le scanner et présenta les options de traitement, en lui recommandant de commencer une troisième chimio tout de suite. Le soir, avant de quitter l'hôpital, Anil retourna la voir. Elle était assise près de la fenêtre de sa chambre et regardait dehors. La neige avait cessé de tomber, il ne restait plus dans les rues qu'un mélange de neige fondue et de boue. Anil vit qu'elle n'avait pas touché à son plateau-repas. Il lui tendit le jus de fruits qu'il lui avait apporté et s'assit à côté d'elle.

«Marilyn, dit-il en prenant soin de l'appeler par son prénom. Que pensez-vous des options dont vous a parlé le docteur Heasley?

— Eh bien, je ne veux décevoir personne – ni ma famille, ni mes amis. Ni même le docteur Heasley. Il m'a tellement soutenue ces deux dernières années. C'est un homme très intelligent. Vous saviez qu'il a trois fils ? »

Anil sourit et attendit qu'elle poursuive.

Elle soupira. « J'ai eu de la chance. Deux enfants, cinq petits-enfants et un mari formidable, que Dieu le garde. » Marilyn fit le signe de croix. « Ça, reprit-elle en indiquant la chambre de l'hôpital d'un geste de la main, ce n'est plus vraiment vivre pour moi. Je ne peux pas m'occuper de mon jardin ou aider à l'église. J'ai eu une bonne vie. C'est inéluctable, n'est-ce pas ? » Sa voix se brisa. « Ma vie est entre les mains de Dieu maintenant. »

Anil hésita avant d'acquiescer. D'ordinaire, les patients aimaient rarement en parler, mais, dans le cas de Marilyn, nul doute qu'elle succomberait à son cancer.

« Oui. Maintenant, la seule question est celle du temps qu'il vous reste à vivre. Mais vous pouvez choisir comment le passer. »

Il attrapa le jus de fruits et l'encouragea à boire une gorgée.

« Tout le monde veut que je me batte. Les gens me disent que je suis une battante. » Elle se tourna vers Anil. « Mais c'est à nous de décider si ça vaut le coup de se battre, n'est-ce pas ? »

*

Marilyn demeura encore trois jours dans le service d'oncologie et Anil alla la voir tous les soirs avant de partir. Parfois, il lui tenait compagnie pendant une heure tandis qu'elle essayait de manger un peu. Ils parlaient de Dieu et du paradis. Marilyn était une fervente catholique, mais elle interrogeait Anil sur la réincarnation dans l'hindouisme. « Personnellement, j'aimerais revenir dans le corps d'un oiseau, et pourquoi pas d'un aigle, lui confia-t-elle, un de ces soirs-là tout en égrenant son rosaire.

Ce serait superbe de voler, de voir le monde d'en haut, vous ne pensez pas ? »

« Êtes-vous marié, docteur Patel ? » demanda-t-elle à Anil, un autre soir, et quand il fit signe que non, elle ajouta : « Vous avez une petite amie, alors ? »

Anil répondit de nouveau par la négative. Curieusement, la question de Marilyn ne l'embarrassa pas autant que les remarques continuelles de Ma qui avait hâte de lui chercher une épouse. Alors que la vieille dame reposait la tête sur son oreiller, elle regarda un point au loin, par-dessus l'épaule d'Anil, et se mit à parler de son défunt mari.

« Il m'écrivait un poème tous les ans pour notre anniversaire de mariage. La première année, c'était un poème très simple : *Les roses sont rouges, les violettes bleues, Tu m'aimes, et je t'aime.* » Elle sourit. « Il m'a dit qu'il ne savait pas quoi m'offrir d'autre, puisque c'était nos noces de coton, mais, par la suite, c'est devenu une tradition. Peu importait l'autre cadeau qu'il me faisait, il y joignait toujours un poème. » Elle rit en se rappelant un souvenir. « Il s'est amélioré, aussi. L'année où notre fille est née, il m'a écrit un limerick :

> *Il y avait autrefois une femme de Dallas*
> *Qui était vraiment bonasse*
> *Jusqu'à ce qu'elle accouche*
> *Et que les voisins, même louches,*
> *L'entendent maudire son mari !*

Elle éclata de rire en rejetant la tête en arrière, d'un profond rire de gorge qui semblait incongru chez une femme aussi frêle, et Anil partagea sa joie de bon cœur. Marilyn soupira et essuya une larme au coin de son œil.

« Comment l'avez-vous rencontré ? demanda-t-il.

— Dans une salle de bal. Il était militaire et revenait tout juste de Corée. » Elle lâcha un autre soupir. « Il avait l'air si grand et si fort dans son uniforme, c'est ce qui m'a plu au début. Mais ce n'est pas pour ça que je suis tombée amoureuse de lui.

— Non ? Pourquoi alors ? » dit Anil en croisant et décroisant ses jambes. Sa journée de travail était finie depuis une demi-heure, mais il n'était pas pressé de partir.

« Il m'a raccompagnée chez moi, le soir où on s'est rencontrés, on s'est assis sur la véranda et on a parlé toute la nuit. » Marilyn tourna le regard vers la fenêtre. « Il m'a raconté ce qu'il avait vu là-bas, des choses terribles. » Elle revint vers Anil, l'air grave. « Il m'a ouvert son cœur. Il n'avait pas peur de me montrer sa faiblesse. C'était assez remarquable à l'époque pour un homme de faire ça. C'est la clé d'un mariage solide. Cela vous donne un endroit sûr où être vous-même, entièrement, même dans vos faiblesses. » Après une pause, elle ajouta : « Surtout dans vos faiblesses. Autrement, ça peut être un voyage très solitaire, si vous n'avez pas quelqu'un avec qui partager cela, quelqu'un qui acceptera cette facette de vous. » Marilyn regarda à nouveau par la fenêtre et se tut.

Dans le silence tranquille de la chambre, Anil songea à Amber, à son désir constant de lui montrer le meilleur de lui-même – celui qui courait vite, celui qui racontait des histoires drôles, celui qui savait même danser les danses country. Il pensait que c'était bon signe, la preuve que leur relation était forte. Mais il se demandait à présent si cet Anil-là était vraiment lui-même et non pas une personne idéalisée qui ne lui ressemblait qu'un peu. Ses défauts, sa faiblesse, il les avait cachés à Amber. L'argile a une mémoire, avait dit Leena. Les endroits où elle se fissure seront toujours les plus faibles, et on les voyait tout de suite quand on regardait bien. Pourtant, Leena avait conservé toutes ces pièces défectueuses, aussi naturellement qu'elle avait supporté les faiblesses d'Anil.

Marilyn décida de ne pas faire une troisième chimiothérapie. Elle en expliquerait les raisons à sa famille quand elle rentrerait chez elle.

Il n'y avait pas d'aigles dans la boutique de cadeaux de l'hôpital, mais Anil lui acheta un perroquet en peluche de toutes les couleurs, qui la fit s'esclaffer. Elle lui offrit l'exemplaire usé de son livre préféré, une version illustrée du poème *Desiderata*. « Je le connais par cœur. » Elle ajouta avec un clin d'œil : « Et puis, je n'en aurai pas besoin là où je vais. »

Le jour où Marilyn sortit de l'hôpital, Anil lui apporta des milk-shakes du fast-food qui se trouvait de l'autre côté de la rue, et ils les burent ensemble sur la terrasse de l'hôpital. Puis il lui mit le perroquet sur les genoux et la poussa sur sa chaise roulante jusque dans le hall principal, où sa fille l'attendait. Alors qu'il retournait dans le service d'oncologie avec la chaise vide, il songea que le patient dont il avait préféré s'occuper ces deux derniers mois n'était pas quelqu'un dont il avait sauvé la vie, mais une femme qui rentrait chez elle pour mourir en paix.

*

La semaine suivante, Anil retrouva Charlie tous les soirs au restaurant où il revoyait avec lui l'argumentaire qu'il voulait présenter au docteur Tanaka afin que ce dernier dirige sa recherche. Il répéta son discours jusqu'à ce que les mots lui viennent facilement et que Charlie le déclare prêt.

Le bureau du docteur Tanaka se trouvait à l'étage de la cardiologie interventionnelle. Le ventre noué, Anil frappa à la porte et posa l'oreille contre le battant. La voix assourdie du docteur Tanaka l'invita à entrer. Voyant que Tanaka ne semblait pas le reconnaître, il lui rappela son nom et commença à parler. Il était arrivé à la fin de la première phrase, fier de ne pas avoir bafouillé, quand Tanaka leva son stylo en argent.

« Docteur Patel, je suis heureux de constater que vous vous êtes plu dans la salle de cathétérisme. Je ne suis pas partisan de la fermer aux étudiants, comme certains de mes confrères, et j'aime au contraire les y convier, à un moment ou à un autre, afin qu'ils prennent conscience du vrai pouvoir de la cardiologie interventionnelle. Il n'y a pas, selon moi, de meilleure spécialité. Mais, malheureusement, je me suis déjà engagé à diriger un projet de recherche, et je n'ai pas de temps pour un autre. Vous connaissez Trey Crandall ? »

Anil hocha la tête. Ses oreilles bourdonnaient en rythme avec le ronronnement des néons.

« Peut-être pourriez-vous faire équipe avec lui, continua Tanaka. Trey a un sujet de recherche très intéressant sur l'incidence précoce de l'infarctus du myocarde. J'ai hâte d'en savoir plus. »

Anil remercia le docteur Tanaka pour cette suggestion. Après avoir pris congé de lui, il marcha le plus vite possible dans les couloirs. Ignorant l'ascenseur, il s'engagea dans la cage d'escalier où il était sûr de ne rencontrer personne, et descendit les trois étages en courant. Une fois au rez-de-chaussée, il poussa la porte pour sortir dans l'air glacial.

*

Quand Anil rentra à l'appartement, il trouva une fine enveloppe bleue à son nom sur la paillasse de la cuisine. Il la souleva entre ses doigts et l'examina. Il ne reconnaissait pas l'écriture. Instinctivement, il approcha le pli de son nez et pensa détecter le léger arôme de quelque chose – de la cardamome ? Il prit un couteau dans le tiroir et en glissa le bout pointu le long du bord supérieur de l'aérogramme.

Chez lui, les aérogrammes étaient toujours traités avec grand soin et respect. Il y avait un espace bien délimité où écrire : une page de petite taille et un tiers de la même page de l'autre côté, ce qui favorisait les expéditeurs qui avaient une petite calligraphie et les destinataires qui avaient de bons yeux. Le papier fin comme une pelure d'oignon se repliait sur lui-même pour former une enveloppe. Les aérogrammes étaient la méthode la plus efficace pour correspondre avec ceux qui avaient quitté l'Inde, et ils transportaient non seulement les mots mais aussi les souvenirs d'une époque passée, un lien ténu avec des gens lointains. Quand il était arrivé à Dallas, sa mère lui écrivait tous les mois pour lui donner des nouvelles de la famille ; en bas de la page, Papa ajoutait toujours quelques mots, tracés de plus en plus souvent d'une main tremblante. Anil n'avait pas reçu d'aérogramme depuis sa mort.

Il lut la lettre de Leena, debout dans la cuisine. Quand il releva la tête, il lui sembla que la pièce bougeait un peu, inclinée sur son axe. Il s'agrippa à la paillasse pour ne pas tomber puis avança de quelques pas jusqu'à l'évier et ouvrit le robinet. Il demeura dans cette position pendant un moment – il était incapable de savoir combien de temps – à regarder l'eau couler, les bulles de la pression changer de teinte, de forme. Quand l'envie de vomir lui passa enfin, il s'éclaboussa le visage, la nuque, puis il mit toute sa tête sous le robinet. Il voulait se débarrasser de ces images, la plupart nées de son imagination ; une cependant resterait gravée à jamais dans sa mémoire – celle de la cheville de Leena et de son mollet couverts d'une peau rouge, vilainement plissée.

Anil retira vivement sa blouse d'hôpital et enfila sa tenue de course. Il quitta l'appartement avec juste la clé qu'il serrait dans sa paume. Il courut sans savoir où il allait, traversant des carrefours très fréquentés, le long de rues qu'il ne connaissait pas. Tout ce qu'il savait, c'était qu'il ne pouvait pas s'arrêter de courir sinon il exploserait. Il bouillait de colère, mais il sentait bien que sa rage ne menait à rien : ces crimes contre Leena avaient été commis il y a longtemps et à des milliers de kilomètres de lui. Qui était là-bas pour les sanctionner maintenant ? Quand il se décida enfin à rentrer, les poumons brûlants, la nuit était tombée et il avait trouvé sur qui déverser son courroux. Sa mère avait jugé Leena sans rien savoir d'elle.

25

Il était deux heures du matin, l'hôpital était désert. Anil était de garde et avait besoin d'une infirmière pour l'aider à déplacer un patient corpulent. Alors qu'il se dirigeait vers le poste de soins par un long couloir, il aperçut une silhouette tapie dans un coin. À mesure qu'il s'approchait, il remarqua que la personne ne portait pas une blouse d'infirmière mais la blouse blanche des médecins. Comme elle se tenait à quatre pattes, on voyait la semelle de ses mocassins et une touffe de cheveux blonds qui dépassait de son col. Anil s'arrêta à quelques mètres de la salle et observa Trey en train de fouiller le plateau inférieur du chariot des médicaments que les infirmières utilisaient pour apporter aux patients leurs cachets dans les chambres. Sa vision se brouilla puis se stabilisa à nouveau tandis que le tic-tac anormalement fort d'une horloge et le ronronnement d'un fax emplissaient ses oreilles. Il vit que Trey fourrait quelque chose dans sa poche avant de se relever. Quand il se retourna, il se trouva face à Anil. Une lueur de panique brilla dans ses yeux mais elle disparut si vite, masquée par le sourire confiant de Trey, qu'Anil se demanda s'il l'avait imaginée. « Qu'est-ce qui se passe, Patel ? »

Anil se tint coi. Son regard s'attarda sur le chariot puis revint à Trey.

«Eh oui, fit celui-ci. Il n'y a pas d'infirmières. J'ai dû venir chercher moi-même les médocs pour un patient.» Il gloussa. «Faut tout faire ici.» Là-dessus, il enfonça ses mains dans ses poches et commença à s'éloigner.

«Attends.» Anil le retint par le bras. «Qu'est-ce que tu as dans ta poche?

— Je te l'ai dit, Patel. Je suis venu prendre des médocs pour un patient.» Il repoussa la main d'Anil. «Si ça ne t'embête pas, il faut que j'y retourne.

— Pourquoi es-tu à cet étage? Et pourquoi tu n'as pas pris les médicaments dans ton service?» Anil scruta le visage de Trey qui, en plus d'une barbe de trois jours, montrait les signes typiques de la fatigue quand on est de garde toute la nuit. Mais Anil détecta autre chose, une espèce d'énergie nerveuse qui ne ressemblait pas à Trey.

«Bon sang, Patel, c'est quoi cette inquisition? Qu'est-ce que tu as?

— Tu sais que tu n'es pas censé prendre des médicaments du chariot comme ça, répondit Anil. Tu dois avoir quelqu'un avec toi et tout inscrire dans le registre. Qu'est-ce que tu as dans ta poche?

— Merde! s'écria Trey. C'est juste deux comprimés d'Adderall pour un patient qui souffre d'un traumatisme crânien.» Il plongea la main dans sa poche et en sortit une petite coupelle en plastique contenant les deux comprimés. «La salle 6 était éteinte, du coup je suis descendu ici. Content maintenant? Je respecterai la marche à suivre la prochaine fois, patron.» Et Trey partit en trombe.

*

Quelques heures plus tard, alors qu'il avait fini ses visites du matin et qu'il s'apprêtait à rentrer chez lui, Anil s'arrêta devant la salle 6 et jeta un coup d'œil au tableau des patients. Il trouva Trey dans la salle de garde en train de commenter les matchs de foot du week-end, tout sourire et débordant d'énergie.

« Trey, je peux te parler, s'il te plaît ? » dit Anil. Trey lui jeta un coup d'œil. Il n'y avait plus la moindre trace de panique dans ses yeux. Après une bourrade dans les côtes d'un des internes, il salua le reste du groupe et suivit Anil dans une chambre vide. Anil referma la porte derrière eux.

« Qu'est-ce qu'il y a, Patel ? demanda Trey. Tu veux encore me taper sur les doigts pour ne pas avoir suivi la procédure ? Je t'ai dit que je le noterai la prochaine fois.

— Tu n'as pas de patient avec un traumatisme crânien, dit Anil.

— Quoi ? Et alors ?

— Tu m'as dit que l'Adderall était pour un patient qui souffrait d'un traumatisme crânien, mais sur le tableau du service, il n'y a pas de traumatisme crânien.

— Il est sorti ce matin, O.K. ? Écoute, Patel, je n'ai pas besoin que tu me surveilles. Je m'occupe très bien de mes patients tout seul. Pourquoi tu ne t'occupes pas simplement des tiens ?

— Ah bon ? Il est sorti ce matin ? Et si j'allais vérifier ? »

Anil en avait assez que Trey obtienne tout ce qu'il voulait. Il ne le laisserait pas imposer ses règles, pas cette fois.

« Nom de Dieu, Patel ! » Trey rejeta la tête en arrière et leva les yeux au plafond. « Pour qui te prends-tu ? Le flic autoproclamé du service ? Je connais mon boulot, d'accord ? Tu veux que je te surveille toute la journée et que je note tes erreurs ? Je parie que j'en trouverais un paquet. Je te l'ai déjà dit, je sais ce que je fais. Maintenant, si tu veux bien me laisser passer. » Trey essaya de le pousser, mais Anil l'en empêcha en cherchant désespérément quoi rétorquer. Il déglutit. La peur que tout cela ne se termine par une altercation physique s'insinuait dans son esprit.

« Qu'est-ce que tu vas faire, Patel, hein ? Il n'y a aucune trace écrite, c'est toi-même qui l'as dit. Bref, c'est ta parole contre la mienne. Tu crois qu'entre toi et moi, c'est toi que les gens vont croire ici ? » L'un des coins de sa bouche se releva.

Anil pensa au docteur Tanaka et au père de Trey qui siégeait au conseil d'administration de l'hôpital.

« Je ne crois pas, non », répondit Anil. Trey se pencha vers lui et dit à voix basse : « Ne m'emmerde pas, Patel. Et occupe-toi de tes affaires. » Là-dessus, Trey ouvrit la porte en grand et sortit de la chambre.

*

« Il a raison, qui va me croire ? » dit Anil en poussant la salière sur la table en formica. Il venait de raconter l'histoire du chariot de médicaments à Charlie alors qu'ils dînaient tous les deux dans le petit restaurant où ils se retrouvaient quasiment tous les soirs.

« Ça va être difficile, concéda Charlie. Surtout si tu n'es pas sûr de ce qui s'est passé. Peut-être que tu devrais essayer d'avoir une nouvelle conversation avec lui, pour voir s'il ne va pas tout déballer ? »

Anil fit non de la tête. « Il n'avait pas vraiment l'air de vouloir parler. Il avait envie de me frapper, plutôt.

— Je ne sais pas quoi te répondre, vieux. Tu finiras par trouver quelque chose. Ne te considère-t-on pas comme le grand décideur chez toi ? »

Anil sourit. « Oui, c'est vrai. » Il ramassa le menu sur la table. « Et j'ai décidé qu'on allait prendre un dessert. Tourte à la banane ou aux pommes ? » En attendant leurs desserts, ils discutèrent de leur recherche sur les maladies infectieuses. L'analyse des données avait conduit à des conclusions très intéressantes et ils commençaient à établir les grandes lignes de leur article. Au bout d'un moment, ils revinrent toutefois à leur sujet habituel : que feraient leurs pairs l'année prochaine. Tout le monde s'interrogeait pour savoir qui demandait quelle spécialité et qui avait des chances d'être accepté. Anil avait déjà commencé à remplir les formulaires de demandes de stage et poursuivait seul ses recherches en cardiologie interventionnelle. Une fois de plus, la conversation les ramena à Trey, qui était pistonné pour l'un des rares postes en cardiologie interventionnelle. Anil sentait la colère monter devant une telle injustice quand Charlie, qui se coupait une part de tourte avec sa fourchette, déclara tout à coup :

« Hé, j'ai entendu dire qu'on nous présentera les nouveaux chefs de service à la fin de la semaine. Kirby, Choi et ton amie Mehta.

— C'est vrai ? fit Anil, la bouche pleine. Sonia Mehta ? Chef de service ? »

Charlie essuya les miettes sur sa bouche avec une serviette en papier. « Pour rien au monde, je ne ferais ce boulot. Trop de responsabilités, trop d'internes. » Il frémit.

Anil acquiesça, mais intérieurement il se demanda ce qu'il ressentirait s'il était nommé chef de service à Parkview, si on le reconnaissait comme étant le meilleur de tous. Il prit un gros morceau de tourte et laissa la crème fondre dans sa bouche. « Sonia sera une très bonne chef de service, dit-il, sincèrement heureux pour la jeune femme. Elle mérite ce poste.

— Oui, c'est vrai. Dieu sait combien elle s'est sacrifiée pour avoir ce job, avec son divorce et tout ça. »

Anil éprouva une sensation de picotement aux tempes. « Son divorce ?

— Quoi ? Tu n'étais pas au courant ? » Charlie planta sa fourchette dans la tourte d'Anil. « Je croyais que vous étiez proches. »

Anil poussa son assiette vers Charlie. « Finis. Je n'ai plus faim. » Il but une longue gorgée d'eau puis tint le verre entre ses mains. « Qui t'a raconté ça ? demanda-t-il.

— Un des médecins seniors qui a fait médecine avec elle. Elle a connu son mari à la fac. Ils ont dû se marier au milieu de leurs études et ils se sont séparés pendant leur première année ici. Il s'est installé ailleurs après l'internat. À mon avis, ça devait être assez intense entre eux. Tu imagines ? Ta femme, la compétition et tout le reste. »

Était-il indien ? Anil aurait bien aimé savoir, mais il ne posa pas la question. Il tendit le cou pour appeler la serveuse, dont la voix était plus rocailleuse que d'habitude. « Mais où est-elle ? lâcha-t-il, brusquement agacé.

— Pourquoi tu es pressé, vieux ? » demanda Charlie.

Anil consulta sa montre. « Il faut je retourne à l'hosto. J'ai des dossiers à finir. » Il avait soudain hâte de s'adonner à un travail machinal. Vérifier des dosages, ne penser qu'à la tension artérielle et aux glycémies. Quel soulagement comparé à toutes ces nouvelles informations qui le troublaient. *Trey. Sonia. Leena et Ma.*

Charlie secoua la tête. « Pas de problème, vas-y. Je m'occupe de la note. »

À cause du stress de la semaine passée, Anil était à bout de nerfs. Il n'en pouvait plus de tous ces secrets qu'il gardait en lui. Il aurait aimé lâcher prise, mais pas ici, pas avec Charlie, qui prenait toujours les choses du bon côté. Ce dont Anil avait besoin, là, maintenant, c'était de se défouler avec son copain pendjabi, mais depuis que Baldev était rentré du service de rééducation, quelques semaines auparavant, Trinity et lui étaient devenus inséparables. Elle avait pratiquement emménagé dans l'appartement. Son tapis de yoga était roulé dans un coin du salon, ses exemplaires du *New York Times* s'accumulaient sur la table basse. En règle générale, sa présence ne gênait pas Anil. Elle leur préparait des repas végétariens et égayait les lieux avec des plantes vertes censées favoriser les flux d'énergie. Mais, présentement, Anil n'aspirait qu'à une chose : se libérer de sa colère, et il ne pouvait pas le faire devant Trinity.

Après s'être garé sur le parking de l'hôpital, il coupa le contact et reposa son front sur le volant. Rien ne l'empêchait de crier ici – à l'intérieur de sa voiture –, s'il le souhaitait, de crier aussi fort qu'il le désirait, personne ne l'entendrait. Il attendit qu'un son monte de sa gorge et, avec lui, le soulagement de la tension. Mais rien ne vint ; il resta assis là, les doigts serrés autour du volant. Il en voulait à Trey d'avoir volé des médicaments et menti. Il détestait ce qu'il avait lu dans la lettre de Leena et était incapable de concilier ce qu'il savait d'elle avec le jugement cinglant de Ma. Il était déçu que Sonia ne lui ait pas fait suffisamment confiance pour lui dire la vérité sur elle-même. Mais où était la vraie vérité ? On n'est jamais qui l'on prétend être. Les apparences sont toujours trompeuses. Anil ne savait plus quoi penser. Parfois, il lui semblait impossible de distinguer, parmi toutes les choses qu'il avait apprises, celles qui dureraient et celles qui se révéleraient fausses à la première occasion. Assis dans sa voiture, il s'efforça de respirer lentement en attendant d'être suffisamment libéré de toutes ces émotions pour retourner travailler.

*

Anil était assis à la table dans la salle de repos, une pile de tableaux devant lui, quand Sonia entra.

« Tiens, Patel, vous êtes encore là ? dit-elle. Je croyais que vous étiez déjà parti. » Elle passa derrière lui pour se diriger vers la table où se trouvait la cafetière électrique.

« Je suis revenu pour finir de remplir quelques tableaux », répondit-il. Il entendit l'eau couler et la cafetière glouglouter dans son dos.

Au bout d'un moment, l'arôme du café emplit la pièce. « Café ? demanda Sonia.

— J'ai appris votre nomination, dit-il. Félicitations. Vous allez être une super chef de service. »

Sonia contourna la table et vint se placer devant lui, les mains autour de sa tasse. « Merci, mais ce n'est pas encore officiel, aussi je préférerais que vous n'en parliez pas avant la semaine prochaine. Ils doivent prévenir les autres candidats d'abord. Je ne l'ai pas encore annoncé à mes parents. Comment l'avez-vous su ?

— J'ignorais que vous étiez mariée », lâcha-t-il. Les mots avaient franchi ses lèvres avant qu'il ne puisse les retenir.

Sonia l'observa pendant quelques instants. Anil sentit que des gouttes de sueur se formaient sur son nez. Il remonta ses lunettes qui glissaient. « Je ne suis pas mariée, répondit simplement Sonia. Je ne le suis plus.

— Je sais que ça ne me regarde pas…

— Non, Patel, ça ne vous regarde pas. » Elle tira une chaise de l'autre côté de la table, s'assit, et inspira profondément avant de parler. « On s'est rencontrés à la fac, le premier jour d'anatomie, si cliché que cela puisse paraître. Tout était si facile alors. On est tombés amoureux et on s'est mariés après la troisième année. On a été pris tous les deux à Parkview. On allait souffrir ensemble pendant notre internat. Romantique, n'est-ce pas ? » Sonia leva les yeux et lui sourit. « Oui, on ne savait rien de rien. »

Elle marqua une pause pour laisser échapper un long soupir. « Le jour de la remise des diplômes, j'ai commencé à avoir des brûlures d'estomac atroces. J'ai pensé que c'était une indigestion ou un problème de reflux. J'ai bien dû avaler toute une tablette d'antiacides, mais la douleur n'a fait qu'empirer jusqu'à devenir insupportable. Comme j'avais mal du côté droit, on a pensé que ça pouvait être l'appendicite. Il m'a conduite à l'hôpital. » Sonia sourit légèrement. « On plaisantait dans la voiture, on se disait que ce serait une bonne histoire à raconter plus tard… moi, couchée sur mon lit après avoir été opérée de l'appendicite, lui, me poussant sur l'estrade pour que je reçoive mon diplôme. » Elle se tut et regarda par la fenêtre. « En fait, c'était une rupture du kyste ovarien. Quand le chirurgien m'a ouverte, il a trouvé des kystes partout dans mes deux ovaires. » Elle a frotté ses mains l'une contre l'autre. « Il a tout enlevé.

— Les kystes ? a demandé Anil.

— Les ovaires, a répondu Sonia. Les deux. » Elle s'est appuyée contre le dossier de sa chaise et a fermé les yeux un instant. Sa voix était plus tendue quand elle reprit la parole. « Bref, pendant que tous nos camarades recevaient leurs diplômes, moi, j'émergeais en salle de réveil et j'apprenais que je n'avais plus d'ovaires. » Elle secoua la tête. « Et mon mari, lui, apprenait que sa femme ne pourrait jamais avoir d'enfant. »

Sonia but une gorgée de café. « Il m'a énormément soutenue, mais quelque chose s'était cassé. C'était trop. Je ne lui en veux pas. Ça faisait seulement un an qu'on était mariés. On avait vingt-cinq ans. Il voulait des enfants. » Elle posa sa tasse sur la table. « Et je le comprenais. » Elle regarda Anil.

« Sonia, je suis désolé », dit-il.

Elle haussa les épaules. « C'est mieux ainsi. »

Anil fronça les sourcils. « Comment ça, mieux ainsi ?

— Eh bien, j'aime cet hôpital. » Elle leva les mains en l'air. « J'aime tout ici. Et j'ai voulu devenir chef de service dès mon premier jour à Parkview. Ensuite, je serai professeur et je dirigerai tout un hôpital. Combien de femmes dirigent un hôpital ? » Anil réfléchit pendant que Sonia l'observait. « Je n'aurais pas pu avoir ce que je voulais et fonder une famille en même temps.

Il m'aurait fallu faire des choix, à un moment ou à un autre. À présent, la question ne se pose plus. » Elle haussa à nouveau les épaules. « C'est comme ça que je vois les choses, en tout cas. Rien n'arrive par hasard, et aujourd'hui je suis libre de poursuivre ma carrière sans culpabilité. Ou sans décevoir qui que ce soit : mon mari, mes parents. Je me suis débarrassée d'eux il y a longtemps. » Elle tenta d'esquisser un sourire. « J'ai toujours été un bourreau du travail.

— Qu'est-ce qu'il est devenu ? demanda Anil.

— On s'est séparés à la fin de notre internat, et Casey est parti à San Antonio. » Elle fit courir son doigt le long de la table. « Il s'est marié avec sa petite amie du lycée, une institutrice. Ils attendent un enfant. Je vous l'ai dit, c'est mieux ainsi. » Elle le fixa un moment avant d'ajouter : « Je ne vous en ai pas parlé parce que... eh bien, la communauté indienne ne m'a pas beaucoup soutenue à l'époque. C'est plutôt mal vu de divorcer à vingt-cinq ans. » Elle haussa un sourcil.

Anil hocha la tête. « On ne tolère pas beaucoup les imperfections dans notre culture. » Ils échangèrent un sourire chaleureux.

Puis Sonia se leva, ramassa sa tasse et alla la poser dans l'évier. « Alors, comment ça se passe avec votre dossier d'admission ? Et Tanaka, qu'a-t-il dit pour votre projet de recherche ?

— Il a refusé, répondit Anil. Il dirige déjà celui de Trey Crandall.

— Trey ? Oh, il est malin. Très malin. Je me souviens de lui à l'époque où il était dans l'unité de soins intensifs. Pourquoi n'essayez-vous pas de travailler avec lui ? »

Anil secoua la tête. « C'est impossible. Trey est la dernière personne avec qui je travaillerais.

— Vous savez quoi ? Vous êtes exactement comme lui. » Sonia sourit. « Fils préféré. Père important. Toute sa vie, on a répété à Trey qu'il était un prince, mais il essaie encore de se le prouver à lui-même. La seule différence, c'est que vous êtes parti de chez vous. Vous êtes comme un poisson hors de l'eau ici, et Trey est encore un gros poisson dans le bassin familial. Sinon, vous êtes pareils, tous les deux. »

Anil la dévisagea d'un air incrédule qui se transforma vite en colère. « Vous vous trompez. » Il recula sa chaise de la table et se leva. « Je n'ai rien à voir avec lui. » Et sur ces paroles, il sortit de la pièce.

26

Anil entra dans la cafétéria de l'hôpital peu avant midi et parcourut le menu ; comme d'habitude, aucun plat végétarien. Il se rabattit une fois de plus sur un sandwich au fromage et jeta un coup d'œil à sa montre, agacé de devoir attendre. Le sentiment d'impuissance qui s'était récemment insinué dans sa vie le rendait fou. La veille, il avait eu affaire à une jeune patiente de seize ans en arrêt cardiaque pendant vingt minutes, vingt minutes durant lesquelles il était sûr de la ranimer, et elle ne s'était pas réveillée. Si le projet de recherche qu'il menait seul était prometteur, il ne s'était toujours pas trouvé de mentor en cardiologie interventionnelle. Quant aux coups de fil de sa mère au sujet de différends qui nécessitaient son attention, il les évitait. Il ne supportait plus de lui parler depuis qu'il avait reçu la lettre de Leena. Bref, dans tous les domaines qui lui importaient le plus, il ne réussissait rien et il détestait ça.

Depuis l'incident avec Trey et le chariot de médicaments, Anil s'était enfermé dans un dilemme dont il n'arrivait pas à se sortir, se remémorant la scène et la façon dont Trey avait réagi, pesant le pour et le contre. Il avait consulté le protocole des médicaments, pris rendez-vous avec le DRH pour l'annuler au dernier moment. Parkview appliquait une politique zéro tolérance pour ce qui relevait de l'abus de substances toxiques, et les sanctions étaient sévères. Trey pouvait être renvoyé de l'hôpital et radié de l'ordre des médecins. Trop d'incertitudes se bousculaient dans l'esprit d'Anil. Trey avait-il vraiment pris des médicaments pour un patient ? S'agissait-il simplement d'une négligence ou d'une mauvaise tenue du registre, ou était-ce du vol ? Ou était-ce un cas d'addiction ?

Anil passa en revue ce qu'il savait de Trey : son habitude de manger des bonbons à la menthe pouvait s'expliquer par la sécheresse buccale due aux amphétamines. Et puis, bien sûr, il y avait les performances surhumaines de Trey, dans son exercice quotidien de la médecine comme dans son projet de recherche hors programme. Mais l'imminence des réponses de stage empêchait Anil de réfléchir sereinement. Les seules qualifications de Trey faisaient de lui un candidat solide ; par ailleurs, de par la position de son père au conseil d'administration, il était inattaquable. En d'autres termes, s'il dénonçait Trey, Anil n'était pas sûr d'être cru. La dernière chose dont il avait besoin, avec ces décisions qui se profilaient à l'horizon, c'était de créer des remous à l'hôpital. Ou d'avoir Trey qui le surveillait, à l'affût de la moindre erreur, comme il l'en avait menacé. Même quand il s'efforçait de ne pas y penser, Anil savait au fond de lui qu'il avait beaucoup à gagner s'il ne se mettait pas Trey à dos. Finalement, il s'était débattu dans ce dilemme avant de se rendre compte qu'il avait besoin d'en savoir plus pour le résoudre. Aussi avait-il suivi le conseil de Charlie et invité Trey à déjeuner.

Jetant de nouveau un coup d'œil à sa montre, il était prêt à condamner Trey à cause de son retard, en plus de tous ses autres défauts, quand il sentit une main sur son épaule. Trey était habillé de façon impeccable, comme d'habitude, avec une chemise bleue qui lui tombait parfaitement et une cravate en soie assortie, qu'un salaire d'étudiant hospitalier ne pouvait de toute évidence pas acheter. Il sourit et se pencha vers Anil. « Ne me dis pas que tu as envie de manger ici. Allons ailleurs, où on sert de la vraie nourriture. » Anil hésita. « Tu aimes la cuisine mexicaine ? Je connais un endroit super, continua Trey. Allez, viens. Je suis garé juste devant l'hosto. » La simple mention de la cuisine mexicaine fit saliver Anil, et il suivit Trey dehors.

*

Trey possédait une BMW bleu marine, un modèle ancien avec toit ouvrant. Alors qu'ils sortaient du parking, il hurla par-dessus le ronron du moteur diesel : « Tu es déjà allé à Oak Cliff ? » Il prit l'autoroute et roula pendant plusieurs kilomètres, le bruit de la voiture empêchant toute conversation. Il s'engagea bientôt sur une route sinueuse qui les conduisit au fond d'une vallée puis en haut d'une colline, jusqu'à ce que le paysage se transforme en un panorama qu'Anil n'avait jamais vu auparavant à Dallas. Tout ce qu'il avait observé depuis trois ans qu'il vivait là, c'était de vastes étendues plates avec d'immenses ensembles de bâtiments, comme Parkview ou les gigantesques centres commerciaux. Baldev lui avait dit que Dallas se répétait tous les huit kilomètres, et après avoir vu une pharmacie CVS, un magasin Tom Thumb et une banque Wells Fargo à chaque carrefour important, il en convenait. Et pourtant, ils étaient à présent perchés sur une crête avec une vue qui embrassait toute la ville. Le spectacle était magnifique.

Moins de quinze minutes après avoir quitté l'hôpital, Trey s'arrêtait en face d'une station-service, sur un parking en terre battue, au milieu duquel un camion restaurant blanc était stationné. Quelques voitures plus déglinguées les unes que les autres et deux ou trois camions étaient garés ici et là. Une dizaine d'hommes, tous hispaniques, mangeaient et buvaient, installés autour de caisses en bois retournées. Des bouteilles de soda et des cannettes jonchaient le sol à leurs pieds.

« Enlève ta blouse, Patel », dit Trey quand il sortit de la BMW. Anil la retira et la jeta à l'arrière de la voiture, à côté de celle de Trey. Alors qu'ils se dirigeaient vers le camion-restaurant, un sentiment d'angoisse saisit Anil à la gorge. Trey était le seul Blanc dans les parages, et ses cheveux blonds le rendaient encore plus visible. Pourtant, il ne semblait pas le moins du monde inquiet. Une fois arrivé devant le camion, il se pencha par la fenêtre tout en roulant les manches de sa chemise : « Salut Jorge ! » lança-t-il avant de taper dans la main d'un homme dont le visage brun brillait de sueur. Ils parlèrent espagnol pendant un moment puis Trey se tourna vers Anil.

« O.K., Patel, qu'est-ce qui te ferait plaisir ? Carnitas ? Tacos el pastor ? »

Anil regarda le menu et compta deux sortes de bœuf, de porc et de poulet. Venir ici était une mauvaise idée. Il secoua la tête. « Je ne mange pas de viande. »

Après l'avoir dévisagé un instant, Trey revint à Jorge à qui il s'adressa de nouveau en espagnol. Anil s'avança pour jeter un coup d'œil à l'intérieur du camion puis, jugeant préférable de ne rien savoir de la préparation de son plat, il s'éloigna.

« Piquant ? demanda Trey.

— Oui, répondit-il. Très piquant. »

Quant Trey eut fini de passer la commande, il le rejoignit avec deux bouteilles de soda. « Coca-Cola Ligero », dit-il en tendant une bouteille tout éraflée à Anil. « Tu as déjà essayé ? On n'en trouve qu'au Mexique. À mon avis, c'est du Coca de contrebande. Il n'a pas le même goût que le Coca américain, il paraît plus sucré. Ça me rappelle nos vacances à la plage dans le golfe du Mexique quand j'étais petit. » Il indiqua à Anil deux chaises de jardin bancales blanchies par le soleil, rangées à l'ombre du camion. Anil s'assit en essuyant discrètement le goulot de sa bouteille avec la manche de sa chemise avant de boire une petite lampée. Le soda, qui lui pétillait dans la bouche et la gorge, fit naître un large sourire sur son visage.

« Fameux, hein ? » dit Trey en levant sa bouteille.

Anil inspecta l'étiquette. « Oui. Ça me fait penser au Thumps Up, le seul cola qu'on trouvait en Inde pendant des années avant que Coca-Cola et Pepsi n'inondent le marché. »

Par la fenêtre du camion, Jorge appela Trey pour qu'il vienne chercher leurs commandes. Trey se leva et revint avec deux assiettes en carton qui penchaient dangereusement sous le poids de la nourriture. « Trois tacos aux haricots et au fromage avec sauce salsa piquante. Piments en plus sur le côté. » Trey tendit l'assiette à Anil. « J'ignorais que tu étais végétarien.

— Et moi que tu étais mexicain », répliqua Anil.

Trey sourit avant de planter ses dents dans un taco dégoulinant de jus de viande. Anil attrapa l'un des siens dont le contenu était impossible à deviner, sous une montagne de feuilles de salade. Quand il mordit dedans, il ne put s'empêcher de repenser aux échoppes dans les rues d'Ahmadabab où il achetait des *chaat*, jusqu'à ce qu'un de ses amis contracte une infection qui l'oblige à s'aliter pendant une semaine. Une seule bouchée de ce taco, et c'était la rencontre des haricots bicolores crémeux, du fromage légèrement acidulé, de salade craquante et de sauce salsa si piquante que sa langue le brûlait. Anil n'osa pas demander si les haricots avaient été préparés avec du saindoux, comme Mahesh le faisait systématiquement dans les restaurants mexicains.

« Alors, qu'est-ce que tu en penses ? demanda Trey.

— Délicieux, répondit Anil en imitant Trey qui ajoutait des jalapenos sur son deuxième taco. Tu ne trouves pas ça trop épicé ? »

Trey sourit avant de se moucher. « Non, au contraire. J'adore.

— Je dois reconnaître que ces tacos sont vraiment très bons. » Anil était ravi d'avoir échappé à un nouveau repas fade à la cafétéria de l'hôpital, mais il n'en oubliait pas pour autant la raison de ce rendez-vous. « Écoute, Trey, commença-t-il en posant son assiette sur ses genoux. Il faut qu'on parle de ce qui s'est passé l'autre soir, quand je t'ai surpris devant le chariot de médicaments. »

Trey leva une main et s'essuya la bouche avec une serviette en papier. Il hocha la tête plusieurs fois tout en continuant de mâcher. « Ça fait un moment, Patel, que je voulais te remercier d'avoir gardé ça pour toi, déclara-t-il. Tu aurais vraiment pu m'emmerder avec cette histoire.

— Trey, je n'ai rien dit pour l'instant, mais ça ne signifie pas que je ne le ferai pas plus tard. Je... je suis tenu de le faire. Il ne s'agit pas que de toi. » Anil regarda autour de lui, mais personne ne leur prêtait attention. « J'ai besoin de savoir, reprit-il en baissant la voix, si tu as pris les médicaments.

— Oui, Patel, mais c'était une erreur commise en toute bonne foi. J'ai compris la leçon.

— Non, ma question, c'est : est-ce que tu les as *pris* ? insista Anil. Est-ce que les comprimés d'Adderall étaient pour toi ? »

Trey baissa les yeux et repoussa le gravier du bout de sa chaussure.

« Trey, réponds-moi. »

Le regard toujours baissé, Trey parla enfin. « J'avais juste besoin de quelque chose pour tenir toute la nuit. » Anil ferma les yeux. Il se rendit compte qu'il avait espéré une autre réponse. « Un petit remontant, comme un expresso sans que ça te rende nerveux. Tu sais comment c'est, Patel. Tu as une dizaine de patients qui réclament tous quelque chose, ton biper n'arrête pas de sonner, les infirmières sont trop occupées. Tu as juste besoin parfois d'un petit coup de pouce, c'est tout. » Trey frottait les paumes de ses mains sur son pantalon et s'animait à mesure qu'il parlait. Le soleil, au zénith, ne tarderait pas à tomber sur eux.

« Depuis combien de temps ? demanda Anil.

— Je ne suis pas accro, si c'est à ça que tu penses, répondit Trey en croisant son regard. J'en prends juste une fois de temps en temps, quand j'ai besoin d'un remontant, je t'ai dit. Et je ne suis pas le seul. Des tas d'internes en prennent aussi.

— Tu pourrais être renvoyé.

— Je sais, dit Trey. Écoute, je n'en ai pas repris depuis cette fameuse nuit et je ne vais pas en reprendre. Tu m'as fichu la trouille, mec.

— Toi-même, tu étais assez effrayant. »

Trey expira. « Désolé, j'étais à côté de la plaque. J'avais peur que tu me dénonces. » Il considéra le reste des tacos sur son assiette mais n'y toucha pas. « Tu vas le faire ?

— Je ne sais pas. » Anil haussa les épaules. « Et toi, tu vas arrêter ? »

Trey hocha la tête. « Oui, je te le jure. J'ai été un peu sous pression ces derniers temps. Je n'arrive pas à dormir quand je suis de repos de garde à cause de mon projet de recherche avec Tanaka. Mon père s'attend que je publie un article d'ici la fin de mon internat. *Tu dois te faire ton propre nom, Trey*, dit-il en imitant la voix de son père. *Tu ne peux pas te servir de ma réputation pour bâtir ta carrière.* Ce qui est assez ironique quand on pense que je n'ai même pas de nom. » Il eut un sourire amer. « Tu savais ça ? Trey signifie trois. Ce n'est même pas un vrai nom. » Il but une gorgée de son Coca et se pencha en arrière sur la chaise de jardin. « William Adam Crandall, le troisième. William, c'est mon grand-père, mon père, lui, se fait appeler Bob, et tout ce qu'il me reste c'est une petite note en bas de page, numéro trois. Trey. » Ils avaient à présent la moitié du corps au soleil. Bientôt ce serait le tour de leurs bras et de leurs têtes, et la chaleur deviendrait insupportable.

Trey continua de parler. On aurait dit qu'il avait presque oublié la présence d'Anil. « D'abord c'était la SMU, l'université méthodiste du Sud, où je suivais un double cursus, biologie et chimie, puis je suis parti à Baylor pour faire ma médecine. » Il tourna la tête de côté vers Anil. « Baylor, parce que les Crandall sortent tous de cette université. Et ensuite Parkview, bien sûr. Mais ce n'est pas fini. » Il leva l'index. « Oh, non, je dois encore publier cet article et être accepté en cardio à Parkview. Puis, dans quelques années, passer chef de clinique pour finir par être le patron du service. Après, je serai bien placé pour me faire un maximum de fric en reprenant le cabinet privé de mon père, s'il estime que j'en suis capable. Mais il acceptera probablement, parce qu'il a besoin de plus de temps pour gérer tous ses conseils d'administration – et pas seulement celui de Parkview, mais de MedTherapy, de la Maison du cancer pour les enfants, de l'université. Ils veulent tous profiter de la magie Crandall. » Il ricana et jeta sa bouteille vide qui roula par terre. « Tout le monde pense que c'est génial d'avoir un père qui siège au conseil d'administration de l'hôpital, parce qu'il a des contacts partout. Mais la pression... » Trey secoua la tête. « La pression, mec, est *énorme* – de lui, des gens qui le connaissent –, et elle ne diminue jamais. On me connaît avant que j'ouvre la bouche, avant que je fasse quoi que ce soit. » Il poussa la bouteille du bout de son mocassin, couvert de poussière à présent. « Tu n'imagines pas ce que je donnerais pour être un étudiant anonyme à Parkview.

— Ah oui, vraiment ? fit Anil. Tu sais ce que c'est quand les chefs ne font jamais attention à toi ? Quand personne ne se souvient de ton nom ? Quand les gens ne sont même pas fichus de le *prononcer* correctement ? Quand tu dois quémander des lettres de recommandation pour obtenir un stage ou que tu n'as pas de directeur de recherche ? » Anil secoua la tête. « Tu ne sais pas de quoi tu parles.

— Hé, mec, je ne voulais pas... »

Mais Anil ne le laissa pas finir sa phrase. « Tu n'as aucune idée de la chance que tu as, Trey, et de la difficulté que ça représente pour nous autres. »

Un lourd silence suivit. Trey tendit le pied pour attraper sa bouteille et la fit rouler sous la semelle de sa chaussure. « Quel est ton sujet de recherche ? »

Anil, qui se méfiait encore de Trey et de ses intentions, se contenta de le lui décrire grossièrement. « J'ai pas mal avancé dans l'analyse des données des patients qu'on voit aux urgences, mais ça m'aiderait si un médecin senior m'ouvrait les portes des autres services.

— Je pourrais peut-être t'aider », dit Trey.

Anil se déplaça sur sa chaise pour éviter d'avoir le soleil dans les yeux. « C'est vrai ? Comment ?

— Je peux demander à Singer ou à Martin. Ce sont des amis de mon père, mais il voulait que je bosse avec Tanaka, étant donné que c'est le meilleur. Passe-moi le sommaire de ta recherche et je leur demanderai ce qu'ils en pensent. »

Anil pencha la tête de côté et observa Trey, les yeux plissés à cause du soleil. « Pourquoi tu ferais ça ?

— Pourquoi je ne le ferais pas ? » Trey haussa les épaules. « Tu as besoin d'un coup de main. Et je te suis redevable, mec. »

*

De retour à l'hôpital, Anil remarqua qu'il était moins tendu que d'habitude. Pour la première fois depuis des mois, son projet de recherche lui paraissait réalisable et donc la cardiologie interventionnelle possible. Le déjeuner ne s'était pas du tout déroulé comme il l'avait imaginé ; il s'était rendu compte qu'il comprenait Trey et la pression que son père exerçait sur lui. Lui-même sentait toujours le poids du devoir peser sur ses épaules quand il retournait à Panchanagar. Certes, ce n'était pas une excuse pour prendre des amphétamines, mais Trey semblait sincère quand il avait juré d'arrêter. Après tout, n'était-ce pas ce qui importait ? Tout le monde avait le droit de se faire pardonner une transgression de temps en temps.

Comme les étagères de Leena couvertes de récipients bancals, les erreurs faisaient partie de la vie : c'était un élément inévitable et inestimable qui donnait du sens à tout le reste. Le bol non émaillé qui révélait l'empreinte des doigts. Les fissures invisibles qui rendaient la tasse inutilisable pour l'eau mais pas pour la gaze. Beaucoup de gens avaient accepté les imperfections d'Anil : Sonia continuait de lui prodiguer son enseignement après qu'il l'avait déçue, Baldev ne lui en voulait pas d'avoir été attaqué, et Amber non plus parce qu'il ne l'avait pas défendue. Et maintenant, Trey lui offrait une seconde chance de voir son rêve se réaliser.

S'il le dénonçait, la carrière de Trey serait presque certainement finie, sans parler de ses relations avec son père. Anil ne s'était toujours pas remis du vide laissé par la mort de Papa : c'était un manque qui ne serait jamais comblé, un sentiment de culpabilité jamais apaisé. Comment pourrait-il infliger une perte pareille à quelqu'un d'autre ? En dépit des erreurs que Trey avait commises, Anil le voyait à l'œuvre depuis trois ans maintenant, et il était quasiment sûr, même si cela lui faisait un peu mal de l'admettre, qu'il serait un excellent médecin, probablement meilleur que lui.

27

Une odeur inconnue venant de la cuisine accueillit Anil quand il entra dans l'appartement. Des sacs en papier jonchaient le sol et la paillasse était couverte de plats à différentes étapes de leur préparation. Trinity, toujours dans sa blouse bleue d'infirmière, mélangeait le contenu d'une marmite avec une spatule en bois.

« Anil ! s'écria-t-elle. Tu arrives pile à l'heure. Le dîner est presque prêt.

— Salut Trinity. » Après une journée de conversations compliquées et décourageantes, la sérénité infaillible de Trinity était l'antidote parfait. Anil comprenait pourquoi Baldev appréciait autant sa compagnie. Il jeta un coup d'œil à la marmite dans laquelle mijotait un mélange d'épices et d'oignons.

« Curry marocain aux légumes, annonça-t-elle. Cent pour cent végétalien. »

Anil saisissait mal ce concept. Il était habitué au végétarisme, qui était la norme en Inde, et il connaissait même une secte religieuse très stricte dont les membres portaient un masque pour éviter de tuer des insectes minuscules en les respirant, mais éliminer les produits laitiers, comme le préconisait Trinity, était un principe qui lui échappait. Les vaches et les chèvres faisaient partie intégrante de leur communauté à Panchanagar. Ne pas utiliser le lait qu'elles produisaient était un défi à l'ordre naturel des choses, voilà ce qu'il avait appris quand il était petit, un défi, et aussi du gâchis. Il était incapable d'imaginer du *chai* sans lait ou un repas indien sans yaourt. Ou un dessert sans *ghee*.

Heureusement, malgré son engouement pour le végétalisme, Trinity n'imposait aucune de ses croyances, et Anil était reconnaissant à quiconque préparait le dîner quand il rentrait de l'hôpital. « Ça sent très bon, dit-il.

— Ce sera prêt dans une demi-heure. Baldev est sous la douche. »

Anil croisa Baldev quand il sortit de la salle de bains, une serviette autour de la taille. On voyait nettement à présent les muscles de ses épaules et de son torse. « Hé, mec, viens me raconter où tu en es pendant que je m'habille. » Baldev n'était nullement gêné de s'exhiber nu, et si, en règle générale, Anil préférait éviter pareille situation, ce soir, il voulait parler à Baldev de ce qui s'était passé avec Trey. Aussi le suivit-il dans sa chambre où il s'assit sur un coin du lit défait.

« Le curry a l'air délicieux, commença-t-il. Mais dis-moi, tu t'es vraiment mis au végétalisme ?

— Non. » Baldev écarta la question d'Anil d'un geste de la main. « Je mange un hamburger tous les midis, ce qui me permet de tenir jusqu'à l'heure du dîner. » Il sourit. « Trinity est au courant. Elle est cool pour ça.

— C'est sérieux, alors ?

— Quoi, avec elle ? » Baldev pointa son pouce en direction de la cuisine avant de fermer la porte de la chambre. « Je ne sais pas, mec. Je pensais au début que c'était juste sympa, mais c'est vraiment une fille bien. Alors, oui, peut-être, je peux imaginer que ça devienne sérieux un jour. Si elle ne se lasse pas avant d'un crétin comme moi. Elle est beaucoup plus intelligente que moi.

— Ce n'est pas difficile », dit Anil. Baldev sourit et lâcha sa serviette. Anil baissa les yeux. « Je voudrais te demander quelque chose, continua-t-il. Il s'est passé un truc la semaine dernière à l'hôpital… »

Du couloir leur parvint le bruit d'une porte qu'on ouvre et qu'on referme, puis la voix de Mahesh suivie de celle de Trinity. « À table !

— Oui ? fit Baldev en se vaporisant du déodorisant sous les bras.

— Non, rien, répondit Anil. Allons manger. » Il se leva. Il n'avait pas envie de parler de ça en présence de Mahesh qui parfois pouvait se montrer peu nuancé dans ses jugements.

*

Malgré l'expérience qu'avait voulu tenter Trinity en ajoutant un peu de *masala chai* à son curry marocain aux légumes, tous s'accordèrent pour le trouver plutôt bon. Au cours du dîner, ils évoquèrent le succès du dernier logiciel créé par Mahesh, et trinquèrent à sa réussite.

« C'est celui dont on signale le moins de défauts de conception parmi tous les programmes informatiques qu'a sortie la boîte, et ce en dépit de sa taille et de sa complexité, dit-il, non sans fierté.

— Et moi, je suis heureuse de vous annoncer que Baldev a franchi une étape importante aujourd'hui, déclara Trinity en glissant un bras autour des épaules de Baldev. Il a retrouvé toute la mobilité de son genou et de son bras, et il est même plus fort qu'avant d'avoir été blessé. »

Baldev leva les mains en signe de victoire. « Six longs mois difficiles qui auraient été encore plus longs et plus difficiles sans cette merveilleuse femme ici présente. » Il attira Trinity contre lui et l'embrassa sur la joue. « Mais ce n'est pas tout… » Trinity lui jeta un coup d'œil. Baldev s'essuya la bouche et s'éclaircit la gorge. «La boîte m'a proposé de diriger une plus grande équipe.» Il regarda Trinity puis ses deux amis avant d'ajouter : «À Bangalore.» Un sourire illumina le visage de Trinity.

«Bangalore?» Anil reposa sa cuillère.

— Ouah! fit Mahesh.

— Oui. La boîte veut me former pour un poste de manager, mais, pour ça, je dois passer deux ans à me familiariser avec les services d'assistance. Si j'accepte, je dirigerai le centre d'appels à Bangalore.

— Bangalore», répéta Anil. Des trois, Baldev était celui qui s'était le plus éloigné de l'Inde, le seul à ne jamais parler d'y retourner. «Vraiment? Ça... ça t'intéresse?» Il hésitait à en dire plus en présence de Trinity. Baldev était-il prêt à renoncer à sa vie ici? À sa petite amie?

Baldev haussa les épaules. «Je ne sais pas encore. En même temps, ce n'est l'affaire que de deux ans. Et si je me débrouille bien, j'obtiendrai une superpromotion à mon retour.

— C'est une occasion formidable, déclara Mahesh. Bangalore est en train d'exploser.

— Personnellement, je pense que tu devrais dire oui, intervint Trinity. J'adorerais vivre en Inde.» À son tour, elle planta un baiser sur la joue de Baldev. Leur désinvolture tranchait avec la mélancolie qu'Anil sentait s'abattre sur lui. «Il faut fêter ça, lança la jeune femme en frappant dans ses mains. Ce week-end, pourquoi pas. C'est bien Diwali, non?

— Comment sais-tu que c'est Diwali?» demanda Baldev.

Trinity lui fit un clin d'œil. «Le technicien du labo me l'a dit.

— Oui, bonne idée. Faisons une fête pour Diwali», déclara Mahesh.

Anil et Baldev échangèrent un regard. Cela ne ressemblait pas à Mahesh, d'ordinaire si ordonné et méticuleux, d'être prêt à accueillir une foule de gens dans l'appartement. « On pourrait commander à manger chez Taj Chaat House…

— Et prévoir une piste de danse. » Baldev indiqua de la main le salon peu meublé. « J'ai un supermix de *bhangra* et j'ai repéré des nouvelles enceintes au magasin. »

*

Au cours de la semaine suivante, l'appartement subit une transformation complète, des changements qu'Anil remarquait le soir quand il rentrait. Des caisses de bière et de boissons sans alcool s'empilaient à côté du coin repas. Les meubles du salon étaient repoussés contre les murs. Des guirlandes de Noël entouraient les plantes vertes et des guirlandes de fleurs pendaient des encadrements des portes. Anil invita Charlie et deux ou trois externes mais, malgré l'insistance de Baldev et le fait que Sonia était la seule Indienne qu'il connaissait à Dallas, il ne lui proposa pas de se joindre à eux, craignant de ne pas réussir à se détendre en présence de quelqu'un qui rédigeait un rapport sur lui.

Les amies de Trinity arrivèrent les premières : des filles directes aux corps athlétiques comme elle, qui avaient toutes fait leurs études à l'université du Texas à Austin. Aucune ne se maquillait ni n'était en talons aiguilles. Elles apportèrent des bières light et du cidre brut, et se jetèrent sur les *samosas* en discutant du dernier livre sélectionné par leur club de lecture, le journal d'une écolière pakistanaise. Les collègues de Baldev se tenaient autour de la sono installée dans le salon et testaient le volume. Bientôt, le *bhangra* mêlé de dance et de pop monta des enceintes et les gens allaient et venaient, une assiette ou un verre à la main. Mahesh sortait des plats du four et en mettait des nouveaux, remplissait les bols de chutney dès qu'ils étaient vides, rôdait près de la porte d'entrée pour accueillir les invités. Anil trouvait cette soudaine métamorphose en maître de maison curieusement amusante et il s'apprêtait à lui dire de lever le pied quand la sonnette retentit et que Mahesh alla ouvrir.

Yaalini ne ressemblait pas du tout à l'image qu'Anil s'était faite de la femme ingénieure en informatique. Vêtue d'un *salwar-kamîz* bleu et argenté, elle devait mesurer un mètre cinquante et avait un joli visage encadré de cheveux bouclés. Mahesh fut tout sourire dès qu'il la vit. Il prit son sac et son châle et l'accompagna jusqu'au buffet. Assis sur le canapé, Anil le regarda se pencher vers la jeune femme pour lui parler, et celle-ci rejeter la tête en arrière et éclater de rire à ses remarques. Mahesh n'était pourtant pas connu pour son sens de l'humour.

*

«Pourquoi tu ne nous en as pas parlé?» demanda-t-il le lendemain matin pendant le petit déjeuner.

Mahesh haussa les épaules en remuant son thé avec une cuillère. «Je ne me suis pas rendu compte de ce qui nous arrivait. On était amis – enfin, au début on était collègues –, et à mesure qu'on passait de plus en plus de temps ensemble, c'est devenu…» Il sourit et haussa à nouveau les épaules. «C'est tellement facile de bien s'entendre avec elle. On parle des films de Bollywood, de musique, on aime la même nourriture. À ce propos, elle fait les meilleurs *masala dosa*[1] que j'ai jamais mangés. Et elle comprend mon travail. Je peux parler de n'importe quel sujet avec elle.

— Bref, c'est comme sortir avec la version féminine de toi-même, plaisanta Baldev. Sauf qu'elle est beaucoup plus belle que

---

1. Crêpe indienne garnie d'un mélange de pommes de terre

toi. » Mahesh lui donna un coup de pied sous la table et Baldev, qui se remettait difficilement de sa gueule de bois, poussa un grognement.

« Depuis combien de temps ça dure ? demanda Anil.

— Je ne sais pas. Quelques mois ? »

Baldev émit un claquement de la langue et dit, en exagérant son accent indien : « Et pendant tout ce temps, tu nous as menti, à nous, ta famille ? »

Mahesh se renfrogna aussitôt.

« Hé, je plaisante ! dit Baldev. On est heureux pour toi, mec. Tu as enfin trouvé l'amour, et pas dans une enveloppe. Pense à tout l'argent que tes parents vont économiser. Ils n'ont plus besoin de passer des annonces matrimoniales. »

Mahesh plongea le regard dans sa tasse en remuant son thé d'un air absent.

« Tu n'en as pas parlé à ta famille ? » demanda Anil.

Mahesh fit signe que non. « Je ne pensais pas à Yaalini de ce point de vue-là, au début du moins, parce qu'elle est tamoule. Je me disais qu'elle n'était pas le genre de femme que je cherchais, qu'on était trop différents, expliqua Mahesh. Mais toutes ces différences, les Gujarati et les Tamouls, les Vaishya et les Brahmanes, ne comptent pas ici. Personne ne distingue un Indien du Sud d'un Sikh, ou un Patel d'un Pendjabi. Les gens au boulot se moquent de nous en disant qu'on est frère et sœur, simplement parce qu'on est tous les deux indiens. Peut-être que si on s'était rencontrés en Inde, je dis bien *si*, on n'aurait rien eu en commun. Mais, ici, on partage tout ce qui est important. » La voix de Mahesh prenait de plus en plus d'ampleur à mesure qu'il parlait. « On peut rester ici. On peut se marier et fonder une famille.

— Bravo, dit Baldev. C'est ta vie. Tu as le droit de faire ce que tu veux. Tu n'as pas besoin de l'approbation de tes parents.

— Mais j'ai besoin d'eux. Je veux leur bénédiction. » Mahesh finit son thé, qui devait être froid à présent. « Et Yaalini aussi. On veut tous les deux la bénédiction de nos parents. J'attendais avant d'être sûr, et je le suis maintenant. Je vais parler de Yaalini à mes parents et leur demander de me donner la permission de l'épouser.

— Et s'ils refusent ? » demanda Anil.

Mahesh lâcha sa cuillère dans sa tasse vide qui tomba avec un bruit métallique. « Je ne sais pas. Je veux vivre avec elle et personne d'autre. Chaque fois que je regarde ces enveloppes que m'envoie ma mère, j'ai le ventre noué. Mais je ne veux pas non plus décevoir mes parents ou être rejeté par ma famille. Je ne peux pas m'imaginer vivant en paria. » Il se leva et porta sa tasse dans l'évier.

Anil sentit un poids descendre de sa poitrine à son estomac. Bien que les choses aient changé en Inde, l'amour et les choix personnels ne régissaient toujours pas la plupart des mariages. Aller à l'encontre des souhaits de ses parents était impensable pour la majorité des jeunes et, malgré les intrigues des films de Bollywood, de tels scénarios se terminaient souvent mal. Aussi appliquaient-ils tous les trois la règle implicite selon laquelle ils pouvaient faire ce qu'ils voulaient aux États-Unis tant que leurs parents n'étaient pas au courant. Anil n'avait pas parlé d'Amber à Ma. Même Baldev, dont les parents vivaient pourtant en Amérique depuis des années, n'avait rien dit au sujet de Trinity. On ne souffre pas de ce que l'on ne connaît pas. Mais que se passait-il quand, comme Mahesh, on tombait amoureux de la fille défendue, une fille que vos parents rejetteraient, ou, par exemple, une fille que vous n'avez toujours pas réussi à oublier ?

*

Anil s'assit avec Charlie près du stand de boissons chaudes, une institution dans le hall de l'hôpital. « Je suis fier de toi, vieux, dit Charlie. Ça n'a pas dû être facile, vu ce que t'inspire le type, mais j'ai l'impression que tu t'es donné le temps de réfléchir et que tu as pris la bonne décision. »

Anil se força à sourire, gêné. Bien qu'il ait failli le faire à plusieurs reprises, il ne lui avait finalement pas raconté que Trey avait proposé de l'aider à trouver un directeur de recherche en cardiologie interventionnelle.

« Je te l'avais dit, reprit Charlie en lui donnant une tape dans le dos. Le grand décideur. » Puis il se pencha et ajouta à voix basse : « Il t'a vraiment dit que des tas d'externes prenaient des amphét' ?

— Oui, qui sait ? » Anil haussa les épaules. « D'après les études qui ont été menées, ce n'est pas risqué tant qu'on en consomme à petite dose et de manière occasionnelle. J'ai même lu une étude sur des étudiants dont les performances sportives augmentaient grâce aux amphétamines. Peut-être que Trey a raison et que c'est nous qui sommes à côté de la plaque. »

Charlie secoua la tête et but une gorgée de son café. « Je préfère m'en tenir à ça, dit-il en indiquant sa tasse. Les Américains sont tellement incapables de se détendre, ils se tuent à la tâche pour réussir. Ce n'est pas ça la vie, crois-moi. »

Anil ôta le sachet de thé de son gobelet en attendant que Charlie lui sorte son leitmotiv sur la supériorité culturelle des Australiens.

« À Sydney, mon pote Jeremy travaille dans un hôpital public – il a un boulot en or, un salaire correct. Sa femme et lui possèdent une grande maison à Balmain. Bon d'accord, ça n'a rien à voir avec ces demeures ridicules que tu vois à Dallas, admit-il. Mais ils ont de la place, trois chambres, un jardin. Jeremy s'est acheté une Saab neuve, il mène la belle vie, quoi. Mais je vais te dire la vraie différence, continua Charlie. Jeremy fait du surf tous les matins avant d'aller au boulot, il dîne avec sa femme quasiment tous les soirs et ils voyagent souvent parce qu'il n'est de garde qu'un week-end sur deux. Il travaille pour vivre, tu comprends? Ici, les gens vivent pour travailler. Ils raisonnent à l'envers, si tu veux mon avis.

— Là-dessus, tu as raison, dit Anil, même si, dans sa propre manière de vivre, il reproduisait le modèle américain.

— J'envisage de retourner là-bas en juillet.

— Quoi? Retourner où? demanda Anil.

— À Sydney. Jeremy m'a dit qu'ils embauchaient dans son hôpital. Apparemment, ils sont intéressés par des toubibs qui ont une expérience en recherche. Je pourrais peut-être travailler dans leur service des maladies infectieuses. Hé, s'écria-t-il en voyant qu'Anil paraissait déçu. J'ai trente-six ans, mec. Il est temps que je me trouve une gentille petite Australienne et que je m'installe. » Il lui décocha son sourire enchanteur mais, cette fois, Anil n'y succomba pas. « Mes parents se font vieux, je veux être près d'eux tant que je le peux. »

À ces mots, Anil eut un pincement au cœur, comme chaque fois que le sentiment de culpabilité engendré par la mort de son père le prenait au dépourvu.

Charlie lui posa une main sur le bras. « Je suis désolé, vieux. Je ne pensais pas... »

Anil secoua la tête. « Non, ça va, dit-il. Alors quand prendras-tu ta décision? »

— Pas avant mars ou avril, répondit Charlie. Mais ne fais pas cette tête. On a encore six mois devant nous, ce qui te laisse amplement le temps d'apprendre à boire une vraie pinte», ajouta-t-il avec un large sourire.

Après son départ, Anil retourna près du stand de boissons chaudes et commanda un thé auquel il ajouta du lait et de la cannelle en poudre, maigre substitut du *masala chai* de sa mère.

« Salut, Patel ! lança Trey en s'approchant du stand. Un triple expresso », s'il vous plaît, dit-il à l'adresse du serveur.

Anil remarqua les cernes sous ses yeux. Il avait observé le comportement de Trey pendant plusieurs semaines mais n'avait vu aucun signe indiquant qu'il continuait de prendre des amphétamines.

« Écoute, dit Trey en posant une main sur l'épaule d'Anil. J'ai parlé de ton projet de recherche à Singer et à Martin, mais ils sont trop occupés l'un et l'autre. » Emportant son expresso, il entraîna Anil plus loin. « Du coup, j'ai eu une idée, continua-t-il à voix basse. Je peux ajouter ton nom à mon article. Tanaka ignore ce qui se passe au jour le jour. Il suffit juste que je lui dise qu'on a travaillé ensemble. » Il ôta le couvercle de sa tasse et but une longue gorgée de café. « Retrouvons-nous demain après le boulot, je t'expliquerai sur quoi je bosse. Le Horseshoe, huit heures ? » Il finit son expresso d'un trait et jeta la tasse dans la poubelle.

Anil hocha la tête, brusquement déprimé.

« Fais-moi confiance, Patel, ça va aller. Arrange-toi juste pour avoir de solides recommandations. »

*

Quelques jours plus tard, Anil, suivant le conseil de Trey, prit place en face de Sonia, après qu'ils eurent l'un et l'autre posé leurs plateaux-repas sur la table. La cafétéria venait d'inaugurer des lasagnes végétariennes qu'il avait hâte de goûter mais, avant, il se lança dans un long discours pour expliquer à la jeune femme pourquoi il avait choisi la cardiologie interventionnelle comme spécialité et pourquoi il s'estimait qualifié. Sonia attendit qu'il ait fini pour déclarer en souriant : « Écoutez, Patel, je vous ferai une lettre de recommandation du tonnerre pour tout ce que voulez. Si c'est la cardiologie interventionnelle, qu'il en soit ainsi. Personnellement, je pense que c'est du gâchis que vous passiez vos journées devant des appareils électroniques et avec des patients en chambre stérile, mais puisque c'est votre choix… Il s'agit de votre carrière, après tout, pas de la mienne.

— Merci, dit-il. Je sais que je n'ai pas toujours été facile. »

Sonia haussa les épaules. « La facilité n'est pas ce qui compte le plus pour moi, Patel. Et cela ne m'aurait pas déplu de vous garder encore quelques années. » Elle lui adressa un sourire. « Comment se passent vos autres demandes ? »

Anil avala une bouchée de lasagnes avant de répondre : « Plutôt bien. Eric Stern m'a dit qu'il m'écrirait une lettre de recommandation, lui aussi, et j'en attends une troisième.

— Et ce projet de recherche en cardio ?

— Ça se passe bien aussi.

— Formidable, dit Sonia. Vous avez trouvé un directeur de recherche, alors ? Qui est-ce ? »

Anil posa sa fourchette. « Vous ne voulez pas de la sauce piquante ? demanda-t-il. C'est un peu fade, non ? » Il se leva et fit le tour de la cafétéria. Comment lui expliquer qu'il s'était associé avec Trey, qu'il avait brusquement changé d'opinion ? Une bouteille de Tabasco le nargua depuis une table voisine. Il l'attrapa, retourna à sa place et en versa une bonne dose sur ses lasagnes.

« On parlait de votre recherche en cardio. Vous avez un directeur ?

— Oui. En fait, je… j'ai suivi votre conseil. Je fais équipe avec Trey Crandall. C'est très bien. Merci de m'avoir donné l'idée. » Trey lui avait fait faux bond les deux fois où il devait lui parler de son projet, aussi Anil n'en connaissait-il que l'intitulé – l'incidence précoce de l'infarctus du myocarde –, qu'il avait par ailleurs appris de Tanaka. Il espérait que Sonia ne lui poserait pas plus de questions.

Elle eut un petit sourire narquois et hocha la tête. « Franchement, Patel, vous me surprenez parfois. Mais je suis contente pour vous. » Son approbation lui donna mauvaise conscience. « Je ne pensais pas que vous auriez le temps de mener de front deux projets de recherche, mais ça vous sera très utile pour vos futures démarches. »

Anil profita de cette ouverture pour changer de sujet et lui demander comment elle vivait son nouveau rôle de chef de service. La fin du repas fut des plus agréables. Ils s'entretinrent d'un des patients d'Anil en attente d'une greffe du foie et commentèrent le scandale du jeune interne qui, après être parti un week-end au Mexique, ne s'était pas montré à l'hôpital pendant quatre jours. Sonia parla même de sa famille pour la première fois depuis qu'Anil avait fait sa connaissance ; sa petite sœur venait de finir ses études de médecine et ne se rendait visiblement pas compte de ce qui l'attendait.

Leur conversation ne s'éloigna jamais vraiment du monde de la médecine, malgré l'indéniable chaleur qui existait entre eux. Anil repensa à cette fameuse nuit dans le service des soins intensifs, quand il n'avait pas vu la rupture d'anévrisme. À ce colloque de morbidité-mortalité où elle lui avait sauvé la peau. Il la revit en train de le recoudre après l'agression de Baldev. Il repensa au défi qu'elle lui avait lancé en oncologie, l'obligeant à diagnostiquer une tumeur au cerveau en se servant uniquement de ses yeux et de ses mains. Anil avait appris tellement de choses au contact de Sonia, et il se rendait compte qu'il était devenu un meilleur médecin. Si gênante que fût leur conversation sur son divorce, il sentait que leur relation s'était améliorée depuis. Certes, il n'était pas son égal et ne le serait peut-être jamais, mais il avait gagné son respect et son soutien, et son opinion comptait beaucoup pour lui, peut-être même plus que celle de n'importe qui d'autre à Parkview.

La machine suspecte

Anil monta dans la voiture avec Mahesh et Baldev. Les trois amis avaient décidé de fêter la bonne nouvelle du prochain mariage de Mahesh au restaurant. « Je voudrais vous parler de quelque chose, déclara Anil en même que Mahesh démarrait. Ma famille m'a téléphoné il y a quelques jours pour régler un différend et je dois rappeler ce week-end.

— Encore ? » Baldev leva les yeux au ciel. « Anil, pourquoi tu ne leur dis pas qu'il existe des services exprès pour ça. Pour deux cents ou trois cents roupies, ils peuvent s'adresser à quelqu'un qui résoudra leurs désaccords. C'est un business maintenant. Comme ça, tu n'auras plus à t'en occuper.

— Qu'est-ce que tu racontes ? s'insurgea Mahesh. Il s'agit de sa famille. Ce ne sont pas des étrangers. C'est son devoir de les aider, c'est même un honneur.

— De toute façon, je ne peux pas faire autrement pour l'instant, expliqua Anil. Bref, je vais vous raconter ce qui se passe et vous me direz ce que vous en pensez. L'un de mes cousins ne voulait pas travailler à la ferme comme le reste de la famille. Tout le monde l'accuse d'être trop paresseux et lui prétend que l'agriculture est une vieille pratique qui ne rapporte pas. Quoi qu'il en soit, il a décidé de monter sa propre affaire qui consiste à convertir les moteurs diesel des voitures en moteur au gaz naturel.

— Pourquoi ? demanda Baldev.

— Parce que le diesel coûte très cher en Inde, dit Mahesh. Les taxes sont énormes.

— Exact, confirma Anil. Le gaz naturel est bien meilleur marché mais, comme on ne peut pas acheter de voitures qui roulent avec ce carburant, il s'est mis à transformer les moteurs.

— C'est très malin, fit observer Baldev.

— Oui, sauf que les moteurs sont un peu moins fiables. Il y a plus de risques que quelque chose ne tourne pas rond, ce qui se traduit par une… explosion. »

Anil vit les yeux de Mahesh s'agrandir dans le rétroviseur.

« Bien sûr, personne ne le savait au départ. Comme mon cousin n'avait pas d'argent, il s'est adressé à l'un de nos oncles qui possède les plus grandes parcelles de terre. Il lui a demandé d'investir dans son affaire – dix mille roupies pour acheter des outils et du matériel. C'était il y a six mois et tout se passait à merveille. Mon cousin avait de plus en plus de clients, il commençait à rembourser notre oncle.

— Et ? a demandé Baldev.

— Et l'un des clients a eu un accident. Il a rempli son réservoir de gaz naturel et, quand il a tourné la clé de contact, il y a eu une petite explosion. Il n'est pas mort, mais il a perdu une jambe. » Anil observa ses deux amis à tour de rôle. Mahesh le fixait d'un air horrifié.

« Bref, ce client est allé voir notre famille pour obtenir un dédommagement, reprit Anil. Il ne peut plus travailler, donc gagner sa vie, et il dit que c'est la faute de mon cousin, qu'il a mal monté le moteur. Mon cousin a rétorqué qu'il l'avait prévenu des dangers éventuels et qu'il n'a pas pris toutes les précautions nécessaires quand il a rempli son réservoir. Mais comme le type était seul à ce moment-là, il est impossible de savoir s'il dit vrai ou pas. Le problème, c'est que mon cousin n'a pas d'argent, du coup, il ne peut pas satisfaire la demande du client, et personne dans la famille ne possède la somme que cet homme exige pour subvenir aux besoins des siens, sauf mon oncle.

— Celui qui..., commença Mahesh.

— Oui, celui qui a investi au départ, dit Anil. Mais cet oncle a déjà donné beaucoup d'argent à mon cousin, qu'il a prélevé dans ses économies, et maintenant, il se sent trahi. Il pensait juste l'aider et voilà qu'il se retrouve mêlé à cette affaire. Et ce n'est pas tout, continua-t-il. Apparemment, ce type, le client, a la réputation d'escroquer les gens. D'après mon frère Chandu, qui lui-même a des amis pas très honnêtes, cet homme a essayé de soutirer de l'argent à son patron il n'y a pas très longtemps. Bref, personne n'est sûr qu'il dise la vérité. Sauf qu'il a perdu une jambe, et ça, on n'a pas besoin de le vérifier. »

Ils réfléchirent tous les trois en silence alors qu'ils étaient arrêtés à un feu rouge.

« Eh bien moi, je dis "Que l'acheteur soit vigilant", déclara Baldev quand ils repartirent. Ce type savait qu'il y avait des risques, comme il y en a avec tout. S'il s'était acheté une machette pour ouvrir des noix de coco et s'était coupé la main sans le faire exprès, est-ce qu'il serait allé se plaindre auprès du vendeur de machettes ? Il y a toujours des risques. Au moins, c'est une jambe et pas un bras. Les rues de Delhi sont remplies d'unijambistes qui se déplacent sur leurs planches à roulette plus vite que moi. Il peut encore gagner sa vie de plein de façons différentes. »

Mahesh secoua la tête vivement. « Je ne suis pas du tout d'accord, Baldev, dit-il. Pense à leur *karma*. Le cousin d'Anil et son oncle sont impliqués, même indirectement, dans la mutilation d'un être humain. S'ils ne font rien pour se racheter, ils reviendront réincarnés en... *fourmis* dans leur prochaine vie. Est-ce que ça vaut vraiment quelques roupies ?

— Ma mère dit toujours qu'il ne faut pas marcher sur une fourmi, plaisanta Baldev.

— Bref, si c'était moi, j'offrirais une compensation à la famille de cet homme, continua Mahesh. Peut-être pourriez-vous tous y participer ? »

Anil lâcha un soupir. « Oui, ce serait bien, sauf qu'en ce moment tout le monde se dispute chez moi à cause de cette histoire. Il y en a qui reprochent à mon oncle d'avoir aidé mon cousin au départ, mon oncle, lui, est en colère contre mon cousin – en fait, ils sont tous en colère contre lui. Mais lui non plus n'est pas content. Il a l'impression que tout le monde l'abandonne parce qu'il a voulu n'en faire qu'à sa tête et a choisi une voie différente. » Anil marqua une pause. « Je le comprends, cela dit. Ce n'est pas facile de décider de sa vie quand les autres attendent quelque chose de nous.

— Je persiste à penser que tu devrais inciter ta famille à prendre ses responsabilités par rapport à cet homme, insista Mahesh en se garant sur le parking. Il est arrivé une tragédie et quelqu'un doit payer. Ta famille est en position de le faire.

— Non, dit Baldev, c'était un accident, pur et simple. Ce n'est pas la faute de ton cousin. Es-tu responsable de la mort de tous les patients qui sont sous ta surveillance à l'hôpital ? »

Anil descendit de la voiture, guère plus avancé sur la question. *Primum non nocere*, se souvenait-il d'avoir récité quand il avait prêté le serment d'Hippocrate. D'abord, ne pas nuire.

*

Après avoir attendu quarante minutes dans le hall bondé du restaurant asiatique le plus couru de tout Dallas, Anil, Baldev et Mahesh s'installèrent enfin autour d'une table ronde.

«Aux nouveaux départs», dit Mahesh en levant son verre, un sourire niais aux lèvres. Trois mois s'étaient écoulés depuis Diwali, depuis qu'il avait parlé de Yaalini à ses parents, et, enfin, il avait retrouvé le sourire.

«Aux nouveaux départs, répéta Baldev en trinquant avec lui puis avec Anil. Et à tes nuits de folie, Mahesh!»

Mahesh secoua la tête mais continua de sourire. Il porta la petite tasse en céramique à sa bouche et but une gorgée, puis il plissa les yeux et pinça les lèvres. «C'est quoi, ça?» Il considéra le liquide transparent au fond de la tasse.

«Du saké, répondit Baldev en lui tapotant l'épaule. De l'alcool de riz japonais. Très bon pour la santé.» Il fit un clin d'œil à Anil. «Ça améliore la virilité. Tu vas en avoir besoin pour ta nuit de noces. Cent pour cent garanti.» Il remplit à nouveau la tasse Mahesh. «Cul sec, mec!

— Vous avez fixé une date?» Anil renifla le saké dont le parfum lui rappelait vaguement l'odeur des solutions antiseptiques.

Mahesh fourra un edamame dans sa bouche. «Pas encore. On attend la visite des parents de Yaalini, en espérant qu'ils n'aient pas changé d'avis.» Il prit encore une gorgée de saké et Anil se demanda combien de temps il fallait à un non-buveur pour ressentir les premiers effets de l'alcool. Difficile de se prononcer, Mahesh étant déjà légèrement éméché. «Yaalini n'en parle pas, mais je sais que c'est important pour elle. Comment peut-on se marier sans ses parents?

— Qu'est-ce que vous pouvez faire d'autre?» Anil attrapa un tempura d'oignon avec ses baguettes.

Mahesh haussa les épaules. «Ils sont très attachés à la notion de caste. Mes parents les ont appelés la semaine dernière pour essayer de leur expliquer que ça marchait différemment dans notre communauté, mais ils n'arrivent pas à s'ôter de l'esprit que nous sommes des descendants de fermiers. » Il porta de nouveau sa tasse de saké à ses lèvres. « Et peu importe que j'aie un master en informatique.

— Au moins, tes parents te soutiennent, c'est déjà ça », dit Anil.

Après plusieurs semaines d'âpres discussions au cours des derniers mois, les parents de Mahesh avaient fini par accepter l'idée que leur fils épouse Yaalini. Il existait une hiérarchie dans leurs préjugés et, finalement, la jeune femme remplissait leurs critères les plus importants en étant hindoue et végétarienne. Alors que leurs amis s'arrachaient les cheveux parce que leurs enfants épousaient des musulmanes qui mangeaient de la viande, ils estimaient que le choix de leur fils aurait pu être pire. En Yaalini, ils avaient même découvert des choses dont ils pouvaient se vanter, comme sa caste supérieure et ses diplômes universitaires. La mère de Mahesh était maintenant emballée par cette idée de mariage et insistait pour l'organiser elle-même à Ahmadabad en se disant que ce serait un bon entraînement pour préparer celui de la jeune sœur de Mahesh dans quelques années.

« C'est vrai », concéda Mahesh. Il dodelinait de la tête et semblait avoir du mal à fixer son regard. « Et toi, Baldev ? Tu vas parler de Trinity à tes parents ?

— Je ne sais pas, mec. Pour l'instant, ils sont juste trop contents que je rentre en Inde. Je n'ai pas eu le courage de le leur annoncer. »

Baldev avait décidé, sous la pression de Trinity, d'accepter ce poste à Bangalore. Les deux jeunes gens s'y installeraient pendant deux ans minimum et vivraient ensemble à Palm Meadows, une enclave d'expatriés loin des quartiers animés de la ville. Baldev serait responsable du nouveau centre d'appels pour lequel il embaucherait et dirigerait une équipe de support informatique. Une fois sa mission accomplie, il réintégrerait le siège de l'entreprise à Dallas, avec une promotion.

Trinity avait donné sa démission à l'hôpital et s'était inscrite à la plus grande école de yoga de Bangalore où elle suivrait des cours de yoga thérapeutique pendant six mois. Elle envisageait d'intégrer les nouvelles techniques qu'elle y apprendrait à sa pratique de physiothérapeute. Le boom économique de Bangalore, où certains employés travaillaient avec des ordinateurs et des téléphones vingt-quatre heures sur vingt-quatre, avait provoqué une hausse du nombre de syndromes du canal carpien et autres pathologies dues à des microtraumatismes répétés. Son expérience américaine l'aiderait à trouver du travail, même si, étant donné le salaire de Baldev, il ne lui serait sans doute pas nécessaire d'en chercher. Anil était impressionné, et un peu envieux. Il était incapable d'imaginer Amber, pour qui Dallas avait été un énorme changement, proposant de le suivre en Inde.

« Aie un peu de courage, dit Mahesh, la voix légèrement pâteuse. Si tu l'aimes, parles-en à tes parents. »

Baldev éclata de rire. « Hé, écoutez-le parler ! » Il prit un sushi. « Mais tu as raison, je vais le faire. Elle vaut bien la peine que je leur brise le cœur.

— Qu'est-ce qui pourrait être pire pour tes parents, à ton avis ? » demanda Anil. Le saké lui ayant délié la langue, il ajouta : « Une Américaine ? Une musulmane ? Une fille d'une caste inférieure ? » Il se pencha et dit à voix basse : « Ou une divorcée ? »

— Oh, oh ! fit Baldev en se donnant une tape sur la cuisse. C'est la fille de l'hôpital, le docteur Sonia ? Tu vas enfin tenter le coup, Anil ?

— Non, certainement pas, répondit Anil.

— Alors qui ? Tu as bien quelqu'un en vue, n'est-ce pas ?

— Non, répéta Anil. C'était juste une question comme ça.

Il y a cette... cette histoire dans mon village. Un litige que j'essaie de régler. Une femme qui... Bref, je me demandais si nos parents pourraient accepter une femme qui a déjà été mariée. » Il se rendit compte qu'il guettait la réponse de ses amis avec une nervosité par trop excessive.

« Pas mes parents, en tout cas, dit Mahesh. Ça, je peux vous l'assurer. Ils ont déjà eu du mal à accepter Yaalini, et elle vient seulement d'une autre région de l'Inde. Pas de musulmanes, pas d'Américaines et certainement pas de seconde main. » Il finit son saké d'un trait.

« Personnellement, je ne sais pas, déclara Baldev avec un haussement d'épaules. Ça dépend des circonstances. À mon avis, mes parents apprécieront Trinity tant qu'elle s'occupera de moi comme une bonne épouse indienne. Et je dois dire qu'elle joue sacrément bien son rôle. Cette femme est solide, croyez-moi.

— Et ses parents à elle ? » demanda Anil.

Baldev haussa les épaules. « Ce sont des hippies de Seattle, ils sont supercool là-dessus. Trinity est sortie avec toutes les couleurs de l'arc-en-ciel. Ses parents envisagent de venir nous rendre visite en Inde dans quelques mois. Mais pour répondre à ta question, ajouta-t-il en s'adressant à Anil, tu n'arriveras pas à régler ton litige si tu te laisses influencer par toutes ces choses, comme sa religion, sa caste ou le fait qu'elle soit divorcée. Tu dois laisser parler tes tripes. Écouter ton cœur. » Il resservit tout le monde en saké et leva sa tasse en l'air. « Courage ! » Et ils trinquèrent à nouveau, Mahesh renversant un peu d'alcool au passage.

QUATRIÈME PARTIE

28

La date du mariage de Mahesh et de Yaalini, qui serait célébré à Ahmadabad, fut enfin fixée. La mère de Mahesh s'était chargée des préparatifs avec ferveur. Plus de mille invités avaient reçu un faire-part orné d'illustrations en relief de Ganesh, le dieu éléphant de la bonne fortune. Cinq jours de festivités étaient prévus, dont une nuit de *mehndi* pour les femmes et une fête avec orchestre et danses la veille de la cérémonie. Ce n'était pas un mariage extravagant selon les standards indiens, mais la simple manifestation du bonheur qu'éprouvaient les parents de Mahesh. Qu'ils aient ainsi changé d'avis au cours des derniers mois remplissait Anil d'espoir.

Anil demanda à Casper O'Brien l'autorisation de prendre deux semaines de congé, persuadé qu'il n'en obtiendrait qu'une, comme chaque fois qu'il était rentré en Inde. Lorsqu'il apprit qu'on les lui avait accordées, il eut un peu mauvaise conscience d'avoir prétexté un mariage dans sa famille pour justifier son absence. Mais, après tout, n'était-ce pas ce qui se rapprochait le plus de la vérité ? Anil se sentait en effet bien plus proche de Mahesh que de ses propres frères.

Les festivités du mariage l'occuperaient toute la première semaine, mais il n'avait rien de prévu pour la seconde. S'il était accepté en cardiologie interventionnelle, il n'aurait pas l'occasion de retourner en Inde avant de commencer l'internat ce qui, d'une certaine façon, l'arrangeait. Depuis qu'il avait reçu la lettre de Leena et compris l'ampleur de ce que son mari et sa belle-famille lui avaient fait endurer, Anil avait du mal à contenir sa colère, estimant que Ma jugeait la jeune femme sans rien savoir de sa vie. Aussi décida-t-il de ne prévenir personne chez lui quand il réserva ses billets d'avion : il voyagerait avec Baldev et Trinity à l'aller, et rentrerait ensuite seul à Dallas.

Les semaines précédant le mariage furent très chargées pour tout le monde. Mahesh et Yaalini devaient préparer leur patron à survivre à leur absence simultanée et libérer l'appartement de Yaalini. Tous les soirs après le travail, ils emportaient les affaires de la jeune femme et les stockaient dans le couloir devant la chambre de Mahesh. De son côté, Baldev faisait le tri entre ce qu'il voulait prendre avec lui dans l'avion quand il partirait à Bangalore et ce qu'il préférait envoyer par bateau. Quant à Anil, plus la date du départ approchait, plus il se rendait compte que Leena occupait son esprit. Il pensait, non pas à son visage, mais à ses mains, qu'il revoyait traçant le bord intérieur d'un récipient défectueux. Leena avait de très belles mains, mais qui n'avaient rien à avoir avec la version manucurée de la standardiste de l'hôpital. Contrairement à cette dernière, elle se coupait les ongles court, en ne laissant qu'une fine bande blanche au bout. Elle n'avait pas non plus des poignets délicats comme ceux de Sujata, sa partenaire de laboratoire à la fac de médecine, dont les bracelets en verre tintaient à chacun de ses mouvements. Le dos de ses mains, en fait ses bras entiers, étaient foncés par le soleil, et à la jointure de ses doigts, qu'elle avait longs et fins, il y avait souvent un peu d'argile séchée. Quand Leena lui avait montré les énormes urnes pour l'hôtel de luxe, il avait été surpris que ses mains fines aient pu fabriquer des poteries aussi massives. Il désirait tant revenir à ce jour, prendre l'une de ses mains dans la sienne et lui lire les lignes de la vie, comme son grand-père faisait avec tous les enfants de la famille. Sa ligne de vie était-elle longue ? Combien aurait-elle d'enfants ? À présent, bien sûr, il en savait plus sur elle et sur ce qu'elle avait vécu qu'il n'en aurait jamais appris par la chiromancie.

Anil songeait encore à la jeune femme quand il prit place en fin de soirée dans l'avion, à l'aéroport de Dallas. Baldev et Trinity étaient assis deux rangées devant lui, blottis l'un contre l'autre. Pendant leur escale à Heathrow, alors qu'ils marchaient le long des boutiques de duty-free, il se demanda si les boucles d'oreilles avec une perle noire de Tahiti iraient à Leena ou plutôt un pendentif avec un minuscule diamant dans le creux de son cou. Ses rêveries emplissaient les recoins de son esprit. Il ne s'en ouvrit pourtant ni à Baldev ni à Trinity, car, s'il leur parlait de Leena, elle deviendrait réelle, et son passé aussi, ainsi que l'opinion que sa mère avait d'elle. Pour l'instant, il valait donc mieux qu'elle demeure à l'abri dans ses pensées le temps qu'il règle ses autres soucis.

*

Une fois à Ahmadabad, les festivités du mariage procurèrent à Anil d'amples distractions. La mère de Mahesh ne s'arrêtait jamais : elle indiquait aux livreurs où déposer les victuailles, elle accueillait les invités et était aux petits soins pour Mahesh et ses amis. Elle s'était entichée d'Anil car il était gujarati lui aussi et médecin, la seule profession à battre les ingénieurs dans sa hiérarchie culturelle. Il ne restait rien de la méfiance qu'elle et son mari avaient éprouvée pour Yaalini, les premières fois où Mahesh leur avait parlé d'elle, et c'est avec fierté qu'ils la présentaient à leur famille et à leurs amis. Que Baldev vienne accompagné de sa petite amie américaine, avec qui il envisageait de vivre sans être marié, voilà qui rendait, semble-t-il, le choix de Mahesh moins scandaleux. Mais Trinity parvint à gagner la faveur de tout le monde en tenant à porter un sari pour chaque occasion et à manger avec les doigts comme si elle l'avait fait toute sa vie.

Le matin du mariage, il régnait dans la maison de Mahesh une atmosphère de folie. Les parents de Yaalini avaient fini par accepter de venir mais ils étaient arrivés la veille et avaient pris une chambre dans le même hôtel que Baldev et Anil, déclinant l'offre des Shah de les héberger. Leur gêne était manifeste quand ils pénétrèrent dans la salle où avait lieu la cérémonie, souriant du bout des lèvres, évitant de croiser le regard des autres invités, et répondant de manière inaudible quand le pandit leur demanda de donner leur bénédiction au couple. Yaalini cependant semblait imperméable à toute tension. Elle était splendide dans son sari de mariée, une couronne de fleurs sur la tête et les yeux maquillés à outrance. Mahesh, lui, faisait penser à un robot, mais un robot au sourire permanent, tandis qu'il allait et venait dans la salle, remerciait les invités et acceptait les enveloppes remplies d'argent liquide qu'ils glissaient dans ses mains.

À la fin de la journée, Anil, Baldev et Trinity étaient épuisés. Même la passion de Trinity pour la culture indienne avait souffert de cette débauche de nourriture, de musique, de bruit, de monde.

«Il nous reste une dernière obligation, dit Baldev en ronchonnant. Le déjeuner de demain.» Il se laissa tomber sur une banquette. «Je donnerais n'importe quoi pour passer la journée au lit et me faire livrer à manger par le room service.

— On ne peut pas ne pas y aller», fit observer Trinity, l'air las. Elle souleva le bas de son lourd sari pour s'asseoir à côté de lui dans un frémissement de soie. «La mère de Mahesh le verra tout de suite si on n'est pas là. Elle m'a même prêté une tenue qu'elle a prise à sa fille. » Elle jeta un coup d'œil à Anil et lui sourit. « Au fait, comment tu trouves la sœur de Mahesh ? Elle est jolie, hein ?

— La mère de Mahesh pourrait t'arranger ce mariage très vite, dit Baldev, avec un coup de coude dans les côtes d'Anil. Mais, s'il te plaît, laisse-nous d'abord nous remettre de celui-là. »

Trinity reposa la tête sur l'épaule de Baldev. « Je suis tellement contente de partir en vacances après tout ça.

— Tu es sûr de ne pas vouloir nous accompagner, Anil *bhai* ? » demanda Baldev à Anil. Trinity et lui avaient décidé de s'arrêter à Goa en descendant à Bangalore. « Ça ne te ferait pas de mal de te reposer toi aussi avant de retourner à Dallas. Quand sauras-tu pour l'internat ? Attention, je ne dis pas que tu ne seras pas accepté ! » Il sourit.

Anil leva la main. « Ne me tente pas, *bhai*. J'attends d'avoir une réponse sûre pour fêter mon internat. Elle ne devrait pas tarder. » Encore trois mois, compta-t-il dans sa tête, trois mois avant que sa vie change.

« Viens à Goa pour quelques jours. C'est ta dernière chance de passer du temps avec nous, insista Baldev. Les plages sont magnifiques et il n'y a rien à faire que manger, boire et nager toute la journée.

— C'est alléchant, répondit Anil, mais malheureusement je ne peux pas. On m'attend à Panchanagar. » Ce n'était pas vrai, bien sûr, puisqu'il n'avait annoncé à personne chez lui qu'il serait en Inde pendant quinze jours, pire, à moins de cent kilomètres du village. Mais ce n'était pas sa famille qu'il allait voir. Pendant le long vol de Londres à Ahmadabad, quand l'obscurité régnait dans la cabine et que tout le monde dormait, Anil avait fixé le ciel noir par le hublot. Il se débattait avec ses pensées, essayant de mettre de l'ordre au milieu du chaos : Leena, son mariage, le kérosène, l'argent de la dot, le conseil de son père, la nette désapprobation de sa mère.

Rien de tout cela ne faisait sens dans sa tête. Les seuls moments où son esprit trouvait le réconfort, c'est quand il se remémorait ses souvenirs d'enfance : roulant au fond de la ravine, chassant les tigres dans les buissons, grimpant en haut des cocotiers. Une époque avant que tout ne devienne compliqué. Si, au cours de la semaine passée à Ahmadabad, il n'avait rien réussi à résoudre, le besoin de retourner à Panchanagar s'était fait de plus en plus profond, impérieux. Plus fort que tout.

Il voulait voir Leena, voilà ce dont il était sûr, et pour cela, il était prêt à affronter sa mère. Il l'avait laissée contrôler sa vie une fois au sujet de la jeune femme, mais il ne la laisserait pas recommencer. Anil osait à peine imaginer ce qui aurait pu être épargné à Leena s'il avait tenu tête à sa mère, cette première fois, s'il avait suivi ce que son cœur lui disait.

*

Le lendemain matin, Anil se réveilla reposé, l'épuisement dû aux festivités des jours précédents envolé. Il prit une douche, se rasa soigneusement et enfila une chemise blanche qu'il n'avait pas encore portée jusqu'à présent. Après avoir réglé sa note d'hôtel, il confirma la réservation qu'il avait faite pour une voiture et un chauffeur, et arpenta le hall de l'hôtel en attendant Baldev et Trinity. La maison des Shah était en pleine effervescence quand ils arrivèrent, avec des gens allant et venant un peu partout. Trinity fut aussitôt requise auprès de la mère de Mahesh qui souffrait du bas du dos à force d'être restée debout à s'activer toute la semaine et avait besoin d'un massage. Anil et Baldev trouvèrent Mahesh et l'entraînèrent à l'écart.

«Alors? demanda Baldev. Comment était ta nuit de noces?»

Un large sourire apparut sur le visage de Mahesh qui baissa les yeux et enfonça les mains dans ses poches.

« Regardez-le ! s'écria Baldev. Fier comme un paon. »

Mahesh opina du bonnet. « Oui. Je ne peux pas vous mentir. Je n'ai jamais été aussi heureux de ma vie. Merci d'être venus, mes frères. Ça n'aurait pas été pareil sans vous.

— Tu plaisantes ? Pour rien au monde on n'aurait raté ton mariage. Notre célibat collectif a pris fin. Mahesh a été le premier à tomber, ce qui n'est pas surprenant.

— Et Baldev s'est laissé apprivoiser, ajouta Anil. Ça, c'est surprenant ! »

Baldev haussa les épaules de façon exagérée et leva les mains en signe d'impuissance. « Qui aurait cru, quand on s'est rencontrés il y a trois ans, que ça se passerait comme ça ? Mahesh qui fait un mariage d'amour et reste en Amérique. Et moi qui retourne en Inde ? » Baldev secoua la tête. « C'est drôle, la vie. On ne sait jamais où la route qu'on prend va nous mener.

— Et puis, il y a le docteur Patel, dit Mahesh.

— Qui finira exactement là où il avait prévu d'être. » Baldev tendit la main à Anil qui la serra avec chaleur.

Les trois amis se dirent adieu une dernière fois avant que chacun ne suive son propre chemin – accolades et tapes dans le dos. Ils ignoraient quand ils se reverraient. Mahesh et Yaalini retourneraient à Dallas après leur lune de miel dans le Rajastan, mais Anil savait que ce ne serait plus pareil. Bien que Mahesh ait insisté pour qu'il reste dans l'appartement, il avait décliné son offre, pourtant généreuse. Anil avait en effet d'autres projets. Avant de quitter Dallas, il s'était renseigné sur un autre logement.

Après avoir expliqué au chauffeur comment se rendre à Panchanagar, Anil s'installa sur la banquette arrière de l'Ambassador et, les yeux fermés, il réfléchit à ce qu'il allait dire à sa mère.

Lors de sa dernière visite, Ma avait déclaré que Leena les avait déshonorés aussi, en plus de sa propre famille, en étant chassée de la maison de son mari. Anil n'était alors en possession d'aucun argument pour la contredire, mais il savait à présent. Personne n'avait le droit de juger la jeune femme sans comprendre pourquoi elle avait fui; pourquoi elle n'avait pas d'autre choix que fuir. Même Ma ne pourrait plus continuer à la critiquer une fois qu'elle connaîtrait la vérité. Anil bouillait d'impatience à l'idée de se montrer téméraire pour la première fois de sa vie.

*

Assise au bord de son lit, Leena nattait ses cheveux quand elle entendit qu'on frappait à la porte d'entrée. Elle lâcha le bout de sa tresse et, voyant que sa mère, occupée dans la cuisine, n'allait pas répondre, elle se leva pour ouvrir. Elle s'attendait à voir Piya, mais c'est Anil qui se tenait devant elle. Son esprit lui jouait-il un tour en faisant apparaître la personne qui justement occupait ses pensées? Leena avait écrit à Anil plusieurs mois auparavant; comme elle n'avait reçu aucune réponse, elle avait cessé d'en attendre une. Elle attrapa sa natte à moitié tressée, guettant le moindre mouvement de la part d'Anil.

Il lui sourit et fit un pas vers elle. «Tu veux aller te promener?» Il indiqua du menton les champs derrière lui.

Leena l'observa, essayant de déchiffrer son visage. Elle jeta un coup d'œil vers la cuisine. Sa mère n'en sortirait pas avant un moment. Elle leva l'index pour faire signe à Anil de ne pas parler et referma la porte. Tout tourbillonnait dans sa tête. Elle ne pouvait pas lui en vouloir de ne pas avoir répondu à sa lettre après qu'il avait appris les détails de son mariage. Peu de gens, même parmi ceux qui s'étaient montrés bienveillants à son retour au village, tenaient à être associés à une femme à l'honneur perdu. Elle avait cessé depuis longtemps d'espérer autre chose. *Et pourtant.*

Leena inspira profondément plusieurs fois de suite puis prévint sa mère qu'elle sortait se promener. Elle rouvrit alors la porte, juste assez pour se glisser dehors, la referma derrière elle et descendit les marches de la véranda sans se soucier de savoir si Anil la suivait. Leena connaissait ces champs par cœur et se déplaçait vite entre chaque sillon ensemencé. Elle ne ralentit pas pour attendre Anil, et il dut presque courir pour ne pas la perdre de vue. Il la suivit donc ainsi à travers champs, de l'autre côté d'un petit bois, puis d'une vallée. Enfin, elle arriva à un endroit où ils étaient complètement isolés. Sa maison, au loin, était masquée par les roseaux qui les entouraient. Leena freina alors l'allure quand elle longea un champ de canne à sucre, posant soigneusement un pied devant l'autre, comme si elle marchait sur une corde raide. Anil, qui jusqu'alors trottait derrière elle, la rattrapa et ils avancèrent en silence côte à côte pendant un moment, puis Anil s'arrêta à la hauteur d'un goyavier, posa la main sur le tronc dont l'écorce évoquait la peau d'un python, et commença à parler.

« Tu te souviens de la fois où tu avais grimpé en haut d'un goyavier pour nous cueillir des fruits à Kiran et à moi ? Et ma mère est arrivée et elle était en colère parce qu'on était en retard pour le dîner. »

Leena sourit. « Tu avais tellement peur de te faire attraper que tu as filé en me laissant toute seule en haut de l'arbre ! »

Anil éclata de rire. « Je savais très bien que tu n'aurais aucun problème pour redescendre. Tu étais la seule à grimper aux arbres sans qu'on t'aide. »

Était-ce ainsi qu'il pensait à elle, comme à la fillette d'autrefois ? songea Leena. Forte et insouciante, n'ayant besoin de personne ? Elle avait bien changé depuis. Troublée, elle finit par se demander s'il avait vraiment reçu sa lettre, et elle frémit à l'idée de devoir tout lui raconter à nouveau.

Il la dévisagea longtemps avant de dire : « Leena, tu te rappelles, la dernière fois que j'étais ici, je t'ai parlé de mon projet de me spécialiser en cardiologie interventionnelle. »

Elle hocha la tête, ayant très bien gardé en mémoire leur conversation. Elle l'avait rarement vu aussi animé quand, après avoir transformé la Grande Maison en dispensaire, il lui avait expliqué qu'il pouvait faire plus que bander une plaie, il pouvait réparer des cœurs, sauver des vies.

« Ce n'est pas encore sûr, mais l'internat commence dans quelques mois, continua-t-il, les joues rouges. Ce qui signifie encore quatre ou cinq ans en Amérique.

— C'est merveilleux, Anil », dit Leena en souriant. *Voilà donc pourquoi il était venu, pour lui annoncer la bonne nouvelle.* Elle baissa les yeux. Du bout de son gros orteil, elle traça un trait sur le sol ; autour de son second orteil, brillait une bague en argent, le dernier bijou qu'elle portait. Dans l'air immobile, elle entendait Anil respirer.

« Viens avec moi, Leena. » Elle garda les yeux à terre pendant qu'il parlait. « Ça ne compte pas pour moi, ce que tu m'as raconté dans ta lettre. C'est le passé. Je te le dis et te le répète, ça ne compte pas. » Leena releva la tête, croisa son regard et scruta son visage. *Qu'est-ce qu'il racontait ?* Elle se retourna et recommença à marcher le long du champ de canne. Elle l'entendit qui courait derrière elle. « Leena ? »

Elle secoua la tête. « Tu ne sais pas ce que tu dis, Anil. »

Il l'attrapa par la main et l'obligea à lui faire face : « Qu'est-ce que je ne sais pas ? Je sais que j'ai aimé que tu me laisses gagner quand j'avais douze ans et qu'on faisait la course pour grimper en haut du cocotier, parce que j'avais l'habitude qu'on me laisse gagner. Je sais que j'aime ta façon de fabriquer ces merveilleuses poteries avec tes mains. Et j'aime que tu gardes celles qui ont un défaut. »

Leena lui sourit sans retenue avant de porter sa main devant sa bouche.

« Et j'aime ça. » Il lui prit la main. « J'aime ton sourire, *ce* sourire. Ne le cache pas. C'est ce qu'il y a de mieux chez toi. »

Le sourire demeura sur le visage de Leena tandis que ses yeux s'emplissaient de larmes. C'étaient des mots qu'elle n'avait jamais entendus, des mots auxquels elle avait renoncé tant elle était persuadée de ne jamais les entendre.

« J'aime ta façon de parler plus lentement quand je commence à bégayer, ta façon de me connaître mieux que je ne me connais moi-même », continua Anil. Il mit ses mains en coupe autour de son visage et essuya avec ses pouces les larmes qui coulaient sur ses joues. Elle fut surprise que ses mains soient aussi rugueuses. Elle pensait que quelqu'un qui avait fait des études n'aurait pas les mêmes mains qu'elle.

Elle secoua de nouveau la tête. « Anil...

— Ce sera différent avec moi, Leena. Tu me connais. » Les yeux d'Anil brillaient. « Tu me connais depuis toujours. » Il sourit. « Je peux rentrer cet été pour le mariage. Je nous ai même trouvé un appartement. Il y a un patio où tu pourras installer ton atelier de poterie. Mon ami Mahesh et sa femme Yaalini n'habitent pas loin. Je suis sûr que tu vas les adorer. On commencera une nouvelle vie ensemble, continua-t-il. C'est un monde différent là-bas, Leena. Les lumières ne s'éteignent pas, il y a de l'eau tout le temps. J'aurai un bon salaire. Tu pourras travailler ta poterie et tu n'auras même pas à te préoccuper de vendre tes créations. Tu pourras toutes les garder, même celles qui sont réussies. Nous installerons des étagères du sol au plafond. Est-ce que tu as déjà vu un tour de potier électrique ? On t'en achètera un. » Il parlait sans marquer de pause et était de nouveau essoufflé, sa chemise trempée de sueur. Il regarda la jeune femme dans les yeux sans lâcher son visage. « Une nouvelle vie, rien que pour nous deux. Qu'en penses-tu ? »

Leena sourit. Elle n'avait cessé de secouer la tête en l'écoutant lui décrire ce monde où ils seraient ensemble. Il avait toujours été ainsi, même enfant, un grand rêveur, qui évoquait toujours des lieux lointains. « Et ma mère ? dit-elle enfin. Je ne peux pas la laisser seule. » Alors même qu'elle prononçait cette phrase, elle sut que sa mère priait tous les matins et tous les soirs pour le bonheur de sa fille. C'était la seule chose qu'elle demandait à Dieu, maintenant que son mari était mort.

« Elle peut venir avec nous, répondit aussitôt Anil. Je ferai tout ce que tu veux, Leena. »

Elle ne put s'empêcher de rire de son aplomb, mais au fond d'elle-même, elle s'interrogeait : ces rêves qu'elle avait bannis de son cœur pouvaient-ils encore se réaliser ?

« Et puis ta mère pourra s'occuper de nos enfants. » Anil éclata de rire à son tour. « Et à force de manger ses délicieux *chundo*[1], ils deviendront gros et gras. » Leena sourit encore et fut saisie d'une émotion qui ne trompait pas, qui lui venait du tréfonds de son être.

Anil s'approcha d'elle, lentement, en respirant calmement. Enfin, alors que la peau de Leena frémissait déjà à l'idée qu'il pose ses mains sur son corps, il l'étreignit. Malgré tout ce qu'ils savaient l'un de l'autre, malgré tout ce qu'ils avaient fait ensemble, jamais ils n'avaient été si proches physiquement. Comme son toucher était différent, comme elle se sentait en sécurité dans ses bras. Il la souleva de terre, la fit tournoyer, et elle rit de plus belle. Anil trébucha sur le sol inégal et ils tombèrent à terre, comme deux enfants maladroits. Leena s'em-

---

1. Chutney de mangue sucré-salé.

pressa de tirer sur son sari pour cacher sa jambe brûlée mais Anil l'en empêcha. Il se redressa légèrement, écarta le sari de sa jambe et effleura la cicatrice. Du bout des doigts, il en traça le pourtour depuis le genou jusqu'au pied, le long de sa cheville, de son mollet pour revenir au genou, faisant naître une sensation de picotement le long de sa jambe. Quand il eut fini, il remit soigneusement le sari en place et sourit. Une vague de chaleur envahit Leena. Elle se leva, s'épousseta, et Anil se leva à son tour. Il la prit par la main et ils repartirent à travers les roseaux.

«Je connais un excellent chirurgien plastique à Dallas, dit-il. Je t'emmènerai le voir. Il te fera une greffe de la peau. On ne verra pratiquement plus la cicatrice.»

*

Nirmala finissait les *chapatis* quand Leena rentra et se retira dans sa chambre. Elle éteignit le réchaud, couvrit le restant de pâte avec un couvercle en inox puis sortit par la porte de derrière et aperçut Anil Patel qui se dirigeait vers une voiture noire garée au bout de leur terrain. Elle le rattrapa, son rouleau à pâtisserie toujours à la main.

«*Namasté*, Tante Nirmala, dit Anil en joignant les paumes et en inclinant la tête.

— Pourquoi êtes-vous venu ici? demanda Nirmala. Que voulez-vous de nous?»

Elle observa le jeune homme qui inspira profondément une fois, puis une fois encore. Enfin, il dit : «Tante, je suis venu voir Leena.» Il marqua une pause qui dura longtemps, comme s'il avait oublié comment on parle.

«Laissez-nous tranquilles.» Nirmala tapota le rouleau à pâtisserie contre ses jambes. «Nous n'avons pas besoin que votre famille se mêle de nos affaires. Une fois a suffi.

— S'il vous plaît, Tante. Je sais qu'il a été question d'une histoire de dot entre vous et mes parents, mais ça ne me concerne pas...

— Ça ne vous concerne pas ? Qu'est-ce que vous croyez ? » Nirmala s'esclaffa. « Vous allez m'écouter, dit-elle, et ensuite on verra si vous persistez à dire que ça ne vous concerne pas. »

Elle commença par le commencement, ce jour où tout changea, quand elle se réveilla pour trouver la feuille de papier pliée en deux que son mari avait laissée sur l'oreiller. Il n'était jamais vraiment allé à l'école, mais il avait appris à lire et à écrire un peu afin de pouvoir vendre ses récoltes à la ville. Depuis qu'elle l'accompagnait, elle aussi avait un peu appris les chiffres. Sur le papier, il avait dessiné un plan qui montrait l'emplacement de leur maison, ainsi que la route qu'ils prenaient pour se rendre au marché. Nirmala reconnut leur maison et la route, mais son mari avait également dessiné un petit carré avec un X à l'intérieur, à quelques rues du marché. Sous le plan, son nom était écrit, et à côté un seul nombre : 78 000. Elle ignorait ce que tout cela signifiait mais elle partit à sa recherche, d'abord dans les champs où il avait passé sa vie et enfin à la rivière où il s'était noyé.

« Il ne savait pas nager ? » demanda Anil, le visage crispé. On aurait dit un petit garçon qui est tombé et se retient pour ne pas pleurer.

« C'était un excellent nageur, répondit Nirmala. Il a appris à nager à Leena. » Voyant qu'Anil respirait avec difficulté, elle se détourna et regarda les collines qui ondulaient au loin. « Après ce qui est arrivé à Leena, j'avais peur qu'il se venge en punissant ces gens qui avaient nui à notre fille. Mais c'est lui-même qu'il a puni. »

Anil secouait la tête, comme s'il redoutait qu'elle n'explose s'il en entendait davantage.

« Nous l'avons ramené à la maison. Nous avons procédé nous-mêmes à la crémation. Personne n'est venu. Nous ne pouvions pas nous permettre d'organiser une cérémonie. Nous avions trop honte pour appeler le pandit.

« Après la crémation, nous sommes allées en ville, Leena et moi, et nous avons trouvé l'endroit qu'il avait marqué d'une croix, continua Nirmala d'une voix plus douce. C'était le commissariat de police, dit-elle en levant les yeux vers Anil pour voir s'il avait compris. Étant le père de Leena, celui qui avait fourni la dot, il était entièrement responsable, mais, puisqu'il était mort, on ne pouvait plus engager de poursuites contre lui. Dès lors, tout le monde – Leena, moi, vos parents qui avaient donné de l'argent – était épargné. Il a sauvé la réputation de votre père, mais est-ce que votre mère a reconnu son sacrifice ? Non, bien sûr que non. » Elle expira lentement. « Soixante-dix-huit mille roupies. Voilà ce qu'a coûté au bout du compte la vie de mon mari. »

Anil se frottait vigoureusement le menton, puis la bouche, comme s'il essuyait quelque chose.

Nirmala reprit son récit. « Nous avons porté plainte. Leena a fait sa déposition. C'est alors que j'ai appris l'étendue des souffrances qu'elle avait endurées dans cette maison. Elle a dû montrer ses blessures aux policiers. » Elle déglutit. « Ils les ont prises en photo, toutes.

— Que s'est-il passé ? Ils les ont poursuivis en justice, n'est-ce pas ? »

Nirmala sourit. Malgré toute son érudition et ses nombreux voyages, il ne comprenait toujours pas comment les choses marchaient. Il pensait encore que les méchants étaient punis et les bons récompensés. Il croyait toujours en la justice. « Nous avons porté plainte, répéta Nirmala. On nous a répondu qu'il y aurait une enquête. J'ignore si elle a été menée. Je n'en ai pas entendu parler. Ces crapules ont sans doute payé la police pour qu'elle ferme les yeux, avec tout l'argent qu'ils nous ont volé. » Elle marqua une pause. « Mais ils ne sont jamais revenus. Mon mari a donné sa vie pour que nous soyons libres. » Elle se tut cette fois un long moment, torturée par l'absence de son époux. « J'ai appris qu'il avait aussi remboursé vos parents la veille de sa mort – cinquante mille roupies, le montant de notre dette qui restait impayé. Il préférait mourir qu'être rabaissé devant la grande famille Patel. Dieu seul sait ce qu'il a fait pour réunir cette somme. Nous ne l'avions pas. C'était beaucoup d'argent pour nous… Je suis venue vous voir, vous vous rappelez ? Je suis venue vous demander grâce, vous prier de nous libérer de cette dette. Votre mère a refusé de me recevoir. »

Anil se figea. Il ne secouait plus la tête ni ne se frottait le menton. Il regardait Nirmala.

« Nous avons tout fait toutes seules, continua Nirmala. J'ai sorti le corps de mon mari de l'eau. » Elle serra le rouleau à pâtisserie avec ses deux mains, devant elle. « Leena et moi l'avons ramené à la maison. Nous l'avons brûlé nous-mêmes. Personne ne nous a aidées. » Elle montra la terre autour d'eux. « Et nous avons reconstruit nos vies, morceau par morceau : cette maison, nos champs, la poterie de Leena. » Elle observa Anil en attendant qu'il mesure la portée de ses paroles.

« Mon mari a remboursé à votre mère jusqu'à la dernière roupie de notre dette avant de se donner la mort. Nous sommes libérés de votre famille et nous le resterons, déclara-t-elle. Nous n'avons besoin de personne, vous comprenez ? Les grands Patel nous ont suffisamment aidés pour une vie entière. Nous ne nous sommes pas encore remis de la générosité de votre famille. » Elle s'approcha de lui jusqu'à sentir l'odeur âcre de sa sueur. « Alors, partez maintenant. Et laissez-nous tranquilles. »

29

Pétrifié, une goutte de sueur lui coulant le long de la nuque, Anil regarda Nirmala rentrer chez elle. Le chauffeur, qui s'était réveillé de son petit somme, se tenait négligemment adossé au capot de la voiture. Il avait probablement tout entendu. « Partons ! lança Anil. La sieste est terminée.

— Où voulez-vous aller, *Sahib* ? » Le chauffeur cracha du jus de bétel par terre.

Anil monta dans la voiture et claqua la portière. Oui, où voulait-il aller ? Sa famille ne l'attendait pas. Il pouvait bien sûr demander au chauffeur de le ramener à Ahmadabad où il prendrait le prochain vol pour Dallas. À moins qu'il ne saute dans un avion pour Goa et aille boire des cocktails sur la plage avec Baldev et Trinity. « Roulez tout droit », dit-il.

*

« Anil ! » s'écria Ma en se précipitant au-devant de son fils quand il entra dans la Grande Maison. Elle lui prit le visage entre les mains avant de l'attirer contre elle. « Quand es-tu arrivé ? Pourquoi ne nous as-tu pas prévenus ? Et d'où viens-tu ? » Les mots se bousculaient dans sa bouche. Elle regarda par-dessus l'épaule d'Anil mais la voiture et le chauffeur étaient déjà repartis. En général, quand Anil revenait à Panchanagar, tout le monde était au courant.

« J'arrive de chez Leena », répondit-il. Le sourire de sa mère s'effaça aussitôt. « Je lui ai demandé de m'épouser et de venir avec moi à Dallas. »

Ma s'écarta d'Anil et referma ses bras autour d'elle. Son visage se tordit plusieurs fois puis devint blanc comme un linge.

« Ma, écoute-moi. Tu ignores ce qui s'est passé.

— Ne sois pas idiot. Je sais tout ce qu'il faut savoir, rétorqua la vieille femme. Cette fille a couvert de honte sa famille et elle a manqué de respect à ton père. » Elle cracha ces dernières paroles, lui tourna le dos et se dirigea vers la cuisine.

Anil la suivit. « Elle n'a pas quitté son mari, dit-il en s'efforçant de garder son calme. Et son mari ne l'a pas mise à la porte. Il a essayé de la tuer. »

Un cri de protestation sortit de la gorge de Ma. « Tu dis n'importe quoi ! » Elle entra dans le cellier où elle tira sur une corde reliée à une ampoule nue qui pendait du plafond. La lumière illumina la pièce. D'un panier, elle sortit des oignons un à un, se débarrassant de leurs fines peaux sur le sol.

Anil la rejoignit dans le cellier. Ils tenaient à peine tous les deux dans la pièce. « Est-ce que tu m'as entendu ? Il a essayé de la tuer, répéta-t-il, sa voix résonnant dans un si petit espace. Il l'a aspergée de kérosène et a mis le feu avec une allumette. » Il scruta le visage de sa mère, à l'affût d'une réaction, tout en bloquant la porte afin de l'empêcher de sortir.

Ma cessa de s'occuper les mains avec les oignons. Elle fixa Anil, le regard impassible, impénétrable. Hormis un léger tressautement au coin de la paupière. « C'est ce qu'elle t'a raconté ? Et tu penses que c'est vrai, simplement parce que quelqu'un l'a dit ? » Elle se détourna.

« Non. Je l'ai vu, rétorqua Anil. De mes propres yeux. Des brûlures au deuxième et au troisième degré, tout le long de sa jambe. » Ma virevolta pour lui faire face, choquée par ce que ses mots impliquaient. Anil ferma les yeux et lâcha un soupir. « Je les ai vues quand elle s'est lavée les pieds à la pompe, le jour où on a transformé la terrasse en dispensaire. C'est la vérité, Ma. »

La vieille femme le dévisagea puis se détourna à nouveau. Elle lissa le devant de son sari, paumes à plat. « Je ne peux pas croire qu'une chose pareille se soit passée, dit-elle. Ce garçon venait d'une bonne famille.

— Il la traitait, lui et les siens, comme une servante, Ma. Pire qu'une servante, une esclave. Un *chien*. Ils l'ont épuisée à la tâche et ils l'ont battue et ils l'ont brûlée...

— C'est impossible ! cria Ma d'une voix anormalement aiguë. Ton père s'était renseigné sur cette famille, et il ne se trompait jamais quand il fallait juger la valeur des gens. »

Anil inspira avant de rétorquer : « Que veux-tu dire par Papa s'est "renseigné sur cette famille" ? » Il était à la fois intrigué et horrifié à l'idée que son père ait rencontré le mari de Leena. « Il est allé chez eux ?

— Non, ce sont eux qui sont venus ici. Le futur marié et son père. Ils se sont assis là, dit-elle en indiquant la salle où avaient lieu les séances d'arbitrage. Ils n'ont même pas voulu boire un thé, que de l'eau. Ils ont apporté des cadeaux, une boîte de confiseries. Ton père disait qu'ils étaient bien élevés et doux. Il ne se trompait jamais quand il jugeait les gens, répéta-t-elle, le regard dans le vague.

— Mais il s'est trompé cette fois-là, Ma. » Dans l'espace confiné du cellier, l'odeur des oignons et de l'huile de noix de coco dont elle s'était enduit le corps se mélangeait. « Ils l'ont manipulé. Seul l'argent les intéressait. Si Papa était allé chez eux, il aurait vu que leur maison était en ruine et que personne ne s'occupait des champs. » Anil observa le profil de sa mère, le tressautement de sa paupière. « Ma, ce n'était pas un mariage, c'était une escroquerie. La dot, c'est tout ce qu'ils voulaient. Si Papa n'avait pas donné l'argent, ils n'auraient jamais accepté ce mariage. Et Leena n'aurait jamais été en danger. » Anil marqua une pause. « C'était une erreur, Ma. Papa s'est trompé. »

Ma pivota sur ses talons et Anil vit la fureur briller dans ses yeux noirs. D'un geste vif, elle leva la main et le gifla de toutes ses forces. Anil porta sa main à sa joue. « Comment oses-tu ? lâcha-t-elle d'une voix rauque. Comment oses-tu dire qu'il s'est trompé ? » Elle le fusilla du regard. « Tu te crois meilleur que ton père ? Tu crois que ton jugement vaut le sien ? » Elle continua de le fixer aussi fermement que si elle le tenait par le menton, puis elle le poussa et sortit du cellier.

Anil la suivit dans la salle d'audience. « N'est-ce pas ce que tu attends de moi, Ma ? Quand tous ces gens viennent et me demandent mon opinion, quand je prends des décisions qui concernent leurs vies ? » Il tapa un grand coup sur la table. « Si je comprends bien, j'ai le droit de juger les autres mais pas nous ? »

Ma se tint derrière la chaise de Papa, les mains sur le dossier. Anil ferma les yeux et il les sentit qui brûlaient avant qu'il ne les rouvre. « Écoute, Ma, tout le monde commet des erreurs. Moi-même, j'en ai commis plein. » Sa voix alla crescendo et se fit impatiente. « Mes erreurs ont tué des gens. Des patients ont perdu la vie parce que je me suis trompé. Mon meilleur ami a été battu à mort à cause d'une fille avec qui je sortais. Et c'était ma faute. » Ma arrondit les yeux de stupeur puis les larmes lui vinrent. « Oui, Ma. J'avais une petite amie américaine et on couchait ensemble. » Anil se laissa tomber sur une chaise et se prit la tête entre les mains. « Leena n'est pas la seule à avoir un passé. Mais je ne suis pas sûr que tu préférerais mon histoire à la sienne. »

Ma se dirigea vers la fenêtre et se tint là, tournant le dos à Anil. Au mouvement de ses épaules, il comprit qu'elle inspirait et expirait lentement. « Tout ce que je dis, c'est que Papa n'était pas parfait, reprit Anil. Il a commis des erreurs, comme nous tous. » Anil se leva et fit quelques pas en direction de sa mère mais s'arrêta juste avant de pouvoir la toucher. « Je suis persuadé que ses intentions étaient bienveillantes, mais il n'a pas pris la bonne décision. Leena a failli mourir. Sa famille a été ruinée. » Il baissa la voix, pressentant qu'il allait trahir une confidence. « Son père s'est tué pour sauver sa fille et sa femme, et pour te rembourser, Ma. »

Ma continua de regarder fixement par la fenêtre. « Tu n'es pas obligé de l'épouser parce que tu te sens coupable, Anil.

— Non, je veux l'épouser parce que je l'aime, répondit-il. Mais il n'en reste pas moins que c'était la mauvaise décision, Ma. Et nous devons la réparer aujourd'hui. » *D'abord, ne pas nuire.*

« Je ne sais pas ce qui t'est arrivé, Anil, déclara la vieille femme, se retournant enfin vers son fils. Après la mort de ton père, tu aurais dû rentrer à la maison et, au lieu de cela, tu déshonores sa mémoire. Tu devrais avoir honte. Tu me fais honte. » Sur ces mots, elle sortit de la salle, monta l'escalier et disparut derrière la porte de sa chambre.

*

Anil trouva Piya dans sa chambre, assise sur son lit, un immense carnet de croquis en travers des genoux. Sur sa table de chevet reposaient une boîte d'aquarelles et une tasse remplie d'une eau marronnasse. Elle était penchée en avant, le bout de son nez à quelques centimètres de la feuille de papier, et donnait de petits coups précis avec un pinceau fin. Anil se tint un moment dans l'encadrement de la porte puis frappa légèrement sur le montant.

Piya releva la tête. La surprise se lut sur son visage. «Anil?» Elle se leva d'un bond, renversant la tasse avec son coude. «Zut, dit-elle en redressant la tasse avant d'enjamber la flaque d'eau par terre. Anil.» Ils s'avancèrent l'un vers l'autre et s'étreignirent. La gratitude emplit Anil. Ce n'était pas la première fois que sa petite sœur lui inspirait pareil sentiment. «*Bhai*, qu'est-ce que tu fais ici?» Elle lui passa la main sur la joue, là où persistait encore la douleur cuisante de la gifle que Ma lui avait donnée.

«Je t'ai parlé de Mahesh, mon colocataire. Il s'est marié la semaine dernière à Ahmadabad. J'ai décidé au dernier moment d'assister à son mariage, mentit-il. Je ne savais pas si je pouvais prendre quelques jours de congé.

— Tu as vu Ma? Mon Dieu, elle a dû avoir une attaque quand tu es arrivé.» Piya sourit et retourna s'asseoir sur le lit, repliant ses jambes sous elle. Elle écarta le carnet de croquis pour faire de la place à son frère.

Anil s'assit à son tour au bord du lit et ferma les yeux. Sa mère n'avait jamais levé la main sur lui. Il l'avait vue en colère souvent, mais toujours contre les autres.

«Ça va être de la folie dans la cuisine demain matin dès l'aube, continua Piya. Tu sais qu'elle commence en général à préparer des plats une semaine avant ton arrivée. Elle doit être tellement heureuse.» Piya semblait ravie à cette idée. Elle se balança d'avant en arrière pour trouver une position plus confortable.

«Elle m'a giflé.» Anil tira sur un fil du couvre-lit qui s'était détaché. «Ma. Elle vient de me donner une gifle.»

Piya haussa les sourcils et ses yeux s'agrandirent. «Oh, mince alors. Le fils en or est déchu. Qu'est-ce qui s'est passé?»

Le fil cassa entre les doigts d'Anil. Il fit courir la paume de sa main sur le couvre-lit, à la recherche d'un autre fil. «Leena.»

Piya expira et s'adossa à l'oreiller. Plusieurs minutes s'écoulèrent avant qu'elle ne parle. « Je m'en suis rendu compte l'été dernier. Au dispensaire, la façon dont elle te regardait.

— C'est vrai ? Tu l'as vue qui me regardait ? »

Piya hocha la tête d'un air solennel. « Anil... »

Anil tendit la main. « Je sais tout. Tout, dit-il. Ça n'a pas d'importance pour moi. Je veux l'épouser. Je lui ai demandé de vivre avec moi à Dallas. »

Piya recommença à se balancer en regardant le plafond. « Oh, Anil. Pourquoi faut-il que tu choisisses systématiquement le chemin le plus ardu ?

— Quoi ? Tu n'approuves pas ce mariage, toi non plus ?

— Ce n'est pas ça, répondit la jeune fille. Mais sois prudent, *bhai*. Leena a suffisamment souffert comme ça. »

Ils se turent un long moment. Anil ramassa le carnet de croquis, à côté de lui. En dessous se trouvait un autre livre. Il lut le titre sur la tranche. « *Guide complet de la médecine ayurvédique et homéopathique* ?

— Eh oui, fit Piya en souriant. C'est incroyable le nombre de remèdes ayurvédiques qui se sont révélés efficaces. Je parie que, même toi, tu pourrais apprendre quelque chose, docteur *Sahib*. »

Anil sourit à son tour et lui tendit le livre. « Je te laisse être l'experte de cette médecine.

— Les gens continuent de venir, tu sais, dit-elle. L'été dernier, après ton départ, tout le monde parlait du dispensaire, et des gens parcouraient soixante, soixante-dix kilomètres pour se faire soigner. Tu te souviens de cet homme, dont le fils était né avec une oreille déformée ? Il était là tous les jours, pendant des mois. Du coup, j'ai commencé à chercher des remèdes. » Elle tapota la couverture du livre. « J'en ai aidé quelques-uns, pas beaucoup. »

Anil resta avec sa sœur, et ils parlèrent jusque tard dans la nuit. Quand il la quitta pour aller se coucher, il vit dans le couloir un rai de lumière sous la porte de la chambre de ses parents. Plusieurs heures après, alors qu'il se levait pour chercher un verre d'eau, la lumière était toujours allumée.

*

Mina Patel était assise par terre, en tailleur, dans la petite alcôve adjacente à sa chambre. En plus de l'autel contenant diverses statues de dieux et de déesses, ainsi que la photo de son gourou, il y avait dans un cadre un portrait de son mari défunt. Ce n'était pas l'une de ces photos prises peu de temps avant sa mort, quand il avait les joues creuses et que ses yeux exprimaient la défaite. Mina n'avait pas non plus choisi, comme certaines veuves, une photo de lui jeune, à l'époque où il ressemblait plus à une star de cinéma qu'à l'homme auprès de qui elle se réveillait tous les matins. Non, Mina avait préféré une photo de Jayant âgé d'une quarantaine d'années, alors qu'il était resplendissant de santé et de vie. C'est ainsi qu'elle voulait se souvenir de lui, quand la gestion de la ferme et ses autres devoirs de chef de famille ne lui posaient plus de problème.

Jayant n'avait pas toujours été l'homme sûr de lui que les gens voyaient. Quand son père lui avait demandé d'endosser le rôle d'arbitre de la famille, le doute se glissait souvent dans son esprit. Mina et lui discutaient des cas, le soir, allongés dans leur lit, ou l'après-midi lors de longues promenades à travers champs pendant que tout le monde se reposait. Mina l'aidait à résoudre les conflits conjugaux ou à trouver des solutions entres des frères et sœurs qui se disputaient. Avec le temps, il avait fini par affiner sa propre façon de parler aux gens et de régler leurs différends. On l'écoutait, on lui faisait confiance. Il avait un don.

Mais si ce qu'Anil disait était vrai ? Si cette famille avait séduit Jayant dans le seul but de s'assurer une dot importante ? Elle se rappela comment le père et le fils avaient vanté la compétence avec laquelle Jayant gérait la ferme, elle se rappela la boîte de confiseries de qualité qu'ils avaient apportée, et les pièces en or dont elle n'avait pas parlé à Anil. Son mari avait toujours aimé être admiré. Ce travers avait-il affecté son jugement ? Ma ferma les yeux et pencha la tête vers le sol, autant que ses articulations douloureuses le lui permettaient. Son mari était l'homme le plus honnête qu'elle avait jamais connu dans sa vie, son propre père aussi, bien sûr, et son gourou. Mais c'était une chose pour un homme de se comporter de manière sainte dans un ashram ; c'en était une autre de maintenir cet esprit de sainteté dans la vie de tous les jours. Si ce qu'Anil disait était vrai... Une image lui vint qu'elle ne convoqua pas, l'image de flammes ondulant autour d'un sari, léchant une jambe sur toute sa longueur.

Mina n'avait pas vu Jayant commettre une telle erreur de jugement depuis sa jeunesse. Il avait été poussé à endosser ce rôle d'arbitre trop tôt, obligé d'en supporter la responsabilité avant d'être prêt. Et c'était pour cette raison qu'il avait décidé de ne pas l'imposer à son propre fils. Il avait encouragé Anil à faire des études, à partir, à poursuivre sa carrière comme il le souhaitait. Même s'il espérait à la fin de sa vie qu'Anil revienne à Panchanagar, pour rien au monde il ne l'aurait forcé. Une larme s'échappa de l'œil de Mina, et elle la laissa couler le long de sa joue puis de son cou sans l'essuyer. *Paix à son âme*, pria-t-elle en regardant la photo de son mari. Que ferait-il s'il était encore en vie ?

Mina se leva et attrapa le trousseau de clés qu'elle gardait caché dans sa ceinture. Elle ouvrit l'armoire métallique à côté du portrait de Jayant et en sortit le journal dans lequel il notait les noms, les dates et les montants des divers prêts qu'il avait accordés au cours des années. Puis elle ouvrit le coffre où elle rangeait son argent liquide et compta cinquante mille roupies.

30

Anil se réveilla le lendemain matin encore sous le coup de la fureur de Tante Nirmala. Que Papa ait rencontré la famille du mari de Leena – qu'il l'ait accueillie, appréciée, ou qu'elle lui ait peut-être forcé la main –, c'était une révélation presque trop troublante pour être supportable. Son erreur de jugement avait entraîné toute une suite d'événements terribles.

Sur la commode, à côté de l'échiquier auquel il manquait toujours les deux rois, il aperçut un petit carnet qui ne s'y trouvait pas la veille. Il l'ouvrit et vit que les pages étaient noircies de l'écriture de Papa. Une enveloppe était glissée à l'intérieur. Anil la prit. Sur la page apparaissaient les noms des parents de Leena avec plusieurs sommes écrites en dessous. Le total figurait tout en bas de la page : 50 000 roupies, intégralement payées. L'enveloppe contenait cinquante billets de mille roupies. Une feuille de papier pliée en deux glissa du carnet et tomba par terre. Anil la ramassa, s'assit à son bureau et la déplia.

*

Mon fils,
Je vais être franc avec toi. Le rôle d'arbitre n'est pas facile. On te demandera de prendre des décisions sans que tu sois en posses-

sion de toutes les informations et sans que tu saches comment les gens accueilleront tes conseils ou ce qui arrivera par la suite. Tu ne pourras jamais satisfaire tout le monde, et tu commettras des erreurs. Souvent, tu penseras que tu n'as pas les dispositions requises pour supporter un si lourd fardeau. Ne laisse pas ce sentiment te terroriser au point de ne pas agir. C'est important pour les gens de notre village de savoir que quelqu'un les écoutera et examinera leurs problèmes. Mais cela ne signifie pas pour autant que tu dois donner systématiquement la préférence à ton jugement aux dépens du leur. Si tu poses les bonnes questions et que tu écoutes soigneusement, les gens te conduiront à la réponse. Tu es intelligent, comme ce mathématicien qui a inventé les échecs il y a des siècles de cela – tu peux te montrer plus malin que les autres si tu le veux –, mais n'oublie pas d'apprendre aussi du roi, et ne gâche pas ou ne perds pas ce que tu as.

Je sais que ta mère n'est pas toujours facile à gérer, mais elle possède une grande sagesse. Elle m'a aidé à régler bien des différends quand j'étais jeune. Elle sait et comprend des choses avec sa sensibilité de femme et j'ai trouvé ses conseils très précieux. Tes frères, ta sœur et toi êtes jeunes et vous pensez autrement, mais votre point de vue aussi est précieux. Il y a de la sagesse dans votre approche, comme dans la mienne, et il m'est souvent arrivé de penser que si nous pouvions les réunir toutes les deux, l'ancienne et la nouvelle, alors cette sagesse en serait décuplée.

Tout cela pour te dire de ne pas avoir peur de chercher partout la sagesse dont tu auras besoin. Ce rôle que tu vas endosser est difficile, mais important. C'était un privilège pour moi, et j'ai fait de mon mieux. Je sais que toi aussi tu feras de ton mieux.

Papa

*

Anil essuya une larme au coin de sa paupière. Il relut la lettre trois fois avant de la ranger dans son sac à dos. La maison était anormalement silencieuse quand il sortit de sa chambre. Au bout du couloir, la chambre de Piya était vide. Celle de sa mère était identique à ce qu'elle avait toujours été, le couvre-lit en batik impeccablement tiré ne trahissant rien de la nuit blanche que Ma avait passée. Par la fenêtre, il vit Kiran qui travaillait dans les champs.

Anil descendit au rez-de-chaussée et suivit la voix de sa mère jusque dans la cuisine. Son trousseau de clés accroché à sa ceinture, elle réprimandait un serviteur pour avoir laissé la moisissure s'accumuler dans le panier de pommes de terre. Anil l'observa tandis qu'elle donnait des instructions pour la préparation du déjeuner, toujours aussi pointilleuse sur la façon dont les légumes devaient être coupés. Lorsqu'elle releva la tête, elle le surprit en train de sourire. Ils se fixèrent du regard pendant quelques minutes et Anil crut détecter une lueur de douceur dans ses yeux, il crut y lire des excuses muettes. Puis Ma se tourna vers le cuisinier et lui demanda de préparer une tasse de *chai* pour Anil *Sahib*.

Anil était assis sur la véranda avec son thé quand Piya grimpa les marches quatre à quatre en haletant. «Anil, viens vite!» Ses cheveux trempés de sueur étaient plaqués sur son front.

«Que se passe-t-il?» dit-il en se levant, mais Piya était déjà repartie. Il courut derrière elle le long de la petite route, passa devant Nikhil et les ouvriers agricoles, devant Chandu et les champs de paddy. Il avait les poumons en feu tandis qu'il filait à toutes jambes. Pendant quelques instants sublimes, il se rappela le bonheur qu'il éprouvait à s'abandonner ainsi quand il faisait le tour du lac à Dallas. Mais lorsqu'il comprit qu'ils se dirigeaient vers la maison de Leena, sa joie céda la place à la peur. Il gravit les marches de la véranda, le cœur battant bruyamment dans sa poitrine et ses oreilles. Puis il suivit Piya dans la maison jusqu'à la chambre où, soulagé, il vit Leena agenouillée à côté de son lit.

Une petite fille, entre onze et douze ans environ, y était allongée. Immobile, à l'exception de sa poitrine qui se soulevait et s'abaissait à chacune de ses respirations douloureuses. Elle avait les yeux fermés et une paupière méchamment enflée. Une énorme contusion violacée partait de l'œil et disparaissait sous la naissance de ses cheveux. Du sang avait séché au niveau de ses narines. Leena se retourna et, voyant Anil, se releva. Lorsqu'elle le prit par le coude, le contact de ses doigts sur sa peau le fit frémir. « Elle est arrivée ce matin, dit-elle tout bas. Elle a dû passer la nuit dehors, peut-être même plus. »

Anil observa alors la petite fille en entier. Sa jupe était couverte de boue et de feuilles sèches, et l'ourlet était déchiré. Sur le devant de sa blouse, s'étalait une grosse tache qui semblait être du sang séché. Des traînées de la même couleur rouille rayaient son avant-bras et le dos de sa main, là où elle avait dû essuyer son nez en sang. « Elle s'est présentée comme ça devant ta porte ? demanda Anil. Tu ne la connais pas ? »

Sans quitter la fillette des yeux, Leena répondit : « Si, je la connais. Elle s'appelle Ritu. C'est ma nièce.

— Ta... ta nièce ? » Il baissa la voix. « Qu'est-ce qu'elle fait ici ? »

Leena lui expliqua comment, tôt ce matin, Ritu avait frappé à la porte et était tombée dans ses bras quand elle avait ouvert. « Je ne l'ai pas reconnue au début. Elle avait les cheveux beaucoup plus longs autrefois, et les joues plus rondes. Je pensais que c'était une mendiante et puis j'ai vu qu'elle portait de trop beaux habits. » Leena se pencha pour effleurer le bord de la jupe de la fillette, les minuscules perles en verroterie cousus dans le tissu. Lorsqu'elle reprit la parole, sa voix n'était qu'un murmure. « Elle pleurait tellement que je n'arrivais pas à comprendre ce qu'elle disait, et puis je l'ai entendue m'appeler *Didi*. J'ai su alors que c'était elle. » Leena s'agenouilla à nouveau auprès de la fillette et lui caressa le front. « Pauvre petite Ritu. Que s'est-il passé ? » Elle leva les yeux vers Anil. « J'ignore comment elle est arrivée jusqu'ici. Elle tenait à peine debout. C'est pourquoi je l'ai amenée dans ma chambre pour qu'elle se couche. Elle était si sale, toute couverte de sang. J'ai voulu la nettoyer mais elle a refusé que je la touche. Je suis allée lui chercher un verre d'eau, et quand je suis revenue, elle dormait. Dans cette position. Elle n'a pas bougé depuis. Je suis inquiète. Est-ce que tu peux vérifier qu'elle va bien ?

— Oui, mais je vais devoir la toucher pour l'examiner. »
Leena hocha la tête. « On doit la réveiller ?

— Oui, je pense. D'après cette contusion au front, il est possible qu'elle soit gravement blessée à la tête. Il peut y avoir un risque de commotion cérébrale ou d'hémorragie interne. Dans ce cas, il faudra la conduire à l'hôpital.

— Ne peux-tu rien faire ici ? demanda Leena, l'air paniqué.

— Je vais essayer », répondit-il, et Piya proposa aussitôt d'aller chercher sa trousse qu'il avait laissée à la maison après son départ, la dernière fois qu'il était rentré à Panchanagar.

*

Leena réveilla Ritu mais, même après lui avoir expliqué qu'Anil était un ami et un docteur, la fillette refusa qu'il s'approche d'elle. Comme elle reculait chaque fois qu'il tentait d'examiner son visage, Leena dut servir de mains à Anil pendant qu'il l'examinait. Elle lui maintint ainsi les paupières ouvertes quand Anil inspecta ses pupilles avec une lampe de poche. C'est elle qui glissa ensuite le stéthoscope sous la blouse de Ritu, d'abord dans son dos puis sur sa poitrine, le déplaçant selon les indications d'Anil qui écoutait les battements du cœur de la fillette et sa respiration. Comme les deux moitiés d'une même personne, Anil et Leena procédèrent calmement et posément à toutes les étapes de l'examen clinique. Ils parlaient peu, communiquant essentiellement par les yeux et les gestes. Jamais Anil n'avait travaillé avec quelqu'un qui s'adaptait si facilement à lui.

Leena tint la main de Ritu lorsque Anil entreprit d'interroger la fillette pour vérifier qu'elle n'avait pas subi de perte de mémoire et ne souffrait pas de déficiences mentales. Ritu venait de la même région que lui et était gujarati. Pourtant, bien qu'il n'y ait aucune barrière de langue entre eux, elle ne lui répondait pas. Leena devait lui répéter les questions et elle rapportait ensuite les réponses à Anil. Vu son comportement, Ritu avait de toute évidence été maltraitée. La tendresse de Leena aida non seulement à la calmer, mais à calmer Anil aussi. Il redoutait que la famille de la petite fille ne débarque à tout instant pour réclamer de l'argent, une vengeance ou Dieu sait quoi. À l'idée de se trouver en présence de ces gens qui avaient battu Leena, qui avaient voulu la brûler vive, Anil était terrifié. Un sentiment d'impuissance le saisissait, et c'était exactement le même sentiment qu'il avait éprouvé en regardant les deux hommes attaquer Baldev.

Une fois l'examen clinique terminé, il ôta le stéthoscope de son cou et fit signe à Leena de le suivre dehors. Avant de sortir de la chambre, la jeune femme aida Ritu à boire un peu d'eau et à se recoucher. Anil se trouvait avec Piya sur la véranda quand Leena les rejoignit.

« Elle a quelques blessures aux pieds et aux mains qui se sont infectées, ce qui laisse supposer qu'elles ne sont pas récentes, dit-il. Je vais devoir vider les abcès avec un scalpel. Je peux revenir demain matin. Peux-tu la préparer pour cette intervention ?

— J'essaierai, répondit Leena. Mais elle a l'air si effrayée.

— J'ai peut-être quelque chose qui pourrait marcher, déclara Piya. Je reviens dans un moment. » Là-dessus, elle descendit les marches, laissant Anil et Leena seuls.

« La plupart de ses blessures sont superficielles, continua Anil, mais elle a subi un traumatisme contondant au niveau du lobe frontal. »

Leena fronça les sourcils. « Ça veut dire quoi ?

— Un objet dur l'a frappée ici. » Il se toucha l'œil droit et le front. « Ou bien elle est tombée sur quelque chose, ou s'est cognée à un mur. »

Leena acquiesça presque imperceptiblement, comme si trop bouger la tête allait accroître encore le martèlement des paroles d'Anil.

« Elle a peut-être souffert d'une commotion cérébrale minime quand elle a été blessée, mais il n'y a pas de traumatisme crânien, ce qui est une bonne chose. Les symptômes que j'ai observés, comme les vertiges et la nausée, devraient disparaître d'eux-mêmes d'ici deux semaines. Il va falloir la surveiller encore pendant une journée, après quoi, elle devrait aller bien. » Anil attendit que la tension s'évanouisse du visage de Leena, mais la jeune femme demeurait très concentrée. « Leena, il faut appeler la police pour qu'elle vienne la chercher. Vite. Avant que sa famille arrive. »

Leena redressa la tête. « Mais je ne peux pas la laisser retourner là-bas. Ils l'ont frappée, c'est toi-même qui l'as dit.

— La police s'assurera qu'elle est en sécurité. Elle sera conduite à l'hôpital où elle recevra les soins dont elle a besoin. » Il prit la jeune femme par le poignet et le serra doucement. « Leena, si ses parents la trouvent ici, tu n'as aucune idée de ce qu'ils peuvent faire. Tiens-tu vraiment à te retrouver mêlée à ces gens après avoir réussi à leur échapper ? »

Leena appuyait le bout de ses orteils contre le sol de la terrasse. Le poignet qu'Anil tenait dans sa main était mollement abandonné. « As-tu oublié, Leena, de quoi ils sont capables ? Ces gens sont dangereux. »

Leena libéra son poignet et regarda Anil droit dans les yeux. « Oui, ils sont dangereux et la police n'est pas très fiable, non plus. » Elle porta sa main à sa bouche et se mordilla un ongle. « Comment peut-on être sûr de ce que fera, ou ne fera pas, la police ? Avec une petite fille sans défense ? »

Anil secoua la tête. « Tu dois prévenir les autorités, voilà ce que, toi, tu dois faire. Tu n'as pas les moyens de régler cette histoire. » Leena lui jeta un regard noir. Il lui reprit la main. « Tout ce que je dis, c'est que tu dois penser à ta propre sécurité, Leena. Et à ta mère, aussi. D'ailleurs, où est-elle ? » À son arrivée, il avait été soulagé de ne pas voir Nirmala, mais, à présent, il était inquiet.

« Elle est allée au marché. Je suis restée pour finir de vernisser des pots.

— Écoute, c'est une bonne idée de garder la petite avec toi cette nuit, tu pourras surveiller son état. Assure-toi qu'elle boit beaucoup d'eau et qu'elle mange quelque chose. Je reviendrai demain pour l'examiner à nouveau, et alors nous prendrons une décision. J'aimerais m'entretenir d'un autre sujet avec ta mère et toi, demain. D'accord ? Ce sont de bonnes nouvelles. » Il l'étreignit. Comme il aimait la sentir dans ses bras.

*

Tôt le lendemain matin, Anil quitta la Grande Maison après une nuit agitée où il rêva de Rudy et de Lee, et du pack de bières qu'ils balançaient au bout de leurs mains. Il avait un mauvais pressentiment au sujet de la fillette. Alors qu'il s'engageait sur la petite route pour rejoindre la maison de Leena, il dressa la liste des raisons pour lesquelles ils devaient appeler la police aujourd'hui. Il voyait tout le temps à Parkview des cas identiques d'enfants négligés et maltraités. Son travail consistait à les soigner puis à alerter les autorités. Voilà ce qu'il fallait faire.

Nirmala ouvrit la porte. Ses yeux se plissèrent quand elle vit qui se tenait devant elle.

« Tante, dit Anil en s'inclinant. Je suis juste venu pour la petite. » Il lui montra sa trousse de médecin et elle s'écarta pour le laisser entrer.

Anil s'arrêta sur le seuil de la chambre. Piya étalait une pâte vert foncé sur le pied de la fillette. « Oh, Anil, fit-elle en sursautant presque. Regarde comme il va déjà beaucoup mieux. »

Anil se pencha par-dessus l'épaule de sa sœur et fut surpris de constater que l'abcès avait diminué de moitié par rapport à la veille. « Qu'est-ce que c'est ? demanda-t-il. Qu'est-ce que tu as fait ?

— Ce sont des feuilles de neem. Je les ai fait bouillir et je les ai réduites en pâte. » Piya rayonnait. « Encore deux jours et ce sera fini. » Elle se releva et ramassa les habits sales dans un sac. « J'en rapporterai encore. »

Leena étreignit la jeune fille. « Merci », murmura-t-elle.

Anil raccompagna sa sœur à la porte. « Je crois bien que je vais apprendre deux ou trois petites choses de toi », dit-il. Il lui sourit et la serra dans ses bras avant qu'elle parte. Quand il retourna dans la chambre, Leena était assise au bord du lit, à côté de la fillette.

« Tu es partie sans nous dire au revoir, *Didi*, disait Ritu. Tu nous avais promis de ne pas nous abandonner. »

Leena leva les yeux vers le ciel puis elle les baissa sur la main de Ritu, qu'elle tenait dans la sienne. « Je ne pouvais pas faire autrement. Pardonne-moi. » Sa voix vibrait d'émotion.

« Je sais, dit Ritu. Il t'aurait tuée, toi aussi. »

Anil entendit Leena inspirer brusquement. « Ritu, de quoi tu parles ?

— Il t'aurait tuée, répéta Ritu. Comme il a tué l'autre femme avant que tu viennes vivre avec nous. »

Leena secoua la tête puis redressa le dos. « Ritu, doucement. Ce que tu dis n'a pas de sens.

— Un jour, elle a disparu. Dev était petit, il ne se souvient pas, mais moi je me souviens, continua la fillette. Elle me donnait des poignées de riz soufflé et des cacahuètes qu'elle prenait dans le cellier. » Un petit sourire apparut au coin des lèvres de Ritu. « Elle portait des fleurs de jasmin dans ses cheveux. Elle sentait toujours bon. Elle s'occupait de nous, de Dev et de moi. Elle nous faisait à manger et nous lavait. Elle nous chantait des chansons le soir.

— Je ne comprends pas, dit Leena. Girish ? Mon mari... »

Anil tressaillit en entendant la jeune femme prononcer ce mot.

« Il avait une autre femme, avant moi ? Tu l'appelais *Didi* aussi ? » demanda Leena.

Ritu secoua la tête, l'air perdu. « Je... je ne me rappelle pas. C'était il y a si longtemps... Je n'allais pas à l'école. Mais elle, elle m'appelait *beti*, je crois... » Elle se tut et secoua à nouveau la tête. « Et puis, un jour, je ne l'ai plus vue. Grand-mère m'a dit qu'elle était partie pour un long voyage. Plus tard, quand j'ai demandé quand elle reviendrait, elle m'a répondu qu'elle n'avait jamais existé. Que je l'avais inventée. Après, je n'étais plus autorisée à parler d'elle, sinon, mon père me tapait. Mais je ne l'ai pas oubliée.

— Mon Dieu, murmura Leena. Oh, ma petite Ritu.

— Quand tu es venue, Leena *didi*, j'ai pensé que mes prières avaient été exaucées. Mais ensuite, toi aussi, tu es partie. » Ritu marqua une pause avant de poursuivre. « Grand-Mère me disait que tu t'étais enfuie, mais je ne voulais pas la croire. Je savais que tu ne te serais pas enfuie. Mais Dev était assez grand, cette fois, pour se souvenir de toi. On a demandé si on pouvait aller te voir. Mais après que Grand-Mère est morte...

— Ta grand-mère est morte ? répéta Leena. Il ne reste donc plus que Rekha à la maison ?

— Oui. Mais chaque fois qu'on demandait de tes nouvelles, elle se mettait en colère. Et un jour, elle nous a hurlé que tu étais morte. » La voix de Ritu se brisa.

« Rekha t'a dit ça ? »

Ritu acquiesça et se mit à sangloter.

« Chut, chut, c'est fini, murmura Leena en lui caressant les cheveux.

— Ils disaient tous que tu étais morte, *Didi*. » Ritu se blottit entres les bras de Leena. « Mais une nuit, alors que j'étais censée dormir, j'ai entendu les hommes parler – mon père et mes oncles. Ils disaient qu'ils auraient dû te tuer, comme la première. Ça aurait été plus simple. » Ritu s'essuya le visage avec ses deux mains. « J'ai compris qu'ils mentaient, *Didi*. Que tu ne te serais pas enfuie. Et je suis venue te trouver. »

*

Anil faisait les cent pas devant la maison. Dès que Leena le rejoignit, il lui dit d'appeler la police. « Aujourd'hui, Leena. *Tout de suite.* »

La jeune femme secoua lentement la tête en entortillant le bout de son sari autour de sa main. « Tout s'explique maintenant. Je comprends pourquoi Rekha était si insensible, pourquoi elle n'avait aucun amour pour ces enfants. À l'époque, ça me paraissait étrange, mais je comprends maintenant. » Elle leva les yeux vers Anil, et il y vit une lueur farouche. « Ces enfants ne sont pas les siens. Rekha les a pris à la première femme de mon mari. Tu as entendu Ritu, elle disait que cette femme l'appelait *beti*, "ma fille".

— Ça ne prouve rien, dit Anil. J'appelle ma petite cousine *beti*. Ma grand-mère appelait tout le temps Piya *beti*. »

Leena continua de parler, plus vite, ses mots s'accélérant à mesure qu'ils franchissaient ses lèvres. « J'ai entendu le mari de Rekha un soir, le frère aîné de Girish, il était soûl et il lui hurlait dessus. Il la traitait de putain, d'animal. » Elle marqua une pause et tourna ses yeux perçants vers Anil. « Il disait qu'elle était stérile, reprit-elle. Ça ne rimait à rien puisqu'elle avait deux enfants. Mais tout s'explique maintenant. Ce n'est pas étonnant qu'elle m'ait toujours accusée quand quelque chose n'allait pas. Elle essayait juste de survivre. Elle avait peur d'eux. Elle était terrifiée à l'idée d'être la prochaine. » Leena ne cessait d'agiter la tête. « Ce sont les enfants de Girish. C'est pour ça qu'ils lui étaient si attachés. Oui, tout s'explique maintenant. »

Sa façon de répéter cette phrase remplissait Anil d'un sentiment d'impuissance. « Ça n'explique rien du tout, Leena ! Est-ce que tu t'entends ? Tu ne réfléchis pas correctement. Ils ont tué cette autre femme. Ils voulaient te tuer, ils ont *essayé* de te tuer. Qu'est-ce que tu crois qu'ils vont te faire quand ils découvriront que Ritu est ici ? Tu dois appeler la police.

— Non ! » s'écria Leena.

Anil lança les mains en l'air. « Leena, tu ne peux pas garder Ritu avec toi indéfiniment.

— Et pourquoi pas ? » Elle le foudroya du regard.

Anil s'immobilisa et la dévisagea.

Elle avait un air sévère, déterminé. « Je peux très bien la garder. Elle peut vivre avec moi. Il n'y a que ma mère et moi, ici. On ne possède pas grand-chose, mais on a de la place pour une troisième personne. » Brusquement, elle écarquilla les yeux.

«Dev, dit-elle. Je dois aller le chercher. Il est encore là-bas. Dieu seul sait ce qu'ils lui feront sans sa sœur pour le protéger.

— Leena!» Anil l'attrapa par le bras. «Ce n'est pas ton problème. Ce n'est plus ta famille.» Il se tut et inspira profondément. «Comment peux-tu prendre un tel risque avec ces gens qui ont failli te tuer.» Il pensa à l'enveloppe dans sa chambre qui contenait les billets, cinquante mille roupies prêtes à être rendues mais qui jamais ne répareraient les dégâts commis. Voyant que Leena ne répondait pas, il se frotta furieusement le front. «Tu n'es pas obligée de faire ça, Leena», dit-il. Il sentait que sa vie, son rêve, s'éloignait doucement.

«Oui, peut-être, répondit-elle d'une voix ferme. Mais ces deux enfants ont été les seuls à me traiter avec bienveillance dans cette maison, ils ont été mon seul rayon d'espoir pendant plus d'un an.» Une larme roula sur sa joue. «Ritu m'a aidée à rester en vie quand la mort me paraissait préférable à ce que j'endurais. Je ne lui tournerai pas le dos maintenant.

— Ce sont ses enfants, la chair de sa chair, dit Anil. Tu ne changeras jamais cette réalité-là.

— Je sais, répondit Leena. Mais au moins quelque chose de bon peut naître de tout cela. Je n'aurai pas souffert pour rien.»

31

La porte de la chambre d'Anil s'ouvrit en grand et heurta le mur. Piya se dirigea d'un pas énergique vers le lit et réveilla son frère. Il attrapa ses lunettes sur la table de chevet et, une fois qu'il les eut chaussées, il vit nettement sa sœur devant lui, mains sur les hanches, menton en avant. « Qu'est-ce qu'il y a ? » Il se redressa. « Que se passe-t-il ?
— Elle est partie.
— Qui ?
— Qui à ton avis ? dit Piya. Ritu ! Elle est partie. »
Anil balança ses jambes hors du lit et courut à la fenêtre, comme s'il pensait la trouver dehors. Les champs étaient immobiles et déserts, la lumière venait d'apparaître dans le ciel immense. Du rez-de-chaussée montait le bruit de voix indistinctes et de la vaisselle qui s'entrechoquait. « Qu'est-ce que tu veux dire, elle est partie ? La police est venue la chercher ? » Piya le toisait avec un tel mépris qu'il ne la reconnaissait presque pas.
Elle le vrilla d'un regard froid. « Elle vous a entendus vous disputer hier soir, Leena et toi. Elle a dit à Leena qu'elle ne voulait pas la mettre en danger. Leena lui a assuré que tout se passerait bien mais, ce matin, Ritu avait disparu. » Elle rejoignit son frère près de la fenêtre. « Elle est *partie*, Anil. » Piya croisa les bras sur

sa poitrine. « Tu es resté absent pendant trop longtemps. Tu ne te rends même pas compte à quel point tu as changé. Peut-être que ça se passe comme ça en Amérique, on appelle la police et ensuite on s'en lave les mains. Mais pas ici, Anil. Ici, on ne fait pas ça. »

À ce moment-là, en même temps que lui venait un haut-le-cœur en imaginant la fillette marchant seule, son corps portant encore les traces des sévices qu'elle avait subis, Anil sut qu'il s'était trompé. Dans d'autres circonstances, il aurait admis la fillette à l'hôpital. Ici, il ne l'avait vue que comme une menace à leur sécurité, à leur indépendance, à leur vie. Il se pensait déjà avec Leena, formant un couple, dont l'existence était en danger. Et il avait laissé son jugement être perverti par la perte de son rêve. Anil se maudit tout en s'habillant à la hâte.

« Où vas-tu ? demanda Piya quand elle le vit sortir de la chambre. « Ne va pas là-bas, Anil ! cria-t-elle. Elle ne veut pas te voir. »

Anil descendit l'escalier en courant et traversa la salle d'audience où toute la famille prenait le petit déjeuner autour de la grande table. « Oh, oh, regardez qui a réussi à se lever avant midi, dit Chandu en souriant. Bonjour, Anil *bhai*. Que se passe-t-il ? Tout va bien ? »

Anil fit non de la tête. « Nikhil, est-ce que tu peux te séparer de Kiran et de Chandu pour la journée ? Je sais que ça ne t'arrange pas, mais j'ai besoin d'eux. Juste pour aujourd'hui, je te le promets.

— Bien sûr, *bhai*, répondit Nikhil. Tu as besoin de moi aussi ? On prépare le sol des champs de paddy aujourd'hui. Les ouvriers peuvent se débrouiller sans moi. »

Anil réfléchit à l'offre de son frère, et à ce qu'elle signifiait pour lui. « Non, ta présence est plus importante ici. » Nikhil acquiesça et Anil fit signe à ses deux autres frères de le suivre. Il les entraîna tout au bout de la véranda où ils s'installèrent autour d'une petite table. Là, ils échafaudèrent un plan.

*

En l'espace d'une heure, ils étaient prêts à partir. Ils se retrouvèrent dans un champ suffisamment éloigné de la Grande Maison pour qu'on ne les voie pas. Chandu avait emprunté un camion à son ami hors-la-loi, celui qui faisait pousser du *bhang*. Kiran, lui, avait persuadé deux joueurs de cricket de son équipe de les accompagner. Anil ignorait ce que ses frères avaient promis pour s'assurer leur participation à chacun, mais il leur était reconnaissant. Quand Piya comprit ce qui se tramait, elle voulut venir aussi, mais Anil parvint à la convaincre qu'elle était plus utile à la maison, où elle occuperait Ma afin qu'elle ne se rende compte de rien.

Kiran prit le volant, avec l'un de ses camarades sur le siège passager, lui fournissant les indications pour rejoindre Dharmala. Anil et les autres voyageaient à l'arrière du camion. Une fois qu'ils quittèrent Panchanagar, Chandu ouvrit un sac qu'il avait apporté et en sortit un pistolet. Anil sentit son ventre se nouer. « Tu crois qu'on va en avoir besoin ? »

Chandu extirpa un foulard déchiré de sa poche, le roula et le noua autour de son front « Avec des gens comme ça, on doit montrer qu'on est fort. » Il coinça le pistolet dans sa ceinture.

Il restait encore une heure de trajet, mais Anil avait déjà les paumes moites. Il n'avait jamais tenu d'arme de sa vie, sans parler d'une arme chargée. Peut-être aurait-il été judicieux de sa part d'accompagner les frères d'Amber à la chasse aux canards finalement.

À mesure qu'il anticipait la confrontation avec la famille du mari de Leena et la violence qui risquait d'en découler, la bile lui remontait vers l'œsophage. Curieusement, regarder Chandu le calmait. Son petit frère faisait un bandit tellement convaincant qu'il se demanda s'il devait vraiment s'inquiéter. En attendant, sa présence le rassurait, comme le rassurait celle de Kiran et des deux autres hommes qui tenaient chacun une batte de cricket sur les genoux.

Lorsqu'ils approchèrent de leur destination, Anil reconnut la maison en béton que lui avait décrite Leena, avec des soucis au pied de la façade délabrée, et, cinq cents mètres plus loin, les terrains abandonnés. Même Chandu secoua la tête quand ils longèrent les champs : les épis de blé étaient flétris, les fibres de coton desséchées. Des chèvres dont on voyait les côtes erraient dans les prés, furetant ici et là à la recherche de nourriture. Kiran se gara devant la maison et fit ronfler le moteur du camion pour annoncer leur arrivée. Ses deux camarades de cricket sautèrent à terre, leurs battes dans les bras, et Anil descendit du camion derrière Chandu.

La maison était grande, presque aussi grande que celle des Patel, avec une véranda identique contre la façade avant. Anil aperçut Ritu, tapie derrière le tas de terre autour du puits, ses vêtements déchirés couverts de boue, ses cheveux emmêlés, ses yeux emplis de terreur. Elle recula en rampant dès qu'elle les vit, puis s'arrêta brusquement. Anil comprit que ce qui la retenait n'était autre qu'une chaîne reliant ses poignets au puits. Elle était attachée comme un chien, et son regard apeuré qui scrutait les alentours ainsi que ses gémissements ne firent qu'accentuer la comparaison.

Anil pria les autres de ne pas bouger et s'avança doucement vers elle. Ritu chercha à reculer à nouveau, se protégeant la tête avec ses mains enchaînées. Submergé de honte, il réalisa qu'elle le considérait comme un ennemi.

Il s'accroupit et tendit la main le plus lentement possible.

« Ritu, nous ne sommes pas là pour te faire du mal. Nous allons t'emmener loin d'ici. »

Ritu jeta un regard furtif à Anil puis à Chandu, puis aux amis de Kiran armés de leurs battes de cricket. Elle se mit à pleurer en secouant la tête.

« Nous n'allons pas te faire de mal, répéta Anil de sa voix la plus douce. Nous sommes ici pour te protéger. Tu te rappelles, je suis un ami de Leena. Ta Leena *didi* ? Nous allons te ramener chez elle. »

La porte d'entrée s'ouvrit brusquement. « Qu'est-ce que c'est que ça ? » hurla un homme bedonnant, en maillot de corps et *dhoti*[1]. Sortez de ma propriété, espèce de voyous, avant que je vous tire dessus. »

Anil se figea sur place. Était-ce lui, le mari de Leena ? Celui qui l'avait touchée, l'avait souillée ? Son estomac se souleva. Les amis de Kiran s'élancèrent vers la porte.

Un second homme sortit de la maison, plus jeune et plus beau que le premier. « Que voulez-vous ? Qui êtes-vous ? »

Ce doit être lui, pensa Anil. Il se releva et marcha vers les deux hommes. « Je m'appelle Anil Patel, je suis le fils de Jayant Patel. »

Le visage du plus jeune changea d'expression. « Je connais votre père. » Il eut un sourire narquois. « Je n'ai pas fait une bonne affaire à cause de lui. Pourquoi vous a-t-il envoyé ici ? Je ne reprendrai pas cette femme misérable, malgré tout l'argent que vous me paierez. »

Anil serra les poings et inspira profondément. « Je suis venu pour la fille. » Il désigna Ritu du menton. « Nous l'emmenons… loin de… des bêtes sauvages que vous êtes. »

---

1. Vêtement que portent les hommes, noué à la taille et dont le drapé forme un pantalon ample.

— Oh, oh ? fit l'homme bedonnant en riant. Qui est la bête sauvage ? C'est elle. Et comme une bête, elle est revenue en rampant cette nuit et s'est cachée dans un camion jusqu'à ce qu'on la trouve et qu'on la jette sur la route.

— Laissez-la partir. Et fichez-lui la paix, et à Leena aussi. Elles sont mortes pour vous, compris ? »

L'homme se pencha et cracha un jet de noix de bétel sur le sol de la véranda, déjà maculé de vieilles taches. Papa aurait fait fouetter quiconque osait souiller la véranda de la Grande Maison. « Mortes, oui, voilà comment il vaudrait mieux qu'elles soient toutes les deux, lâcha-t-il. On aurait moins de problèmes. »

Chandu se tenait à la droite d'Anil, Kiran à sa gauche. Anil s'avança vers les marches de la véranda, flanqué de ses frères. Il baissa la voix et dit : « Écoutez-moi. Si vous vous approchez d'elles à nouveau, j'irai à la police et je vous ferai mettre en prison. »

Le jeune, Girish, eut un petit sourire suffisant. « La police a déjà vérifié les mensonges de cette garce, et n'a rien trouvé à nous reprocher. » Il haussa un sourcil. « Le témoin n'est pas fiable.

— Sauf que c'était il y a longtemps, rétorqua Anil. Les gens oublient. Les souvenirs s'effacent. Les portefeuilles se vident.

— C'est vrai qu'une fois les portefeuilles vides, les souvenirs partent vite, renchérit Chandu.

— Peut-être que la police voudra enquêter de nouveau, intervint Kiran. Un meurtre, ce n'est pas rien.

— Quel meurtre ? demanda le mari de Leena. Cette garce de Leena n'est pas morte, que je sache. » Il éclata de rire et jeta un coup d'œil à son frère. « Dommage.

— Mais votre première femme, si », déclara Anil en remarquant que les visages des deux hommes blêmissaient. Il grimpa deux marches. « Savez-vous que, même lorsqu'on brûle un corps, lorsqu'il ne reste que des cendres, on peut encore trouver des traces de la personne dans la terre ? Ça s'appelle l'ADN. L'acide désoxyribonucléique. Les traces subsistent pendant des années. Et elles sont sûres à cent pour cent.

— Qu'est-ce que vous racontez là ? dit l'homme bedonnant, mais Anil vit que Girish était saisi de panique.

— C'est vrai, déclara Kiran. Mon frère ici présent a fait de grandes études, c'est un médecin qui vit en Amérique. Il connaît toutes sortes de techniques scientifiques de pointe. Si vous voyiez les instruments qu'il a à la maison.

— Quoi ? Vous pensiez qu'une personne peut se volatiliser comme ça ? » Chandu fit claquer sa langue. « Pauvres stupides villageois.

— N'importe quoi, dit le frère de Girish en donnant un coup de coude à ce dernier. Ne les écoute pas. Ils cherchent juste à nous faire peur.

— Non, c'est vrai, insista Anil. Et ce qu'il y a d'intéressant avec l'ADN, c'est qu'elle fonctionne comme une empreinte, elle est unique à chaque personne, sauf qu'elle se transmet aux enfants. » Anil se tourna vers Girish. « Nous pouvons donc savoir exactement qui est la vraie mère de Ritu. Et son vrai père. Il suffit d'un test.

— Très bien, emmenez la fille, dit Girish. On ne veut pas d'elle, de toute façon. Elle ne sert à rien et n'est qu'une bouche de plus à nourrir. »

Kiran alla jusqu'au puits et détacha les chaînes autour des poignets de Ritu. Une fois libérée, la fillette se leva et s'avança vers la main tendue de Kiran. Étonné, Anil la regarda se laisser faire quand Kiran la prit dans ses bras. Son frère la porta jusqu'au camion. Lorsqu'ils passèrent devant la véranda, Ritu souleva la tête de l'épaule de Kiran, toisa Girish et son frère, et cracha par terre.

« Le garçon aussi. » Anil indiqua la fenêtre. Quelques secondes plus tard, la porte d'entrée s'ouvrit et le petit garçon qui avait suivi la scène depuis l'intérieur sortit à toute vitesse, passa devant Girish et son frère, et appela Ritu en s'élançant vers elle. L'un des amis de Kiran l'attrapa au passage.

« Bon débarras », marmonna l'homme bedonnant. Mais Anil surprit une lueur de regret dans les yeux de Girish quand il vit Dev monter dans le camion.

Chandu se pencha vers Anil. « Viens, *bhai*, partons, murmura-t-il. Tu as obtenu ce que tu voulais. »

Anil ne bougea pas, les pieds plantés dans le sol, les yeux fixés sur les deux hommes. « Pas encore, dit-il. Ils doivent d'abord rendre ce qu'ils ont volé.

— Quoi ? Vous nous traitez de voleurs ? s'écria Girish. Je n'ai jamais rien volé, ni à vous ni à personne. Si quelqu'un est un voleur, c'est votre père. Il a pris mes pièces en argent et m'a promis en échange une bonne épouse. Et qu'est-ce que j'ai eu ? Rien que des problèmes avec cette femme. »

Sentant que ses paumes étaient de nouveau moites, Anil se défendit toutefois de les essuyer sur son pantalon. « Vous allez rendre ce que vous avez pris à la famille de Leena – les bijoux et les saris, et tout le reste.

— C'étaient des cadeaux, dit Girish. Qui faisaient partie de la dot.

— Ils n'ont pas été donnés de bon gré.

— Si les gens changent d'avis, ce n'est pas mon problème », répliqua-t-il.

Un homme qui achetait les autres pour absoudre ses fautes pouvait sûrement être acheté lui aussi. Anil palpa l'enveloppe dans sa poche qui contenait les cinquante milles roupies, et il eut la nausée en songeant à leur histoire : son père les avait versées à cet homme qui avait maltraité Leena, puis les parents de

Leena les lui avaient remboursées en sacrifiant tout ce qu'ils possédaient pour honorer leur dette.

Anil se tourna vers le camion. Le visage de Ritu apparaissait dans l'encadrement de la fenêtre du siège passager, où Kiran les avait installés, Dev et elle, avec une couverture et des bouteilles de Limca. Il crut détecter le soupçon d'un sourire sur les lèvres de la fillete tandis qu'elle les regardait, et se savait en sécurité. Kiran, lui, avait tout d'un gardien de palais, adossé à la porte, le bras reposant contre le rebord de la fenêtre.

« Je vous laisse les bijoux si vous leur fichez la paix, déclara Anil. Pour toujours, compris ? Sinon, mes frères et moi reviendrons, et nous ne serons pas aussi compréhensifs la prochaine fois. » Chandu sortit le pistolet de sa ceinture et le garda dans sa main, jusqu'à ce que les deux hommes acquiescent d'un hochement de tête. Puis l'homme bedonnant cracha un autre jet de salive mêlée au jus de noix de bétel et se retira dans la maison, suivi de Girish.

32

Dès qu'ils furent suffisamment loin pour être hors de danger, Kiran s'arrêta et Anil ouvrit la portière du passager pour examiner Ritu. Cette fois, elle le laissa faire. Elle avait des lacérations sur tout le corps, des contusions aux chevilles et aux poignets, là où la chaîne avait frotté, des vaisseaux éclatés dans l'un de ses yeux, et on aurait dit qu'elle pleurait des larmes de sang.

« Il faut l'emmener à l'hôpital, dit Anil à ses frères. Elle a tellement de blessures, il se peut qu'elle fasse une hémorragie interne ou qu'elle ait des os cassés. » Ils prirent la direction d'Ahmadabad, et se rendirent directement à l'hôpital où Anil avait été externe. Kiran porta la fillette jusqu'à la salle d'attente où ils attendirent avec Dev pendant qu'Anil cherchait le médecin de garde. Chandu était reparti. Il avait pour mission de ramener les deux joueurs de cricket à Panchanagar et de revenir le lendemain matin.

« Chandu, est-ce que tu connais quelqu'un à la police ? lui demanda Anil avant qu'il grimpe à l'avant du camion.

— Je vais me renseigner. »

*

Trois heures plus tard, Anil et Kiran s'installaient au chevet de Ritu qui dormait profondément, Dev couché au pied du lit. La radio avait montré plusieurs fractures aux deux poignets, lesquels étaient à présent plâtrés. Ses lacérations avaient été nettoyées et recousues, on lui avait administré du sérum physiologique pour prévenir la déshydratation et des antibiotiques en cas d'infection. Le médecin des urgences qui l'avait examinée confia à Anil que, malgré l'étendue du traumatisme physique, il n'y avait aucun signe d'abus sexuels.

Anil ne s'inquiétait pas, Ritu se remettrait de ses blessures dans les jours prochains, et il savait que Leena était la personne idéale pour la guider vers la guérison. C'était pour ses propres blessures qu'il s'inquiétait, pour son cœur affligé à l'idée d'avoir perdu Leena et la vie qu'il imaginait pour eux deux. Il tenta de se consoler en songeant à son internat et à ce qui l'attendait à son retour à Dallas, mais tout cela lui semblait bien vain.

Incapable de dormir, il sortit sans bruit de la chambre et erra dans l'hôpital. Certains endroits lui paraissaient familiers : le hall sans une seule plante verte, l'ascenseur avec son ventilateur au plafond. Mais beaucoup de choses avaient changé en l'espace de trois ans. Il y avait à présent un service d'imagerie médicale au sous-sol et une unité de soins intensifs néonatals. Deux autres ailes étaient en cours de construction. Cela n'avait plus rien à voir avec la médecine rudimentaire qu'il avait pratiquée à Panchanagar des années auparavant, par une chaude nuit d'été, quand la sage-femme l'avait appelé. Il pouvait envisager de revenir ici maintenant et d'exercer son métier de médecin, sans consentir à aucun compromis.

Il retrouva le chemin de la cafétéria où l'odeur de la nourriture le fit saliver et il se rendit compte qu'il n'avait rien mangé de la journée. Jetant un coup d'œil au menu, il sourit en voyant que le troisième plat végétarien proposé, après le *chana masala* et le *saag paneer*[1] était la pizza au fromage.

Une fois qu'il eut fini de manger et bu sa seconde tasse de *chai*, il retourna aux urgences en faisant un long détour, empruntant plusieurs couloirs, traversant divers services, saluant les infirmières au passage. Ritu et Dev étaient réveillés quand il entra dans la chambre, et regardaient un spectacle de marionnettes que Kiran avait monté avec des mouchoirs et des pansements autour de ses doigts. Lorsqu'elle vit Anil, elle s'arrêta de rire. « Où est Leena *didi* ? demanda-t-elle.

— Je vais la chercher et revenir avec elle, promit Anil. Le plus vite possible. »

*

La voiture attendait devant l'entrée de l'hôpital quand Anil sortit, et il fut rassuré de voir qu'elle avait remplacé le camion de la veille. Il faillit ne pas reconnaître Chandu quand celui-ci descendit. Son frère portait un costume impeccable et lui en tendait un qu'il avait pris sur la banquette arrière. « Habille-toi, dit-il. On a rendez-vous. »

Vingt minutes plus tard, ils se garaient devant le poste de police central d'Ahmadabad. « Tu crois que ça va marcher ? demanda Anil. La police de Dharmala n'a rien fait quand Leena a porté plainte.

— Les flics des grandes villes sont différents. Ils adorent traiter de haut les flics des petits villages. Ils nous écouteront. Il faut juste savoir comment les prendre. » Il indiqua le sac posé par terre, aux pieds d'Anil. Anil l'ouvrit : le sac était rempli de

---

1. Le chana masala est un curry à base de petits pois et le saag paneer est un plat à base d'épinard et de feuilles de moutarde noire.

dizaines de liasses de roupies. Il leva les yeux vers son frère et l'interrogea du regard.

« D'où vient cet argent, mieux vaut ne pas le savoir. Mais où il va maintenant, c'est une autre histoire. »

*

Quand Anil et Chandu arrivèrent à Panchanagar, la nuit venait juste de tomber. Cela faisait plus de vingt-quatre heures qu'Anil était parti, et il n'avait ni dormi ni ne s'était lavé ou rasé pendant tout ce temps. Il avait appelé Piya de l'hôpital pour la prévenir qu'il avait retrouvé Ritu, mais il se doutait que Ma devait être folle d'inquiétude.

Alors qu'ils se garaient devant la maison de Leena, il se frotta le menton et sentit, gêné, un début de barbe. La jeune femme était sur la terrasse, assise à son tour de potier ; lorsqu'elle vit la voiture, elle ramena son sari sur ses jambes, se leva et alla attendre Anil en haut des marches. Une ride profonde creusait son front.

« Ritu est à l'hôpital, à Ahmadabad. Elle a quelques blessures, mais elle va bien. Dev aussi. »

Il vit que ses épaules se haussaient et s'abaissaient de façon disproportionnée par rapport à son corps menu – une fois, deux fois – puis il comprit qu'elle pleurait. Il s'avança vers elle mais s'arrêta juste avant de la serrer dans ses bras. La porte d'entrée s'ouvrit et Nirmala apparut. Elle se tint sur le seuil, embrassant du regard l'aspect débraillé d'Anil et le visage de sa fille strié de larmes.

« J'ai su par Piya que tu étais allé là-bas, dit Leena. J'étais inquiète, pour vous tous.

— Ils vous laisseront tranquilles maintenant. Et Ritu est en sécurité. Vous êtes tous en sécurité. »

Leena acquiesça. « Je peux aller la voir ?

— Oui, mais il y a un endroit où je voudrais vous amener d'abord, ta mère et toi. » Anil se tourna vers Tante Nirmala et fut surpris quand elle inclina légèrement la tête.

*

Ils partirent tôt, le lendemain matin. Quand Anil se gara devant la maison délabrée, il sentit le corps de Leena se crisper à côté de lui. Sur la banquette arrière, Nirmala tendit la main vers sa fille. Anil coupa le moteur. « Il n'y a aucun risque. Ils ne sont pas là. » Leena s'agrippait au siège, et il remarqua que ses articulations étaient toutes blanches. « La police est venue hier et les a emmenés. Girish et son frère ont été arrêtés sous de multiples chefs d'accusation et ils resteront en prison pendant des mois jusqu'au procès. Rekha a été conduite dans une famille d'accueil. Elle ne revendique aucun droit sur les enfants, ce qui signifie que tu peux obtenir leur garde puisque tu es le seul autre membre de la famille encore en vie. La vieille femme, ta... belle-mère, est morte il y a quelques semaines, comme le disait Ritu. D'après la police, c'est ce qui explique que la petite se soit enfuie. Il n'y avait plus personne pour veiller sur elle. »

Leena expira lentement. Puis elle ouvrit la portière et sortit de la voiture. Anil descendit à son tour et alla ouvrir la portière arrière pour Nirmala. La vieille femme dut prendre appui sur son bras quand elle posa un pied par terre. Il fut surpris de voir que Leena grimpait les marches de la véranda sans la moindre hésitation, évitant celles qui étaient branlantes sans avoir besoin de baisser les yeux. Constater qu'elle connaissait parfaitement cette maison, et songer à ce qui s'y était passé le mettait mal à l'aise. Peut-être valait-il mieux qu'il attende dehors, ce qui lui éviterait de voir la chambre et le lit qu'elle avait partagé avec son mari. Mais Nirmala, qui s'appuyait toujours à son bras, commençait déjà à avancer, et il ne put faire autrement qu'entrer dans la maison.

*

Leena alla d'abord dans la cuisine, puis elle sortit par la porte de derrière et se dirigea vers le puits. Elle demeura là, immobile, s'obligeant à revoir la scène. Elle ferma les yeux et se rappela l'odeur du kérosène, les paroles haineuses de Girish, les marques de coups et les bleus sur ses bras, les larmes qui coulaient sur ses joues et tombaient dans les plats qu'elle préparait pour cette famille dans laquelle elle s'était mariée. Cette famille qu'elle avait fuie. Cette famille qui l'avait abandonnée.

Elle revint dans la cuisine. Des assiettes sales traînaient sur la paillasse et une casserole, avec du thé froid, reposait sur le réchaud. Elle entra ensuite dans le petit cellier et effleura du bout des doigts les sacs de lentilles et de riz. En haut de l'étagère, elle trouva la boîte de biscuits fourrés au chocolat que Dev attrapait en douce. Elle en sortit un ; il sentait vaguement le café et le tabac. Quand elle le mordit, le biscuit se brisa entre ses dents et la crème au chocolat fondit sur sa langue. Elle coinça la boîte sous son bras et reprit son inspection de la maison.

Dans la chambre de Rekha, à l'intérieur de l'armoire métallique, elle découvrit trois de ses plus beaux saris qu'elle étala sur le lit. Sur un autre rayonnage, à côté de la brosse à cheveux et de l'huile de noix de coco de Rekha, elle vit le flacon de talc à la rose. Elle le déboucha et huma le doux parfum. Elle tint le flacon dans sa main, caressa le verre lisse pendant un moment, puis le remit en place dans l'armoire et referma la porte.

Anil et Nirmala l'attendaient dans le salon, assis sur les chaises où Girish jouait aux cartes et racontait des blagues vulgaires. Un paquet enveloppé dans un linge blanc et attaché avec une ficelle reposait sur les genoux de sa mère. Nirmala leva les yeux vers sa fille. « J'ai trouvé ça dans l'armoire de ta belle-mère sous des piles de vêtements. » Elle tira sur la ficelle et le linge s'ouvrit, révélant un sari de la couleur orange foncé d'un coucher de soleil. Leena le reconnut immédiatement. Sa mère poussa un petit cri avant de caresser la soie avec la paume de sa main. Elle le souleva pour découvrir le sari suivant, bleu paon, puis un autre en dessous, le plus décoré, rouge et blanc, et brodé de minuscules miroirs et de fils d'or. Leena les contempla, les yeux remplis de larmes, pendant que sa mère enfouissait son visage dans le vêtement traditionnel qu'elle avait porté pour son mariage. Quand elle eut fini de vider le paquet, il y avait plus d'une dizaine de saris en soie sur la table devant elle.

Anil lui tendit alors trois petites boîtes rouges. Nirmala redressa la tête et l'interrogea du regard. « La police leur a défendu d'emporter quoi que ce soit », dit-il. Leena alla s'asseoir à côté de sa mère. Nirmala ouvrit les boîtes une par une. Chacune contenait un bijou. Elle toucha délicatement les boucles d'oreilles pendantes serties de rubis et glissa à son poignet les quatre bracelets en argent. « Jamais je ne pensais que je les reverrais », dit-elle en tenant entre ses doigts son anneau de mariage en or. Leena glissa un bras autour des épaules de sa mère, et, à sa grande surprise, elle la vit prendre de sa main libre celle d'Anil. « Merci », murmura-t-elle.

Anil hocha la tête. « On devrait aller à l'hôpital.

— Je vais juste chercher quelques affaires pour les enfants », dit Leena en chassant ses larmes d'un battement de paupières.

*

Quand ils arrivèrent à l'hôpital, Anil conduisit Leena et sa mère à la chambre de Ritu. Là, ils trouvèrent Kiran assis au chevet de la fillette, essayant de la convaincre de manger au moins un peu de son plateau-repas. Elle était en train de secouer la tête quand elle vit Leena dans l'encadrement de la porte.

« *Didi* ! » Son visage s'éclaira aussitôt d'un immense sourire et elle renversa le plateau en se redressant. Le contraste avec l'expression boudeuse qu'elle avait quelques secondes auparavant était saisissant. Elle enlaça Leena et plaqua son visage contre son sari. « Oh, *didi*, pardonne-moi de t'avoir causé des ennuis. J'avais tellement peur...

— Chut, murmura Leena. C'est fini, maintenant. Je suis là. Plus personne ne te fera de mal. »

La porte s'ouvrit et une infirmière entra, suivi de Dev. Il courut aussitôt vers Leena qui le souleva de terre et le tint sur sa hanche

« Oh, Dev ! Mais qui t'a fait cette coupe ? demanda-t-elle d'une voix moqueuse. C'est affreux. Je vais devoir la reprendre, tu ne crois pas ? »

Dev sourit de toutes ses dents et acquiesça lentement, levant et abaissant le menton de façon exagérée. « Je peux venir moi aussi vivre chez toi, Leena *didi* ?

— Bien sûr ! » Leena lui pinça le nez. « Qui d'autre sinon toi m'apportera des biscuits fourrés au chocolat ?

— Tu es encore triste, *didi* ? »

Leena ne répondit pas tout de suite et lui sourit, mais d'un sourire légèrement mélancolique. « Non, je ne suis plus aussi triste qu'avant », dit-elle, la voix rauque. Elle saisit la main de Dev, celle qui portait la tache de naissance, l'embrassa et l'appliqua contre sa joue. « Mais tu m'as manqué, petit singe. » Dev jeta ses bras autour de son cou.

Anil déglutit. Il les imaginait déjà formant une famille, avec chacun leur rôle : Dev, le petit clown malicieux, Ritu, l'adolescente renfrognée, Nirmala, celle qui veillait avec bienveillance au maintien de la discipline, et Leena, le noyau qui les rassemblait. *Y avait-il une place pour lui ?*

Anil conduisit pour rentrer à Panchanagar pendant que Kiran somnolait sur le siège avant, et que Ritu et Dev se pelotonnaient à l'arrière entre Leena et sa mère. Alors qu'ils roulaient depuis un moment, il remarqua en jetant un coup d'œil dans le rétroviseur que tout le monde dormait, et il essaya de se représenter parmi eux, dans cette famille improbable, pas celle qu'il s'était attendu à fonder, mais vers laquelle il se sentait néanmoins attiré.

Kiran se réveilla quand ils s'engagèrent sur le chemin cahoteux menant à la maison de Leena. Les autres ne tardèrent pas à l'imiter, sauf Dev, profondément endormi, la tête sur les genoux de Ritu. Kiran le porta dans la maison et, quand il revint, Anil lui tendit les clés en lui disant qu'il le rejoindrait plus tard.

Il s'assit sur la dernière marche de la véranda et contempla les champs. Le ciel était devenu gris. Au bout d'un moment, alors que les petits bruits provenant de l'intérieur de la maison s'atténuaient, Leena sortit et referma la porte derrière elle. Elle rassembla les plis de son sari sur ses genoux et s'assit à côté de lui, le poing fermé. Elle ouvrit lentement ses doigts. Dans sa paume, il y avait une pièce d'échecs, le roi, en bois de santal.

Anil n'arrivait plus à penser, et la signification de ce qu'il voyait lui échappait. Il regarda Leena, prit le roi dans sa main et le retourna entre ses doigts. C'était la réplique presque parfaite de celui qu'il avait perdu. Il leva les yeux vers la jeune femme. Elle souriait, et son sourire, d'abord petit, s'agrandit, sans retenue, jusqu'à illuminer son visage. Anil était bouleversé.

« Je connais un ébéniste au marché, expliqua-t-elle. Je lui ai fait un dessin et il l'a sculpté à la main. »

Anil hocha la tête en examinant le motif quadrillé de la délicate couronne. Il avait la gorge si serrée qu'il craignit d'étouffer.

Quelques minutes s'écoulèrent avant que Leena ne parle. « Quand repars-tu ?

— Demain. » Sa réponse fut suivie d'un autre long silence. « Quand tout sera fini, reprit-il en s'appliquant à bien choisir ses mots, je veux dire, une fois les adoptions finalisées, je viendrai vous chercher. Toi, ta mère, Ritu et Dev. Je trouverai une maison à Dallas, je m'occuperai des visas. Mon salaire sera suffisant pour nous tous. » Il lui jeta un coup d'œil. « Il y a de bonnes écoles là-bas, on peut recommencer sa vie en Amérique. On peut former une famille, ensemble. » Ses yeux le brûlaient, les larmes s'accumulaient au coin de ses paupières. « Je t'aime, Leena, je t'ai toujours aimée. Je vais tout arranger avec ma mère, et si elle n'est pas d'accord, tant pis. Nous aurons notre famille à nous. » Il se tourna vers la maison derrière eux, plongée dans l'obscurité. « Nous ne manquerons de rien, le reste ne compte pas. »

Leena lui prit la main et la serra avec une force étonnante. Elle la garda dans la sienne en parlant, comme si elle espérait le distraire de la douleur que ses mots provoqueraient. « Je t'aime, moi aussi, mais ce n'est pas cette vie-là que je veux. C'est celle-ci. » Elle embrassa du regard les champs alentours. « Si tu me l'avais proposé il y a quelques mois, j'aurais peut-être dit oui. Je n'étais pas sûre de pouvoir faire ma vie ici. Et puis Ritu est arrivée, et j'ai su ce que je voulais. Je peux vivre ici, dans cette maison, sur cette terre que j'ai toujours connue et aimée. Je peux gagner ma vie avec ma poterie. Je veux rester avec ma mère, et je veux élever ces enfants, leur donner l'amour qu'ils méritent. Et aujourd'hui, malgré tout ce qui s'est passé, c'est possible. C'est cette vie que je choisis. » Elle libéra sa main et il comprit alors qu'il l'avait perdue à jamais. « Aussi sûrement que tu sais que tu n'as plus ta place ici, moi, je sais que la mienne est là. » Sa voix n'était plus qu'un murmure.

« Ce ne sera pas facile », dit-il.

Leena avança le menton d'un air de défi. Anil reconnut ce geste : elle avait eu le même quand elle s'était tenue devant le propriétaire qui avait violé la servante dans les champs. « Les gens ne me respecteront peut-être jamais, c'est vrai. Je ne m'y attends pas. Je n'ai pas besoin de leur respect. J'ai survécu. Je suis brisée, mais je suis toujours là. » Elle tourna la tête vers la maison. « Il n'y a qu'eux qui comptent pour moi maintenant. »

Il serra sa main une dernière fois puis la relâcha. Il ne chercha pas à parler, il avait la gorge trop nouée, et puis, il n'y avait plus rien à dire. Le passé de Leena constituait une part indélébile d'elle-même, tout comme les brûlures sur sa peau qu'il ne pourrait jamais effacer ou qu'aucune greffe ne pourrait réparer. On avait si souvent décidé à sa place, et Leena méritait pour une fois de choisir son destin.

*

Ma était assise sur la véranda, une tasse de thé dans les mains, une autre posée sur la table près d'elle. « Assieds-toi. » Elle lui indiqua la chaise à ses côtés. « Tu n'as pas bu de thé aujourd'hui », ajouta-t-elle, comme si c'était la chose la plus importante qui soit arrivée.

Anil prit place et attrapa la tasse de thé.

« Tes frères m'ont raconté ce qui s'était passé à Dharmala. La maison, ces... ces hommes. » Elle marqua une pause puis reprit, dans un murmure. « La petite fille. » Elle ferma les yeux et secoua la tête. « Ton père... nous... nous n'aurions jamais encouragé ce mariage si nous avions été au courant. »

Anil hocha la tête. « Je sais, Ma. » *D'abord, ne pas nuire.* Ce n'était pas, comme il l'avait compris, un principe facile.

« Comment va-t-elle ?

— Elle est sortie de l'hôpital. Elle devrait être sur pied d'ici quelques semaines.

— Et... Leena ? » Elle ne le regarda pas quand elle posa la question. « Est-ce que tu... est-ce qu'elle... ? »

Anil ne répondit pas. Il glissa la main dans sa poche et serra la pièce d'échecs entre ses doigts.

« Anil, je pense sincèrement que tu devrais laisser tomber...

— Ah oui ? » Il se tourna vers elle en posant sa tasse sur la table. « Si je laisse tomber, si je *la* laisse tomber, que va-t-il se passer ? Feras-tu en sorte qu'elle puisse vivre dans le village sans craindre aucun affront ? Vendre ses poteries au marché ? Feras-tu en sorte que Tante Nirmala et elle soient traitées comme n'importe qui d'autre dans la communauté, avec respect ?

— Comment le pourrais-je ? Je ne peux pas contrôler ce que les gens pensent ou disent. C'est absurde.

— Eh bien, figure-toi que j'y ai réfléchi. Puisque je pars demain, et que je ne reviendrai pas avant plusieurs années, si jamais je reviens, je ne peux plus servir d'arbitre. »

Ma tendit le bras devant elle, la paume de la main à plat, les yeux fermés, comme si elle ne supportait pas d'en entendre davantage.

Anil prit une profonde inspiration et poursuivit. « À l'hôpital, nous travaillons en équipe, quelle que soit la spécialité de chacun ou son ancienneté. Quand un problème survient – quand un patient meurt de façon inattendue, par exemple –, nous organisons une réunion, un débat afin de nous consulter sur le cas et de réfléchir ensemble à ce qui s'est passé, de sorte à en tirer tous une leçon. » Il inspira à nouveau. « Ce que je veux dire, c'est que nous devrions avoir un conseil d'arbitres, et pas un seul arbitre.

Toi, Kiran et Chandu. » Il attendit une réaction de sa part, des questions, mais elle l'observa du même air inquiet qu'elle avait quand il bégayait, petit.

« Tu inspires plus de respect que n'importe qui d'autre dans cette communauté depuis la mort de Papa, continua Anil. Tu connais les familles, la culture, et tu as vu Papa négocier des tas de conflits – certains avec succès, d'autres non. Kiran… (et là, Anil sourit en se rappelant Ritu et Dev, et leurs Limca)…, Ma, Kiran a un don avec les gens. Ils lui font confiance, ils lui parlent. Il a quelque chose en lui qui les fait se sentir en sécurité. » Ma acquiesça, reconnaissant cette qualité chez son fils. « Et Chandu, je sais qu'il peut poser des problèmes, mais il est tellement malin. Papa disait toujours ça de lui, et je n'étais pas d'accord, mais Chandu sait comment ce monde fonctionne, comment obtenir que les choses se fassent. Il possède une compréhension des gens différente de la nôtre. » Il s'appuya contre le dossier de sa chaise. « Nikhil continuera de s'occuper de la gestion de la ferme, c'est son domaine. Quant à Piya, elle a des centres d'intérêt qui lui sont propres et qu'elle doit cultiver. »

Les yeux de Ma papillonnèrent tandis qu'elle réfléchissait à la proposition d'Anil. « Je vois que tu as pensé à tout.

— C'est la meilleure façon de procéder, Ma, répondit Anil. Les anciens et les jeunes. Les hommes et les femmes. La sagesse en sera décuplée. » Il posa le livre de comptes de Papa sur la table entre eux, avec l'enveloppe contenant les cinq mille roupies. « Voici la première chose que tu vas devoir faire : rendre cet argent à Tante Nirmala. Nous ne pourrons jamais lui restituer ce qu'elle a perdu, mais elles pourront peut-être, Leena et elle, prendre un nouveau départ. » Il observa sa mère du coin de l'œil tandis qu'elle fixait, son visage n'exprimant rien, les champs devant elle. « Cela doit venir de toi. »

Ma hocha la tête lentement et, sans un mot, elle ramassa le livre de comptes, se leva et rentra dans la maison.

Anil reposa sa tête contre le dossier de la chaise et ferma les yeux. Il n'avait pas vraiment dormi depuis plusieurs jours, et, les événements de la semaine l'ayant vidé, il se laissa peu à peu gagner par le sommeil.

La voix de sa sœur le réveilla en sursaut. « Où va-t-elle ? » Piya se tenait dans l'encadrement de la porte. Le soleil était bas à l'horizon, son dernier rayon visible avant de disparaître. Anil frissonna dans la fraîcheur du crépuscule.

« Je suppose qu'il faut prévenir le cuisinier de ne pas servir le repas tout de suite », dit la jeune fille en indiquant une silhouette sur le chemin : leur mère, portant un plateau en argent sur lequel étaient posées une noix de coco, des bananes et des fleurs de jasmin, marchant à travers champs vers la ravine et la maison qui se trouvait de l'autre côté.

*

Avant de quitter Panchanagar, Anil parla à chacun de ses frères et à sa sœur pour leur faire part de sa décision. Nikhil fut ravi de se voir confier les pleins pouvoirs quant à la gestion de la ferme. Piya lui sauta au cou et le félicita d'avoir pris une telle résolution. À Kiran et à Chandu, enfin, il répéta ce dont il avait discuté avec Ma avant de leur tendre la lettre de Papa. « Elle est pour vous, pour vous deux. »

Chandu la déplia et y jeta un coup d'œil. « Elle est de Papa, dit-il en la montrant à Kiran. Tu es sûr que ce n'est pas pour toi, Anil ? »

Anil fit oui de la tête et leur expliqua ce qu'il avait compris la troisième fois qu'il avait lu la lettre. Ce n'était pas à lui qu'elle était adressée, mais au prochain arbitre de la famille.

33

Le Parkview Hospital avait quelque chose de rassurant tant il répondait aux attentes qu'on pouvait avoir : tout était d'une propreté éclatante, blanc et stérile. Il n'y avait pas d'odeurs, rien dans l'air hormis le parfum de l'efficacité et celui, persistant, des antiseptiques. Il était remarquable de voir comment Anil se sentait à l'aise dans cet environnement, comment il y retrouvait sa place en un rien de temps, même si être de nouveau là lui faisait prendre conscience de tout ce qu'il avait laissé derrière lui – les senteurs et la luxuriance de l'Inde qui avaient une fois de plus pris possession de ses sens.

«Patel! Ravi de te revoir!» Trey lui donna une tape sur l'épaule. «Encore deux semaines avant de déposer les demandes de candidature. Tu es prêt?» Il se pencha et baissa la voix. «Le projet avance bien, continua-t-il. J'ai reçu les résultats préliminaires et, à mon avis, on va avoir un dossier béton avant la fin de l'année. Ce sera parfait pour l'admission à l'internat.» Il lui adressa un large sourire confiant et recommença à mâcher son chewing-gum, dont la menthe parfumait son haleine.

«En fait, il faut que je te parle, du projet justement», dit Anil.

Trey jeta un coup d'œil à sa montre. «J'ai trente minutes de battement, tu veux qu'on aille dehors?»

Ils s'installèrent sur le muret d'une petite cour, aménagée en jardin japonais. «Écoute, Trey, dit Anil. J'apprécie beaucoup ton offre de m'associer à ta recherche, mais ça me gêne. C'est ton travail, pas le mien.»

Trey sursauta. «Qu'est-ce que tu me fais, là, Patel?» Le coin de sa bouche se retroussa. «On avait un deal, tous les deux.»

Anil secoua la tête. «On n'avait rien du tout. Écoute...» Il sortit une feuille de papier de sa poche.

«Tu as l'intention de me balancer? Est-ce que tu es du genre à revenir sur ta parole?» Trey ricana. «Tu penses que tu vas pouvoir m'éliminer pour te placer? Bonne chance avec ton petit projet merdique sur le staphylocoque doré et ton internat en cardio. Sans moi, tu n'y arriveras pas.»

Anil aurait dû se douter que Trey le menacerait, bien que ce ne fût pas nécessaire. Le dénoncer eût été inutile. Alors qu'il était en Inde, le nom du docteur Crandall avait été avancé pour présider la nouvelle Fondation des maladies du cœur de Parkview. Entre la réputation de son père et le soutien dont il jouissait auprès de Tanaka, Trey était intouchable. Personne ne croirait Anil, surtout si longtemps après qu'il avait été témoin du délit. Pire, il apparaîtrait comme un rival prêchant pour son saint.

«Écoute, Trey, je ne vais pas te dénoncer, dit Anil. Mais je pense que tu devrais te faire aider. Il y a une consultation à Richardson réservée aux professionnels de santé. On te reçoit en privé.» Il lui tendit la feuille de papier qu'il venait de prendre dans sa poche et vit que Trey mâchait plus vigoureusement son chewing-gum. «Tu n'as pas envie que ça devienne plus grave, n'est-ce pas? Tu es un trop bon médecin pour ça.» Au vu des événements, Anil savait au fond de lui que Trey s'était vraiment mis en danger. Mais dans le cas présent, toute action de sa part, même parfaitement adaptée à la situation, n'aurait aucun bénéfice pour personne.

Trey se leva et retourna vers l'hôpital, jetant son chewing-gum dans la poubelle avant de franchir la porte.

Anil le regarda s'éloigner puis ôta ses lunettes et se frotta les yeux. L'Amérique, malgré sa prétention à la méritocratie, était comme n'importe quel pays. Trey s'en sortirait toujours grâce à son assurance, à ses relations, à son charme. Il continuerait de tromper les autres comme Anil l'avait été. Tout comme il ne pourrait pas sauver tous ses patients, Anil ne pourrait pas résoudre tous les problèmes qui se présenteraient à lui. Nombre d'entre eux, appartenant à son passé, continueraient de hanter sa nouvelle vie dans le monde moderne.

*

La réponse des admissions arriva dans une enveloppe quelques mois plus tard. Anil préféra attendre d'être chez lui pour l'ouvrir mais, alors qu'il tournait la clé dans la serrure, il eut un mauvais pressentiment. Il parcourut la lettre du regard jusqu'à ce qu'il tombe sur le mot *regret*.

« Nous sommes au regret de vous annoncer que votre candidature dans le service de cardiologie interventionnelle de Parkview Hospital… »

En bas de la feuille, un petit mot du docteur Tanaka, écrit à la main, lui expliquait que cette année avait été particulièrement compétitive et qu'il l'encourageait à se porter de nouveau candidat si la cardiologie l'intéressait toujours.

La nouvelle des admissions pour l'internat avait fait le tour de l'hôpital quand Anil arriva le lendemain matin. Charlie lui proposa d'aller boire un verre au Horseshoe en fin de journée. Les deux amis s'installèrent avec leurs bières et eurent du mal à s'entendre au milieu du vacarme des autres étudiants déjà bien partis pour une célébration très alcoolisée. « J'ai entendu dire que Trey et Lisbeth étaient les seuls à avoir été acceptés en cardio à Parkview, dit Charlie. Tous les autres viennent d'ailleurs. La compétition était dure cette année. » L'ébauche d'un sourire se dessina sur ses lèvres. « Je sais que ce n'est pas une consolation. Désolé, vieux. »

Anil haussa les épaules. Il s'efforçait de ne pas songer, depuis qu'il avait reçu la lettre, à l'ambiance quasi sacrée de la salle de cathétérisme, à la précision avec laquelle Tanaka opérait, aux images sur le moniteur qui révélaient la promesse d'un monde intérieur nouveau, tout ce qui était maintenant hors de sa portée. « Alors, dit-il en s'éclaircissant la gorge, quand est-ce que tu pars pour Sydney ?

— Le 1er juillet, juste à temps pour profiter de la saison de ski avant de commencer à bosser. » Charlie leva son verre. « Je n'y serais pas arrivé sans toi, vieux. L'hôpital a adoré notre étude sur le staphylocoque doré, et c'est là-dessus qu'ils m'ont embauché, même si je leur ai dit que c'était toi le cerveau. Tu es sûr de ne pas vouloir venir travailler avec moi sur les maladies infectieuses ?

— Ça a l'air tentant. » Anil leva son verre à son tour et le choqua contre celui de Charlie. « Tu vas me manquer, vieux. »

*

Ils étaient dans la salle de garde du service de médecine interne. Sonia écoutait Anil se plaindre des résultats de l'internat. « J'aurais dû écouter votre conseil et postuler dans d'autres services, dit Anil. Maintenant il est trop tard pour la cardiologie interventionnelle ou n'importe quelle autre spécialité.

— Ne vous ai-je rien appris, Patel ? » Sonia secoua la tête. « Vous êtes déjà un médecin, et un sacré bon médecin. Qui sera peut-être même exceptionnel, un jour. Vous êtes censé apprendre les bases de la médecine pendant vos stages, et vous l'avez fait. Mais vous avez aussi appris à faire confiance à vos yeux et à vos mains, à avoir recours à la technologie quand c'est nécessaire, à communiquer avec les patients. C'est un savoir important. Tous les jeunes médecins qui passent par ici ne le comprennent pas, et parfois ne le comprennent jamais. Tout le monde ne peut pas accomplir ce que vous avez accompli dans votre village en Inde, malgré ce qu'a dit O'Brien à la journée d'accueil des externes. » Elle pointa le doigt vers lui. « Mais que ça ne vous monte pas à la tête.

— Ne vous inquiétez pas pour ça. » Anil sourit. Quand il avait raconté à l'équipe d'oncologie comment il avait monté un dispensaire de fortune dans la maison de ses parents l'été dernier, Sonia avait été la seule à comprendre que soigner des lésions dues à une déchirure de la peau et des infections mineures pendant toute la journée était intéressant.

« Vous savez, Patel, avoir des médecins avec vos talents nous serait bien utile en médecine interne, quelqu'un qui pourrait m'aider à maîtriser l'ardeur de ces jeunes externes. » Sonia sourit. « Vous vous rappelez ce que c'est, n'est-ce pas ? Restez avec nous pendant un an et voyez comment ça se passe. Si vous tenez toujours à vous spécialiser en cardiologie interventionnelle, il ne sera pas trop tard.

— Merci, Sonia. J'apprécie beaucoup votre offre.

— Si je peux vous aider, ce sera toujours avec plaisir.

— En fait, je pourrais peut-être avoir besoin de vous pour autre chose. » Anil attrapa son sac et en sortit un petit pot en verre rempli d'une épaisse pâte verte.

« Vous m'avez fait du pesto ? » Sonia sourit en dévissant le couvercle, se pencha sur le pot et grimaça.

« C'est une pâte à base de feuilles de neem, qu'on appelle aussi le lilas des Indes, expliqua Anil. Il en pousse à profusion sur les terres de ma famille. C'est un antibiotique local naturel d'une très grande efficacité. Il réduit la taille d'un abcès de moitié dès la première application. Inutile de voir un médecin pour percer ou drainer. » Anil indiqua le petit pot. « Ça rapporterait facilement un million de dollars par an et on n'a pas besoin d'ordonnance pour se le procurer. Sûr, efficace, pas de réglementation, et je peux garantir un approvisionnement fiable.

— Hm, hm », fit Sonia. Elle prit un peu de pâte et la frotta entre ses doigts. « Ma petite sœur, Geeta, vient d'emménager en ville. Elle est en stage à Baylor. L'un des médecins avec qui elle travaille s'intéresse à ce genre de produit. » Elle écrivit quelque chose sur un bout de papier et le tendit à Anil. « Geeta n'a pas beaucoup de temps libre, comme vous pouvez l'imaginer, mais je pense que vous devriez lui passer un coup de fil. »

Les fils du fermier

Anil avait répété l'hymne national pendant des mois – sous la douche, dans la voiture en allant à l'hôpital, dès qu'il était seul. Geeta se moquait de lui, mais il était décidé à le chanter en entier lors de la cérémonie de naturalisation. Après huit ans passés en Amérique, il allait, à l'âge de trente ans, prêter allégeance à son pays d'adoption.

Le jour de la cérémonie, au milieu de mille trois cents personnes rassemblées dans un auditorium, parmi lesquelles la famille de sa femme au balcon, Anil regarda le film sur Ellis Island avec des larmes dans les yeux, se leva quand l'Inde fut nommée, et prêta serment. Quand vint le moment d'entonner l'hymne, il parvint à chanter le premier couplet avant que l'émotion ne s'abatte sur lui et l'étouffe.

Il vivait dans deux mondes, confortablement, du moins aussi confortablement que possible. Il lui arrivait encore parfois de se sentir un étranger en Amérique et d'avoir l'impression d'être un touriste en Inde. C'était quand il pratiquait la médecine qu'il se sentait le plus chez lui, que ce soit dans le cadre hypersophistiqué de Parkview ou dans le dispensaire rudimentaire de Panchanagar. Ce sentiment d'appartenance lui venait de ce qu'il portait en lui : son savoir combiné à des années d'expérience, la compassion qu'il éprouvait pour ses patients qui, tous, l'aidaient la plupart du temps à prendre la bonne décision. Bien sûr, des erreurs et des échecs survenaient encore – et quand c'était le cas, il en profitait pour montrer à ses étudiants et aux internes comment en tirer une leçon.

*

«Un mois sabbatique, docteur Patel? s'étonna l'un des jeunes internes au pot de départ. C'est super. Je ne pensais pas qu'un chef de clinique pouvait obtenir un congé aussi long.

— Je connais bien la chef de service, répondit Anil en riant. Apparemment, le docteur Mehta estime que je ne suis pas indispensable ici.

— C'est faux, intervint Sonia en pointant un doigt faussement accusateur vers Anil. Mais je pourrais changer d'avis si tu ne t'occupes pas bien de ma sœur. Tu as les poches de perfusion et les antipaludéens?

— Oui, oui, dit Geeta en se joignant à eux. Ne t'inquiète pas, on a une valise pleine de médicaments. Deux valises, en fait.

— Très bien, fit Sonia. Et ne buvez que de l'eau en bouteille et ne mangez pas dans la rue. Je ne veux pas que vous fassiez courir de risque à ma future nièce.» Elle tapota le ventre de sa sœur qui commençait à pointer légèrement sous sa blouse blanche.

Anil sourit en observant la façon dont elles interagissaient. Geeta avait des points communs avec sa sœur aînée, sans doute dus à leur éducation : en plus d'être médecins, elles avaient toutes les deux un esprit de compétition impitoyable dans les jeux de société et un goût prononcé pour la cuisine épicée. Mais Geeta n'avait pas les mêmes ambitions que Sonia : elle avait choisi la dermatologie comme spécialité pour ne pas être soumises aux aléas des gardes. Elle reconnaissait volontiers que Sonia avait toujours été meilleure qu'elle et avait un don naturel pour la médecine. Geeta aimait son travail, mais elle avait d'autres centres d'intérêt : c'était une grande lectrice et elle entretenait assidûment son potager dans le jardin de leur maison de Lakewood. Elle disait qu'elle voulait avoir des enfants tôt afin de pouvoir en avoir trois ou quatre s'ils le souhaitaient. Leur fille devait naître dans quatre mois. Anil avait déjà peint la chambre du bébé en jaune pâle et monté le berceau avec l'aide de Mahesh et de Baldev, qui était de retour à Dallas.

Cela n'avait pas été facile de convaincre Ma d'accepter Geeta – d'accepter l'idée qu'Anil s'était trouvé une femme tout seul, sans l'intervention de ses aînés ni du pandit. Le fait qu'elle soit américaine, née et élevée en Occident, ne parle que quelques mots de gujarati et ne possède que quelques notions de cuisine n'arrangeait certainement pas les choses. Quand Anil alla voir sa mère pour lui annoncer calmement et en des termes on ne peut plus précis qu'il avait rencontré la femme qu'il voulait épouser, il ne lui cacha pas qu'ils s'étaient fréquentés avant de décider de se marier. Il espérait qu'elle lui accorderait sa bénédiction mais ajouta qu'il s'en passerait si elle refusait. Aussi Ma ne put-elle désapprouver son choix que de manière théorique, critiquant en l'absence d'Anil les corruptions de l'Occident et ces femmes qui cherchaient à ressembler aux hommes. Mais quand elle rencontra Geeta, la première fois qu'Anil l'amena à Panchanagar, elle tomba sous son charme, comme Anil quelques mois auparavant.

Assise sur la banquette aux côtés de Ma, Geeta tint la main de la vieille femme tandis que celle-ci lui racontait des anecdotes sur la ferme, lui parlait de ses cinq enfants qu'elle avait élevés, de son mari défunt. Geeta posait des questions et écoutait attentivement les réponses, mémorisant chaque détail afin de pouvoir les rapporter à ses amis en Amérique. « Vous savez quoi ? Elle a nourri au sein trois enfants en même temps. Deux à elle plus sa nièce, après que sa sœur est morte. Et elle n'a jamais cessé de cuisiner pour toute la famille. C'est une femme incroyable!» Elle répétait ces histoires avec une fierté et un enthousiasme qui reflétaient sa vision du monde, comme si celui-ci regorgeait de merveilles et qu'elle s'estimait tout simplement chanceuse qu'il lui soit donné d'en être témoin. Chaque fois, Anil éprouvait un élan d'amour pour elle, et ses yeux s'ouvraient alors sur ce monde merveilleux qu'ils occupaient ensemble.

Certaines histoires que Ma raconta à Geeta étaient nouvelles pour lui, comme la première fois qu'elle avait préparé le thé pour les parents de Papa après sa naissance. Ils avaient insisté pour qu'elle ne se lève pas et qu'elle s'occupe du bébé, mais Ma tenait tant à leur faire bonne impression qu'elle s'était glissée dans la cuisine, à l'aube, après avoir été réveillée par Anil – «Il réclamait à manger la nuit et le matin seulement, vous vous imaginez un peu? Il ne dormait que pendant la journée.» Ma hocha la tête en regardant son fils, un sourire pincé sur les lèvres. Bref, continua-t-elle, elle manquait tellement de sommeil qu'elle avait mis du sel à la place du sucre dans le thé. Lorsqu'elle le goûta plus tard, après l'avoir servi, elle fut si consternée qu'elle ne quitta pas sa chambre du restant de la journée.

Alors qu'elle continuait de parler, le thé de Geeta refroidit. Ma envoya le serviteur le réchauffer dans la cuisine et lui demanda d'apporter une collation à cette pauvre jeune fille qui n'avait pratiquement rien mangé. Et bientôt, Ma s'inquiétait qu'elle fût trop maigre et lui préparait des pâtisseries gorgées de *ghee* pour la faire grossir. «Le fils en or ne va pas tarder à être remplacé par la future belle-fille en or», se moqua Piya tout bas en passant à côté de son frère.

C'était la première visite de Geeta en Inde, plus de trois ans auparavant. Anil et elle y étaient retournés depuis tous les ans, mais ce voyage serait le dernier avant l'arrivée du bébé, et Anil espérait que sa mère serait folle de joie à l'idée d'être grand-mère.

*

Plus d'une dizaine de personnes faisaient la queue dehors et attendaient leur tour d'entrer dans la petite maison. Il n'y avait pas grand-chose à l'intérieur, seulement deux lits et quelques chaises. Sur une étagère, le long d'un mur, se trouvaient plusieurs récipients en céramique aux multiples imperfections remplis d'antiseptiques, de gaze, de bandes, de seringues et de pilules de différentes formes et couleurs. Il y avait aussi des clous de girofle, du curcuma en poudre, des onguents et des teintures qu'on ne pouvait se procurer dans aucune pharmacie : un mélange d'huile de noix de coco et d'aloès pour soigner les brûlures, l'extrait de la feuille d'une plante qui soulageait les œdèmes et les contusions. Et il y avait, bien entendu, la ligne des produits Neem, qui se vendaient à présent en Amérique et rapportaient des bénéfices suffisants pour financer le dispensaire.

Malgré son aspect modeste, il était relativement bien équipé, avec un appareil à échographie, un électrocardiographe et un respirateur portables. C'étaient d'anciens modèles, expédiés d'Amérique par bateau après avoir été améliorés et adaptés aux dernières technologies, mais ils convenaient parfaitement pour les besoins du dispensaire. Lorsque Anil était là, Piya et lui recevaient plus de cinquante patients par jour. Mais aujourd'hui, ils fermeraient plus tôt que d'habitude. La dernière patiente de la journée était une femme qui, selon Anil, souffrait des premiers symptômes de l'hépatite C. Il lui prescrivit un médicament et lui fit promettre de revenir la semaine prochaine pour voir son ami, un médecin australien, spécialiste des maladies infectieuses, qui serait de passage, comme tous les ans à la même époque.

*

Un journaliste de la ville était arrivé à Panchanagar pour écrire un article sur le succès remarquable du dispensaire. C'était un petit homme filiforme avec de grosses lunettes noires, et il tenait absolument à interviewer Nirmala et Leena, la veuve et la fille du défunt fermier dont le dispensaire portait le nom.

«Les gens viennent de partout pour se faire soigner ici. Le nom de votre mari est devenu synonyme de soins médicaux pour tous, sans distinction de caste, de religion ou de sexe. Vous devez être très fière.

— Oui, répondit Nirmala en se penchant pour parler dans le micro du journaliste. Mon mari était un homme bon. Il a consacré sa vie à sa famille et il aimait ce village. Nous étions très fières quand ce dispensaire a été fondé en sa mémoire.» Nirmala sourit à Anil, qui se tenait au premier rang de la petite foule venue assister à l'événement.

«Le dispensaire se trouve sur la terre même que votre père cultivait autrefois, continua le journaliste en se tournant vers Leena. Et vous vivez toujours là?»

Leena sourit en ramenant une mèche de cheveux derrière son oreille. «En fait, où nous nous tenons en ce moment, cette terre, nous a été donnée par Mina Patel, et nous lui en sommes très reconnaissantes. Notre maison est là-bas.» Elle indiqua la ravine. «La doctoresse est infatigable», continua Leena en adressant un sourire à Piya. «Elle forme ma nièce de seize ans, Ritu, afin qu'elle puisse travailler au dispensaire quand elle aura fini l'école. J'aimerais y passer plus de temps, moi-même, mais je suis très occupée avec mon atelier de poterie.»

*

Anil et Piya suivirent du regard le journaliste qui suivait Leena chez elle pour faire des photos de ses poteries. « Ça se passe bien avec elle ? » demanda Anil en jetant un coup d'œil à Ritu. L'adolescente se tenait à l'arrière de la foule.

Piya eut un mouvement évasif de la tête, ni affirmatif ni négatif. « Elle n'est pas facile à cerner. Elle reste collée à Leena. Et à Kiran – c'est un vrai grand frère pour elle. Sauf que ce n'est pas le genre à te torturer tous les matins pour que tu lui récites ta leçon de maths, plaisanta-t-elle. Mais Ritu apprend vite une fois que je lui ai montré ce qu'il fallait faire. Elle ne parle pas, mais je vois bien qu'elle observe tout. La semaine dernière, on était tellement occupées, qu'elle a fait ses premiers points de suture. Incroyable, n'est-ce pas ?

— C'est parce qu'elle a un bon professeur, dit Anil.

— Presque aussi bon que le mien, répondit Piya en haussant un sourcil. Ce qui me fait penser que j'aurai besoin de ton aide demain avec un gamin qui a une vilaine éruption. Elle ne semble pas vouloir partir, quoi que je fasse.

— O.K., dit Anil. Mais il faudrait que je t'envoie Geeta, c'est elle la spécialiste de la peau.

— Oui, bien sûr. Mais où est-elle, au fait ?

— Dans la cuisine, avec Ma. Elle suit un cours de cuisine qu'elle n'a pas demandé. »

Piya gémit. « La pauvre. Je suppose que Ma a renoncé à me trouver un mari, du coup, elle canalise son énergie ailleurs. »

Anil sourit. Leur mère était comme la dernière braise d'un feu qui refuse de s'éteindre. Si quelqu'un contrariait ses desseins, elle se tournait vers quelqu'un d'autre. Elle continuait de demander à Anil si Geeta et lui envisageaient de revenir en Inde ; elle devait d'ailleurs faire pression sur Geeta en ce moment même dans la cuisine. Ma avait une vision de la famille bien précise, et elle n'était pas prête à y renoncer. C'était la même volonté farouche qui avait poussé Anil à s'embarquer pour cet improbable voyage des champs de paddy à l'hôpital de Parkview. Sans regretter sa décision, il savait qu'il lui faudrait vivre toute sa vie en tenant compte du fait que ses choix avaient déçu sa mère.

Tante Nirmala les rejoignit, portant deux bocaux enveloppés dans du papier journal et attachés avec du scotch. Elle les tendit à Anil en souriant fièrement. « Ce sont des pickles à la mangue pour chez vous. » Elle désigna le lointain horizon de la main pour lui faire comprendre qu'il devait les emporter en Amérique, et non pas juste à la Grande Maison.

« Merci, Tante. » Anil la serra dans ses bras et ils discutèrent un moment pendant que Piya fermait le dispensaire pour la nuit.

Le journaliste était revenu entre-temps et interrogeait les patients qui avaient été soignés dans la journée et étaient restés pour voir comment se déroulait une interview. Anil chercha Leena des yeux, et il vit qu'elle lui souriait. Ils se dirigèrent simultanément l'un vers l'autre, contournant le groupe de badauds, et s'étreignirent comme deux vieux amis qui ne se sont pas vus depuis longtemps.

« Bravo, dit Anil. Tu feras la une du journal demain et tu seras débordée avec toutes tes nouvelles commandes. »

Leena rejeta la tête en arrière et éclata de rire. « Ça m'étonnerait. En revanche, il est plus que probable que Piya ne s'en sorte pas avec tous les nouveaux patients qui vont s'empresser de venir une fois que l'article sera paru. »

Sa voix était forte et son sourire à présent sans concession, mais Anil détecta une lueur d'acier dans ses yeux, qui disaient les défis qu'elle avait relevés. Bien qu'il n'eût aucun doute sur le profond contentement qu'éprouvait Leena, il se demandait si un jour il cesserait de se sentir coupable de tout ce qu'elle avait perdu au cours de sa vie.

Dev arriva en courant et se jeta sur Anil qui se pencha, le souleva de terre et lui fit faire l'avion. « Hé, mais tu es devenu trop lourd! s'écria Anil. Et moi, trop vieux. Bientôt, ce sera toi qui me porteras.

— Oncle Anil, tu veux bien me lancer la balle? Je dois m'entraîner à la batte. » Dev mania une batte de cricket imaginaire.

« Demain, promis. Tante Geeta aime bien faire la grasse matinée et j'ai besoin d'un peu d'exercice. » Il se tapota le ventre, qu'il avait pourtant toujours aussi plat.

« Au fait… », commença Leena en sortant un petit flacon de sa poche, rempli d'un liquide doré, à tous les coups une préparation à base d'une herbe que Piya et elle avaient fabriquée. « C'est pour Geeta. C'est une huile d'arbre, c'est bon pour la peau, pour les vergetures.

— Merci, dit Anil. Je le lui donnerai. »

Anil rentra à la Grande Maison en faisant un détour par les champs, admirant la couronne majestueuse que formaient les feuilles des cocotiers et s'enivrant du parfum de la terre et de la douceur du sable qui pénétrait dans ses sandales. C'était, à certains égards, toujours pareil quand il revenait ici : il retrouvait ces sensations bien connues, il marchait moins vite, il parlait de façon que son débit s'adapte à celui de sa famille. Pourtant, à mesure que les années passaient, il sentait s'agrandir la distance entre les deux mondes où il vivait, et son pays d'adoption lui manquait autant que celui qu'il quittait. Ce serait toujours ainsi, il l'avait compris, toujours ce tiraillement entre la terre qui l'avait vu naître et celle qu'il avait choisie.

*

La salle d'audience se remplissait peu à peu. Kiran et Chandu se dirigèrent vers la table et s'installèrent sur les deux sièges vides, de part et d'autre de leur mère. Ritu se tenait, au fond, adossée au mur.

La première affaire concernait trois frères. Leur père venait de succomber à une attaque soudaine et n'avait donc laissé aucune instruction sur l'avenir de son immense domaine. Il avait trois fils : l'aîné, à qui le droit de propriété revenait conformément à la loi ; le cadet, qui connaissait le mieux le travail de la terre pour avoir secondé son père ; et le benjamin, qui ne possédait rien et était le plus nécessiteux. Les trois frères prétendaient chacun être celui qui avait le plus de droits sur la terre de leur père. La solution la plus simple, sur laquelle tout le monde dans la salle était tombé d'accord avant que l'audience d'arbitrage ne commence, était de diviser le domaine en trois parties égales.

« C'est une perte terrible, déclara Ma. Votre père était un homme bon. Mais nous devons régler la question de sa terre aujourd'hui, et bien que nous soyons dans l'impossibilité de savoir ce que votre père aurait décidé, je sais ce qu'il aurait voulu. Il n'aurait pas aimé que ses fils se disputent après sa mort, continua Ma. Il aurait souhaité au contraire vous voir travailler ensemble, apporter votre contribution pour faire fructifier cette terre qui lui était si chère. » L'aîné parut furieux, le benjamin penaud et le cadet n'exprima rien. « Votre père a peiné pour cultiver sa terre. Si vous la divisez, elle perdra de sa valeur. » Ma se tourna vers Kiran.

Kiran pointa du doigt le fils aîné. « C'est toi qui choisiras les espèces à cultiver et qui diras où les planter. Ton rôle de décisionnaire est important ainsi que les connaissances que t'apporteront tes frères. » Il regarda ensuite le cadet et dit : « Tu connais la terre mieux que quiconque, aussi surveilleras-tu le labourage, les plantations et la récolte. » Enfin, il s'adressa au plus jeune. « Et toi, tu t'occuperas des soins quotidiens à apporter aux champs : l'irrigation, l'élimination des insectes nuisibles, le désherbage. C'est un travail difficile, mais c'est comme ça que nous avons tous appris le métier d'agriculteur. »

Le fils aîné repoussa sa chaise de la table et se leva d'un bond.

« Nous n'avons pas fini, dit Chandu en lui faisant signe de se rasseoir. Écoutez-moi maintenant. Ce sont les domaines qui vous sont attribués à chacun et où vous serez les seuls maîtres, mais lorsqu'il s'agira de retrousser les manches, je veux vous voir dans les champs tous les jours, travaillant côte à côte. » Chandu les regarda à tour de rôle. « Après deux récoltes, vous reviendrez et vous nous direz ce que vous voulez faire de cette terre. Vous pourrez proposer ce que vous voulez : la diviser entre vous, la vendre et partager l'argent. Mais quoi que vous décidiez, vous devrez être d'accord tous les trois. »

L'aîné lâcha un long soupir bruyant puis croisa les bras sur sa poitrine.

« Si vous ne parvenez pas à un accord, nous userons du droit de notre famille pour reprendre la terre et la donner à quelqu'un d'autre », déclara Ma. Puis elle se leva, regarda le plafond pendant quelques instants, et revint aux trois frères. « Vous avez entre les mains ce que votre père possédait de plus précieux. Si vous échouez, non seulement vous vous décevrez, mais vous ferez honte à sa mémoire. »

Sur ces dernières paroles, elle demanda aux serviteurs d'apporter à nouveau du thé. Quand la foule se fut dispersée, les trois frères restèrent dans la salle et représentèrent grossièrement des rangées de canne à sucre et de blé en se servant de grains de cardamome et de grains de riz pour symboliser leurs récoltes.

Ma, Kiran et Chandu avaient compris que le domaine était trop grand pour qu'aucun des trois garçons puisse se débrouiller seul et qu'ils devaient s'unir s'ils voulaient accomplir les tâches qui leur avait été assignées. Ma et ses fils savaient qu'après la première année de travail intense, la récolte de la seconde année serait si excellente que les trois frères seraient convaincus de leur succès. Ce jour-là, dans la salle d'audience, trois adversaires devinrent des partenaires.

Anil vit que Ritu avait quitté sa place contre le mur et se dirigeait vers une table, dans un coin, sur laquelle reposait son vieux jeu d'échecs, avec toutes les pièces en désordre. L'adolescente s'assit, attrapa une pièce et l'examina sous tous ses angles. Anil la rejoignit et s'installa en face d'elle. Puis il rangea les pièces correctement, chacune sur sa case. « Sais-tu comment le jeu d'échecs a été créé ? »

NOTE DE L'AUTEUR

Il existe en Inde une longue tradition d'institutions chargées de régler des différends entre des individus et des familles au sein d'une même communauté. Le terme *panchayat* – assemblée (*ayat*) de cinq (*panch*) sages respectés par tous – m'a inspiré le nom du village de ce roman, Panchanagar.

De façon moins formelle, j'ai assisté au même genre de réunions dans ma propre famille et dans d'autres familles, au cours desquelles des conflits étaient résolus. En général, ces réunions étaient présidées par l'homme le plus âgé de la famille. Mais, comme dans ma jeunesse je n'étais pas au courant de ce qui s'y disait, j'ai dû faire appel à mon imagination.

Déjà enfant, cette façon de régler des problèmes autour de la table de la cuisine plutôt que dans une salle d'audience ou auprès d'un expert me fascinait. En grandissant, cela m'a encore plus intriguée quand je me suis rendu compte que les adultes ne possédaient pas toutes les réponses, et qu'en fait il n'y avait souvent pas de réponse claire. Je me suis mise alors à considérer le fardeau que représentait une telle responsabilité et comment différentes personnes pouvaient réagir au rôle d'arbitre.

Pour ce roman, j'ai choisi un individu – l'aîné d'une famille – comme arbitre ; en réalité, il y a autant de manières de résoudre un conflit qu'il y a de familles. Alors que je me suis inspirée de données historiques pour écrire ce livre, tous les détails des cas présentés dans ce livre relèvent de la fiction, tout comme le village de Dharmala, en Inde, et la ville d'Ashford au Texas.

*

Ce roman raconte l'histoire d'un jeune homme pendant ses trois années d'internat dans un hôpital américain au début des années 2000. Au cours de mes recherches, j'ai bénéficié de l'aide de beaucoup de gens, patients, personnel hospitalier, médecins, infirmières et internes ou anciens internes de plusieurs établissements de santé à travers le pays.

Le Parkview Hospital de ce livre ne correspond à aucun hôpital particulier, tout comme l'expérience d'Anil n'est pas la parfaite description d'un cursus d'internat. C'est plutôt une synthèse fondée sur mes recherches. Bien que j'aie essayé de demeurer le plus fidèle possible à l'esprit de ce qu'est l'internat en médecine, lequel internat a énormément évolué au cours des vingt dernières années, j'ai pris quelques licences créatrices, modifiant certains détails, réduisant des chronologies pour les adapter à mon roman. Il y a sans nul doute des erreurs dans ce genre d'interprétation, et j'en suis la seule responsable.

Plus je découvre ce monde, plus la noblesse de la profession médicale est une leçon d'humilité pour moi. J'espère juste lui avoir rendu justice.

REMERCIEMENTS

Ce roman est le fruit d'un travail de cinq années, et je voudrais remercier beaucoup de personnes.

Mon agent littéraire, Ayesha Pande, qui n'a jamais cessé de me donner des conseils au fil des ans et a joué un rôle clé, d'abord en accompagnant ce livre d'un point de vue éditorial, puis en le présentant à l'étranger. Je sais la chance que j'ai de l'avoir dans ma vie.

Je suis très reconnaissante à la formidable équipe de William Morrow qui a pris le risque de publier mon premier roman et qui continue d'investir dans ma carrière d'écrivain avec celui-ci ; à l'éditrice Liate Stehlik qui m'a été d'un soutien extraordinaire pendant des années ; et à Kate Nintzel, la responsable éditoriale, pour son regard attentif, ses idées uniques et son enthousiasme à l'égard de ce roman. C'était un plaisir de travailler avec elles, ainsi qu'avec Margaux Weisman et la merveilleuse équipe du marketing et de la publicité de William Morrow. Iris Tupholme, de chez HarperCollins Canada, a cru très tôt en ce livre et a fait preuve d'une immense patience pendant les années de maturation qu'il m'a fallu pour concrétiser mon projet. Même quand je déchirais tout et recommençais depuis le début (ce que j'ai fait à deux reprises), sa certitude que je finirais par écrire une bonne histoire n'a jamais flanché, alors que moi-même je n'y croyais plus. Je la remercie pour sa confiance sans laquelle ce roman n'aurait jamais vu le jour. Je voudrais aussi remercier Helen Reeves pour ses précieux commentaires sur les dernières versions du livre ; ses remarques perspicaces m'ont aidée à faire de cette histoire ce qu'elle est devenue. Noelle Zitzer a habilement supervisé l'opération du début à la fin. Judy Phillips a apporté toute son attention à la version définitive en tant que secrétaire d'édition, et Mumtaz Mustafa son admirable talent artistique pour l'illustration de couverture.

L'équipe de HarperCollins Canada en entier (actuelle et précédente) est un exemple parfait de ce qu'est l'édition avec un grand E, et j'ai beaucoup de chance de faire partie de ses auteurs : David Kent, Leo MacDonald, Sandra Leef, Cory Beatty, Emma Ingram, Colleen Simpson, Julia Barrett, Michael Guy-Haddock, Alan Jones et bien d'autres qui ont travaillé avec enthousiasme pour soutenir mes livres.

J'exprime également toute ma gratitude aux librairies indépendantes, aux libraires passionnés, aux critiques littéraires, et aux lecteurs de mon premier roman, grâce à qui j'ai pu en écrire un second.

Pour quelqu'un qui n'a plus fait de sciences après le lycée, et qui ne supporte pas la vue du sang, cela ne paraissait pas vraisemblable (ni sage) de ma part de choisir d'écrire sur un jeune médecin interne. Mais cette histoire me captivait, et j'ai la chance de connaître des personnes dans le milieu médical qui ont eu la bonté de m'aider à comprendre ce que j'avais besoin de savoir. Mon beau-frère, le docteur Vikas Desai, urgentiste, m'a expliqué les détails d'une overdose au GHB et m'a éclairée sur le monde unique des urgences. Mon beau-père, le docteur Ramayya Gowda, chirurgien cardio-thoracique qui a passé des journées et des nuits entières à sauver des patients dans l'unité de soins intensifs, m'a aidée à décrire le cas d'une rupture d'anévrisme abdominal qui se termine mal. Le docteur Ritvik Mehta m'a permis de comprendre la nature et le traitement des brûlures graves et, à partir de sa propre expérience, de savoir comment la médecine se pratique dans les zones rurales des pays en développement. Comme le personnage principal de ce roman, j'ai eu la chance de pénétrer dans la chambre sacrée de la cardiologie interventionnelle, grâce à la ténacité du docteur Pam Rajendran Taub, cardiologue à l'UCSD, l'université de Californie à San Diego. Je remercie également le docteur Shami Mahmud, chef du service de médecine cardio-vasculaire à l'UCSD, pour m'avoir aidée à franchir tous les obstacles inévitables et consacré du temps. Et enfin, je suis redevable au docteur Mitul Patel, cardiologue interventionnel, qui, avec son équipe et ses patients, ont accepté que j'observe leur remarquable travail et ont répondu à mes nombreuses questions.

Bien d'autres amis se sont montrés d'une grande générosité en partageant avec moi leurs expériences d'internes et en relisant les scènes de mon roman qui se passent à l'hôpital. Ainsi les docteurs Melissa Costner, Katherine Dunleavy, Bella Mehta, Sheila Au et Cindy Corpier.

Je n'aurais pas pu écrire ce livre sans le dévouement de ces incroyables médecins. Toute inexactitude dans cette histoire relève de ma seule responsabilité.

Merci à mon obligeante famille d'Ulambra, en Inde, pour m'avoir montré ses techniques agricoles, les nombreuses espèces d'arbres et de plantes de la région, et m'avoir expliqué quels remèdes ayurvédiques on tire d'eux. Un potier du coin, dont la pratique de la céramique remonte à trois générations, m'a indiqué comment façonner l'argile sans avoir recours à des outils modernes.

Pour avoir relu des passages de mon manuscrit, je remercie Saswati Paul, Anne Miano, Erin Burdette, Lori Reisenbichler. Satish Krishnan, pour m'avoir expliqué les subtilités du cricket; et Vanessa, pour son regard perspicace et son oreille attentive.

J'exprime toute ma gratitude à ma famille, et à mes amis, dont la profondeur et les rires m'ont tant soutenue.

Et enfin, je remercie :

Ma mère et mon père, Rama et Raj Somaya, pour m'avoir montré le chemin.

Ma sœur, Preety, pour ne m'avoir jamais laissée tomber.

Ma belle-famille, Ram et Connie Gowda, pour élargir le cercle de ma famille.

Et Anand, Mira et Bela pour ensoleiller mes journées.

La traductrice remercie sa fille, Louise Chambon, interne en médecine, pour sa précieuse relecture des termes médicaux.

DANS LA MÊME COLLECTION

FRED D'AGUIAR, *Les cris de l'océan*
SAMINA ALI, *Jours de pluie à Madras*
HOMERO ARIDJIS, *La zone du silence*
CHLOE ARIDJIS, *Le livre des nuages*
CHLOE ARIDJIS, *Déchirures*
SAWAKO ARIYOSHI, *Kaé ou les deux rivales*
ELIZABETH VON ARNIM, *Mr. Skeffington*
JULIAN BARNES, *Un homme dans sa cuisine*
JULIAN BARNES, *La table citron*
JULIAN BARNES, *England, England*
JULIAN BARNES, *Dix ans après*
JULIAN BARNES, *Quelque chose à déclarer*
JULIAN BARNES, *Arthur & George*
JULIAN BARNES, *Rien à craindre*
JULIAN BARNES, *Pulsations*
JULIAN BARNES, *Une histoire du monde en 10 chapitres 1/2*
JULIAN BARNES, *Une fille, qui danse*
JULIAN BARNES, *Quand tout est déjà arrivé*
JULIAN BARNES, *Par la fenêtre*
LOUIS DE BERNIÈRES, *Des oiseaux sans ailes*
LOUIS DE BERNIÈRES, *La fille du partisan*
LOUIS DE BERNIÈRES, *Un immense asile de fous*
MARLENA DE BLASI, *Mille jours à Venise*
MARLENA DE BLASI, *Mille jours en Toscane*
MARLENA DE BLASI, *Un palais à Orvieto*
DENNIS BOCK, *Le docteur rouge*
ALAIN DE BOTTON, *L'art du voyage*
ALAIN DE BOTTON, *Du statut social*
ALAIN DE BOTTON, *Les consolations de la philosophie*
ALAIN DE BOTTON, *L'architecture du bonheur*

ALAIN DE BOTTON, *Splendeurs et misères du travail*
IVAN BOUNINE, *L'amour de Mitia*
SYLVIA BROWNRIGG, *Quelques pages pour toi*
SYLVIA BROWNRIGG, *Un amour de plus*
THOMAS BUERGENTHAL, *L'enfant de la chance*
BELLA CHAGALL, *Lumières allumées*
JEROME CHARYN, *Mort d'un roi du tango*
JEROME CHARYN, *Rue du Petit-Ange*
JEROME CHARYN, *La lanterne verte*
JEROME CHARYN, *Dans la tête du frelon*
JEROME CHARYN, *Sténo sauvage, la vie et la mort d'Isaac Babel*
JEROME CHARYN, *El Bronx*
JEROME CHARYN, *Citizen Sidel*
JEROME CHARYN, *Sous l'œil de Dieu*
TERRENCE CHENG, *L'étudiant chinois*
ANNE CHERIAN, *Une bonne épouse indienne*
JUSTIN CRONIN, *Huit saisons*
JUSTIN CRONIN, *Quand revient l'été*
JOSE DALISAY, *La sœur de Soledad*
ACHMAT DANGOR, *La malédiction de Kafka*
ACHMAT DANGOR, *Fruit amer*
ANITA DESAI, *Le jeûne et le festin*
ANITA DESAI, *Poussière de diamant*
ANITA DESAI, *Un parcours en zigzag*
ANITA DESAI, *L'art de l'effacement*
ROBERT DESSAIX, *L'amour de toute une vie*
ROBERT DESSAIX, *Arabesques*
ELLEN DOUGLAS, *Le brasier d'une vie*
HELEN DUNMORE, *Le mensonge de Daniel Branwell*
MIRCEA ELIADE, *Minuit à Serampore*
STANLEY ELKIN, *Mrs. Ted Bliss*
ANA GARCÍA BERGUA, *L'île aux fous*
MAXIME GORKI, *Veilleur de nuit*

SHILPI SOMAYA GOWDA, *La fille secrète*
SHILPI SOMAYA GOWDA, *Un fils en or*
HAN SUYIN, *Multiple splendeur*
ANDREA HIRATA, *Les Guerriers de l'arc-en-ciel*
GAIL JONES, *Pardon*
GAIL JONES, *Cinq carillons*
MIREILLE JUCHAU, *Le révélateur*
MARGARET KENNEDY, *Tessa*
JHUMPA LAHIRI, *L'interprète des maladies*
PENELOPE LIVELY, *Paquet de cartes*
PENELOPE LIVELY, *Le tissu du temps*
PENELOPE LIVELY, *La photographie*
PENELOPE LIVELY, *Des vies multiples*
AMANDA LOHREY, *Un certain vertige*
PING LU, *Le dernier amour de Sun Yat-sen*
HEMA MACHERLA, *La brise qui monte du fleuve*
MIRA MAGUEN, *Des papillons sous la pluie*
MIRA MAGUEN, *L'avenir nous le dira, Anna*
MARGARET MASCARENHAS, *La couleur de la peau*
ELLEN MATTSON, *Le Rivage de la joie*
SUSAN MINOT, *Trente filles*
LUANA MONTEIRO, *L'extase de São Mercúrio*
TIMERI N. MURARI, *Les arrangements de l'amour*
TIMERI N. MURARI, *Le Cricket Club des talibans*
CHRIS OFFUTT, *Les hommes ne sont pas des héros*
KÁROLY PAP, *Azarel*
JILL PATON WALSH, *La grotte Serpentine*
I. L. PERETZ, *Contes hassidiques*
MEHER PESTONJI, *Dans les rues de Bombay*
CARYL PHILLIPS, *La nature humaine*
SOLEDAD PUERTOLAS, *Une vie inattendue*
SOLEDAD PUERTOLAS, *Ils étaient tous à mon mariage*

SOLEDAD PUERTOLAS, *Adieu aux petites fiancées*
MICHAEL PYE, *L'antiquaire de Zurich*
SARAH QUIGLEY, *La symphonie de Leningrad*
REBECCA RASMUSSEN, *Evergreen*
TORE RENBERG, *Charlotte Isabel Hansen*
TORE RENBERG, *Pixley Mapogo*
JOSÉ MIGUEL ROIG, *Souviens-toi, Schopenhauer*
JOSÉ MIGUEL ROIG, *Le rendez-vous de Berlin*
JOSÉ MIGUEL ROIG, *Le voyage qui ne finit jamais*
JOSÉ MIGUEL ROIG, *Soleil coupable*
ADINA ROSETTI, *Deadline*
ELIZABETH ROSNER, *Des démons sur les épaules*
MADELEINE ST JOHN, *Rupture et conséquences*
CAROLA SAAVEDRA, *Paysages avec dromadaires*
DAVID SANDES, *La méthode miraculeuse de Félix Bubka*
LAVANYA SANKARAN, *Le tapis rouge*
CATHLEEN SCHINE, *Rencontres à Manhattan*
MIHAIL SEBASTIAN, *L'accident*
ISAAC BASHEVIS SINGER, *Ombres sur l'Hudson*
ISAAC BASHEVIS SINGER, *Au tribunal de mon père*
ISAAC BASHEVIS SINGER, *De nouveau au tribunal de mon père*
JOSEPH SKIBELL, *Bénédiction sur la lune*
VIDOSAV STEVANOVIC, *La même chose*
JAN STRUTHER, *Mrs. Miniver*
LARS SUND, *Une petite île heureuse*
MADELEINE THIEN, *Une recette toute simple*
MADELEINE THIEN, *Lâcher les chiens*
HITONARI TSUJI, *Le bouddha blanc*
HITONARI TSUJI, *La lumière du détroit*
HITONARI TSUJI, *L'arbre du voyageur*
SAMRAT UPADHYAY, *Dieu en prison à Katmandou*
SAMRAT UPADHYAY, *Le maître de l'amour*
ANNELIES VERBEKE, *Dors!*

PALOMA VIDAL, *Mar Azul*
DAVID VOGEL, *Le sanatorium*
EDITH WHARTON, *La France en automobile*
ZOË WICOMB, *Octobre*
VIRGINIA WOOLF, *Les années*
VIRGINIA WOOLF, *La maison de Carlyle*
VIRGINIA WOOLF, *Journal de Hyde Park Gate*
KENICHI YAMAMOTO, *Le secret du maître de thé*
JIANG YUN, *Délit de fuite*
LAJOS ZILAHY, *L'ange de la colère*
LAJOS ZILAHY, *Le siècle écarlate*

À paraître

CRAIG HIGGINSON, *Maison de rêve*

Composition Dominique Guillaumin, Paris.
Achevé d'imprimer
sur Roto-Page
par l'Imprimerie Floch
à Mayenne, le 8 décembre 2015.
Dépôt légal : décembre 2015.
Numéro d'imprimeur : 89073.
ISBN 978-2-7152-4148-0 / Imprimé en France.

286854